D0393304

Los CHICOS del calendario

- FEBRERO MARZO ABRIL -

Los CHICOS del calendario

Candela Ríos

TITANIA

Argentina • Chile • Colombia • España
Estados Unidos • México • Perú • Uruguay • Venezuela

1.ª edición Octubre 2016

Aribau, 142, pral. – 08036 Barcelona
www.titania.org
atencion@titania.org

ISBN: 978-84-16327-22-5
E-ISBN: 978-84-16715-61-9
Depósito legal: B-16.493-2016

Fotocomposición: Ediciones Urano, S.A.U.
Impreso por Romanyà Valls, S.A. – Verdaguer, 1 – 08786 Capellades (Barcelona)

Impreso en España – *Printed in Spain*

You can't always get what you want
You can't always get what you want
You can't always get what you want
But if you try sometimes, yeah
You just might find you get what you need!

Estrofa de *You can't always get what you want.*
The Rolling Stones.

FEBRERO

I

Febrero es el mes más corto del año y el único que tiene personalidad propia. Todos los meses tienen treinta o treintaiún días, excepto febrero. Febrero tiene un número especial de días y, además, es un número mágico, cambiante.

De pequeña tenía una compañera de clase en el colegio que había nacido el veintinueve de febrero y evidentemente todos le tomábamos el pelo con ese tema y nos negábamos a felicitarla por su cumpleaños si el número veintinueve no aparecía en el calendario. Ahora que lo pienso, eso hacía que María fuese especial, la chica más especial de la clase, ¿no? ¿Qué habrá sido de ella? Creo recordar que alguien me dijo que se había ido a vivir al extranjero, aunque no estoy segura. María era especial en febrero, yo era especial todo el año. ¿Cuántas «Candelas» creéis que había en mi colegio? La respuesta es una, yo, solo una.

Supongo que eso significa que yo también tengo personalidad propia, como el mes de febrero. De hecho, estoy convencida de que todas las mujeres tenemos personalidad propia; los hombres, no. Me gustaría creer que sí, mejor dicho, me gustaría poder creérmelo, pero no. Lo que tienen los hombres es un complejo de Peter Pan encima que no los deja evolucionar y miedo a todo lo que les rodea.

Y luego dicen que nosotras somos el sexo débil, ¡¿débil?! Lo que tenemos las mujeres es un serio problema de *marketing* o de relaciones públicas, pero nada más. Básicamente los hombres nos son útiles para llegar a las estanterías más altas cuando no tenemos una escalera a mano y para abrir esos botes de mermelada que seguro que fabrican unos cuantos tipos infames solo para hacernos creer que nos hacen falta. Cualquier escalera puede sustituirlos y yo estuve en una residencia universitaria en la que una chica de Mallorca me enseñó un truco infalible para abrir estos botes del infierno; basta con darles un golpecito en una esquina y conseguir que entre un poquito de aire, entonces giras la tapa y ¡zas!, bote abierto.

Fin de la historia.

Sigamos con febrero o, mejor, volvamos un poquito atrás y entonces esto tendrá más sentido.

En diciembre mi novio, *ex*novio, Rubén, me dejó por Instagram. Sí, el muy imbécil colgó una foto de sus maletas roñosas frente a la puerta de mi casa, *mi casa*, con unos *hashtags* horribles en los que me decía, a mí y a todo el mundo que quisiera leerlo, que me dejaba y se iba a hacer surf para encontrarse a sí mismo. Mi mejor amiga, Abril, denominó este incidente como el "Instabye". Y como si esto no fuese ya lo bastante cutre o patético de por sí, que te dejen por Instagram, añadiré que la noche antes el muy cretino se había acostado conmigo y habíamos cenado sus pizzas preferidas (y que a mí nunca me han gustado).

En enero mi vida cambió por completo.

El día que Rubén me dejó por Instagram fui a desahogarme con Abril y, entre *gin-tonic* y *gin-tonic*, solté un discurso sobre los hombres que ha pasado a la historia de Youtube porque mi supuesta mejor amiga, excelente fotógrafa y compañera de trabajo en la revista *Gea* me grabó, sin que yo me diera cuenta, mientras decía que los hombres de este país son la raíz de todos nuestros problemas, y después lo colgó. Los tildé de malos amantes, malos amigos, ineptos y todo lo que se me pasó por la cabeza. Y tengo razón. Aunque, gracias a ese vídeo, descubrí que en realidad tengo agallas para hacer cualquier cosa que me proponga. Cualquiera.

Los chicos del calendario nació hace apenas unas semanas, a principios de este mes de enero, y creo que siempre lo voy a recordar como el mes más intenso de mi vida, aunque el año se presenta tan movidito, que no sé yo...

Ahora tengo que escribir un artículo para explicar qué he hecho durante este mes y después me reuniré con Abril —al final la perdoné por lo de Youtube— para grabar el vídeo del mes. He pasado de escribir horóscopos y artículos sobre qué perfume debes ponerte para una entrevista de trabajo a estar al frente de un proyecto tan especial y arriesgado como *Los chicos del calendario.* Yo y Salvador, mi jefe... y también el primer chico del calendario, el chico de enero.

Que Internet lo carga el diablo es una de las frases más absurdas y preferidas de mi hermana mayor, y creo que es herencia genética por parte de nuestra madre. Marta se ha resistido tanto como ha podido a sucumbir a las redes sociales, aunque desde hace un mes es un hacha en Instagram e, incluso, ha aprendido a dejarme mensajes en la página web de *Los chicos del calendario.*

Sí, he pasado de ser la mayor pringada del país, la chica a la que dejaron por Instagram, a tener página web propia y compartir mis aventuras con la gente que me lee; aquellos que compartieron el vídeo de mi discurso sobre los hombres hasta hacerlo viral y que, de manera espontánea, dieron con la idea de este proyecto.

Salvador solo la aprovechó para hacerme chantaje emocional y convencerme de que accediera a llevarla a cabo para salvar *Gea,* la revista en la que yo trabajaba hasta ahora.

La verdad es que accedí a crear *Los chicos del calendario* para descubrir quién soy realmente. De pequeña era muy aventurera, ¿cuándo dejé de serlo? Siempre digo que creo en el amor y en la pasión y, sin embargo, mis novios han sido un hombre de horchata tras otro. ¿Cuándo empecé a conformarme? Mi sueño es escribir mi propia historia, y solo he trabajado en una revista escribiendo artículos sobre perfumes, operaciones bikini o el horóscopo. ¿Dónde está Candela? No digo que *Los chicos del calendario* pueda ayudarme a encontrar todas las respuestas, pero tengo que hacer algo; no puedo seguir dejando que las cosas me sucedan sin más.

Es mi vida y tengo que tomar las riendas, dejar de comportarme como un borrego.

En el vídeo del Instabye (que suena mejor y es más corto que «la peor y más humillante manera en la que Rubén podría haberme dejado plantada») decía que, aunque me recorriera el país de Norte a Sur y de Este a Oeste, jamás encontraría a ningún chico que valiese la pena.

¿Y qué hizo san Internet? ¿Qué hace la gente cuando ve a una chica medio borracha hablando de sus penas? Pues le contesta y le sugiere que haga precisamente eso, que se recorra el país en busca de ese chico inexistente.

Un chico estupendo.

Un chico de calendario.

La cuestión es que, tanto si ese chico existe como si no, y yo insisto en que no, no importa. Lo que importa es luchar por tus sueños y buscar, lo que sea, pero buscar. El día que dejas de buscar te conviertes en una chica a la que un imbécil deja por Instagram.

El chico de enero fue Salvador. Se suponía que él iba a negarse... yo le exigí que fuese él después de leer que varias personas lo habían sugerido en la sección de comentarios del vídeo de Youtube y porque estaba convencida de que se negaría y así podríamos olvidarnos del tema que, de entrada, me parecía una locura de la que no me veía capaz, pero no lo hizo. Por suerte.

Aprieto el lápiz tan fuerte que lo oigo crujir; mejor será que deje de pensar en Salvador o acabaré con astillas clavadas en los dedos. Las que tengo clavadas en otra parte seguiré ignorándolas como he hecho estos últimos días, con mucho éxito por cierto.

Sí, muchísimo éxito.

Hace unos días terminé el artículo; fue terapéutico y me sirvió para convencerme aún más de que no hay ni un tío que valga la pena y para tener más ganas de las que ya tenía de seguir adelante.

El chico de febrero, el del mes más especial del año, es Jorge Agreste. He hablado un par de veces con él durante los últimos días y, aunque sin duda es muy pronto para decirlo, intuyo que nos llevaremos bien; su reticencia a aceptar ser un chico del calendario me ha recordado a mí misma hace unas semanas. A ver cuánto tardo en descubrir su lado oscuro, porque está claro que lo tiene.

Jorge vive en Granada, así que allí es donde pasaré los próximos días. Vanesa me ha ayudado mucho a ultimar todos los detalles sobre mi viaje y mi estancia en la ciudad. Ella es mi lazo de unión con Olimpo y *Gea* mientras estoy fuera de Barcelona. Antes de que surgiera el proyecto de *Los chicos del calendario* no la conocía, aunque tanto ella como yo llevamos años trabajando aquí; en cambio ahora me escribo o hablo con ella casi a diario. Nos llevamos bien, es estupenda y guapísima. A estas alturas yo ya tendría que estar acostumbrada a tener compañeras de trabajo que me hacen sentir como si fuese un hobbit de *El señor de los anillos* o, peor aún, un personaje entrañable de *La guerra de las galaxias* (Abril es impresionante), pero no lo estoy. Y tampoco consigo odiarlas; si fuesen malas y estúpidas, a mi ego le iría todo mucho mejor. En Olimpo también hay mujeres horribles, tanto por dentro como por fuera, claro, mi exjefa es un ejemplo de ello. Es tan perversa y nuestro odio es tan mutuo que nunca he entendido que no saliesen rayos y truenos a nuestro alrededor cuando hablábamos. Por suerte para mí, ahora estoy en otra planta, en la sexta, para ser exactos, y mi mesa está en el despacho de Salvador...

Y Salvador está en Canadá.

«Deja de pensar en él. Has prometido que no ibas a nombrarlo nunca más».

—Y no lo he nombrado. Solo he pensado su nombre un segundo —me defiendo delante de mi gato blanco de la suerte. Me lo regalaron en un restaurante chino y me imagino que por eso tiene una manera tan particular de «darme buena suerte».

Le doy un golpe a la patita y la observo mientras sube y baja. Creía que no era supersticiosa, pero he sido incapaz de deshacerme de este gato. Ahora me resultaría muy difícil imaginarme mi mesa sin él encima. El número de teléfono de Salvador sigue apuntado en la base; lo escribió él mismo hace unas semanas y después hizo lo mismo en el calendario de mi cocina. Al parecer cree que tengo menos memoria Dory o que no he sido capaz de guardármelo en el móvil.

En una de las últimas reuniones con Jan y Sofía, en las que Vanesa también estaba presente, hemos decidido que llegaré a Granada el uno de febrero a pesar de que es el mes más corto y que el chico de enero ya no está, pero así nos ajustamos al calendario y yo tengo más tiempo para olvidarme de Enero. Claro.

Y todavía tengo que grabar el vídeo.

También hemos discutido la posibilidad de que Salvador no participe oficialmente en el concurso, pero él ha sido el chico de enero, ha cumplido con las reglas (más o menos) y el dinero no sería para él ni para la revista, sino que iría destinado a la entidad que él elija y que, hasta donde yo sé, no ha elegido aún, y eso que me hubiese ido bien para incluirla en el artículo...

Alguien llama a la puerta.

—Adelante.

Dejo de mirar el gato y dirijo la atención al recién llegado.

—Es muy tarde —dice Sergio, él ya lleva el abrigo y la tira de la bolsa cruzada por el pecho—, ¿tienes intención de irte a casa o vas a quedarte aquí pensativa toda la noche?

—Voy a irme a casa —parpadeo y compruebo efectivamente que ha oscurecido—, y no estaba pensativa. Estaba trabajando.

Trabajando mi falta de concentración y mi tendencia a dar mil y una vueltas al mismo tema.

—Vamos, te espero, así bajamos juntos. Sufro por ti; la señora de recepción del turno de noche me da miedo.

Sonrío; Sergio está intentando animarme. Es imposible que nadie tema a Encarna, a no ser que tenga miedo de morir aplastado por uno de sus abrazos.

Encarna es una mujer altísima; cuando la vi por primera vez pensé en las jugadoras de baloncesto norteamericanas, y siempre va vestida con colores estridentes. Es abuela, fue madre muy joven, y por eso pidió ocuparse del turno de noche, para poder ayudar a su hija con sus nietas durante el día. No sé exactamente en qué consiste su trabajo, pero sé que, si eres el último en abandonar el edificio de Olimpo, te da un abrazo y te desea buenas noches. Es entrañable, y raro.

Paco, uno de los guardas de seguridad que suele estar en la entrada del edificio, me dijo que no sirve de nada resistirse, que a los que lo intentan al día siguiente les falla una de las ruedas de la silla o la máquina del café se traga sus monedas sin darles a cambio una dosis de cafeína. Lo llaman «la maldición de Encarna».

—Vale, espérame, solo será un minuto.

Apago el ordenador, guardo mi cuaderno en el bolso y, con el abrigo colgando del brazo, salgo del despacho. Sergio está en el pasillo tecleando en el móvil.

—Es Salva; está cambiando de vuelo y quiere saber si ya habéis hablado con el chico de febrero.

—Sí, claro. Todo está en marcha.

Me niego a preguntar en qué aeropuerto está o a mostrar alguna clase de enfado o de reacción no profesional. No sé si Salvador ha pasado estos días en Canadá completamente desconectado y sin preocuparse por *Los chicos del calendario*. Si lo ha hecho, peor para él. Sergio arruga las cejas y sigue tecleando mientras yo camino hasta el ascensor; cuando él llega a mi lado el teléfono móvil ha desaparecido de sus manos.

—¿Cuándo te vas a Granada?

—El lunes; solo queda ultimar algunos detalles y grabar el vídeo.

—Si puedo ayudarte en algo, dímelo.

—Lo haré, pero no te preocupes, estos días casi no te he visto, así que imagino que tienes mucho trabajo y en realidad tengo que hacerlo yo.

—Me refería a lo de Granada. No recuerdo que Jorge Agreste estuviese entre los candidatos que revisamos.

Hace días Sergio y yo estuvimos investigando los chicos que en principio configuraban la lista de posibles chicos de febrero, pero después yo volví a echar un vistazo a las candidaturas que habíamos recibido y una nueva captó mi atención. Tal vez fue porque entonces ya me había dado cuenta de que mi historia con Salvador iba a acabar mal. Él ni siquiera había sido capaz de acabar el mes conmigo.

—Leí su historia después. Es entrenador de un equipo de fútbol infantil y fueron los niños del equipo los que le presentaron como candidato. Su novia lo dejó plantado en el altar.

—Joder, eso casi es peor que lo tuyo.

«Lo mío...».

Las puertas del ascensor se abren y Sergio me invita a que salga primero.

—Me gustó su historia y, cuando he hablado con él, me ha parecido un chico decente.

—Vaya, ¿ya has empezado a cambiar de opinión sobre los hombres, Cande?

—Ni hablar —sonrío—, pero he decidido daros una oportunidad. —Veo a Encarna acercándose—. Creo que el que no va a poder salvarse de Encarna vas a ser tú.

Él abre los ojos como platos al notar a la altísima recepcionista abrazándole.

—¡Sergito! Hacía mucho tiempo que no te veía.

—Suéltame, Encarna, me estás abrazando por la espalda y así tampoco puedes verme.

—Estás muy delgado.

—Eres tú que pareces una gigante.

Encarna lo suelta y le da media vuelta.

—Voy a presentarte a mi nieta —declara— y mañana te traeré galletas.

—No lo hagas.

—Insisto.

—Está bien —acepta resignado Sergio, aunque en todo momento ha hablado a Encarna con una sonrisa y con la mirada llena de cariño—. Vámonos, Cande, antes de que Encarna vuelva a engullirme.

—Buenas noches, chicos.

Sergio echa los hombros hacia atrás unas cuantas veces como si la recepcionista del turno de noche le hubiese desencajado un músculo. Puede hacerse el duro tanto como quiera; yo lo he visto sonreír mientras Encarna lo abrazaba. ¿Por qué nos cuesta tanto reconocer lo que de verdad nos pasa? Me vibra el móvil y en un acto casi reflejo lo saco del bolsillo del abrigo, antes del Instabye de Rubén consultaba las redes sociales, pero desde que Abril colgó mi vídeo en Youtube y empezó el concurso de *Los chicos del calendario,* las cosas han cambiado, en parte por mi trabajo y en parte por mí misma, y estoy más pendiente.

—Es un mensaje de mi hermana —contesto, aunque Sergio no me ha preguntado nada—; dice si puedo ir a su casa.

Nos detenemos en la acera y mi acompañante me mira confuso.

—¿Estás bien, Cande?

—Claro, solo un poco cansada.

No parece creerme, pero no insiste.

—Yo voy hacia allí. —Señala la calle Balmes hacia abajo—. Pero si quieres te acompaño andando hasta casa de tu hermana. ¿Dónde vive?

—Oh, no hace falta. Iré a buscar el metro; está solo a dos paradas de aquí. Seguro que tú también estás cansado y... —Me encojo de hombros—. Me irá bien pasear.

—¿Estás segura? No me importa.

—Segurísima. Nos vemos mañana.

Empiezo a caminar y le saludo con la mano.

—¡Buenas noches, Cande!

—Buenas noches.

Entro en la primera boca de metro que encuentro y, al pasar por delante de uno de los carteles que anuncian *Los chicos del calendario,* se me pone la piel de gallina. Es un diseño bonito. Son fotos mías en blanco y negro formando un mosaico; en ninguna estoy especialmente guapa ni especialmente fea, estoy bien, como diría mamá. «Tú siempre quedas bien en las fotos» es una de las frases que más he oído en casa, que soy fotogénica. No está mal, supongo, aunque preferiría «estar bien» en la vida real y no solo en las fotos.

Mi hermana Marta vive en la plaza Molina. Antes de *Los chicos del calendario* iba todos los viernes por la tarde a ayudarla con las niñas, aunque con ellas no hace falta ayuda, hace falta un domador de leones. Ahora no sé si voy a poder verlas tan a menudo.

Llamo al timbre; Marta me ha dicho que lo haga a pesar de que es un poco tarde. La escalera es fría; un fluorescente parpadea en el cuarto piso. Ellos viven en el quinto, pero aún no me he atrevido a meterme en un ascensor. La única excepción es el de Olimpo, allí no tengo más remedio que subir porque no puedo explicarle a la gente del trabajo que no entro porque me dan sofocos al pensar en todo lo que puede hacerse en un ascensor (información que ahora poseo gracias a Salvador). Cuando llego al rellano del quinto piso, la puerta está entreabierta y no se oye ruido.

—¿Hola?

—¡Hola! Estoy en la cocina.

Cierro la puerta y me quito el abrigo.

—¿Y las niñas?

—Durmiendo como dos troncos —contesta Marta sacando la cabeza por el pasillo—. Hemos ido a la piscina al salir del cole y se ha obrado el milagro: han caído rendidas.

—¿Y Pedro?

—También está durmiendo.

—¿Él también ha ido a la piscina?

—No, mañana tiene que irse muy temprano a Zaragoza por trabajo y aún no se ha recuperado de las vacaciones con sus padres. Dios, mis suegros son extenuantes. ¿Quieres una copa de vino?

—Claro, pero si me has hecho venir para decirme que estás embarazada ponme dos.

—¡Quita, bicho! Quiero con locura a mis hijas, pero ¿una más como ellas? No, gracias. Te he llamado porque me he dado cuenta de que por fin estaba sola y tenía un rato para mí, y he pensado que hacía demasiado tiempo que no hablaba con mi hermanita preferida.

—Soy tu única hermana.

—Semántica.

—Calla y sírveme esa copa.

2

De pequeñas Marta me ganaba siempre en las carreras de sacos. De mayores me gana bebiendo. En realidad, creo que incluso ganaría a esos tipos que se piden un carajillo a las siete de la mañana en el bar; esos que pueden encender una cerilla con el aliento.

Aunque tengo un poco de resaca, no es el dolor de cabeza lo que me revuelve el estómago cuando entro en la cocina por la mañana; son los nueve números que hay apuntados en un día del calendario. Un estúpido número de teléfono. Ya casi es fin de mes, así que por fin puedo girar la hoja. Quizá lo hago con más ímpetu del necesario, pero es mi cocina y aquí hago lo que me da la gana.

A quién le importa si febrero no empieza hasta el lunes de la semana que viene.

Voy al trabajo andando. Los movimientos de la calle —un autobús que se para, una señora que barre, unos niños corriendo— me ayudan a desprenderme del mal humor que me han provocado esos dichosos números y que el vapor de la ducha de agua caliente no ha conseguido disipar.

Paco me saluda con una sonrisa al cruzar la entrada y con los buenos días intercambiamos unas pocas palabras. Algunos empleados me miran al pasar; el grupo Olimpo ocupa todo el edificio y hasta hace apenas un mes yo era una de las redactoras de la revista *Gea*, es decir, nadie de interés. En cambio ahora genero cierta curiosidad. Aunque apenas me observan unos segundos, soy capaz de distinguir aquellas personas que me observan simplemente con eso, con curiosidad, de otras que especulan sobre mi *posible* relación con… el chico de enero. Hay gente que no sabe qué hacer con su vida y se tiene que meter en la de los demás, aunque, claro, precisamente de eso va *Los chicos del calendario,* de que todos se metan en sus vidas, en las de los chicos y, de paso, en la mía.

Bajo en la quinta planta. No subo a la sexta, donde se encuentra mi mesa provisionalmente, si es que a doce meses se los puede considerar provisionales, y me dirijo a la zona donde se encuentra el despacho de Sofía y la mesa de Vanesa.

—¿Habíamos quedado? —Vanesa se está quitando el abrigo y me mira confusa.

—No, me he presentado sin avisar. —Le sonrío—. Buenos días.

—Perdona, mis modales aún no se han despertado. Buenos días.

—Habíamos quedado más tarde, pero dentro de un rato voy a grabar el vídeo de este mes con Abril y he pensado que, si no te importa, podríamos hablar ahora.

—Claro, por supuesto, ¿quieres esperar a Sofía? —Señala en dirección a la puerta del despacho.

—No, no hace falta, solo quería preguntarte si ya tenemos billetes y si está todo listo para el viaje a Granada.

—Más o menos. Siéntate, por favor. —Me ofrece la silla que hay en la mesa de al lado—. Patrick no llegará hasta las once. —Acepto mientras ella pone en marcha el ordenador—. Tenías razón tú; es mucho mejor que no te alojes en un hotel, así tendrás más intimidad y además no tendremos que preocuparnos de obtener permisos para hacer fotografías o de que alguien hurgue entre tus cosas. No digo que eso fuese a suceder, pero más vale prevenir que curar.

—La precaución ante todo —bromeo.

—No es solo por precaución, vamos a invertir mucho dinero en este proyecto y los de arriba quieren asegurarse de que nadie nos roba una fotografía o algo más suculento.

—Creo que los de arriba han leído demasiadas veces *El informe pelícano,* pero bueno.

—Ya tenemos reservados un par de apartamentos en zonas céntricas, en zonas muy bien comunicadas. Allí no tendrás coche y así podrás ir y venir a tu antojo.

—Y nadie sabrá que mis pijamas son de dibujos animados.

—Exacto. Mira, son estos dos pisos.

Empujo las ruedas de la silla hasta quedar al lado de Vanesa y ver la pantalla de su ordenador.

—No conozco Granada; estuve de pequeña y solo recuerdo algunos detalles. ¿Por qué no le preguntas al chico de febrero cuál está mejor?

—Ya lo he hecho y déjame decirte que me parece un chico muy formal; te reenvío su correo para que lo leas. Enumeró las ventajas y desventajas de cada uno y al final se posicionó por el de Plaza de Toros.

—Pues confirma ese.

—Hecho. Recuerda que el lunes sales a las siete.

—Perfecto, así podré aprovechar el día.

—Dentro de un rato te mando un correo con el *check-in*.

—Genial. —Aparto la silla—. Gracias por todo, será mejor que vaya a repasar el texto del vídeo. Pasaré por aquí más tarde para hablar con Sofía y para despedirme.

—Aquí estaremos. Sé que ya te lo hemos dicho cientos de veces, pero recuerda que tanto Sofía como Jan y yo estamos de tu lado y queremos que *Los chicos del calendario* triunfen. Cuenta con nosotros para lo que necesites.

—Gracias.

¿Por qué me incomoda saber que no estoy sola en esto, que tengo un equipo de gente magnífica a mi lado que confía en mí?

—De nada, es mi trabajo, aunque... —baja la voz— hacía mucho que no me gustaba tanto.

Cuando vives al lado del mar pasas todos los veranos en la playa y, si te dejan, metida en el agua. Mi juego preferido de entonces se llamaba «veinte olas» y consistía en aguantar la respiración bajo el agua durante veinte olas. Con mis amigas de entonces, todas compañeras de juegos casuales y de toallas, fingíamos que lo conseguíamos y que, cuando salíamos a la superficie, el mundo había cambiado; ese chico que nos gustaba nos esperaba en la arena para invitarnos a pasear, el que no se lo había tragado una gaviota enorme, y no teníamos deberes para el curso siguiente.

Jugar a las veinte olas en el ascensor no es divertido y probablemente muy absurdo. No puedo aguantar la respiración tanto tiempo, nunca he podido y, además, suponiendo que no me desmaye antes por falta de oxígeno, ¿qué espero que suceda entonces?, ¿qué creo que habrá cambiado cuando las puertas del ascensor se abran?, ¿qué quiero que cambie?

Llego a la sexta planta y cojo aire. No he aguantado veinte olas (bueno, vale, no he aguantado ni un piso), y estoy perfectamente preparada para repasar el texto del vídeo, grabarlo e irme a Granada con todos los deberes de este mes resueltos.

Abril pasará por aquí a las once. Ayer por la noche intercambiamos unos cuantos mensajes y quedamos a esa hora. Tenemos tiempo de grabar el vídeo varias veces si no me sale bien a la primera, aunque lo cierto es que creo que la espontaneidad es mi mayor baza, quizá la única de momento, y no quiero que el resultado final parezca una obra de teatro o uno de esos anuncios horribles de *La tienda en casa*.

En el ordenador me espera el correo de Vanesa; le ha bastado con unos minutos para dejarlo todo atado. No sé de qué me sorprendo; Vanesa es capaz de trabajar y organizar un ejército extraterrestre al mismo tiempo. También hay un correo de Sergio, que no está en su despacho, diciéndome que esta mañana no va a estar en el edificio y que lo llame si necesito algo; se despide y me recuerda que, si quiero seguir trabajando en el expediente de Napbuf, tengo los archivos disponibles en el *link* que me adjunta.

Napbuf.

Napbuf es la pequeña editorial infantil que Salvador ha decidido adquirir personalmente. La ha comprado él, no Olimpo y, aunque desconozco el porqué, la decisión va a causarle un conflicto con su padre. A lo largo del mes de enero he conocido a Martín Riego, el propietario de Napbuf, y he descubierto que su hijo David era el mejor amigo de Salvador. *Era* porque falleció hace un año. La muerte de David está entremezclada en toda esta historia a pesar de que Salvador siempre ha insistido, al menos delante de mí, en que no tiene nada que ver.

Yo me ofrecí a ayudarle con este tema. No es exactamente lo que se supone que tengo que hacer con los chicos del calendario, pero formaba parte de lo que sí tengo que hacer: estar con ellos en su trabajo, conocerlos y darles la oportunidad de demostrarme que los hombres de este país no son un jodido desastre. Salvador no me ha convencido de nada, pero es bueno en su trabajo. Si soy capaz de dejar a un lado las cosas (¡«las cosas»!) que han sucedido entre él y yo, tengo que reconocer que se preocupa mucho por las personas, que conoce hasta el último rincón de Olimpo y que nunca, absolutamente nunca, se comporta como «el hijo del propietario». En realidad, le molesta muchísimo que alguien lo trate así. ¿Será este el motivo por el que estuvo todos esos años fuera?

Estoy perdiendo el tiempo adrede. Bueno, perdiendo el tiempo quizá tampoco, pero sé que en realidad tendría que estar repasando el texto del vídeo. En el vídeo no leo lo que he escrito para el artículo de la revista, en realidad, dejando a un lado que llego a la misma conclusión final, no se parecen en nada. No es lo mismo leer algo que escucharlo y sería absurdo que fueran idénticos; entonces la gente o no compraría la revista o no se interesaría por mis vídeos. En el artículo escrito hay mucha más información; sobre la ciudad, sobre el trabajo del chico del calendario, sobre los lugares que hemos visitado y las actividades que hemos hecho juntos (no todas, las hay que nunca pondré por escrito). El vídeo es más personal; es un resumen de lo que he sentido a lo largo del mes y cómo me ha afectado compartirlo con el chico en cuestión, y también sobre como él me ha ayudado o no a cambiar de opinión sobre los hombres de este país.

Llaman a la puerta y cuando levanto la vista veo entrar a Abril.

—Hola, Cande. —Deja el bolso en el sofá que hay frente a la ventana y mira confusa mi mesa—: ¿Tu mesa va a quedarse aquí todo el año?

—La mía de *Gea* la ocupa ahora mi sustituta.

—Lo sé, me he despistado y he ido allí antes. Es una chica recién salida de la Facultad; Marisa va a comérsela viva.

Basta decir que Marisa tiene el dudoso honor de tener dos becarios cada verano, porque uno solo no aguanta los dos meses que duran las prácticas de la Universidad; puede desayunarse a un recién licenciado cada día.

—Intentaré hablar con ella antes de irme.

—No me has contestado, no creas que no me he dado cuenta. —Se sienta en la mesa—. ¿Vas a quedarte instalada aquí sí o no?

Me encojo de hombros, lo de tener a tu mejor amiga trabajando contigo es a veces poco práctico.

—No lo sé. Quedamos con Barver que improvisaríamos. De momento él no está aquí, así que... supongo que no pasa nada si mi mesa se queda. Al fin y al cabo yo estaré el próximo mes en Granada.

—¿Así que Barver, eh? Hace unos días era Salvador.

—Déjalo, Abril. Barver está de viaje y yo tengo que irme el lunes, así que...

—De acuerdo, de acuerdo, ¿estás lista?

«Qué remedio».

—Sí.

—¿Dónde quieres hacerlo? —Baja la cremallera de su bolsa negra y saca la cámara—. Aquí sería perfecto. En mi opinión profesional, de los dos vídeos que hemos hecho hasta ahora, el del cubículo es el mejor.

—¿Te gusta más ese que el del día que Rubén me dejó por Instagram?

—Bueno... —Aprieta botones mientras habla y observa el interior del despacho—. El de los *gin-tonics* es genial, estás auténtica, pero el que grabamos para explicar en qué consistiría *Los chicos del calendario* me gusta más. Eres tú, se te ve más relajada.

—Quizá porque ese día no llevaba dos *gin-tonics* de más.

—O quizá porque estabas hablando de un proyecto en el que creías de verdad, aunque todavía no lo supieras. En el vídeo se te nota que estás decidida a seguir adelante.

—Qué remedio, tampoco podía hacer otra cosa. —Eso es mentira y lo sé—. No quería ni quiero que despidan a media plantilla de *Gea*.

—No lo haces por eso y lo sabes, o no solo por eso.

Lo dicho, que tu mejor amiga trabaje contigo es una cruz, en especial cuando ella no te deja autoengañarte.

—Hoy estarás contenta, me he maquillado. —Cambio de tema descaradamente.

—Sí, me he fijado, al final todos esos pintalabios que llevo años regalándote te han convencido. —Aparta la cámara—. Creo que puedes apoyarte en la mesa igual que en el último vídeo, así se verá la vista de la ciudad de fondo y también la mesa de Barver, y tu gato.

—Está bien.

—¿Quieres hacer una prueba antes de grabar?

—No.

Creía que no estaba nerviosa pero ahora tengo las manos sudadas y un nudo en el estómago. Las palabras del artículo se sacuden en mi mente como si fuese una coctelera y durante un segundo tengo la tentación de soltar un discurso absurdo en plan guía turística sobre Barcelona y los alrededores. Pero no voy a hacerlo, me prometí que sería valiente y sincera conmigo misma y eso es exactamente lo que voy a hacer aunque después tenga que ir corriendo al baño a vomitar de los nervios. Creo que lo llaman pánico escénico o ser una neurótica.

«Vamos, Candela».

—Pues ponte cómoda y por mí podemos empezar cuando quieras.

Abril se acerca a la puerta para asegurarse de que está cerrada y nadie va a interrumpirnos, comprueba también su móvil —yo hago lo mismo con el mío al instante— y adopta una postura profesional. Durante unos segundos, miro la mesa de Salvador; hace apenas unos días allí encima, en un extremo, estaban sus gafas. Hoy no están. Hoy tengo a mi gato blanco blandiendo la patita, mi maqueta diminuta de un velero, un chico del calendario nuevo esperándome mañana en una ciudad preciosa y a Abril esperando a que empiece a hablar.

Suelto el aliento y empiezo:

—Hola, soy Candela y creo que empezamos a conocernos. Más vosotros a mí que al revés, pero eso espero ir solucionándolo a lo largo del año con cada ciudad que visite. Supongo que os preguntáis si el chico de enero me ha hecho cambiar de opinión sobre los hombres. Pues bien, la respuesta es *no.* ¿No me digáis que creíais que iba a decir que sí? Eso habría sido imposible, la verdad. Han tenido que pasar veintiséis años y varios novios, amigos interesados y el impresentable de Rubén para que llegase a la conclusión de que no hay ningún hombre que valga la pena. ¡No iba a venir el chico de enero y hacerme cambiar de opinión en cuatro semanas! —Levanto cuatro dedos—. Eso no significa que el chico de enero haya fallado, esto no es una competición tipo *Los juegos del hambre.* El chico de enero lo ha hecho bien, ha sido él mismo, ha hecho lo que hace siempre y ha dejado que yo formase parte de su vida durante estos días, igual que van a tener que hacer el resto de chicos del calendario, porque ¿qué mérito tendría si uno de ellos lograse hacerme cambiar de opinión haciendo teatro, fingiendo ser alguien que no es en realidad? ¡Nada de trampas!

»Estoy harta de estafas y de farsas. Todo esto, si lo pensáis bien, empezó porque mi ex no fue sincero conmigo y prefirió largarse a hacer surf y dejarme por Instagram. Tenemos que ser sinceros y decir la verdad. Decir lo que queremos, lo que sentimos y, sobre todo, decírnoslo a nosotros mismos. Esto es lo que he aprendido del chico de enero. Parece una tontería, ¿no? Una obviedad de esas que te enseñan en el cole de pequeño, pero es mucho más difícil de lo que parece y, si no me creéis, intentadlo. Intentadlo de verdad. ¿Cuándo fue la última vez que fuisteis sinceros con vosotros mismos, que reconocisteis que no os gustaba vuestro trabajo o que deberíais dejar a la persona con la que estáis? ¿Cuándo fue la última vez que hicisteis algo al respecto?

»Así que ya veis, el chico de enero me ha enseñado esto, a reconocer, al menos para mí misma, qué quiero de verdad. —El nudo que tenía en el estómago me está subiendo hacia la garganta y tengo que hacer algo para aflojarlo. Sonrío—. Y no solo eso, el chico de enero me ha llevado a ver las estrellas, las del cielo y las de las personas más importantes de su vida. Iba a pasar la noche de Reyes sola en casa y él, Enero, me llevó a un lugar especial para su familia y aprendí que nunca nadie es solo lo que parece.

»En mi primer discurso inducido por los *gin-tonics* dije que los hombres de este país no saben ser buenos hijos, pues bien, ¡me equivoqué! Sí, en eso sí me equivoqué. Enero, Salvador Barver, sí sabe, y como hermano mayor no está mal, aunque podría mejorar (eso os lo cuento con más detalle en la revista). Y sí, verlo en acción es tan... —suspiro— como pensáis, pero aún así no ha conseguido hacerme cambiar de opinión, hace falta un poco más que esto para hacerme cambiar de opinión. Y bueno, dado que en el vídeo de diciembre también dije que los hombres de este país no son buenos amantes, creo que ha llegado el momento de especificar que en este sentido no voy a poner a prueba a ningún chico del calendario. Así que... ¡dejad de ser malpensados! —Estoy tan sonrojada que nadie va a creerse que no ha pasado entre Salvador y yo, pero aguanto y tras coger un poco de aire continúo—: Enero también ha compartido conmigo tantos aspectos de su trabajo como le ha sido posible. Si habéis leído las normas de *Los chicos del calendario* sabéis que acompaño al chico del mes en su trabajo siempre que no sea peligroso para mí o para los demás. ¡No quiero ni imaginarme lo que pasará si uno de los chicos es bombero! —Sacudo la cabeza—. Pues bien, Enero es hermético. Es como ver al que crees que es el malo de la película en acción, y al final descubres que es el bueno y lo único que pasa es que ¡no se le ha ocurrido compartir con nadie lo que estaba haciendo! Eh, es genial que luche para proteger al mundo o, en nuestro caso, la revista *Gea* o una pequeña editorial que está en una situación complicada, pero por otro lado... ¡¿qué narices os pasa a los tíos que no podéis pedir nunca ayuda?! ¿Creéis que si pedís ayuda van a echaros de vuestro club secreto? ¿O que vamos a pensar menos de vosotros? Si es eso, no sufráis, ya pensamos mal de vosotros. ¿Por qué insistís en hacerlo todo solos? ¿Por qué lo hace Salvador? ¿Acaso necesita ser un héroe para sentirse realizado o es que, sencillamente, no confía en los demás? No todos somos una panda de idiotas a pesar de las pruebas, y ciertos vídeos, que demuestran lo contrario.

»Enero también me ha llevado a navegar, pero no en plan «nena, este es mi barco y tengo camareros salidos del *Barco del Amor* para atenderte», qué va. Navegamos en un viejo velero que está reconstruyendo poco a poco, que no cunda el pánico, que es más seguro de lo que parece, y estuve todo el rato trabajando, tensando cuerdas, amarres y no sé cuántas cosas más. Os aseguro que no había ni una copa de champán a la vista. Fue divertido, enriquecedor y vi que el mar significa mucho para él y sí, allí sí me dejó que lo ayudase, aunque seguramente nadie, ni tan siquiera él, puede tirar de una cuerda por un extremo y atar el otro a un mástil a la vez.

»En resumen, Enero no me ha hecho cambiar de opinión sobre los hombres porque, a pesar de enseñarme a ser sincera conmigo misma, es un tipo cerrado y lleno de secretos; alguien que no confía en los demás, aunque eso no significa que no se pueda confiar en él... La verdad es que Enero me ha demostrado que las generalizaciones son absurdas y que, si quiero exigirle a alguien que sea sincero conmigo, yo también tengo que serlo con él. Así que —carraspeo y miro la cámara—, Rubén, si estás viendo esto, creo que te comportaste como un cobarde y como un imbécil dejándome por Instagram, pero yo tendría que haberte dicho hace meses que no quería que vivieses conmigo, menos aún sin pagar tu parte del alquiler, y que las cosas no funcionaban entre los dos. Lo siento. Y Enero, Salvador, a pesar de todo, gracias por las estrellas y por el mar. No sé qué sucederá durante el resto del año, pero seré sincera conmigo misma y espero que todos tus sueños, la revista, la editorial, todo, te salgan bien. —Me tiembla un poco la voz y lo disimulo tosiendo—.

»*Gea* sale dentro de un par de días y allí vais a poder leer mucho más sobre el chico de enero y también empezar a descubrir quién es y por qué he escogido al chico de febrero: Jorge Agreste. Seguro que los que sois futboleros ahora mismo estáis dando saltos de alegría. Yo mañana voy a Granada. Estoy impaciente por conocer a Jorge y la ciudad. No os olvidéis de comprar la revista para conocer con detalle todo lo que hemos hecho el chico de enero y yo ¡y no seáis mal pensados!, seguidme en las redes, suscribíos al canal y comentad tanto como queráis. ¡Ah, y proponed a vuestro candidato para los próximos meses! Va a ser un año increíble, ¿me acompañáis?».

En cuanto Abril baja la cámara levanto la mano para secarme las dos lágrimas que al final no he logrado contener.

—Dime que no salgo llorando.

¿Dos lágrimas? Tengo unas cuantas más, es culpa de los nervios y de la tensión, seguro.

—Tranquila, he dejado de grabar justo a tiempo. —Un Kleenex aparece ante mi nariz—. ¿Estás bien?

—Claro. —Se me escapa la risa—. Perfectamente.

—Ay, Cande, yo también he estado a punto de llorar. —Levanto la vista para mirar a mi amiga y veo que tiene los ojos enrojecidos—. Lo que has dicho de Barver... ¿estás segura de que no quieres repetir el vídeo?

—¿Por qué iba a querer repetirlo?

—No lo sé, si quieres... creo que podría cortar algunas frases y editar el vídeo.

—No, déjalo así. He dicho que tengo que ser sincera y valiente, ¿no?

—Nadie lo sabrá si lo edito —insiste Abril—; este vídeo lo va a ver mucha gente, Cande.

—De eso se trata; cuantas más visitas tenga la web, más segura estará toda la plantilla de la revista.

Abril apoya las manos en mis hombros.

—Va a verlo Rubén, Cande. —Me zarandea un poco como si quisiera asegurarse de que estoy procesando lo que me está diciendo—. Lo verá Barver.

—Me da igual. He dicho la verdad. —Le sujeto las muñecas con las manos—. Deja el vídeo así, Abril.

Ella levanta una ceja y da un paso hacia atrás.

—Has cambiado, realmente has cambiado.

—¿Tú crees? Yo, más que cambiar tengo la sensación de que estoy despertándome, descubriéndome.

—¿Has estado leyendo *El Secreto* o algo así?

Me río.

—No, te juro que no. —De repente noto el efecto de los nervios que he pasado al grabar el vídeo—. ¿Vamos a comer algo?

—Y a beber. No sé tú, pero yo necesito algo fuerte después de oír que Barver te ha regalado las estrellas. ¡Por Dios! No sabía que podías llegar a ser tan cursi.

—Cállate, que en tu habitación tienes un cojín con los pequeños ponis; no creas que no lo he visto.

3

Paso el fin de semana con mis padres, mis sobrinas, poniendo cierto orden en mi piso y negándome a pensar en Salvador (y lo consigo, casi todo el rato). Y el lunes me voy en avión a Granada.

El vuelo sale a las siete y cuarto de la mañana de El Prat y mientras estoy en el taxi que me lleva al aeropuerto, no puedo evitar pensar qué habría pasado si hace un mes hubiese salido corriendo de *Gea* para ir tras Rubén. ¿Sentiría ahora respeto por mí misma si hubiese logrado hacerlo cambiar de opinión y él se hubiese quedado conmigo?

Aprieto los dedos alrededor del asa de la maleta. La respuesta es no; no sentiría respeto por mí misma. ¿Qué clase de mujer se queda con un imbécil que la deja por Instagram, con alguien que la considera tan prescindible? Me gusta creer que si ese día me hubiese plantado en el aeropuerto, habría sido para decirle a la cara todo lo que pensaba de él, no para pedirle que reconsiderase su decisión y nos diese otra oportunidad.

Quizás aún me faltan por descubrir muchas cosas sobre mí misma, pero por fin sé que me merezco el respeto del chico que esté conmigo. Y muchísimo más. Sí, si hubiese venido al aeropuerto le habría cantado las cuarenta, quizás habría acabado en la comisaría de la Policía por escándalo público o algo así, pero jamás le habría pedido a Rubén que se quedase y que volviese conmigo.

Hace semanas que no sé nada de él y no lo echo de menos, lo cual dice muy poco de nuestra relación. Aunque él se ha comportado como un indeseable, si yo hubiese estado enamorada de él, ahora lo echaría de menos y la verdad es que, si en algún momento pienso en él —y lo hago muy poco—, es con vergüenza y arrepentimiento por haber sido tan poco sincera conmigo y por haber aguantado tantos meses junto a alguien a quien no quería y por el que ni siquiera sentía atracción, solo comodidad.

Es muy triste estar con alguien porque te es cómodo; no pienso volver a hacerlo, aunque quizá tampoco debería estar dispuesta a complicarme la vida como lo estoy haciendo. Es como cuando aprendes a ir en bici: no te quitas los ruedines y pasas a una bicicleta de trial con marchas; primero tienes la típica bici roja de la que no te bajas en todo el verano, ¿no? ¿Sucede lo mismo con los hombres? ¿O puedes pasar de un Rubén a un... —no digas su nombre— Enero? (Técnicamente no es su nombre.)

El taxi se detiene frente a la terminal de Vueling y las ruedas de las maletas empiezan a circular. A pesar del tiempo que hace que no sé nada de él, tengo la certeza de que Rubén no tardará en volver a mandarme uno de esos mensajes en los que me exige que descuelgue el vídeo de Youtube o que declare al mundo entero que es un excelente amante. Y no lo es.

Ahora puedo afirmarlo rotundamente.

Rubén es probablemente el peor amante del mundo y compadezco a la pobre surfista a la que seguramente él está intentando seducir en este mismo momento. Del que tampoco sé nada es de Salvador, el chico de enero, y eso que el vídeo del primer mes del año Candela ya está colgado. No sé si quiero que Salvador lo vea y sé que es absurdo, él lo verá, es su trabajo. ¡Dios, dentro de unos días tendremos que elegir juntos al chico del mes de marzo!

Pero de momento tengo que conocer al chico de febrero y pasar estas cuatro semanas con él; no vale la pena que empiece a darle vueltas a marzo. Y tengo que dejar de pensar en Salvador.

Hago una foto de mi maleta frente a la puerta de embarque: «Lista para Granada #ChicoDeFebrero ⚽ #Ganas #LosChicosDelCalendario 📅 🏃». A pesar de la hora, los comentarios no tardan en llegar; los dos primeros hacen referencia al vídeo del chico de enero que, efectivamente, ya está colgado. Aún no he entrado en la página de Youtube y podría aprovechar para hacerlo porque el avión lleva un poco de retraso, pero decido apagar el móvil.

El vuelo va relativamente vacío; el asiento de al lado está sin ocupar y dejo allí el bolso. En cuanto nos estabilizamos, lo abro y saco el cuaderno y una guía de Granada que Abril insistió en regalarme; voy a mirar el mapa y a situarme un poco.

—Hola, ¿eres Candela?

Levanto la cabeza y veo a la azafata sonriéndome.

—Sí, soy Candela.

La sonrisa se ensancha.

—Solo quería decirte que estoy completamente de acuerdo contigo y que me parece genial lo que estás haciendo.

—Gracias.

—Yo llegué un día a casa y pillé a mi novio en el sofá con otra.

Las cejas me rozaron la raíz del cabello.

—¡Dios mío!

—¿Y sabes lo que hizo el muy cretino? —La azafata no esperó a que yo contestase—. Me miró sin dejar de moverse, y te juro que esa postura tenía que ser incómoda, y me preguntó por qué había vuelto antes de lo previsto.

—¿Y qué hiciste?

—Empecé a gritar y los eché de casa desnudos. Creo que pude hacerlo porque los cogí por sorpresa; él era enorme y ella estaba atónita, no podía creerse lo que estaba sucediendo. Los encerré en pelotas en el rellano y vivo en un edificio con ocho pisos por planta. Imagina el escándalo.

—Bien hecho.

—Bueno, después lloré como una idiota y durante un rato deseé que no hubiesen anulado ese último vuelo. Por eso había vuelto antes a casa. Pensé que si hubiese seguido con mi horario habitual, jamás me habría enterado y... —Se encogió de hombros—. Da igual. Me enteré y aunque lo pasé muy mal ahora creo que es lo mejor que me ha pasado en la vida. Como tu Instabye.

—Es injusto que alguien tenga que hacernos daño para que nuestra vida cambie, ¿no te parece?

—Sí, lo es, pero yo tenía una abuela que decía que a veces hay que caer de bruces contra el suelo para reaccionar y aprender a bailar y yo, desde que pillé a mi ex con esa en el sofá, no he parado de bailar.

—Me alegro.

—Seguro que tú también vas a conseguirlo, Candela. El último vídeo me ha gustado mucho y no pienso perderme ninguno de tus artículos, tanto si hablas de los chicos del calendario como si no.

—Gracias... —desvío la mirada hacia el uniforme en busca de su nombre.

—María, me llamo María.

—Gracias, María.

—De nada, tú sigue así que tanto yo como mis amigas estamos de tu lado.

—Gracias.

Vuelve a sonreírme.

—Tengo que ponerme a trabajar, si necesitas algo, avísame.

—Lo haré.

El vuelo de Barcelona a Granada solo dura una hora y media, y entre la guía de viajes, las anotaciones que voy haciendo en mi cuaderno rojo y otra conversación con María y Jimena, otra azafata, se me hace aún más corto.

El aeropuerto Federico García Lorca es pequeño comparado con El Prat y eso me ayuda a contener un poquito los nervios que han empezado a ir en aumento en cuanto hemos aterrizado. Mi maleta no tarda en salir por la cinta transportadora, pero antes de cruzar la puerta de llegadas me detengo un instante.

Jorge parece muy amable y educado, y por su foto se diría que tiene una sonrisa contagiosa (fue uno de los motivos por los que lo elegí como candidato), pero ahora, apenas unos minutos antes de conocerlo, cuando está a escasos metros de mí, me tiemblan las manos y, si soy sincera, tengo ganas de subirme al primer avión que salga de aquí.

«No seas cobarde, Candela, este es tu año, este es tu mes, sigue».

Estoy segura de que Granada es una ciudad preciosa y tengo el presentimiento de que la historia de Jorge es interesante y de que puedo aprender algo de él. A pesar de que lo niegue, la verdad es que quiero que me demuestren que no todos los chicos son iguales. Que no todos son Rubén.

Que no todos son Salvador.

Y yo soy yo, y este es mi proyecto así que, aunque ahora me dé miedo, voy a seguir adelante.

Suelto el aliento y arrastro la maleta hasta la salida. Las puertas se abren y, por entre la gente que está esperando a sus amigos o familiares, lo veo a él.

Y me sonríe.

No solo lo reconozco por la foto; es la persona más alta de la zona de llegadas y a su lado hay dos señoras mirándolo. Es obvio que él acaba de hablar con ellas y se están despidiendo encantadas. En cuanto me ha visto, además de sonreírme, ha empezado a andar hacia mí.

—Hola, Candela, soy Jorge. —Nos detenemos al lado de un panel que anuncia los vuelos que están aterrizando—. Bienvenida a Granada.

—Hola, Jorge. Llámame Cande. —Él se agacha y nos damos dos besos en las mejillas—. Gracias por venir a buscarme.

—Un placer. Vamos, será mejor que nos vayamos de aquí. —Alarga el brazo hacia el asa de la maleta para tirar de ella pero no lo hace hasta que yo asiento—. Estoy mal aparcado.

—Oh, vaya, pues vamos. No quiero que te multen por mi culpa.

—No te preocupes, no creo que pase nada.

Jorge se pone a caminar hacia la salida del aeropuerto y yo me coloco a su lado, algunas personas lo miran al pasar y me imagino que aún recuerdan su época de jugador en la liga inglesa.

—La gente de Granada es estupenda —dice él—, aunque hay quien sigue creyendo que soy un jugador famoso.

—¿Y no lo eres?

—¡No! —Se le escapa una carcajada de esas que hacen que alguien te caiga bien al instante—. ¡Qué va! Esa etapa de mi vida ya está cerrada. Pero me gusta pensar que sienten cariño por mí, como esas dos señoras que había en el aeropuerto, que al menos no creen que soy un imbécil o un cretino. —Hemos cruzado el aparcamiento y se detiene frente a un jeep verde oscuro y lo abre—. Pero es más por lo de Cassandra que por otra cosa. Cada vez que ella sale en alguna revista vuelven a publicar esas fotos y... —Cierra la puerta del maletero de un golpe seco—. Ya sabes.

Tardo unos segundos en reaccionar, creía que no hablaríamos de eso hasta más adelante, que al menos tendríamos un par de conversaciones insulsas sobre el tiempo o sobre nuestros trabajos antes de hablar de nuestros respectivos ex. Jorge entra en el coche, se pasa las manos por el pelo rubio y lo despeina, mete la llave en el contacto mientras yo voy hacia la puerta del acompañante y también subo al vehículo.

—He leído lo que sucedió —le digo tras cerrar—, dos o tres artículos en distintas revistas, y también he leído lo que contaban los chicos de tu equipo en la propuesta. —Él parece sonreír de nuevo al oír mi última frase—. Pero preferiría que, si quieres, o cuando quieras, me contases tú mismo la historia.

Él pone en marcha el vehículo.

—¿No te fías de las revistas? —Me sonríe descaradamente—. Qué curioso.

—Sí, lo es.

Suelta una carcajada.

—Voy a confesarte una cosa, Cande.

—Confiesa.

—Cuando mis chicos me dijeron que habían mandado ese escrito a la web de *Los chicos del calendario* quise matarlos. Lentamente. No me creí nada, ni tu historia, ni tus vídeos, ni nada.

—Vaya, no te cortes. No hace falta que te andes con rodeos.

Vuelve a reírse.

—Sí, a veces soy demasiado sincero, me lo han dicho.

—¿En serio?

—Iba a venir a buscarte, a llevarte a tu piso y me iba a pasar el mes haciéndote de guía turístico de Granada y poco más.

—¿Ibas? ¿Eso quiere decir que has cambiado de opinión?

—Sí.

—Bueno, dudo mucho que haya sido por esta conversación. Aunque está resultando interesante, no creo que me esté haciendo quedar muy bien. En realidad ahora mismo tengo ganas de borrarte de la cara esa sonrisa de satisfacción. Me has acusado de ser una farsa.

—Ya, lo siento, pero es la verdad.

—Y tú siempre dices la verdad.

—Siempre.

—Vaya. —Me cruzo de brazos y me giro para mirarlo. Conduce decidido, con la vista fija al frente, pero gira el rostro un segundo para mirarme. Esta primera conversación es tan imprevista que apenas me he fijado en el paisaje.

—He cambiado de opinión antes de venir a recogerte, cuando he visto el vídeo del chico de enero. —Vuelve a mirar hacia la carretera—. Creo que tú y yo podemos llegar a ser amigos.

—¿Eso crees?

—Sí.

Está tan seguro de sí mismo y sabe que es tan encantador que me entran ganas de sonreírle, pero me contengo. No voy a dejar que él sea el único en coger desprevenido al otro.

—Ya veremos. Tienes un mes para conseguirlo.

Vuelve a reírse y, esta vez sí, le sonrío.

—Seremos amigos, Cande, ya verás.

Casi tengo ganas de decirle que va por buen camino. Casi.

—¿Qué planes tienes para hoy? —le pregunto al cabo de unos minutos—. Me imagino que sabes que no tienes que cambiar tu vida por mí, en realidad las reglas del concurso especifican que tienes que seguir con tu rutina habitual y yo tengo que seguirte a todas partes.

—Lo sé. Pero hoy los chicos no entrenan hasta las cuatro de la tarde, así que había pensado que podríamos ir a tu apartamento, instalarte y después dar un paseo por la ciudad. ¿Te parece bien?

—Claro.

—Entonces decidido. Pero tendrás que echarme una mano, hasta hace unas horas no tenía intención de seguir con mi rutina y llevarte conmigo a todas partes, así que no sé mucho hasta qué punto puedo cambiar mis planes o no, porque pasarte las mañanas viendo cómo preparo los entrenamientos creo que no es muy interesante...

—Bueno, en realidad también es mi primera vez.

—No, eso no es verdad. Tú ya has pasado un mes, el mes de enero. Tienes algo de práctica.

Tengo en la punta de la lengua decirle que enero no cuenta, que ha sido distinto.

—Tienes razón —suspiro para disimular el lío que se ha hecho mi corazón en la garganta—, aunque cada mes es distinto. —«Eso espero»—. Ya le cogeremos el truco. Además, lo de ver cómo preparas los entrenamientos, me parece muy interesante. Sé tan pocas cosas del mundo del fútbol que para mí todo esto es una gran novedad.

Jorge sonríe de nuevo y empieza a contarme cosas de la ciudad; esta sí que es la conversación que me había imaginado que tendríamos. Yo tampoco le pregunto por su exprometida o por su carrera futbolística; es mejor que dejemos esos temas, y el de mi mes de enero, para otro momento. O para nunca.

—Vanesa me mandó un correo con la dirección del piso que has alquilado; aparcaré aquí e iremos andando.

—Si quieres puedes ir a preparar uno de esos entrenamientos y nos vemos luego —sonrío mientras lo miro de reojo—; tengo entendido que habrá alguien de la inmobiliaria esperándome y eso no forma parte de tu vida, así que puedo ocuparme sola.

—Ya he preparado todos los entrenamientos durante el desayuno, y ya me he organizado el día para estar contigo. No te preocupes, lo tengo todo controlado.

—¿Por qué será que tengo la sensación de que le das mucha importancia al orden?

—Empecé a entrenar para un equipo de un club de primera división cuando tenía doce años, como la Masía del Barça —añade al ver que lo miro con cara rara—, y aprendí que la rutina y la disciplina son importantes. Y no me gustan las sorpresas.

—Ya, a mí tampoco. No sabía que habías empezado tan pequeño a jugar al fútbol.

—No era tan pequeño, créeme. Pero sí, me gusta contemplar las cosas desde todos los ángulos y anticiparme a la jugada.

No sé si su falta de aprecio por las sorpresas es fruto de tantos años de entrenamiento o algo más reciente y consecuencia del plantón en el altar, o si Jorge siempre ha sido así. Lo que descubro en este momento es que yo tenía una opinión muy equivocada de los deportistas. Me avergüenza darme cuenta de que menospreciaba su trabajo, su esfuerzo, su capacidad de sacrificio y, a veces, su inteligencia. Apenas hace un rato que conozco a Jorge y ya puedo ver claramente que es un chico listo y complejo. Acaba de enseñarme algo sin pretenderlo, algo importante y que yo, teniendo en cuenta mi vida y mis circunstancias, ya tendría que haber aprendido antes: nadie es lo que aparenta, y etiquetar a la gente es un error y solo demuestra lo pequeño que tienes el espíritu y el cerebro.

—Ya hemos llegado.

Jorge, ajeno a mi descubrimiento, aparca el coche en un garaje y baja a abrir el maletero. Arrastra mi maleta y caminamos por la calle que conduce a Plaza de Toros. El trabajador de la inmobiliaria está efectivamente esperándome con un juego de llaves del apartamento. Lo saludo y el hombre pierde medio minuto conmigo para ponerse a babear frente a Jorge.

—Jorge Agreste —le tiende la mano—, es un honor conocerlo.

Jorge acepta el apretón con una sonrisa en el rostro y veo que no es igual a la que me ha ofrecido en el coche.

—Gracias. Trátame de tú, por favor.

—Sabía que te habías mudado a Granada, aunque al principio no me lo creía. Mira que tener que dejar la liga inglesa por una lesión.

Jorge se tensa un poco.

—Sí, la vida es así. Pero me encanta entrenar.

—¿A un equipo de quinta infantil?

—No es de quinta.

Pasa a la defensiva y el señor de la inmobiliaria, que tiene la delicadeza de un elefante en una chatarrería, se lanza al vacío.

—Tío —hago una mueca al oír ese apelativo tan informal—, podrías estar en cualquier parte.

—Exacto. —Jorge lo corta al instante—. Podría estar en cualquier parte. Será mejor que acompañe a Cande a su apartamento. Tenemos muchas cosas que hacer. Ha sido un placer conocerte.

Levanta la maleta del suelo y se dispone a subir la escalera. Yo me despido brevemente del agente inmobiliario, que tiene los labios igual que un pez al que sacan del agua e intenta respirar, y subo.

Jorge está de pie frente a la puerta. La llave, que se ha quedado él, está puesta en la cerradura, pero no ha entrado.

—Perdona que me haya ido así, es que de repente...

—Has tenido ganas de estrangular al de la inmobiliaria. Lo entiendo.

Sonríe y afloja un poco los hombros.

—Sí, algo así.

El apartamento tiene dos habitaciones, una cocina completamente equipada (aunque dudo mucho que vaya a utilizarla demasiado), un baño y un comedor. Jorge me espera allí mientras yo dejo la maleta en el dormitorio e inspecciono el resto. El comedor es sin duda lo más bonito, entra muchísima luz y los muebles de madera clara están complementados con cojines y una manta de colores que me recuerda a la que tengo en Barcelona.

Sí, aunque probablemente solo vendré a dormir, voy a estar bien aquí.

Jorge está sentado en una silla, escribiendo algo en el móvil, y aprovecho para observarlo. Se ha quitado el abrigo y lleva las mangas de la camiseta arremangadas; los antebrazos bronceados y muy bien definidos delatan, igual que el resto de su cuerpo, que se ha dedicado toda la vida al deporte. Tiene la frente arrugada, como si estuviese enfadado o quizá preocupado por la persona a la que está escribiendo.

—Oh, ¿ya estás lista? —me pregunta levantando la cabeza—. Disculpa, era uno de los chicos.

Se pone en pie y guarda el móvil en el bolsillo.

—Tranquilo, no pasa nada. Ya estoy lista, podemos irnos cuando quieras.

En la calle vuelvo a comprobar que varias personas miran a Jorge, aunque lo cierto es que parece estar perfectamente integrado en esa ciudad. No puede decirse que Jorge sea famoso, sin duda lo habría sido mucho más si no se hubiese lesionado y hubiese seguido su carrera futbolística, pero tampoco es un chico común y corriente. Probablemente la gente lo miraría igual aunque fuese un desconocido, un empleado de banca o un electricista. Es alto —no tanto como Salvador y sí, es verdad, no tendría que haber pensado en él—, con un pelo rubio oscuro que parece sacado de un actor de Hollywood de hace años, tipo Robert Redford; la piel bronceada, probablemente porque entrena a diario bajo el sol; y una cara de esas que, aunque no son perfectas, dan ganas de achuchar. Jorge no es de esos guapos intimidantes, es de esos guapos reales con los que sientes que puedes conectar.

—No me gusta el fútbol —suelto como si nada.

Él, sin dejar de andar, ladea la cabeza para mirarme y me sonríe. Lo que yo decía, completamente *abrazable* (invento palabras porque Abril no está aquí y alguien tiene que hacerlo en su lugar).

—No me lo creo.

—En serio. Me aburre soberanamente; creo que nunca he visto un partido entero.

Se detiene en seco.

—Creo que voy a tener que pedirte que te vayas.

—¿Qué? ¿A dónde?

—De vuelta a Barcelona. —Lo dice completamente serio, pero cuando ve que yo empiezo a palidecer me guiña un ojo y reanuda la marcha—. Si te aburre el fútbol es porque nunca has visto un buen partido. No te preocupes, este mes vamos a solucionarlo.

—No me preocupa —bromeo.

—Pues debería. El fútbol forma parte de nuestra vida. Un partido de fútbol es una metáfora perfecta de lo que sucede en la vida cotidiana. Cada persona ocupa una determinada posición en el campo y desde allí procura ganar su porción de gloria. El delantero arriesga, el defensa analiza, el portero se lanza, el...

—¿Y qué hace la gente torpe como yo? —le interrumpo.

—Entrena hasta perder el miedo.

—Si te pones místico con el fútbol, entonces sí que me subo al primer avión que salga de Granada, vaya a donde vaya —bromeo porque en realidad su explicación me ha calado muy hondo.

Jorge se ríe.

—Me caes bien, Cande.

—Tú a mí también —afirmo con una sonrisa. Es verdad, en unas pocas horas Jorge ha conseguido caerme bien y hacerme sonreír. Y ha conseguido algo aún más increíble: hacer que tenga muchas ganas de vivir el mes de febrero y dejar enero atrás.

4

Vamos a comer en un pequeño restaurante cerca del piso que va a ser mi casa durante estas cuatro semanas. Antes de llegar, una señora nos detiene en plena calle para darle un abrazo a Jorge y sermonearme a mí. La señora, Celia se llama, ha visto mis vídeos de Youtube gracias a sus sobrinas y está convencida de que ahora, y gracias a Jorge, voy a «ver la luz».

—Nuestro Jorge no es como los demás. —Le sujeta por el brazo y a punto está de pellizcarle la mejilla—. Ya lo verás. Es todo un caballero. Y no hagas caso de lo que ha salido en las revistas.

—Nunca lo hago, las revistas son el mal. —Jorge sonríe y levanta las cejas.

—En fin, niña, tú déjate cuidar por él.

Jorge se sonroja, no sé si de vergüenza o porque está conteniendo una carcajada.

—Será mejor que nos vayamos, nos están esperando para comer. Ha sido un placer conocerla, Celia.

La mujer casi sale flotando por el aire y se aleja de allí toda acalorada tras recibir los dos besos de rigor de Jorge, y sacarnos una fotografía con el móvil. He aprovechado para pedirle que nos hiciera una con el mío y la he colgado: «#HermosaGranada 🖤 #ElChicoDeFebrero ⚽ #LosChicosDelCalendario 📅 #ImpacientePorConocerLaMagiaDeEsteMes ✨».

—No me malinterpretes por lo que voy a decir. Esta señora era un encanto, pero... me molesta que haya tantas mujeres que aún creen que lo único que tenemos que hacer las chicas para ser felices es esperar a que llegue «el hombre adecuado» a nuestra vida y que «nos dejemos cuidar».

—Te entiendo, ni necesitáis que os cuiden ni existe «el hombre adecuado». —Me mira a los ojos al notar que yo lo estoy observando estupefacta—. Igual que no existe la chica adecuada.

En los postres retomamos la conversación, que había quedado interrumpida por la comida y por las charlas que hemos compartido con los camareros, todos grandes amantes del fútbol y seguidores acérrimos de Agreste.

—Yo tampoco creo que exista la «chica adecuada», pero a los chicos no os dicen que vuestra vida solo tendrá sentido cuando la conozcáis.

Él se lleva el café a los labios y piensa la respuesta. No se parece en nada a Salvador, en nada, y tampoco se ajusta lo más mínimo a la imagen mental que yo me había hecho hasta hoy de los deportistas. Jorge, al igual que Salvador, me está demostrando lo absurdo que es generalizar y lo mucho que puedes descubrir cuando te arriesgas.

—A los chicos nos dicen que la «chica adecuada» nos hará sentar la cabeza y nos enseñará «el significado del amor», lo cual es igual de absurdo si lo piensas.

—Cierto. En realidad nos están diciendo que nuestra vida solo funcionará cuando entre en ella otra persona, sea chico o chica.

Jorge suelta un bufido en medio de una risa y se pasa las manos por el pelo.

—Ay, Cande, será mejor que dejemos estos análisis para más adelante. —Pide la cuenta al camarero e insiste en pagar a pesar de que le digo que *Gea* corre con todos los gastos—. Ni hablar, la propietaria es amiga de mi madre y me despellejará vivo si se entera de que no te he invitado. Además, tenemos todo el mes por delante.

—Si es así, gracias. ¿Ahora toca entrenamiento, verdad? Si quieres podemos hacer una excepción, yo vuelvo al piso y nos vemos luego.

—¿Te estás intentando escaquear? ¡Qué profesional! —Se ríe, me ha visto las intenciones—. No, ni hablar. Tú vas a venir conmigo al campo y va a empezar a gustarte el fútbol como que yo me llamo Jorge, ya lo verás.

—Bueno, el fútbol no sé, pero tengo ganas de conocer a los chicos de tu equipo. El escrito con el que te presentaron como candidato a chico del calendario no tenía desperdicio.

—Por su bien... —Abre la puerta y me invita a salir primero—. Por su bien espero no leerlo nunca.

Vamos a por el coche de Jorge, a lo largo del trayecto me cuenta que sus padres eran de Granada y que él había echado mucho de menos la ciudad durante todos los años que estuvo fuera. Había sido seleccionado por un ojeador inglés de pequeño y prácticamente había vivido en Inglaterra desde los doce años, internado en el centro de alto rendimiento del club de fútbol al que pertenecía. Él pasaba todas sus vacaciones, que no eran muchas, en Granada, y sus padres, tíos, tías y primos le habían visitado tanto como les había sido posible para que se sintiera arropado por su familia, pero él siempre se había sentido extraño.

—Llegó un momento en que casi prefería que no vinieran. Me traían comida, fotos, regalos, y después, cuando se iban, todo era un poco más difícil.

—¿No te planteaste nunca dejarlo?

—Unas mil veces al día, pero nunca en serio. Por eso, cuando sucedió todo, decidí que había llegado el momento de regresar a casa.

—Claro, me imagino que yo habría hecho lo mismo.

No queda claro si se refiere a la lesión que lo retiró del fútbol profesional o al plantón en el altar, pero no le pregunto. Como él ha dicho antes, tenemos todo un mes por delante.

Jorge entrena dos equipos de fútbol infantil (infantil y cadete, en realidad), los dos formados por chicos y chicas entre doce y quince años que estudian en distintos colegios o institutos de la ciudad. El primer año, el pasado, solo había un equipo, pero en la actualidad son dos y probablemente serán tres el siguiente. Jorge no solo se encarga de entrenarlos; de algún modo es el creador de este pequeño club y también lleva a cabo su gestión.

Yo no sé de fútbol, pero me basta con mirar la cantidad de niños que hay repartidos en distintos grupos por el césped del campo de la Universidad de Granada para afirmar que allí hay gente para formar cinco equipos como mínimo.

—Siempre se apunta alguien nuevo. —Es la única explicación que me da Jorge al ver que yo observo atónita el campo—. Puedes esperarme allí o ir a hablar con ellos, si te atreves. Yo antes tengo que mantener una conversación con María.

—Creo que te esperaré allí. —Señalo lo que supongo que es el banquillo—. No te preocupes.

Jorge entrena en las instalaciones del complejo deportivo de la Universidad de Granada; Vanesa y yo lo descubrimos mientras preparábamos el expediente del chico de febrero, aunque nos quedamos cortas. Cortísimas. En este campo, un montón de chicos juegan con el balón y hacen deporte en múltiples facetas distintas —correr, saltar o hacer flexiones—, pero también hay gente hablando, estudiantes haciendo deberes en un rincón y hasta una pareja de adolescentes de postal tonteando descaradamente en una esquina.

Busco el móvil para hacer una foto del conjunto, para evitar que se vea la cara de los niños —no quiero que el departamento legal de Olimpo se me tire al cuello—, y me doy cuenta de que tengo la pantalla llena de alertas, la fotografía que he colgado antes con Jorge ha generado mucho interés. Paso la vista por encima de los comentarios; después, cuando esté en el apartamento, los leeré y contestaré con calma, pero me basta con este vistazo para detectar la gran cantidad de caras con corazones que me han mandado los seguidores de *Los chicos del calendario*.

El icono del correo también tiene dos alertas y lo abro convencida de que serán del trabajo. Uno lo es, es de Vanesa recordándome que me pase por el canal de Youtube para responder a los seguidores. Se ofrece a ayudarme, pero sabe que yo insistí en gestionar este tema por mí misma. Quizá tendré que replanteármelo más adelante, aunque dudo mucho que lo haga.

El otro correo es de Salvador.

Vacilo antes de abrirlo y luego lo hago igual que cuando te arrancas una tirita. Me digo que estoy preparada para leer un par de frases frías y profesionales, en las que puede que incluso me felicite por la elección del chico de febrero.

Nada de eso. Es solo una línea: «Dame tu correo personal, Candela. Por favor. Salvador».

¿Mi correo personal?

Se ha vuelto loco. No pienso dárselo. Si quiere decirme algo, puede llamarme. Y para el trabajo ya tiene eso, el correo del trabajo. Es la primera vez que se pone en contacto conmigo desde que se fue a Canadá sin prácticamente despedirse y sin darme ninguna explicación, ni siquiera se inventó una excusa, no me dijo nada de nada, solo «hasta luego, Candela».

No voy a darle mi correo.

Lanzo el móvil sin miramientos al interior del bolso. Unos niños miran hacia mí y sonríen, y deduzco que fueron ellos los que presentaron a Jorge como candidato. Los saludo con la mano y me devuelven el saludo antes de ponerse a dar vueltas alrededor del campo. Voy a gritarles que esperen, que quiero conocerlos, pero entonces veo que Jorge y una chica se están acercando a mí, y deduzco que los niños se han puesto a correr tras una indicación de su entrenador.

—Les dije que no podían hablar contigo y atosigarte a preguntas hasta después del entrenamiento —me explica Jorge adivinando mi confusión—. Lamento la espera. Ella es María, la hermana de Lucas. —Señala al chico que corre al final de la fila con cara de querer matar a alguien, probablemente a su entrenador.

—Encantada de conocerte, Candela. —La chica me tiende la mano y me ofrece una sonrisa—. He visto tus vídeos, me gustan mucho. ¿De verdad tu novio te dejó por Instagram?

—De verdad.

—Bueno, yo tengo que volver al trabajo. Gracias por tu ayuda, Jorge. —Se dirige a él, que parece algo incómodo—. Me imagino que si vuelves por aquí volveremos a coincidir, Candela.

—Llámame Cande, por favor.

—Por supuesto, Cande. No sé exactamente qué tienes en mente para este mes y no quiero que me malinterpretes, pero si sientes curiosidad por alguna de las cosas típicas de Granada, puedes venir a mi taller de taracea. Me encantará enseñártelo y siempre puedes aprovechar para hacerme preguntas sobre Jorge —le guiña un ojo—; conozco todos sus trapos sucios, como por ejemplo que está completamente enganchado a unos comics y los guarda como si fueran tesoros.

No puedo evitar sonreír y María se sonroja. Jorge le pasa un brazo por los hombros.

—María es de Granada, pero se fue a Madrid hace años y desde que regresó se pasa el día trabajando. No está loca o si lo está no es peligrosa, créeme, aunque eso de los comics es mentira. El loco de su familia es su hermano, ¡que ahora mismo tendría que estar haciendo flexiones! —Grita en dirección al campo de césped y un chico, el de antes, lo maldice con la mirada antes de tumbarse y apoyar las palmas de las manos en la hierba para subir y bajar el resto del cuerpo.

—Vendré; aún no tengo planeado exactamente qué haré durante el resto del mes. Básicamente tengo que seguir a Jorge y dejar que me convenza de que los hombres valen la pena.

—Pero no todos los hombres son... —carraspea y deja la frase sin terminar—. Será mejor que me vaya, ni la tienda ni el taller se abrirán solos. Ana, mi ayudante, no entra hasta las seis. Adiós, Jorge, gracias por todo. Nos vemos, Cande.

—No sé mucho de fútbol, pero en este campo hay muchos más jugadores de los que hacen falta para uno o hasta dos equipos, ¿no?

—Sí, los hay. La verdad es que hay jugadores como para tres equipos entrenando todos juntos, y no solo son equipos mixtos, también están mezclados los infantiles con los cadetes. Eso les va bien, así se acostumbran a jugar siempre en posiciones distintas y con compañeros distintos. Es positivo para ellos, los hace más versátiles, más solidarios. Y bueno, para los partidos, tengo que hacer algunos equilibrios porque hay jugadores de sobra, pero el esfuerzo merece la pena. Al principio me costó un poco convencer al Ayuntamiento y a la Universidad de que me dejaran hacerlo de este modo, pero ahora están encantados.

—Me imagino que no es fácil, ni popular, decirle que no al hijo pródigo de Granada, sobre todo ante una propuesta tan... como esta.

—Eso —sonríe— y que tanto al alcalde como al rector de la Universidad les encanta ganar votos sin tener que pagar.

—Es obvio que no haces esto por dinero, pero ¿por qué?, ¿por qué lo haces?

—Por ellos. —Tiene la mirada fija en el campo—. Y por mí, supongo.

Levanta el silbato que lleva colgando del cuello, debe de habérselo puesto cuando se ha ido a hablar con María, y sopla. Los chicos se detienen y lo miran.

—¡Chicos! Ella es Candela Ríos, la periodista a la que le escribisteis contándole mi vida.

—¡Tu vida está en todas partes, entrenador!

—¡Cállate, Patricia, o darás veinte vueltas más al campo! —Jorge la riñe sin amargura—. La señorita Ríos dice que no le gusta el fútbol. —Me miran horrorizados, como si acabasen de descubrir que mato gatitos y me los como para desayunar—. ¿Qué os parece si le enseñamos lo que se está perdiendo? Dividíos en dos equipos y poneos los chalecos. El primer partido empieza dentro de dos minutos y ya sabéis las normas: el ganador podrá pedirle lo que quiera al perdedor. Los demás seguid calentando, que después os tocará a vosotros. No nos iremos de aquí hasta que todos hayáis jugado un rato. ¡Vamos!

Los chicos se dividen en grupos sin necesidad de que Jorge intervenga y unos se ponen unos chalecos rojos encima de la camiseta para diferenciarse de los demás. Yo voy a sentarme en el banco cuando Jorge me detiene.

—Oh no, no vas a estar sentada. Vas a caminar conmigo y vas a ver cómo mis chicos juegan al fútbol de verdad. No puedes quedarte en el banquillo y esperar que las cosas buenas de la vida sucedan ante tus ojos, tienes que correr tras ellas.

Lo hago, hago exactamente eso, me paso todo el partido andando —corriendo— de un lado al otro observando a chicos y chicas jugar, intentando seguir el ritmo de Jorge (imposible) y escuchando las explicaciones que me ofrece cuando no corrige o habla con sus jugadores. No diré que me haya enamorado del fútbol (sería tan absurdo como decir que han bastado dos chicos, Jorge y Salvador, para hacerme cambiar de opinión sobre todo su sexo), pero lo cierto es que me gusta. Y Jorge tiene razón, la vida da más vueltas que un balón y si quieres jugar bien no puedes perderlo de vista.

Estos chicos se esfuerzan por dar lo mejor de sí mismos para el bien del equipo y para impresionar a su entrenador, al que es evidente que admiran. No veo ningún juego sucio; desconozco las reglas y no tengo ni idea de si durante este partido improvisado se ha producido un penalti, una fuera de juego, unas manos o un no sé qué, sin embargo puedo afirmar que no he visto a nadie haciéndole daño a otro o fingiendo que se lo han hecho y eso, aunque he visto poquísimos partidos en mi vida, sí se ve en los partidos de la tele.

Al terminar los partidos, los ganadores deciden darse un tiempo para pensar qué van a pedir a los perdedores y Jorge se dirige a todos para felicitarlos y comentar algunas jugadas. Le saco una foto mientras habla, de espaldas y sujetando el balón a un lado, justo encima de la cintura; los niños están frente a él, algunos de pie y otros sentados en la hierba, todos escuchándolo atentamente.

«#ElChicoDeEnero ⚽ #FútbolDeVerdad 👏 #AsíSí #OhEntrenador 🔥 #VivanLosEquiposMixtos #LosChicosDelCalendario 📅 🏃».

—Creo que antes he metido la pata y no te he dicho que trajeras ropa para cambiarte. Lo siento. Seguir al entrenador es más cansado de lo que parece, ¿verdad?

—No te preocupes, estoy bien.

En realidad, Jorge ha corrido mucho más que yo; él iba y venía de un lado al otro del campo, y yo, aunque he hecho algo de ejercicio, ha llegado un momento que no podía seguirlo.

—¿Seguro? Yo voy a ducharme y a cambiarme. No tardo nada.

—Seguro, no te preocupes.

Él se pasa una toalla por el rostro y se despide para salir corriendo hacia la misma dirección en la que hace unos minutos han desaparecido los chicos. El campo ha quedado vacío; unos pájaros se atreven ahora a bajar y pasear por él, y yo hago lo mismo hasta las gradas. Una vez allí observo el paisaje de la ciudad, está aquí mismo, y no sé exactamente por qué pienso en María. A esa chica le gusta Jorge, el modo en que se ha sonrojado la ha delatado y, aunque yo estoy muy lejos de ser una experta en el tema (en realidad puede afirmarse que soy pésima para estas cosas), creo que nunca se lo ha dicho. Me gustaría volver a coincidir con ella; la taracea es un tipo de artesanía muy típico de Granada y sería interesante descubrir más sobre ella, y tampoco me importaría tener una amiga aquí.

Saco el móvil; le escribiré un correo a Vanesa y le comentaré que he decidido añadir una sección de curiosidades sobre la ciudad y que iré colgando *posts* en la web a lo largo del mes. En Instagram podría ir intercalando fotografías y comentarios del chico del mes junto con otros descubrimientos; creo que en realidad ya es lo que estoy haciendo, pero sería un poco más estructurado. Al menos voy a intentarlo.

Al desbloquear la pantalla veo que he recibido un mensaje de Salvador:

«Mándame tu correo o llámame esta noche».

Nada más, incluso ha desaparecido el «por favor» de antes. Le saco la lengua al móvil como si él pudiera verme.

—Ya estamos aquí.

Levanto la cabeza y me encuentro con Jorge y con el chico que antes ha hecho flexiones.

—Hola.

—Este es Lucas, el hermano de María.

—Hola, Lucas.

—Hola. —Se encoje de hombros—. Puedo ir a casa andando, no está tan lejos —le dice a Jorge.

—Tu hermana me ha pedido que te lleve y voy a llevarte. María me ha mandado un mensaje y me ha pedido que lo acompañe. ¿Te importa?

—Por supuesto que no.

Bajo de la grada blanca y ando al lado de Lucas. Él es algo más alto que yo y tiene el mismo pelo castaño y levemente rizado de su hermana.

—¿De quién fue la idea de proponer a Jorge como chico del calendario?

—De todo el equipo —contesta—; no creíamos que fuerais a elegirlo. Fue solo una broma.

—Pues le hicisteis una carta de presentación inmejorable. ¿De verdad no os imaginasteis que fuéramos a seleccionarlo?

—De verdad.

—¿Entonces por qué lo hicisteis?

—Eso. —Jorge se añade a la conversación—. ¿Por qué lo hicisteis?

—Siempre nos estás diciendo que no tenemos que hacer caso de lo que dicen los demás de nosotros.

—Cierto, ¿pero eso qué tiene que ver?

—A nadie del equipo le gustó lo que te hizo tu ex. —Lucas baja la cabeza de inmediato para escapar de la mirada de su entrenador—. Y pensamos que si por algún milagro salías elegido podrías vengarte.

—¿Vengarme? Yo no quiero vengarme.

—No es justo lo que te pasó.

—No, no lo es, pero eso no es asunto vuestro, ni tuyo ni del resto del equipo. Creía que habíais mandado mi candidatura para reíros de mí.

—Eso también.

Entramos en el coche. Lucas va detrás y Jorge y yo, delante. Le he ofrecido al chico intercambiar nuestros lugares, pero se ha negado.

—¿Cómo está tu padre, Lucas?

—No muy bien, la verdad. Por eso María va todo el día para arriba y para abajo.

—Le he dicho a tu hermana cientos de veces que yo podría pasar a buscarte y devolverte a casa cada día.

—Ya sabes cómo es María.

—Lo sé.

A ninguno de los dos parece molestarles mi presencia. Hablan relajados y es obvio que existe un cariño auténtico entre ellos. Probablemente este cariño es uno de los motivos por los que María mira a Jorge como si fuese de otro mundo.

—¿Cuántos años hace que juegas a fútbol, Lucas?

—Juego desde pequeño, pero empecé a entrenar el año pasado, cuando Jorge vino a la ciudad y organizó los equipos y la liga infantil. Y los demás igual, todos jugábamos, pero era un desmadre.

—Aún lo es —interviene Jorge—, hacéis lo que os da la gana.

—¿Te gustaría ser jugador profesional?

—La verdad es que no tengo el talento necesario, aunque si lo tuviera... Tampoco dejaría a mi hermana aquí sola con mi padre. —La alegría se desvanece del chico.

—Oh, lo siento, no quería sacar un tema incómodo.

—No es culpa tuya —me asegura Lucas—, no lo sabías. Y no pasa nada, hace tiempo que papá está enfermo.

Jorge detiene el coche frente a una casa. Lucas se había ofrecido a ir andando y, aunque está en forma y podría haberlo hecho, hemos recorrido una distancia más que considerable y ha anochecido. Entiendo la preocupación de su hermana; yo habría hecho lo mismo.

—Ya hemos llegado. ¿Quieres que suba?

—No, no hace falta. Gracias por traerme. Nos vemos mañana. Buenas noches, señorita Ríos.

—Llámame Cande, por favor.

—Jorge ha insistido en que la llamemos señorita Ríos.

—El respeto es importante —señala el aludido.

—Me haces parecer una vieja de la Inquisición, Jorge. Puedes llamarme Cande, Lucas, tranquilo.

—Lo haré, es que el entrenador es un poco estirado.

—Sal del coche antes de que te atrape.

Lucas salta del vehículo con una sonrisa y tengo la impresión de que Jorge lo ha hecho adrede. No retoma la marcha hasta que el chico desaparece tras la puerta.

—La madre de María y Lucas era la mejor amiga de mi madre. Murió hace ya unos años.

—Vaya, lo siento.

—Lo peor fue cuando el padre, José, también enfermó hace un par de años. María volvió de la ciudad, por Lucas sobre todo, y abrió aquí su taller y su tienda.

—Parece una chica muy valiente.

—Lo es. Me gusta ayudarlos, aunque tanto a ella como a él les cuesta pedir ayuda. Somos casi familia.

Iba a decirle que, aunque solo la he visto unos minutos, dudo mucho que esa chica lo vea como su hermano mayor o su primo, pero entonces me ha sonado el móvil y cuando he visto el nombre en la pantalla casi se me corta la respiración.

—¿Sucede algo?

—No, nada.

No contesto y guardo el teléfono de nuevo en el bolso.

—He pensado que, si te parece bien, podría dejarte en el apartamento para que te duches y te paso a recoger luego para ir a cenar. Me gustaría ir a ver al padre de Lucas; hace días tuvo una recaída y Lucas me ha dejado preocupado. Te diría que me acompañases, pero antes prefiero preguntarle a Pedro si está de humor para visitas.

—Claro, por supuesto. A pesar de todo puedes tener tus momentos de intimidad y a mí me irá bien tener un rato para ducharme, colocar mis cosas y centrarme un poco. Ver mi primer partido de fútbol en directo ha sido intenso. —No sé qué estoy diciendo; no puedo dejar de pensar en esa llamada que no he contestado. ¿Por qué me ha llamado?

—Me lo imagino. No creo que tarde demasiado, pero llámame si necesitas algo. Tienes mi número, ¿no?

—Sí, me lo grabé el primer día que hablamos, no te preocupes. ¿Tú tienes el mío? —Él asiente justo al detener el coche—. Llámame cuando vengas para aquí.

—Eso haré. ¿De verdad estás bien, Candela?

—De verdad, solo estoy un poco cansada. —Abro la puerta y bajo del vehículo—. Me irá bien descansar un poco antes de cenar. Espero que el padre de Lucas y María esté bien.

—Yo también.

Cierro la puerta y Jorge reanuda la marcha para girar en la siguiente esquina. Antes de entrar en mi hogar provisional, saco el móvil del bolso y busco la lista de llamadas perdidas.

Rubén.

Me ha llamado Rubén. Lo sabía.

Le doy al botón y le devuelvo la llamada; me hierve la sangre en medio de la acera. Es preferible que hable desde aquí, así quizá lograré contenerme.

—¿Qué quieres? —le pregunto en cuanto me contesta. Podría haber ignorado la llamada, no ponerme en contacto con él, pero si algo sé de Rubén es que no se da por vencido fácilmente y prefiero zanjar este tema cuanto antes.

—Hola, Cande, ¿cómo estás?

—¿Qué quieres?

—Estoy en Barcelona. He vuelto. Quiero una segunda oportunidad contigo.

Le cuelgo porque o me he vuelto loca o me están grabando con una cámara oculta. Es imposible que Rubén me haya dicho que quiere una segunda oportunidad conmigo.

5

Después de deshacer la maleta y de colgar la ropa en el armario, coloco el ordenador portátil en la mesa del comedor y frente a él mi gato de la suerte y la maqueta del velero. Sí, vale, lo sé, no tendría que habérmela llevado, pero aquí está.

Esa breve conversación con Rubén me ha desconectado el cerebro y he aprovechado para hacer esta clase de tareas. También he ido en busca de un súper para comprar unas cuantas cosas indispensables; básicamente café y chocolate. El apartamento es precioso y está muy bien equipado, no he tenido que preocuparme por comprar papel de wáter, agua o leche. No sé si ha sido cosa de la inmobiliaria o de Vanesa; yo apostaría por Vanesa, está en todo. Voy a llamarla para darle las gracias, hay conversaciones que no pueden mantenerse por Whatsapp ni por correo electrónico.

Con una taza de café en la mano y media tableta de chocolate en el estómago todo me parece más factible. Jorge es un encanto, aunque seguro que en nada descubro por qué él tampoco merece la pena (cuando sepa por qué lo dejaron plantado en el altar, por ejemplo). Sea como sea, intuyo que el mes de febrero va a ser interesante; la ciudad es preciosa y la gente que rodea al chico de febrero también parece estupenda. Suena el teléfono, miro la pantalla convencida de que va a aparecer en ella el nombre de Rubén, pero no.

—Hola, Jorge.

—Hola, Cande, ¿ya te has instalado del todo?

—Casi, ¿qué tal está el padre de Lucas?

—Pedro está bien, gracias por preguntar. Pero me ha pedido que me quede a cenar con ellos y...

—Por mí no te preocupes lo más mínimo —le interrumpo adivinando su preocupación—. En realidad estoy muy cansada y preferiría quedarme en casa.

—¿Lo dices en serio? ¿Eso se puede hacer? No quisiera hacer nada que me eliminase de *Los chicos del calendario*; aunque me cogió por sorpresa, a los chicos les hace mucha ilusión. Puedo decirle que tengo que irme y no pasa nada. Podemos ir a cenar a un restaurante increíble que hay cerca de mi casa.

—No pasa nada, tranquilo, dejémoslo para mañana. ¡Tenemos todo el mes por delante! —A pesar de su propuesta he notado el alivio que ha sentido cuando le he dicho que estaba cansada—. Ha sido un primer día excelente, chico de febrero.

—Te estás burlando de mí igual que mis chicos, ¿voy a tener que ponerte a dar vueltas por el campo de fútbol?

Suelto una carcajada.

—Si consigues que corra más de lo que ya me has hecho correr hoy, Jorge, ganas el concurso seguro.

—¡Jajaja! Me lo pensaré. Nos vemos mañana, Cande. ¿Te va bien que te pase a buscar a las diez de la mañana?

—A las diez estaré lista. Saluda a Lucas y a María de mi parte, y disfruta de la cena.

Colgamos y cojo el bolso para volver a la calle, preparada para «la aventura» de descubrir sola la ciudad. Marta tenía razón, yo de pequeña era muy aventurera y desde que empezó *Los chicos del calendario* siento que vuelvo a serlo. Nadie debería perder el sentido de la aventura; no todos hemos nacido para ser Calleja, yo menos que nadie, ¿pero cuándo decidí que me daba miedo dejar a un chico que no me hacía feliz, buscarme otro trabajo o pintarme los labios rojos e ir sola al cine? Y Jorge tiene razón, la vida no se vive desde el banquillo. No sé en qué momento decidí sentarme en él y dejar de jugar. Aunque Rubén me haya lesionado y Salvador haya estado a punto de echarme del partido, tengo que volver al campo.

Abro el cuaderno rojo, allí apunté unos cuantos lugares que quería visitar de Granada y pegué un pequeño mapa. Sí, conozco las virtudes de Google Maps, gracias, llamadme clásica. Paseo un rato, me pierdo por algunas calles. No es ni la hora ni el mes ideal para hacer esto, aunque tengo el presentimiento de que visitar esta ciudad es buena idea siempre y me dejo llevar. Pasado un rato, cuando el frío empieza a calarme, entro en una tienda de comida para llevar, de esas que quedan en los barrios donde vive la gente real de cada ciudad, y no sé cómo me dejo convencer y me voy de allí con una tortilla que es imposible que me coma yo sola y una botella de vino.

Toda la tortilla y dos copas de vino más tarde, llego a la conclusión de que Hemingway tenía razón: Granada es una ciudad de visita obligada y beber hace que los demás sean más interesantes.

¿Por qué me ha llamado Rubén? ¿De verdad piensa que soy tan idiota? No voy a creerme que de repente ha descubierto que me ama con locura y desesperación... así es como me imagino que tiene que amarse a alguien, ¿no? Y aunque así fuera...

Suena el móvil y me entra una risa floja, quizá debería apagarlo, nunca sale nada bueno de este trasto. Veo el nombre de Salvador en la pantalla y dejo de reírme. Una parte de mí quiere contestar, para qué voy a engañarme, pero otra no. Quiero saber qué es eso tan urgente que quiere decirme y que al parecer se calló hace apenas unos días en Barcelona. También quiero hacerle sufrir, sí, aún tengo una adolescente atrapada en mi interior y me siento orgullosa de ello; en Barcelona él no quiso hablar, prácticamente me dejó con la palabra, y con un montón de frases en la boca, y se largó. Pues ahora se espera.

El teléfono deja de sonar justo cuando mi fuerza de voluntad empieza a flaquear y segundos más tarde suena la señal de que he recibido un mensaje de texto. Cojo el móvil con cuidado y lo leo:

«No sé si no has querido contestarme, pero necesito hablar contigo. Llámame. He visto el vídeo de enero y te echo de menos».

Me resbala una lágrima traidora por la mejilla y me sirvo otra copa de vino. Podría llamarle, casi seguro que él aún tiene el teléfono en la mano. ¿Qué hora es en Canadá? Porque Salvador sigue allí, ¿no? El que ni siquiera sepa dónde está con total seguridad me cabrea. Quedó claro que, a partir del treintaiuno de enero, él y yo solo seríamos compañeros de trabajo. ¿Qué digo treintaiuno de enero? Desde el día que él se largó después de darme ese beso cerca de la basílica de Santa María del Mar.

Si solo somos compañeros de trabajo, puede esperar a mañana a que empiece mi jornada laboral. Al parecer este vino tinto me convierte en una arpía. No me pasa por alto que Salvador, tanto su presencia como su ausencia, sus mensajes y su todo me afecta mucho más que el que Rubén me haya llamado para pedirme una segunda oportunidad, aunque no ha insistido demasiado, la verdad.

Con la copa en una mano me siento frente al ordenador y me conecto a la página de *Los chicos del calendario* y al canal de Youtube. Contesto muchos comentarios; el vídeo del chico de enero ha recibido muchísimos y la gran mayoría son divertidos, algún que otro es algo picante, y muchísimos contienen frases de ánimo hacia mí y hacia el concurso. La gente está entusiasmada con la idea de que el ganador done el premio a una organización no gubernamental o fundación de su elección, y también les fascina que me recorra el país en compañía de chicos más o menos estupendos, eso no vamos a negarlo ahora.

¿Qué diablos querrá decirme Salvador?

Miro de reojo el móvil, desconfío de él, a la que me despisto me ataca. Contesto unos cuantos comentarios más y acabo mandándole un correo a Vanesa, porque al final no he conseguido hablar con ella. Será mejor que vaya a acostarme; es una cama nueva y tardaré en dormirme y mañana, aunque no sé exactamente qué me espera, como mínimo tengo que ser capaz de razonar. Y si quiero hablar con Salvador, y tendré que hacerlo, tengo que estar lo más centrada posible; con él necesito estar en plena posesión de mis facultades. El dormitorio es cómodo y acogedor, me ducho y me desmaquillo bajo el agua (seguro que Abril se llevaría las manos a la cabeza si me viera) y, tras mandarle un breve mensaje a mi hermana Marta para decirle que ya estoy instalada en Granada, apago el teléfono. En la mesilla de noche hay un viejo despertador que funciona y me servirá para despertarme mañana; así no corro el riesgo de recibir más mensajes que me desvelen... ni de llamar a las tantas de la madrugada a un chico que, a pesar de todos mis intentos, sigue metido en mi cabeza.

A las diez menos diez ya estoy en la calle. He dormido bien, más o menos (supongo que las tres copas de vino ayudaron bastante), y la ducha del apartamento es espectacular, así que me he despertado enseguida y me he arreglado. No sé qué planes tiene Jorge previstos para hoy, me ha mandado un mensaje para decirme que está llegando y yo he aprovechado la espera para seguir contestado los comentarios que hay bajo las fotografías que colgué ayer; la de la espalda de Jorge dirigiéndose a sus jugadores es un éxito y hay más de una, y de uno, que se ofrecen voluntarios para quitarle la camiseta.

No he llamado a Salvador, pero he leído su mensaje unas cuantas veces más, como si a base de fijar mis ojos en esas palabras pudiese comprender qué narices pasa por la cabeza del chico que las ha escrito. Oigo un claxon y al levantar la vista veo el coche de Jorge deteniéndose a pocos metros de mí.

—Buenos días.

—Buenos días, Cande. ¿Has dormido bien? —Asiento mientras me abrocho el cinturón—. Gracias por lo de anoche, Pedro tenía ganas de hablar y después estuve con Lucas y María.

—No tienes por qué dármelas. Estaba cansada y aproveché para instalarme.

—¿Entonces estás lista para hoy?

—Estoy lista, ¿adónde vamos?

—Al palacio de la Madraza.

—Quedamos en que no harías de guía turístico, Jorge.

—Lo sé, tengo una reunión allí. Es la sede de la Universidad. Estamos pensando en organizar un torneo de fútbol mixto infantil y cadete entre distintas ciudades. Si sale bien, quizás el año que viene lo haríamos a nivel nacional.

—Oh, suena muy bien.

—Sí, yo también lo creo, aunque te confieso que empiezo a estar harto de los políticos. Da igual del color que sean, todos piensan en sí mismos y no paran de ponernos trabas. Me entran ganas de mandarlos todos a paseo y organizarlo yo solo, pasando de ellos.

—¿Y por qué no lo haces?

—Porque entonces no tendría el «apoyo institucional» y algunos pueblos quizá no dejarían participar a sus equipos porque se mantienen con dinero público.

—Ah, entiendo. Seguro que lo conseguirás, por lo poco que he visto se te da muy bien convencer a la gente. No conozco a nadie más que sea capaz de convencer a cuarenta adolescentes de que dejen sus móviles y se pongan a correr en un campo de fútbol.

—¿Tú crees? —Levanta una ceja—. Eso lo dices porque cuando preparaste tu dosier sobre mí no encontraste *esa* información.

—¿Qué información? —Él se ríe al verme fuera de juego—. ¡¿Qué información?!

—Una semana después de que Cassandra, mi exprometida, me plantase en el altar, le rompí una cámara a un fotógrafo. No me demandó ni salió publicado en ningún sitio porque digamos que llegamos a un «acuerdo», pero lo hice, le rompí la cámara. Seguro que ahora piensas que soy agresivo y cosas mucho peores, ¿verdad?

—No, no lo pienso, pero ¿por qué la rompiste? ¿Qué pasó?

—¿Sabes que apenas lo recuerdo? Recuerdo que estaba harto, cansado de que me persiguieran y de que apareciesen artículos llenos de mentiras. No sé qué dijo ese fotógrafo que no me hubiesen dicho antes, pero salté. Por suerte para mí allí solo había otro fotógrafo, aparte de al que yo rompí la cámara, y trabajaba en la misma agencia. Pagué la cantidad que acordaron los abogados y las fotos no se publicaron, al menos oficialmente, pero sí que mencionaron el incidente en varias revistas.

—Mira, yo nunca había soltado un discurso como el que grabó y colgó Abril. Me imagino que todos tenemos un límite y que si lo pasamos, o hacen que lo pasemos, es lógico que reaccionemos de manera imprevisible.

Sigue conduciendo por la ciudad, hay tráfico y me sorprende de nuevo comprobar lo relajada que estoy con él.

—Tal vez tengas razón. No me siento orgulloso de haber pegado a ese fotógrafo, pero fueron unos días muy difíciles para mí.

—¿Puedo preguntarte qué te resultó más difícil? —Ladea la cabeza para mirarme un segundo— ¿La lesión y retirarte del fútbol o que tu prometida te plantase en el altar?

—La lesión, aunque no porque me haya obligado a retirarme del fútbol profesional. Siempre he confiado en mi cuerpo, entreno desde pequeño y mi vida profesional ha girado siempre alrededor de mi estado físico. Cuando me lesioné comprendí que todo eso podía desaparecer en un abrir y cerrar de ojos —chasquea los dedos— y me di cuenta de que no sabía qué haría entonces y quién se quedaría a mi lado. Al principio fue doloroso descubrir la respuesta a esa pregunta, pero ahora me alegro de que haya sucedido. ¿Y a ti qué te dolió más, que tu novio te dejase o que lo hiciese por Instagram?

Quiero saber más sobre la lesión y sobre el plantón en el altar; cuanto más conozco a Jorge menos entiendo que una mujer lo abandone de este modo tan cruel, aunque algo tiene que haber, ¿no? De todos modos, no me importa contestarle. Tendré tiempo de obtener mis respuestas; si él ha aceptado ser el chico de febrero, señal de que está dispuesto a compartirlas.

—Ninguna de las dos. —Vuelve a mirarme y prosigo con mi explicación—. Lo que más me dolió fue lo estúpida que me sentí. Rubén me estaba utilizando y yo se lo estaba permitiendo. Me dolió darme cuenta de que me había estado comportando como una cobarde y que en los últimos años me había resignado.

Nos quedamos en silencio un rato, veo aparecer el palacio y Jorge maniobra hacia la zona de estacionamiento.

—A mí me parece que eres una de las mujeres menos cobardes que he conocido, Cande. —Abre la puerta, baja del coche y yo hago lo mismo y le sigo—. Te habías acomodado y no arriesgabas, y ahora te has sentado en el banquillo a descansar, a recuperar fuerzas. Yo también he tenido que hacerlo en más de una ocasión y puedo entenderlo. Lo que no puedes hacer es quedarte allí todo el partido.

—Ya, bueno, ahora estoy jugando y me gusta creer que tarde o temprano habría acabado echando a Rubén de casa y de mi vida, pero lo cierto es que no lo sé.

—Lo habrías hecho, yo sí lo sé —añade al ver que voy a replicar—. Igual que sé que mi matrimonio con Cassandra no habría funcionado.

Me detengo en seco.

—Pero si estabas en la iglesia con chaqué esperándola.

—Sí. ¿Te importa que hablemos de esto más tarde? —Sonríe—. La reunión es aquí y no quiero entrar con más ganas de las que ya tengo de estrangular a un político o a un funcionario.

—Claro, por supuesto, ¿saben que vienes acompañado?

—Sí y están entusiasmados con la idea. Ya sabes, publicidad gratis.

—Claro.

—¿Entramos?

La reunión podríamos habérnosla ahorrado, he estado en suficientes reuniones como para distinguir cuando una es útil y otra no. Esta no lo ha sido, lo que no contribuye a mejorar el humor de Jorge, que siente con razón que le han tomado el pelo y le han hecho perder el tiempo.

—Lamento mucho que te hayan utilizado de esta manera, Cande —me dice al salir—. Si hubiera sabido que pretendían adularte para que sacases un reportaje gratis en tu revista, no habríamos venido. O al menos te lo habría consultado antes.

—No te preocupes, en cierto modo ha sido esclarecedor.

Si pienso solo en *Los chicos del calendario*, la reunión me ha servido para ver que Jorge es un hombre con principios arraigados y que no tiene miedo de defenderlos. Aunque los políticos y funcionarios asistentes se hayan empecinado en hablar de las maravillas turísticas de Granada —que las tiene y son increíbles— y de lo mucho que habían hecho ellos por la ciudad —eso ya es más cuestionable y no me toca a mí decirlo—, él no les ha dado tregua y al menos ha acabado arrancándoles el compromiso de hacer una reunión para hablar de verdad sobre el campeonato de fútbol infantil y cadete.

Durante la comida, hablamos de cómo le surgió la idea de convertirse en entrenador.

—Me rompí la rodilla por dos sitios y, en el mismo instante en que los camilleros me sacaron del Anfield Road, supe que mis días de futbolista se habían acabado. Tuve ganas de llorar, el dolor era casi insoportable y la rabia ni te cuento, pero también sentí alivio.

—¿Alivio?

—Empecé a jugar como cualquier niño, pero enseguida el fútbol dominó mi vida. Si me seleccionaba tal equipo mi madre y mi padre podrían pagar la hipoteca. Si me convertía en jugador titular, mi abuelo podría renovar el coche.

—Es mucha responsabilidad para un niño.

Sonrió.

—Mis padres me decían que no me preocupase, pero yo los oía hablar y no podía evitarlo. Si les hubiera dicho que quería dejar el fútbol y volver a casa, no habrían puesto ningún impedimento y se habrían alegrado, pero... —Se encogió de hombros—. Sentía que debía hacerlo. El fútbol podía cambiar nuestras vidas y lo hizo para bien, no me arrepiento.

—Pero cuando te lesionaste viste que podías dejarlo sin dar explicaciones a nadie. Creo que te entiendo.

Vaya si lo entendía, en cierto modo la lesión de Jorge es mi Instabye o hasta mis *chicos del calendario*; ellos me han obligado a hacer algo que quería, pero que no me atrevía a hacer.

—Las operaciones para reconstruirme la rodilla fueron un infierno y los ejercicios de rehabilitación ni te cuento. Me recuperé muy bien, pero tanto yo como mi entrenador como la directiva del equipo sabíamos que no iba a poder jugar de nuevo. Cada vez que uno de ellos venía a visitarme ponía cara de duelo y de preocupación; me quedaba contrato para varios años y tenía una cláusula que especificaba que no podían echarme del club ni traspasarme por culpa de una lesión.

—Caray, qué listo y previsor.

—Empecé en esto con doce años. En fin, el día que les dije que me retiraba, suspiraron aliviados y me ofrecieron una estupenda compensación económica. No quería seguir jugando al fútbol profesionalmente, pero tampoco quería desvincularme y, una noche, no te creerás quién tuvo la idea de que me hiciese entrenador.

—¿Quién?

—Cassandra.

—¿Tu ex?

—La misma.

—¿En serio? —Prácticamente me lanzo encima de él. Jorge sabe contar su historia, solo me faltaría tener una bolsa de palomitas, es como sacada de una película.

—En serio, aunque ella se imaginaba otra clase de entrenador. Créeme. Un club de los Emiratos Árabes se había puesto en contacto con mi agente para hacerme llegar su oferta millonaria para entrenar a uno de sus equipos.

—¿Por qué te negaste? —Él enarca las cejas—. ¡Oh, vamos! Solo hace unos días que te conozco y el dinero es la mayor tentación del mundo, no te lo tomes a mal.

Se ríe.

—Tienes razón. Me negué porque no quería volver a estar lejos de mi familia ni contraer esa clase de obligación con ningún club. Pero la idea de entrenar sí me gustó, recordé que de pequeño había tenido entrenadores pésimos, hombres intransigentes que básicamente daban miedo, y entrenadores mediocres. Pero también entrenadores que se habían convertido en amigos y mentores. Pensé que se me daría bien.

—A juzgar por el correo que escribieron tus jugadores, así es.

—Busqué información sobre los cursos que debía hacer para formarme y qué requisitos legales debía cumplir para entrenar en España. En ningún momento me pasó por la cabeza entrenar a un equipo de primera o de segunda división.

—¿No te gustaría?

—No.

—¿Estás seguro?

—¿Por qué insistes? —me pregunta algo a la defensiva.

—Oh, por nada, porque entonces tu vida sería digna de una película de Antena 3 por la tarde. —Jorge tiene un ataque de risa—. ¿Qué pasa? Lo digo en serio, ya te imagino entrando en el Camp Nou con una canción de ColdPlay de fondo y con una chica rubia llorando emocionada en las gradas.

—¿Por qué tiene que ser rubia? —Bebe un poco de agua y se seca un lágrima que se le ha escapado de tanto reír.

—Siempre lo son.

—No siempre. Me temo que vas a quedarte sin película.

—Qué lástima.

Abandonamos el restaurante aún riéndonos, mientras elegimos qué actores podrían representar el papel de Jorge en la película. Cuando le propongo a Chris Hemsworth, Thor para los no cinéfilos, tiene otro ataque de risa.

—¿Thor? ¿En serio? ¿En serio?

—En serio, tú hazme caso.

En el campo de fútbol, hay menos chicos que ayer, pero la cantidad sigue desafiando cualquier lógica. Y más que un entrenamiento parece una sesión de terapia en grupo o la serie *Física o Química* (sí, la veía).

María viene a buscar a su hermano Lucas y charlamos unos minutos. Me fijo en que no puede evitar mirar a Jorge mientras habla con un grupo de chicos mayores en un extremo del campo.

—Gracias por no molestarte por lo de ayer.

—¿Molestarme yo? ¿Por qué?

—Por lo de la cena, mi padre tenía ganas de charlar.

—Ah, no, no tienes por qué dármelas. No tengo a Jorge bajo arresto domiciliario. ¿Tú sabías que los chicos le habían presentado como candidato a chico del calendario?

—Bueno, lo supe después. Lucas me lo contó cuando Jorge los riñó. Está un poco escarmentado de la prensa.

—Es comprensible. Aunque debo confesar que, cuando leí la propuesta de los chicos, no sabía quién era; no sabía que había sido famoso, quiero decir. Creo que la última vez que me aprendí el nombre de un jugador de fútbol fue con Maradona.

—¿No te gusta el fútbol?

—Estoy empezando a cambiar de opinión, pero no, no me gusta.

—Bueno, a mí tampoco me entusiasma, la verdad, aunque siempre he seguido la carrera de Jorge.

—Sí, él me contó que tu madre y la suya eran amigas, espero que no te importe.

—No, no me importa.

—Ya estoy lista, María. —Lucas aparece recién duchado y con una bolsa de deporte colgando del hombro.

—Pues vámonos. Me ha gustado hablar contigo, Cande.

—Y a mí, ¿te va bien que mañana me pase por tu taller? Me encantaría verlo.

—Claro, ven cuando quieras. Jorge sabe dónde está.

Por la noche Jorge me lleva a cenar a Montefrío, un pueblo cerca de Granada que por lo visto fascina a los japoneses. Comemos quesos acompañados de un vino estupendo y Jorge me cuenta por qué siempre hay tanta gente en el campo de fútbol.

—Al principio venían a curiosear, a verme a mí, supongo. Cuando empecé en esto hubo quien dijo que no duraría, que me cansaría y me iría a jugar o a entrenar cualquier equipo árabe o ruso. Pero poco a poco empezaron a quedarse. Hay chicos que lo tienen muy difícil, Cande, y si están a gusto en el campo y podemos ayudarlos de alguna manera, ¿por qué no hacerlo?

—Tienes razón. —Bebo un poco de vino y seguro que es eso, pero me rindo, porque por más que lo intento no le veo ningún defecto al chico de febrero—. No lo entiendo, ¿cómo es posible que esa modelo te dejara? —Él me mira—. ¿Coleccionas animales disecados? ¿Crees que ninguna mujer podrá compararse nunca a tu madre? ¿Eres malo en la cama?

Jorge casi escupe el vino que estaba bebiendo y tiene que llevarse una servilleta a los labios, a lo que le sigue un leve ataque de tos y de risa.

—Primero, no, no colecciono animales disecados. Segundo, mi madre es genial, pero no busco a una mujer que se compare con ella, gracias. Y tercero, no, no soy malo en la cama, aunque según tengo entendido los periodistas tenéis que contrastar siempre la información que recibís, ¿no es así?

6

Jorge está bromeando.

A mí casi me da un infarto y él está bromeando, cuando me ha visto la cara justo unos segundos antes de que yo tuviera que agacharme a recoger mi mandíbula del suelo, ha estallado a carcajadas.

—Me refería a lo de los animales disecados, Cande. Tienes una mente muy sucia.

—¿Yo? Pero si eres tú el que se está comportando como un adolescente.

—Vale, tienes razón, pero tu cara ha merecido la pena. Lo siento. —Se estaba dejando de reír pero aún continúa—. No, no lo siento. Tendrías que haberte visto.

—¿Y si te hubiera dicho que sí? —Él se ríe aún más—. Idiota.

Me contagia la risa.

—Entonces te habría enseñado mi colección de gatitos de porcelana.

—¿Tienes una colección de gatitos de porcelana?

Él suelta otra carcajada.

—¿Cómo puedes picar, Cande? —Se seca los ojos—. No, no tengo una colección de gatos de porcelana ni de ningún otro tipo y no me estaba insinuando. No me gustas.

—Oh, vaya, lo estás arreglando mucho.

Alarga las manos por encima de la mesa y coge las mías.

—Vamos, Cande, sabes que me gustas. Hemos conectado desde el principio. —Espera a que le mire a los ojos—. Pero no en ese sentido.

—Tienes razón. —Él sonríe y noto que yo empiezo a hacerlo—. Pero no vuelvas a tomarme el pelo de esa manera, casi me da un infarto. ¿Y por qué no te gusto?

Se ríe.

—¿Te ha dolido el ego?

—Un poco —confieso a regañadientes.

—¿Quieres que te diga que me pareces atractiva?

—Hombre, si es a la fuerza, no.

—Me pareces atractiva, Cande, pero no tengo quince años y una chica puede parecerme atractiva, como tú, y no hacer nada al respecto.

—Vale, gracias. Tú a mí también me pareces atractivo y tampoco voy a hacer nada al respecto.

—¿En serio? Aunque intentes convencerte de que «no merezco la pena», no soy tan mal partido y soy muy, pero que muy bueno en la cama. —Me guiña el ojo y me suelta las manos.

—Te tomo la palabra, *semental.*

—¿Semental? ¿Pero quién habla así hoy en día? Tienes que modernizarte, Cande, ahora utilizan la palabra "empotrador". —Mi cara evidencia lo desencajada que me he quedado—. No puedes llamarme "semental".

—Si sigues así no voy a llamarte de ninguna manera, Jorge. O quizá podría llamarte... *Eunuquito,* ¿qué te parece?

—Me parto contigo, Cande. Hacía mucho tiempo que no tenía una amiga con la que reírme.

—Yo no me estoy riendo.

—Te estás conteniendo, no creas que no me he fijado. Tú también te lo pasas bien conmigo, reconócelo.

—Puede ser. —El muy payaso se pone a hacer pucheros—. Oh, vale, está bien, me lo paso bien contigo, pero no por eso vas a convencerme de que vales la pena, que lo sepas, queda mucho mes y mucho año por delante.

No sé si está satisfecho con mi respuesta, pero Jorge se levanta riendo y abandonamos el restaurante y el bonito pueblo de Montefrío, y yo me quedo sin saber por qué Cassandra lo plantó en el altar.

¿Qué esconde febrero? ¿Estoy buscando motivos que me demuestren que Jorge sí vale la pena o alguna excusa para convencerme de que todos son como Rubén?

Durante el camino de vuelta planeamos los días siguientes; lo primero, visitar el taller de María mañana por la mañana. Tengo ganas de verlo y, al detectar el cariño con el que Jorge habla de ella y de su talento, estas no han hecho más que aumentar.

Mientras habla tengo la sensación de estar viendo una escena de esas series de adolescentes que me obliga a ver mi sobrina Raquel. ¿Jorge y María no se dan cuenta de lo que está pasando entre ellos o soy yo que, desde que mi novio me plantó por Instagram y nacieron *Los chicos del calendario* creo, que todas las vidas, incluso la mía, son de película? En realidad, todos tenemos una vida de película, aunque eso no significa que queramos vivir lo que han escrito otros.

En el apartamento me cambio y me limpio la cara, utilizo incluso un poco de tónico... Abril se sentiría orgullosa de mí si me viera. Tengo que llamarla y contarle que Jorge está tan mal de la cabeza como ella, tiemblo solo de pensar en la cantidad de bromas y tomaduras de pelo que voy a tener que soportar cuando se conozcan a finales de mes para el reportaje.

Vestida con el pijama me siento en la cama. Llevo horas sin mirar el móvil, la última vez que lo he utilizado ha sido para colgar una foto de Jorge en el campo con sus chicos con este texto: «Solo falta que suene la música de Rocky #EyeOfTheTiger 🐯 #ElMejorEntrenadorDelMundo #ChicoDeFebrero #YoNoQuieroSerComoBeckham #QuieroSerComoJorgeAgreste ⚽ #LosChicosDelCalendario 📅 🏃».

Leo unos cuantos comentarios y se me escapan varias carcajadas; es increíble lo desinhibida que es la gente cuando opina en Instagram.

No he recibido ningún mensaje y tampoco tengo ningún correo de Salvador en la bandeja de entrada. Es lo que me esperaba. A pesar de que solo estuvimos un mes juntos (¿llegó a un mes?), creo que sé por qué Salvador no ha intentado ponerse en contacto conmigo hoy: me está dando tiempo. Él no me presiona igual que yo no lo presiono a él; la pregunta es: ¿estamos haciendo el imbécil? ¿Somos unos cobardes, como él me acusó a mí de serlo, y nos negamos a ser sinceros sobre lo que sentimos o, sencillamente, no sentimos nada de lo que valga la pena hablar?

Me miro las manos. Cuando Jorge las ha sujetado no he sentido nada excepto el principio de lo que podría llegar a ser una gran amistad (mira, ahora me da por citar *Casablanca*).

Lo mejor será que apague el móvil y me ponga a dormir. Sin embargo, es verdad que la química existe o no existe entre dos personas. Y la física. Quizá la cuestión sea tener ambas cosas, física y química, y después ser capaz de desenredar tus emociones y confesárselas a la otra persona.

No puedo seguir retrasándolo. No voy a seguir retrasándolo. Si no quisiera hablar con Salvador todo sería más fácil; no he tenido ningún problema para no llamar a Rubén en todo este tiempo, no en este sentido, ni siquiera se me ha pasado por la cabeza.

Será mejor que llame de una vez, llamo, quizás él no me coja el teléfono y así podré ponerme a dormir y decirme a mí misma que ahora le toca a él…

—¿Candela?

Ya está, casi ha sido como notar los nudillos de su mano pasándome bajo la mandíbula cuando insistía en ponerme una de sus bufandas o abrocharme el casco de la moto.

—Hola, Salvador.

¿Acaba de suspirar?

—Hola, Candela. —Sí, ha suspirado y creo que ahora está sonriendo. Me lo imagino sonriendo, una de esas sonrisas que son tan difíciles de conseguir como encontrar a Wally en una convención de gondoleros—. Me has llamado.

—Creía que querías que te llamase.

Aprieto el teléfono.

—Quería… pero no sueles hacer lo que quiero.

—Tú tampoco.

Otro suspiro, con este no he dudado ni un segundo y sin darme cuenta he cerrado los ojos.

—Te he echado de menos, Candela.

—No me digas estas cosas, Salvador. —Enero terminó y él eligió irse sin hablar; en febrero no sé si quiero escucharle. Miento, sí quiero, pero también quiero comer tres tabletas de chocolate todos los días y no lo hago—. ¿Qué pasa? ¿Por qué querías hablar conmigo?

—He visto el vídeo y el artículo. —Pausa—. No sabía que ibas a decir esas cosas sobre mí...

—Salvador...

—Yo creo que me las regalaste tú a mí, Candela. Las estrellas, me las regalaste tú a mí.

Voy a colgar. Tengo que colgar.

—¿Qué querías, Salvador? ¿Por qué me pediste mi correo personal y me llamaste?

—Quería hablar contigo, contarte algo. Pero tendrá que esperar.

Abro los ojos de golpe.

—¿¡Cómo que tendrá que esperar!?

—Si tantas ganas tenías de saber qué quería decirte, podrías haberme escrito o llamado antes.

—¿En serio te estás comportando como un niño pequeño? Creía que eso ya lo habíamos superado, Salvador. Si querías contarme algo, cuéntamelo. Pero si quieres torturarme o ponerte de nuevo en plan Clark Kent, te cuelgo.

—¿Clark Kent? ¿En serio? ¿Es así cómo me ves? Porque deja que te diga que no me hace gracia.

—Cuando te pones las gafas tienes un pase, pero no. —Se me escapa una risa. Creo que es nerviosa, porque si lo tuviera delante, lo estrangularía. ¿Cómo puede decirme que iba a contarme algo y luego no hacerlo?— No te le pareces en nada.

—Vaya, gracias. Al chico de febrero no has dudado en llamarle Rocky y en compararle con Beckam, y yo solo «tengo un pase» cuando me pongo las gafas...

—¿Estás celoso? No me lo creo, eso sería muy gracioso, Salvador.
—«Y cruel».

—Candela...

—¿Qué?

Suelta el aliento.

—Voy a volver a empezar —me dice en voz más baja. Vuelve a coger aire y a soltarlo—: Te he echado de menos. Te echo de menos.

—¿Qué quieres, Salvador? Aquí en España es tarde y quiero irme a dormir.

—Sé qué hora es en España. —Le oigo respirar—. Estoy aquí, en Barcelona, he llegado hoy.

—Ah, vaya, no lo sabía.

—Necesito unos días para recuperarme del viaje y organizar unos asuntos en Olimpo, pero después iré a Granada.

—Ni hablar.

—No es por ti, Candela. Tenemos que elegir al chico de marzo.

—Ah...

—Pues claro que es por ti, Candela. ¿Cómo puedes decirme «ni hablar» y luego sonar decepcionada cuando te digo esa gilipollez de que «no es por ti»? Si tienes ganas de verme, dímelo. Yo tengo ganas de verte. Muchas.

—Yo... —Voy a decirle la verdad—. Estoy enfadada por cómo te fuiste de Barcelona.

—Lo sé.

—Tengo la sensación de que, después de estar conmigo, sientes la necesidad imperiosa de salir corriendo, de subirte al primer avión que cruce el océano, y no me gusta. No, no es que no me guste. Me duele.

—Lo sé y lo siento. No tiene nada que ver contigo.

—Oh, vamos, ¿quién es el que no está diciendo la verdad ahora, Salvador?

—El chico de febrero parece estupendo, todo un chico del calendario, de portada incluso. ¿Ya te ha convencido de que hay hombres que sí merecen la pena?

—Salvador...

Recurre a su habitual táctica de cambiar de tema.

—He llegado hoy mismo de Canadá y no recuerdo la última vez que dormí bien porque cierta persona se negó a escribirme o a llamarme, ¿podemos hablar mañana o dentro de un rato, cariño?

—¿*Cariño* desde cuándo, *cielo*?

—Es el *jet-lag, Candela.* Y para que conste, a mí lo de *cielo* me gusta, *princesa,* al fin y al cabo, según tú, te di las estrellas.

—Cállate, *pichurri.*

Salvador se ríe y a mí se me pone la piel de gallina.

—Te llamo mañana, cariño. Buenas noches.

Espera unos segundos, me imagino que está convencido de que voy a colgar y debería hacerlo, pero esta conversación me ha recordado a nuestros paseos por Barcelona, a las estrellas y al mar.

—Buenas noches, Salvador.

Voy a tomármelo con distancia, la física que hay entre Granada y Barcelona, y la que Salvador creó entre nosotros el día que me dejó plantada en medio de la calle tras besarme. No puedo negarme a hablar con él, es absurdo, infantil y nada profesional, y lo cierto es que el proyecto de *Los chicos del calendario* es mío y quiero llevarlo a mi manera, pero no puedo ignorar a Salvador; él forma parte de ellos, fue el primer chico y la idea de empezar todo esto fue suya, por no mencionar que tiene el mismo derecho de veto que yo.

Jorge viene a buscarme, trae con él una bolsa con dos cruasanes recién hechos que durante unos segundos consiguen hacerme olvidar que apenas he dormido.

—¿Qué te pasa? ¿No has dormido bien?

—Anoche hablé con Salvador.

—¿Tu jefe, el chico de enero? ¿Ha sucedido algo, te he metido en algún lío porque no cené contigo el primer día?

—¡No! ¡Qué va! Salvador no es exactamente mi jefe, bueno, supongo que lo es, pero no me llamó por eso. —Me llevo las manos a la cara—. Es complicado.

—Ya veo, estamos hablando de esa clase de «complicado».

—Exacto.

—Vaya.

—Sí, vaya.

—¿Quieres contármelo?

Lo pienso durante unos segundos, la única que conoce mi historia con Salvador, y no toda, es Abril y tengo la impresión de que Jorge me escucharía y me daría lo que según él sería su mejor consejo.

—Tal vez. Pero ahora no. —Miro por la ventana. La preciosa ciudad de Granada pasa a mi lado y no quiero perderme nada, no quiero perderme a mí por culpa de un chico que en realidad no sabe lo que quiere. O si lo sabe no piensa decírmelo—. Ahora quiero ir al taller de María y descubrir más cosas sobre la taracea, sobre los chicos de tu equipo y sobre ti, ¿te parece bien?

Jorge sonríe.

—Me parece fantástico.

Tenemos que dejar el coche unas cuantas calles antes de llegar al taller de María y continuar andando. Son calles con adoquines y paredes con cientos de años de historias, con batallas e historias de amor escondidas entre sus ranuras.

María sale a abrirnos. Jorge le ha mandado un mensaje y nos está esperando. A mí me saluda con dos besos y a Jorge con un simple «buenos días»; ¿así es como se sienten los personajes secundarios de las películas románticas?, ¿con ganas de zarandear a los protagonistas y hacerlos entrar en razón? Si Jorge no vale la pena es por ciego, en serio. Aunque María no se queda corta...

—Buenos días, María. Te he traído dos cruasanes. —Jorge saca otra bolsa de papel casi por arte de magia—. ¿Vendrá Lucas esta tarde?

—Sí, me ha dicho que lo recoja en el entrenamiento.

—¿Todos los chicos entrenan cada día?

—Casi todos —responde Jorge—, y aunque no entrenen, la gran mayoría suele pasarse por el campo en algún momento de la tarde.

—Sí —interviene María—, ha empezado a ser como una especie de punto de encuentro para los chicos. Ven, quiero enseñarte la pieza en la que estoy trabajando. ¿Conoces la taracea?

—La verdad es que lo poco que sé lo descubrí el otro día por Internet.

—¿Tú no mientes nunca? —María me sonríe.

—Intento no hacerlo, tengo mala memoria y hablo bastante, así que mentir solo me metería en líos y ya me meto en demasiados.

A Jorge le suena el teléfono y se aparta para contestarlo. Primero se queda allí con nosotras; al cabo de unos segundos se dirige a la puerta y sale a la calle. No sé con quién está hablando, pero él parece tener ganas de romper el teléfono o de estrangular a la persona que está al otro lado de la línea. María arruga las cejas y es evidente que la reacción de Jorge le preocupa, pero sacude la cabeza y vuelve a mirarme con una sonrisa que queda unos quilómetros lejos de la de antes.

—Vamos.

Me acompaña hasta una mesa de trabajo. El interior de esa habitación huele a madera y a aceites, a lo que huele María.

Veo unas piezas preciosas de distintas formas, cuadradas, rectangulares, triangulares, y diferentes colores, distintos tonos de madera, que encajan hasta formar un gran y perfecto cuadrado. María levanta la caja donde estaban las piezas y la vuelca.

—¿Qué es?

—Es un *tangram*, un juego chino. Tienes estas siete piezas y tienes que crear formas con ellas... y después hacerlas encajar de nuevo dentro de la caja. No es tan fácil como parece.

—No me parece nada fácil. —Empiezo a mover las piezas y a colocarlas dentro de la caja—. ¿Estás segura de que encajan?

—Segurísima.

—¿Y solo hay una manera de colocarlas?

—No, si lo he hecho bien, hay cientos. —Sigo moviendo las piezas y buscando combinaciones—. Hago juegos de ajedrez, joyeros, mesas, pero el *tangram* siempre ha sido mi preferido.

—¿Por qué?

—No lo sé; leí hace tiempo que según los chinos si ves a alguien jugar al *tangram* puedes llegar a conocerle por las formas que dibuja.

—Pues de mí solo debes pensar que soy más torpe que un elefante zurdo o que tengo un grave problema de coordinación.

María se ríe.

—No, pienso que te gusta hacer sentir bien a la gente que está a tu alrededor. Te has dado cuenta de que antes me preocupaba por Jorge e intentas distraerme. No funciona, pero gracias. Esa pieza va allí.

—Tú no ves a Jorge como a tu hermano mayor y él a ti tampoco... aunque él aún no lo sabe.

—No, no veo a Jorge como a mi hermano. —Se sonroja—. Y no tengo ni idea de cómo me ve él a mí, o si ni siquiera me ve.

—¿Dices que hay varias maneras de hacer encajar estas piezas en esta caja? Porque yo no encuentro ninguna.

María gira la caja hacia ella y pone todas las piezas fuera. Vuelve a colocar la primera mientras la observo.

—¿Has terminado un *tangram* nuevo? —Jorge se reúne con nosotras; en una mano lleva el teléfono y lo aprieta tan fuerte que casi oigo crujir el plástico. María pone dos piezas más y Jorge coloca la tercera. Quedan tres piezas por colocar, ella coloca una, él otra y queda la última que encaja a la perfección—. Me gusta.

Ellos no ven que a mí se me acaba de desencajar la mandíbula. ¡Acaban de encajar las piezas en perfecta sincronización!

—Gracias. —María acepta el cumplido—. Voy a regalárselo a Cande.

—Oh, no, es demasiado.

—Insisto.

Cierra la caja con un clic y me la pasa.

—Gracias. Es muy bonito. Te avisaré si consigo hacerlo estos días, o en los próximos años.

—Ya verás cómo lo consigues en nada. —María desvía la mirada hacia Jorge—. ¿Qué ha pasado? ¿Le ha sucedido algo a tus padres? ¿A algún chico del equipo?

—No. —Jorge parece reaccionar—. No, por supuesto que no.
—Entonces...
—Era Cassandra.
—¿Tu ex? —María está completamente pálida.
—Sí.
María se aparta y se coloca detrás de su mesa de trabajo, coge un cincel y un trozo de madera, y se pone a pulirlo. No sé si quiero ir a abrazarla o gritarle que haga el favor de tener valor y decirle exactamente a Jorge lo que piensa. Pero como en realidad no tengo ni idea de lo que piensa, sino solo un montón de teorías románticas que tal vez han surgido en mi cabeza por culpa de las pelis del sábado al mediodía, hago otra cosa, la más sensata.
—¿Y qué quería? ¿Por qué te ha llamado? —le pregunto a Jorge.
—Quería pedirme perdón.
—¿Perdón? —Él tiene la mirada perdida y María sigue puliendo ese bloque de madera—. ¿Y qué le has dicho?
—Creía que nunca la oiría decirme que había cometido un error, que se había equivocado.
—¿Es eso lo que te ha dicho?
Aunque la pregunta la he hecho yo, Jorge busca la mirada de María.
—Sí. Me ha dicho que cometió un error, que se precipitó, que se asustó.
—¿Y nada más?
Es imposible que esto sea casualidad.
—¿Te parece poco? —Jorge está entre atónito y enfadado.
—¿Por qué te ha llamado ahora? —insisto—. Si no estoy equivocada, hace bastante más de un año que te plantó en el altar y por lo que sé ni una vez ha intentado ponerse en contacto contigo.
—No, no estás equivocada. Cassandra me ha dicho que lleva meses arrepintiéndose de lo que hizo, echándome de menos, pero que ahora ha sucedido algo que la ha ayudado a reunir el valor de llamarme.
—¿Valor? —rebufa María y yo no puedo evitar sonreír—. Nunca creí que a tu ex le faltase valor. Es otra cosa la que le falta. O varias.

—¿Qué ha sucedido?

—*Los chicos del calendario* —responde Jorge, mirándome ahora a mí—. Al parecer mis fotos han tenido mucho éxito y uno de los antiguos clientes de Cassandra, una marca de joyas española, la ha llamado y le ha ofrecido un gran contrato.

—¿Así sin más?

—No exactamente.

—Dilo de una vez, Jorge. —María mueve el cincel con rapidez.

—Le han ofrecido un gran contrato si se reconcilia conmigo y aparece en las fotos y en el artículo del mes de febrero de *Los chicos del calendario*. Le he dicho que venga a Granada para hablar en persona.

El cincel cae en el suelo y María se lleva una mano a los labios.

—Me he cortado, enseguida vuelvo.

Jorge se gira y aprieta los puños mientras observa a María alejándose.

7

Ese día, el que María me regaló el *tangram*, transcurrió como si todos estuviésemos en medio de una niebla y no lográsemos encontrarnos.

Jorge se fue con alguna excusa que no recuerdo y yo me olvidé de *Los chicos del calendario* y decidí quedarme en el taller. Acompañé a Jorge a los entrenamientos y, si bien con los chicos estuvo como siempre, creo que les hizo correr más que en las anteriores ocasiones y que su mente estaba en otra parte. Días más tarde volví a ver a María; llevaba una mano vendada, se había hecho daño trabajando, y me explicó los detalles de la taracea como si estuviésemos rodando un documental. Intenté preguntarle cómo estaba e incluso me atreví a sacar el tema de ella y Jorge, pero me cortó de raíz.

—No tiene sentido hablar de eso ahora. No ha pasado nada. Todo está como siempre —me contestó mientras colocaba las piezas de un juego de ajedrez creado por ella.

Esa noche teníamos prevista una cena con los amigos de Jorge, pero durante los entrenamientos de la tarde él me preguntó si me importaba anularla, posponerla para más adelante, y le dije que no. No tenía ninguna intención de hacerle pasar un mal rato y tenía la sensación de que él quería estar solo. Con los que sí he cenado en una ocasión es con sus padres y puedo entender que Jorge sienta tanto apego a ellos; son encantadores y fue una velada muy agradable.

Han pasado unos días desde la llamada de Cassandra y, aunque hemos aprovechado el fin de semana para recorrer media provincia, con y sin el equipo, y hemos seguido con la rutina de paseos matutinos y entrenamientos, Jorge sigue estando en otra parte.

—¿Todavía no quieres hablar de ello? —le pregunto cuando me lleva de regreso a casa después de los entrenamientos de la tarde.

—No.

—Vale.

Estamos quince segundos en silencio, veinte como máximo.

—¡Es que estoy hecho un lío, joder! —Golpea el volante con una mano—. ¿Por qué me ha llamado ahora? ¡¿Y por qué... por qué me ha dicho la verdad sobre las putas joyas?! Perdón.

—No, no importa. Yo también suelto tacos cuando estoy cabreada. No lo sé, Jorge. —Lo miro, aunque él mantiene la vista en la calzada—. ¿Preferirías que te hubiera mentido, que te hubiese ocultado lo de las «putas joyas»?

Jorge se ríe un poco.

—No. —Aprieta el volante—. No lo sé. Joder. Creía conocer a Cassandra, estaba seguro de que la conocía. Me plantó en el altar. Supongo que ella tenía una serie de prioridades y vivir en una ciudad de segunda con una vida cualquiera no iba con ella. Me dolió, no voy a negarlo, me dolió porque nunca me llamó para darme una explicación, porque no contestó a ninguna de mis llamadas y te juro que las hubo, porque a la semana salía en las revistas de fiesta por Marbella y porque como un idiota pensaba que la había encontrado.

—¿A quién?

—A ella, a «la chica adecuada», ¿recuerdas?

—Ya. ¿Y creías que la habías encontrado con ella?

—Quería creerlo. Estaba dispuesto a todo para creérmelo. Iba a esforzarme como un imbécil para creérmelo. Pero ella me plantó en el altar y me demostró que para ella yo no era un hombre, sino una tarjeta de crédito sin límite y su puerta de acceso al mundo que ella envidiaba. Si yo ya no le daba eso, ese mundo, yo ya no le servía para nada.

—Entonces estás mejor sin ella.

—Sí, aunque a veces yo también echo de menos esa época.

—No sé, Jorge, no soy nadie para dar consejos, eso está claro. Solo tienes que ver mi primer vídeo. Pero no creo que esa mujer sea de fiar.

—Me ha dicho la verdad y solo me ha pedido verme una vez. No puedo negárselo. Compartimos varios años, íbamos a casarnos.

—Ante mí no tienes que justificarte, Jorge.

—No me estoy justificando.

—A mí me parece que sí. Y no creo que sea a mí a la que quieres de verdad dar todas estas explicaciones.

—¿Qué estás insinuando, que me estoy autoengañando? Yo no hago eso.

—No, no estoy diciendo nada de eso. —Suelto el aliento. Mejor será que me ande sin rodeos—. Estoy insinuando que quieres darle estas explicaciones a María y me las estás dando a mí en su lugar.

—¿A María?

Ahora le quedan los nudillos blancos, menos mal que ya estamos cerca de mi apartamento y detiene el coche en el primer sitio libre que encuentra.

—Sí, a María. No puede ser que seas tan obtuso, Jorge, en serio. Hasta ahora pensaba que eras de los chicos más listos que he conocido, pero creo que ya he encontrado el motivo por el que tú tampoco vales la pena.

—Vaya, gracias, pero sigo sin saber de qué estás hablando. ¿Por qué iba a querer justificarme con María?

—¡Dios santo! Porque te gusta, y quizá te gusta más de lo que crees.

—¿María? —Se sonroja y es todo un espectáculo—. María no me gusta.

—¡Ah, no, claro! Si estar con vosotros dos es como ser Phoebe en *Friends,* cuando Ross y Rachel hacían el idiota. Tengo la tentación de coger una guitarra y ponerme a cantar *Smelly cat.*

—No he entendido nada de lo que has dicho, pero te aseguro que María no me gusta. Yo la... la aprecio mucho.

—¡¿La *aprecias* mucho?! ¡Vamos, se te ha roto la voz! ¡Lo he visto! Bueno, oído, pero da igual. ¿Y qué clase de persona utiliza el verbo «apreciar» con tanta emoción?

—Tenía algo en la garganta.

—¿Por qué no puede gustarte María? Con lo poco que sé de ella ya me parece una chica increíble.

—Y lo es, María es increíble.

—Tengo ganas de pegarte, Jorge, en serio. ¿Qué estás haciendo? ¿Por qué le has dicho a Cassandra que venga?, ¡¿y por qué no intentas nada con María?!

—A Cassandra se lo debo, estuvimos años juntos.

—Eso ya me lo has dicho antes y sigue sin parecerme motivo suficiente.

—Lo de María... ni siquiera se me había pasado por la cabeza.

—Mientes.

—¿Disculpa? Yo no miento y tú y yo apenas hace una semana que nos conocemos, ¿por qué te pones así con este tema? Déjalo.

—Hace más de un año que tu ex te plantó en el altar, ¿cierto?

—Cierto.

—Y María volvió a la ciudad, a Granada, más o menos cuando tú también volviste, ¿me equivoco?

—Ella llegó unos meses antes, hará unos dos años. ¿Adónde quieres ir a parar con esto?

—¿Con cuántas chicas, mujeres, ligues, llámalo como quieras, has estado en todo este tiempo?

—Eso sí que no es de tu incumbencia, Cande.

—Míralo, haciéndose el estirado. Contéstame, Jorge. Estamos encerrados en este coche y te prometo que no se lo diré a nadie. ¿Una? ¿Diez? —Él enarca las cejas— ¿Veinte?

—Estás como una cabra.

—¡¿Más de veinte?! ¿Cómo me dijiste que era esa palabra horrible? Ah, sí, *¡empotrador!*

—Ninguna, no he estado con nadie, ¿contenta?

—Más o menos, ahora ha llegado el momento de mi experimento.

—¿Experimento? Cande...

Estamos los dos de lado, sentados aún en nuestros respectivos asientos en el coche. Levanto las manos, le sujeto el rostro para tirar de él y lo beso.

Jorge se queda petrificado durante un segundo, pero después separa los labios y me devuelve el beso. Este chico sabe besar, lo hace con la misma determinación con la que le he visto analizar los movimientos de sus jugadores. Tiene técnica (si es que existe una técnica para besar) y pasión. Y sin embargo sé, sin ninguna duda, que ni él ni yo llevaremos este beso más allá. Es agradable, bonito, como pasear por la playa, pero no desata ningún huracán y no tengo ganas de arrancarle la ropa y meterme dentro de él.

Me aparto y al hacerlo le doy un último beso con los labios cerrados. Espera que entienda lo que he hecho.

—¿Por qué has hecho esto, Cande?

Él está despeinado y tiene los ojos más oscuros de lo habitual.

—Quería demostrarte algo.

—Creía que tú no eras así, que no querías esto conmigo.

—Y no quiero, y tú tampoco quieres conmigo. Lo sé.

—¿Entonces a qué ha venido este beso?

—Yo nunca le he sido infiel a nadie —le explico—, nunca he besado a ningún chico mientras estaba con otro.

—¿Y crees que yo sí?

—Creo que tú no. De hecho, en eso se basa todo esto.

—No te sigo.

—Te he besado y tú me has devuelto el beso.

—Soy humano.

—Me has devuelto el beso tras unos segundos —sigo— y enseguida has vuelto a detenerlo. Un hombre o una mujer que lleve más de un año sin estar con nadie, sin besar a nadie, tiene que echarlo de menos. Tú mismo lo has dicho, eres humano y nuestra naturaleza nos impulsa a buscar el contacto, a necesitarlo.

—¿Qué estás diciendo, que los hombres y las mujeres actuamos como animales?

—No, bueno, sí que actuamos como animales, pero no estoy diciendo esto. Estoy diciendo que cuando has dejado de besarme lo has hecho porque has visto la cara de otra chica, porque has sentido que besándome a mí la estabas traicionando a ella y a ti mismo.

—Mierda.

—Oh, vamos, no te pongas dramático, a mí me ha pasado lo mismo. No me malinterpretes, Jorge, besas muy bien y me gustas, pero...

—Lo sé. Ya somos dos.

—Creo que deberías llamar a la chica por la que has interrumpido el beso, Jorge.

—Lo pensaré, y ahora lárgate, aprendiz de Freud.

Le doy las buenas noches y bajo del coche con una sonrisa... que me dura hasta que, cinco metros más adelante, veo a alguien esperándome.

—¿Salvador?

Es imposible, él no puede estar aquí, en Granada. Justo ahora. El destino no podía tener un sentido del humor tan macabro conmigo.

Se da la vuelta.

—Hola, Candela.

Lleva las manos en los bolsillos del abrigo y al ver que va vestido completamente de negro —como siempre— no puedo evitar sonreír. Lo he echado mucho de menos, más de lo que estoy dispuesta a reconocerme a mí misma.

Camino hasta donde está porque Salvador no solo parece decidido a no moverse, sino porque tengo el presentimiento de que si él lo hace, lo hará hacia la otra dirección.

¿Lo abrazo? ¿Lo beso? ¿Qué tengo ganas de hacer?

Me quedo de pie frente a él.

—Hola, Salvador. —Dejo que vea mi sonrisa, esa no puedo ocultársela, y creo que durante unos segundos le brillan los ojos—.

¿Qué estás haciendo aquí? Creía que... que hablaríamos antes de que vinieras.

Él sigue observándome en silencio igual que hacía al principio de enero en Barcelona, aunque no sé por qué siento que su mirada es ahora más fría. No tiene sentido; con la cantidad de emociones, de pasión, que hemos compartido no debería ser así.

—¿Te pasa algo, Salvador?

Entrecierra los ojos, cada segundo que pasa está más distante, y responde:

—He llegado hace un rato, tengo una habitación en un hotel cerca de aquí, de tu apartamento, la ha reservado Sergio. —Esa última explicación no sé a qué viene. ¿Qué me está diciendo, que él estaría lo más lejos posible de mí, que Sergio sabe que en enero Salvador y yo estuvimos juntos, y ahora nos está facilitando el *reencuentro*, que lo manda para que escojamos al chico de marzo?, ¿qué?—. He venido andando hasta aquí. Te he visto en el coche.

No hace falta que continúe, me cuesta tragar durante unos segundos y me pongo furiosa. ¿Me está juzgando? ¿Él? ¿Él, que no me cuenta nada y que ha podido tirarse a medio equipo canadiense de *hockey* sobre hielo? (Doy por hecho que las canadienses juegan a *hockey* sobre hielo.) ¿Él, que insistió en que solo éramos compañeros de trabajo y como mucho amigos? ¿Quién se ha creído que es? ¿Y por qué no tiene los huevos de decírmelo tal cual? ¿Por qué se ha detenido en esa frase «te he visto en el coche» y me mira fijamente?

—¿Y?

Creo que voy a ser yo la que se irá en otra dirección.

—¿Cómo que «y»? Te he visto besando al chico de febrero, a Jorge Agreste. Buena elección, por cierto. Hacéis muy buena pareja.

—Eres idiota, Salvador. Y un cobarde. —Ahora sí que me pongo a andar y, aunque creo que él no se moverá, sí lo hace y camina a mi lado.

—Yo no soy un cobarde, Candela. Y tú, tú no sabes lo que quieres.

—¿Que yo no sé lo que quiero? Eso tiene gracia, Salvador, ¡mucha gracia! Que yo recuerde, la que se largó sin dar ninguna explicación al otro no fui yo. Yo sí que te dije lo que quería. —Mierda, me duele recordarlo.

—Eso ahora, a juzgar por lo que he visto hace unos minutos, da igual, ¿no te parece? Enero ya pasó y le toca a febrero, en más de un sentido.

Me detengo en seco.

—Tengo ganas de abofetearte, Salvador, así que será mejor que me digas a qué has venido o que te atrevas a preguntarme por qué he besado a Jorge y qué significa.

Estamos frente al portal del edificio donde se encuentra mi apartamento alquilado. Salvador está furioso; verlo así consigue que tras mis ojos desfilen uno a uno los recuerdos de Barcelona. Nuestras últimas conversaciones, en las que discutimos demasiado, pero también lo que sucedió en el ascensor o en la calle cerca de Santa María del Mar.

Nunca he dado ninguna bofetada, siempre me ha parecido una escena postiza, exagerada, propia de culebrones o de programas malos de la tele, pero confieso que la insinuación, o no tan insinuación, de Salvador me ha puesto furiosa.

—Esta mañana ha sucedido algo en *Gea*.

No va a hablar de nosotros. ¿Nosotros? Vaya tontería, eso para él o no existe o no es importante; solo sirve para que se ponga hecho un energúmeno o para que de repente me llame «cariño» en medio de una llamada telefónica. Y mientras yo, como una idiota, no puedo besar a Jorge como Dios manda porque el rostro de Salvador se me aparece, ¡es que hay que ser tonta!

—¿Qué ha sucedido?

¿Qué tiene que ver conmigo y por qué has venido corriendo, o volando, a verme? Pienso sin decírselo.

—¿Podemos hablarlo en otra parte? ¿En tu apartamento a poder ser? No quiero mantener esta conversación en plena calle y la verdad es que estoy cansado y me gustaría sentarme.

Le observo; puedo entender lo que dice y es comprensible, pero la alusión a que está cansado me ha cogido por sorpresa. Recuerdo que hace unos días, cuando hablamos por teléfono, también lo dijo y aunque es comprensible (en pocos días ha ido de Barcelona a Canadá, ha vuelto y ahora está aquí en Granada), siento que hay algo más.

—¿Estás bien, Salvador? —Tengo que preguntárselo, necesito dejar de lado nuestros problemas, que aún no he logrado identificar, y averiguar si le sucede algo.

Él me mira sorprendido, como si de repente me viese con otros ojos. ¿Es porque con esta última pregunta he sonado distinta? Incluso yo me he dado cuenta; no he podido ocultar que me importa y mis sentimientos, mis confusos, indescriptibles y torpes sentimientos.

Salvador levanta una mano despacio y muy lentamente la coloca en mi mejilla derecha; acaricia el pómulo con el pulgar y sigue el movimiento con la mirada. Yo noto que me sonrojo.

—Estoy cansado, Candela. Solo es eso. Gracias por preguntar.

¿Tengo voz? ¿Adónde me ha ido a parar la lengua?

Carraspeo y trago saliva.

—De nada. —Él sigue acariciándome la mejilla y mirándome. Se me eriza la piel, quiero cerrar los ojos y perderme en esta sensación, pero entonces recuerdo la frase de Salvador sobre el beso que le he dado a Jorge y que él ha malinterpretado. Sé que es normal que lo haya hecho, lo sé perfectamente; lo que me molesta es que no tenga el valor de preguntarme directamente por qué lo he hecho o de decirme que le ha dolido—. Será mejor que entremos.

Me aparto y busco las llaves en mi bolso.

En el apartamento, Salvador se quita el abrigo y lo deja apoyado en el respaldo de una silla, después camina hasta el sofá blanco y se sienta. Yo voy a la cocina a por dos vasos de agua. Le he ofrecido otra cosa, café y zumo es lo único que me queda, pero él ha dicho que prefiere agua. Cuando salgo lo encuentro con la cabeza recostada en el respaldo y los ojos cerrados. Me acerco sin hacer ruido, tiene ojeras, sigue dejándome sin aliento lo guapo que es (a mí me lo parece), pero es innegable que está cansado. Las ojeras son más profundas que hace semanas y creo que ha adelgazado un poco. Le aparto el mechón de pelo negro de la frente.

—¿Te duele la cabeza? —le pregunto en voz baja.

—No.

—Duerme un poco, sea lo que sea lo que ha sucedido en *Gea* puedes contármelo dentro de un rato. No me iré a ninguna parte.

Le sigo acariciando el pelo y al ver que no contesta deduzco que se ha quedado dormido. Me preocupa verlo así, no puedo evitarlo, y tengo incluso la tentación de llamar a su hermano Pablo y preguntarle si a Salvador le ha sucedido algo, porque sé que preguntárselo a él es como arrancarle una confesión a un espía soviético. No lo hago, no llamo a Pablo; me encanta hablar con él y no quiero que piense que solo lo llamo para preguntarle por Salvador. Probablemente lo único que le pasa es lo que me ha dicho: está cansado y necesita dormir.

Oigo un suave ronquido y sonrío. Me levanto con cuidado, me había sentado a su lado, y le tumbo despacio en el sofá. Él no se inmuta, lo que sin duda es una prueba más de lo agotado que está. ¿Por qué diablos no se ha quedado en Barcelona un día más hasta recuperarse? Mañana me lo contará; si tiene que ver con *Gea* y él está aquí, deduzco que afecta a *Los chicos del calendario*. No pueden ser muy malas noticias; Vanesa me habría llamado enseguida en ese caso, o incluso Abril.

En el armario del dormitorio busco una manta, tapo a Salvador con ella y le quito los zapatos. Una vocecita interna me dice que soy una cursi por hacer estas cosas, pero me hago la sorda. Él no se despierta en todo el rato y, tras apagar la luz, le dejo allí durmiendo. Cuando me tumbo en la cama me siento un poco culpable; Salvador no cabe en ese sofá, los pies y la mitad de las piernas le cuelgan por el extremo, quizá tendría que haberlo despertado y acompañado a la otra habitación. O llamarle un taxi para que lo llevase a su hotel. Está demasiado dormido, me digo, el sofá es cómodo y siempre está a tiempo de irse. No voy a retenerlo si se despierta y se marcha.

Cierro los ojos.

Estoy hecha un lío. He besado a Jorge Agreste y a Salvador no le he dicho la verdad sobre mis sentimientos. ¿Por qué me complico tanto la vida? ¿Acaso no he aprendido la lección? No tendría que haber besado a Jorge, ha sido una tontería, y tendría que dejar las cosas claras con Salvador de una vez por todas.

En el coche, cuando Jorge ha dicho que no le gustaba María y que, sin embargo, la zorra de su ex se merecía que la escuchase, me han entrado ganas de sacudirlo y de decirle aún más claramente que, en mi opinión, María no solo le gusta sino que, además, está enamorado de ella. Aún no entiendo por qué se resiste tanto a la idea, no sé si se debe a la relación que existe entre sus familias, a que cree que ella volverá a irse o a cualquier otra cosa. No lo sé, pero sea lo que sea no debería interponerse entre dos personas que claramente están hechas la una para la otra. ¡Pero si incluso pueden hacer un dichoso *tangram* sin hablar, solo mirándose o siguiendo los movimientos del otro!

Y sí, una pequeña (y mala) parte de mí tiene celos cuando los ve. Sí, es patético y demuestra que soy una pésima persona, pero es la verdad. Aquí a oscuras no puedo negarlo. Tengo celos de Jorge y María porque el día que por fin dejen de comportarse como dos idiotas serán muy felices juntos.

En el coche he pensado que si besaba a Jorge él se apartaría; sabía que se apartaría, y se daría cuenta de que a quien quiere besar de verdad es a María, no a mí y tampoco al mal bicho de su ex. Pero durante unos segundos también he pensado que, si nos besábamos, quizás esa chispa, la chispa indescriptible que hace que te vuelvas loca por un chico o por una chica, saltaría y las cosas cambiarían entre nosotros. ¿No sería maravilloso que me sintiese atraída por un chico tan genial como Jorge que, además, me gusta muchísimo como persona? (Sí, lo admito, si no fuera por lo ciego que está, sería capaz de bombardear mis teorías sobre los hombres en menos que canta un gallo). Por eso lo he besado, creo, porque egoístamente quería saber si entre él y yo podría existir esa clase de relación. Porque no quiero volver a acomodarme con tipos como Rubén y no sé si estoy preparada para perder el corazón por un hombre como Salvador.

Por eso he besado a Jorge, porque desde que empezaron *Los chicos del calendario* soy mucho más valiente y siempre me digo la verdad (sirva como ejemplo lo que estoy haciendo ahora cuando tendría que estar durmiendo), aunque una parte de mí sigue siendo un poco cobarde. O mucho, en cuanto al amor se refiere.

Y si, como creo, ese amor he empezado a sentirlo por el chico que duerme ahora en mi sofá, no solo soy cobarde, sino que estoy aterrorizada.

Lo mejor que puedo hacer es olvidarlo o superarlo. Sí, superarlo es lo mejor; voy a quedarme con la lección aprendida y a seguir adelante.

Mañana será un día ajetreado, Salvador estará aquí, Jorge tendrá que lidiar con su exprometida y con sus sentimientos por María, y yo tengo que seguir con el mes y el chico de febrero.

Estoy profundamente dormida cuando el colchón se mueve y abro los ojos asustada.

—Soy yo, Candela. No pasa nada.

La habitación está a oscuras, pero al girarme veo a Salvador sentado en la cama. Ha apartado la sábana y va vestido con una camiseta blanca y calzoncillos. Tardo unos segundos en recordar que él está en Granada, que nos hemos encontrado en la calle y que se ha quedado dormido exhausto en el sofá.

—¿Te encuentras bien? —le pregunto soñolienta.

Él levanta la mano y me acaricia la mejilla igual que ha hecho hace un rato, no sé cuánto, en el portal.

—Sí. Gracias. Vuelve a dormirte.

—Vale —balbuceo.

—¿Puedo quedarme aquí contigo? —Me acaricia el pelo—. No pasará nada, Candela, de verdad. Te he echado de menos.

—Vale.

No sé si estoy soñando, me pesan los párpados y quiero dormir, y si esto es un sueño, por surrealista que parezca, quiero que continúe. Salvador se tumba detrás de mí y me rodea la cintura con un brazo. Su torso está pegado a mi espalda cuando los dos nos quedamos dormidos.

8

Hacía días que no dormía tan bien, que no suspiraba al abrir los ojos y pensaba que la vida podía ser maravillosa y estar llena de posibilidades. Hay mañanas en las que sientes que puedes con todo, con tus vecinos, con tus problemas, con las huelgas del tren y del metro, con absolutamente todo, y eso a mí solo me pasa si he dormido realmente bien.

Adoro este cojín, voy a comprarme uno idéntico y voy a llevármelo conmigo a Barcelona, ¿qué digo a Barcelona?, ¡este cojín mágico se viene conmigo por toda España! Es el mejor cojín del mundo, es fuerte y suave al mismo tiempo, huele de maravilla y desprende un calor increíble que se te mete bajo la piel de la mejilla y de las yemas y te llena de fuerza.

Sí, respiro profundamente, jamás voy a separarme de este cojín. Es mi cojín. Lo abrazo con más fuerza. ¿Puedo metérmelo en el bolso y abrazarlo durante el día? Hay niños pequeños que van por la calle con una funda de almohada y nadie los mira mal. Yo voy a ir con este cojín a todas partes, decidido.

—Buenos días, Candela.

Mi cojín ha hablado con la voz de Salvador.

—Buenos días.

Sé que es Salvador. Ahora que estoy un poco más despierta sé que lo tengo bajo la mejilla no es un cojín —ojalá lo fuera—, sino su camiseta y que el calor que tanto me gusta lo desprenden sus brazos. Tendría que apartarme, sería lo más lógico y lo más precavido.

—Siento haberme quedado dormido en tu sofá. —Él habla en voz baja y respira despacio, el torso sube y baja lentamente, y pasa dos o tres dedos por mi pelo.

—No pasa nada.

—Siento haberme comportado como un imbécil. No tenía ningún derecho a decirte lo que te dije, ninguno. Lamento mucho haberte juzgado y haber sido tan tan... idiota.

—¿Idiota?

—¿No fue eso lo que me llamaste tú?

—Sí, creo que sí.

Él suelta el aliento. Me lo imagino hablándome con los ojos cerrados, yo aún no he abierto los míos. Creo que esta es la clase de conversación que se mantiene con los ojos cerrados y susurrando.

—Lo siento. Tenías razón. Me comporté como un idiota. ¿Me perdonas?

—Aún tenemos mucho de qué hablar.

Unos segundos de silencio, la mano con la que me acariciaba el pelo desaparece y luego vuelve.

—Lo sé, pero ¿me perdonas?

—Te perdono por haberte comportado como un idiota.

—Te encanta llamarme idiota.

—Sí.

Volvemos a quedarnos en silencio; yo quiero contarle lo del beso de Jorge, pero no quiero justificarme. En mi mente tiene sentido. No quiero justificarme porque no tengo nada que justificar. Quiero que él me pregunte qué pasó, qué significa ese beso y si afecta a lo que creo que está sucediendo entre nosotros.

Está aquí en la cama conmigo, me está abrazando y acariciando el pelo, y una parte muy concreta de su anatomía está muy feliz de haberse despertado; lo sé porque unas cuantas partes de la mía —todas— también lo están. A decir verdad, mi cuerpo lleva rato suplicándole a mi cerebro que se deje de monsergas y le deje lanzarse encima del impresionante cuerpo de Salvador.

—Ayer por la mañana, Juanjo Abengoechea llamó a *Gea*.

¿Qué? Yo estoy aquí prácticamente babeándole la camiseta y él está hablando... ¿de qué está hablando?

—¿Qué has dicho?

Sigue acariciándome el pelo, carraspea y continúa:

—Juanjo Abengoechea me llamó ayer. —Se da cuenta de que no le sigo—. Su familia es la propietaria de las joyerías Abe, él se ha encargado de toda la expansión y lleva la parte comercial. Coincidí con él hace años y me pareció muy inteligente, poco de fiar pero inteligente. Las joyerías Abe son uno de los mayores anunciantes de *Gea*.

No soy tonta, sé sumar dos más dos y no hace falta ser Sherlock Holmes para deducir por qué el tal Juanjo llamó a Salvador y qué está haciendo él aquí en Granada.

—Las joyerías Abe tenían contratada a la exprometida de Jorge como imagen y ahora quieren que ella vuelva con él.

Salvador se tensa y coloca una mano bajo mi mentón para levantarme despacio la cabeza hacia arriba; cuando nuestras miradas se encuentran, es obvio que los dos llevamos rato con los ojos abiertos.

—¿Cómo lo sabes?

Odio que desconfíe de mí. Es horrible sentir que se me retuercen las entrañas, me sucedió lo mismo ayer cuando dio por hecho que mi beso con Jorge significaba mucho más de lo que de verdad significa y me dolió en Barcelona cuando se negó —y sigue negándose— a contarme qué le pasa.

¿Qué diablos estamos haciendo abrazados en la cama?

—Cassandra llamó a Jorge y se lo contó, le dijo que quería volver con él.

Me mira, busca en mis ojos, quizás en mi rostro, algo que le pueda responder esas preguntas que se niega a hacerme, y yo me esfuerzo en mantenerme impasible, aguanto incluso la respiración.

—Le dije a Juanjo que la revista no va a permitir que ningún anunciante, Ayuntamiento, ni nadie manipule a ningún chico del calendario.

—Por tu cara deduzco que no se lo tomó bien.

Al parecer solo vamos a hablar de *Gea*... aunque sigamos en la cama y él haya vuelto a acariciarme el pelo, ¿sabe que lo hace?, ¿sabe que estos momentos quedan guardados en mi corazón y luego me hacen daño, y me siento como una estúpida por haberme metido sola en ellos?

—No, no se lo tomó bien. Dijo que Cassandra podía destrozar a nuestro chico del calendario y que, aun en el caso de que sobreviviéramos a ese escándalo, buscaría la manera de perjudicarnos. Nadie pasa de tener dos joyerías a tener quinientas repartidas por el mundo sin aprender algún que otro juego sucio.

—¿Y por eso has venido a Granada? ¿Para avisarnos o para esperar la llegada de Cassandra? Ella va a venir, pero eso ya lo sabes, ¿no?

—No, no lo sabía con certeza. Pero contaba con ello. *Gea* no va a permitir que nadie chantajee o manipule a ningún chico del calendario y yo voy a asegurarme de que nadie te hace daño.

No sé si se refiere a que está dispuesto a protegerme de la ira del señor Abengoechea o si cree que la llegada de Cassandra me dolerá porque ahora tengo una relación con Jorge.

—No tienes que preocuparte por mí.

Le he puesto en bandeja de plata que me diga qué le pasa conmigo, qué ha querido decir con eso de que a partir de ahora es mi caballero de brillante armadura. A mí no me hace falta, con que me diga la verdad por una vez me conformo, sería un buen principio.

—Me preocupo por ti, Candela. —Aparta la mano del pelo y la lleva a mi rostro; puedo sentir su mirada acariciándome y el corazón buscando una vía de escape por entre mis costillas—. Es lo que hacen los amigos.

—¿Amigos? —La palabra casi se me atraganta—. Quieres que seamos «amigos».

—Para mí ya somos amigos, Candela.

—Claro. Creo que será mejor que vaya a ducharme.

Tengo que salir de aquí ahora mismo, pero Salvador no aparta los brazos.

—Has dicho que me perdonabas por haberme comportado como un idiota.

—Salvador, tengo que ir a ducharme. No sé qué hora es...

—Las ocho y media.

Me imagino que, mientras yo soñaba con cojines perfectos y recordaba lo que nos pasó en Barcelona, él ha mirado la hora.

—Jorge pasará a buscarme a las diez. —Afloja un poco los brazos—. Y me imagino que tú tienes que ir a tu hotel. Tenemos que reunirnos y prepararnos para la llegada de Cassandra, y no estaría de más hablar sobre el chico de marzo.

—Tienes razón —reconoce—. No sé cuántos días podré quedarme en Granada; cuanto antes lo dejemos todo solucionado, mejor.

—Por supuesto. Voy a ducharme.

Esta vez, cuando me muevo, él no intenta retenerme. Salgo de la cama mientras él se sienta y me detengo antes de entrar en el baño.

—No hace falta que me protejas de nadie, ni del señor Abengoechea ni de Cassandra. Entre Jorge y yo no hay nada. Es una persona maravillosa, un chico increíble y me encantaría que llegásemos a ser grandes amigos, pero no hay nada. Él está enamorado de otra persona y antes de que digas algo te diré que no es de mí ni de Cassandra, así que ya puedes ir preparando al bueno de Abe porque va a llevarse una gran decepción. Lo que viste ayer tiene una explicación, aunque como te niegas a pedírmela, no voy a dártela. —Le veo apretar la sábana—. En realidad te estoy contando esto ahora porque sé que dentro de un rato tendremos que reunirnos con Jorge y contárselo todo, y no quiero que haya ningún malentendido. Jorge no se lo merece. Todavía no me ha hecho cambiar de opinión sobre los hombres, pero no se lo merece. Voy a ducharme. Puedes irte del piso cuando quieras. Mándame un mensaje o llámame para decirme cómo quedamos y Jorge y yo allí estaremos.

Esta última frase la digo de espaldas justo antes de cerrar la puerta. Estoy convencida de lo que he hecho, no puedo seguir intentando entrar en la mente o en el corazón de Salvador; todo tiene un límite y tanta confusión me está volviendo loca... y dejando exhausta. Estos días con Jorge han sido muy divertidos y excitantes, no en el sentido sexual, esto no voy a negarlo, pero he sido feliz. Quizá me basta con esto o quizá... no, quizá no, pero empiezo a pensar que algún día encontraré a alguien con el que lo tendré todo y, lo más importante, al que querré dárselo todo.

Me meto en la ducha y dejo la mente en blanco; noto que me he quitado un peso de encima. Salvador quiere que seamos amigos, pues yo también. No pasa nada porque hayamos dormido juntos, a veces también he dormido con Abril, es de lo más normal (no me lo creo ni yo, pero lo estoy intentando).

Salgo de la ducha envuelta en una toalla y me lavo los dientes, después me cepillo el pelo y me pongo una crema. Abro la puerta decidida a ir a vestirme pensando en todo lo que me espera y de repente me quedo petrificada.

—¿Qué estás haciendo aún aquí?

Salvador sigue sentado en la cama, lleva la misma ropa que hace unos minutos, bastantes porque me he recreado en la ducha (me he puesto incluso una mascarilla en el pelo), tiene los pies en el suelo, las manos entrelazadas colgando entre las rodillas y la mirada fija en la puerta por la que yo acabo de salir.

—No he podido irme. Lo he intentado, y no he podido.

Se pone en pie y camina muy despacio hacia mí. Yo no puedo moverme.

—¿Qué estás haciendo, Salvador?

—No lo sé. Joder. Desde que estás en mi vida que no sé qué estoy haciendo, ¿acaso no lo ves? No lo sé.

Doy un paso hacia atrás; en casa sé dónde están las paredes, pero la de este apartamento aparece de repente detrás de mí.

—Somos amigos. —Me humedezco el labio y me sujeto la toalla bajo las axilas—. Tú mismo lo has dicho.

—Sí.

—¿Entonces?

Está justo frente a mí, tiene las manos a ambos lados y no intenta retenerme de ninguna manera, podría esquivarle sin problema y, sin embargo, sus ojos frenan cualquier intento de huida. No quiero irme, quiero quedarme aquí y descubrir cuál de los dos miente mejor... porque está claro que, en lo que se refiere a nuestros sentimientos, los dos estamos mintiendo.

—Es lo mejor, Candela, fíjate, solo estamos en febrero y mira lo complicadas que están ya las cosas. Yo ayer no tendría que haberme comportado como lo hice, no tenía ningún derecho, pero cuando te vi con Jorge... jamás había sentido nada parecido. Me fui; si hubieras tardado dos minutos más en bajar del coche no me habrías visto, habría vuelto a mi hotel y probablemente habría buscado la manera de irme de Granada.

—¿Por qué? ¿Por qué no hablas conmigo? ¿Por qué siempre eliges salir corriendo?

—Es lo único que sé hacer, Candela. Lo siento.

Apoya la frente en la mía.

—Salvador...

—No voy a insultarnos a ninguno de los dos y a decir que tenemos que llevarnos bien y mantener las distancias por el trabajo. Lo cierto es que *Gea* y Olimpo me importan una mierda cuando estoy contigo. Y me da igual. Y me asusta, Candela.

—A mí también —reconozco, sorprendida por el ataque de sinceridad de Salvador. Tenía mis dudas de que de que Salvador fuera capaz de serlo. Tengo las palmas de las manos apoyadas en la pared y me muero por tocarlo, pero no lo hago porque no quiero hacer nada que pueda detenerlo.

—Puedo ser tu amigo. Necesito ser tu amigo, Candela. Pero nada más.

—¿Por qué? —susurro.

—Tenemos once meses por delante, once. Once ciudades. Once chicos.

Abro los ojos y veo que él los tiene cerrados y que aprieta la mandíbula. Mi mano derecha se aleja de la pared y le acaricio el rostro.

—Salvador, *Los chicos del calendario* no...

—No es solo por *Los chicos del calendario*. Dame estos meses, por favor. Sé mi amiga, déjame ser tu amigo.

—¿Eso significa que durante estos meses...? —No puedo decirlo. Me parece absurdo estar hablando de esto cuando es obvio que los dos nos estamos preguntando cómo es posible que aún no nos hayamos besado.

—Joder, Candela, significa que durante estos meses tendré que asumir que puedes ir con otros. No sé cómo voy a lograrlo, pero lo haré. Sé que lo que sucedió ayer es culpa mía, no tuya. Y lo siento. Siento haber insinuado eso y haberte hecho daño.

—¿Es eso lo que quieres? ¿Ser amigos?

Su mejilla está en la palma de mi mano y noto que un músculo tiembla.

—Once meses, Candela.

—Quizá después no podamos ser nada más que amigos, Salvador, ¿no lo has pensado?

—No me pidas que piense eso.

—Tú me estás pidiendo algo parecido.

—Está bien, tienes razón. Quizá lo mejor será que solo nos veamos para tratar los temas de los chicos del calendario. Podemos incluso resolverlos por correo o por teléfono, o tener una reunión mensual en Barcelona.

—¿Me estás diciendo que si no somos amigos desaparecerás de mi vida, Salvador? ¿Tan asustado estás que me estás chantajeando?

—Sí, joder, sí. —Me sujeta el rostro con ambas manos y nuestras miradas se enredan y no se sueltan—. Sé mi amiga, Candela.

—Está bien, de acuerdo.

—Gracias. —Salvador suelta el aliento y creo que va a apartarse cuando vuelve a hablar—. Y ahora voy a pedirte algo que no tiene ningún sentido y puedes pegarme si quieres, puedes gritarme y echarme de aquí a patadas y decirme que estoy loco y que estás harta de mí.

—¿Qué, Salvador?

—¿Puedo besarte?

—Salvador...

—Si me dices que no, me iré y cuando nos veamos para hablar con Jorge estaré bien. De verdad. Saldré de esta habitación, de tu apartamento y no volveré a preguntártelo. Sé que tú no estás de acuerdo con mi decisión, que estás enfadada y que crees que soy un cobarde por no reconocer lo que pasó en enero y no hablar de ello. Y tienes razón. Sé que estoy pidiendo algo que en apariencia no tiene sentido. Seamos amigos, Candela, por favor. Pero antes bésame una vez más.

¿Qué está pasando?

La cabeza me da vueltas y no sé si estoy temblando yo o si está temblando él. Las piernas de Salvador están pegadas a las mías y su rostro está a escasos milímetros. Lo que acaba de decirme tendría que bastarme para apartarle, sigue sin haberme contado a dónde ha ido y por qué o cuáles son los motivos que impiden que tengamos una relación ahora. No me trago el rollo de que lo hace por mí, yo no se lo he pedido y es una excusa. *Los chicos del calendario* no son un absurdo juego sexual, yo voy a recorrer el país en busca de un chico que valga la pena, pero él, si es que existe, no tiene que acostarse conmigo. Lo que sucedió con Salvador no tiene por qué suceder con nadie más y la verdad es que veo muy difícil que suceda. Tras el beso que le di a Jorge, sé de lo que hablo. El beso de Jorge, casi no lo recuerdo, sucedió ayer y está a punto de esfumarse de mi memoria. No recuerdo el tacto de sus labios ni si su sabor se coló dentro de mí. No significó nada, sirvió para que yo me diese cuenta de que entre él y yo no existe esta clase de química y —ojalá— para que él se de cuenta de lo de María.

No debería besar a Salvador.

Ninguno de sus besos se ha desvanecido de mi memoria, todos siguen dentro de mí guardados en un cajón que he abierto de vez en cuando. No voy a deshacerme de ellos, pero no sé si estoy preparada para tener uno más. Tenemos que ser amigos, es lo mejor para los dos.

Salvador respira, respiramos los dos. Va a apartarse, lo presiento. Voy a dejar que se aparte sin besarle y vamos a ser amigos.

Él agacha un poco la cabeza, la punta de su nariz me acaricia el pómulo. Podemos ser amigos a partir de este beso.

Levanto la mano que aún tenía en la pared y le acaricio la nuca para acercarlo a mí.

Nuestros labios se rozan durante un segundo con suavidad, él respira de nuevo y se cuela por entre los míos o tal vez soy yo la que se cuela dentro de él. No lo sé. Da igual, sea como sea somos indivisibles. Es un beso dulce y se transforma poco a poco en una sonrisa. ¿Cómo puedes sonreírle a alguien en medio de un beso, de uno tan sensual como este, y no querer quedarte con él para siempre? ¿Por qué insiste en que seamos amigos durante estos once meses? Me tenso; sabía que no iba a poder quitarme esto de la cabeza, intentar besarlo sin pensar en nada ha sido un error, un imposible.

—Eh, Candela. No pasa nada, todo saldrá bien —susurra Salvador acariciándome el rostro y con los labios pegados a los míos.

Vuelvo a besarlo despacio y aprieto los ojos con fuerza. Salvador me devuelve el beso del mismo modo, pero al cabo de pocos segundos separa los labios y su lengua busca la mía. La encuentra. Nuestras bocas se pelean, se pegan la una a la otra, se necesitan. El sabor de Salvador se mezcla con el mío y enredo las manos en su pelo porque siento como si ahora, en este preciso instante, por fin estuviese completa. Yo estoy completa sin él, lo sé. Es la verdad, pero si él está aquí, besándome, siento que las cosas tienen sentido. Es absurdo, le odio por hacerme sentir así, por descubrirme que existe esta clase de física y química en una pareja y después arrebatármela. ¿Amigos? ¿Besa así a sus amigos?

—Joder, Candela.

Me pega a la pared, o tal vez soy yo que tiro de él hacia mí, ni lo sé ni me importa. Estoy furiosa y feliz porque este beso ocupará un cajón entero de mis recuerdos. Bajo las manos por su cuello y él, que aún estaba sujetándome el rostro, afloja los dedos y me acaricia despacio el cuello hasta llegar a los hombros. Tiembla y, tras unos segundos, intensifica el beso. Está intentado meterse dentro de mí y al mismo tiempo mantener las distancias. Es horrible, me estoy muriendo, este chico me está matando.

Intento suavizar la fuerza de mis labios, convencer a los suyos de que en lo más profundo de mí creo que encontraremos la manera de... ¿de qué? No lo sé, de no separarnos, porque es imposible que un beso como este no sirva para unir sino para separar.

Salvador no cede, mantiene una mano en mi hombro izquierdo y la otra la suelta para buscar una de las mías. La encuentra en su nuca, tira de ella y enreda nuestros dedos y los captura entre su torso y el mío. Entre su corazón y el mío, que ya no puede más.

El beso sigue, nos sujeta bien fuerte y no quiere soltarnos. Su lengua y la mía no se apartan, y se enredan como si así fuera a ser imposible distinguir dónde empieza una y termina la otra. Se me escapa un gemido por entre los labios y Salvador lo engulle; yo quiero hacer lo mismo con sus miedos, esos que no me cuenta y que sé que son de verdad lo que nos aleja, no *Los chicos del calendario.*

Pero él se mantendrá firme, lo sé, lo siento. Esto es un beso de despedida y cuando nos separemos Salvador será mi amigo y yo... yo seré yo y estaré bien.

—Salvador.

Tengo que empezar a estar bien lo antes posible, no puedo perderme más en esto, en él, en Salvador, por tentador que sea.

—Candela. —Aparta los labios, mantiene las manos unidas y habla pegado a mí, rozándome con la nariz las mejillas, acariciándome ahora el hombro en el que seguro tengo el rastro de sus dedos—. Voy a salir de esta habitación, me vestiré y me iré. Tú vas a quedarte aquí, hazlo por mí, ¿de acuerdo?

—De acuerdo.

—Gracias. —Suelta el aliento y me da un beso en la punta de la nariz que me hace cosquillas en el alma—. Te mandaré un mensaje para decirte dónde y cuándo podemos reunirnos con Jorge para hablar de Abe.

—Claro.

Cierro los ojos. Sé que, aunque estoy decidida a ser su amiga durante los once meses siguientes, después de este beso no puedo ver cómo sale de aquí y me deja sola.

—Nos vemos luego, Candela. Gracias por... por besarme.

Tardo varios segundos en parpadear y, cuando por fin enfoco la mirada, Salvador no está y yo tengo una lágrima en el rostro.

9

Hemos quedado a las doce en casa de Jorge, pero él pasa a buscarme a las diez y vamos a ponernos al día en una cafetería donde evidentemente lo conocen y lo adoran.

—La joyería para la que Cassandra era imagen ha llamado a *Gea* y están buscando que *Los chicos del calendario* le haga publicidad de alguna manera.

—Mierda. Lo siento mucho. Ya sabía que la aparición de Cassandra se debía a *Los chicos*, pero no creía que fueran a molestar a la revista. ¿Tienes problemas? ¿Por eso está aquí Barver?

—No, tranquilo, no te preocupes por mí. Salvador le dijo al señor joyero que se metiera sus amenazas donde le cupiesen; él no va a permitir que nadie manipule o amenace a ninguno de los candidatos.

Jorge bebe un poco de café con leche.

—¿Estás segura de que lo hace por los candidatos?

—Por supuesto que estoy segura. La dirección de *Gea* —yo también bebo un poco, a ver si así se me afloja un poco el nudo que tengo en la garganta— ha defendido siempre que *Los chicos del calendario* no es un producto de *marketing* ni ningún invento publicitario. Si una marca de ropa o de coches quiere comprar un anuncio en la revista o en el canal de Youtube, estoy segura de que se lo venderán encantados y por lo máximo posible, pero ni los chicos ni yo estamos en venta.

—Defiendes mucho al tal Barver.

—Cállate. No estoy hablando de Barver, estoy hablando de *Gea.*

—Tú no te callaste ayer con lo de María.

—Mira, ya que mencionas a María, ¿has ido a verla para decirle que te mueres por besarla?

—¿Acaso tú no tienes filtro, Cande? ¿No te enseñaron tus padres que antes de hablar hay que pensar?

—Lo intentaron. ¿La has llamado o no?

—No.

—Llámala. ¿Cuándo llega tu cariñosa, dulce y nada materialista ex?

—Esta tarde y gracias por el sarcasmo.

—De nada.

—Si has terminado de desayunar, deberíamos ir a mi casa. Me gustaría enseñarte algo antes de que tu jefe, el chico en el que seguro que no pensaste ayer mientras me besabas, llegue.

Estoy a punto de escupir el último sorbo de café.

—No sé por qué te dije que creía que podíamos llegar a ser buenos amigos.

—Me adoras y lo sabes. Sécate el café que tienes en el mentón, Cande, y salgamos de aquí.

Pago la cuenta y sigo a Jorge fuera, donde me espera junto al coche mirando el móvil.

—¿Qué haces?

—Todo esto es culpa tuya, que lo sepas.

—¿El qué? Yo no he hecho nada.

—Soy seis años mayor que María.

—¡¿En serio?! ¡Oh, Dios mío! Olvídate de todo lo que te dije ayer y llamemos a un geriátrico cuanto antes. ¿Tienes plan de jubilación, has notado que te gusta más de lo normal vigilar obras, te has comprado unas pantuflas nuevas?

—Cállate, Cande, no tiene gracia.

—Cállate tú. No me digas que este es el motivo por el que nunca te has acercado a María. ¡Seis años no es nada!

—La primera vez que me fijé en ella era una cría, no era ni mayor de edad, ¡no era legal! —Se guarda el móvil en el bolsillo de los vaqueros y se frota el rostro—. Mierda, no debería contarte esto. Me he acostumbrado a negar que María me gusta.

—Pues desacostúmbrate y deja de hacerte el mártir. Solo sirve para que los dos seáis desgraciados.

—Eso tú no lo sabes.

—Sé lo que veo.

—No puedo decirle nada ahora.

—¿Por qué?

Abre el coche y se sienta tras el volante; tras soltar el aire, contar hasta diez y preguntar en voz alta qué demonios les pasa a los hombres, yo también camino hacia mi puerta y entro en el vehículo.

—¿Por qué no puedes decirle a María que te gustaría salir con ella?

—¿Por dónde quieres que empiece?

—Por donde quieras.

—Creo que me gustas más cuando estás metiéndome la lengua por el gaznate que cuando quieres ser mi amiga.

La palabra «amiga» me sobresalta. ¿Esto es lo que haré con Salvador? ¿Le tomaré el pelo cuando él me hable de sus conquistas? Me obligo a alejar la idea de mi mente.

—Empieza por donde quieras, en serio.

—Vale. Cassandra llega esta tarde en el vuelo de las siete y media. Los jodidos paparazis volverán a meter las narices en mi vida. Ella tiene su taller, su tienda, se ocupa de Lucas y de su padre; no puedo pedirle que piense en mí.

—Fíjate que, en ningún momento, has dicho que ella no te gusta o que tienes miedo de no gustarle a ella.

—Vete a la mierda, Cande. —Si no fuera porque ha sonreído, me enfadaría.

—¿Tu casa está lejos?

—No mucho.

—Creo que me molesta que aún no me hayas invitado.

—¡Pero si estos días no hemos tenido tiempo! Es usted muy exigente con sus chicos del calendario, señorita Ríos.

—Solo con los que son especiales.

—¡Ja! Pero si yo soy el segundo y tengo el presentimiento de que el primero no cuenta o juega en otra liga.

—¡Jorge!

—Sí, lo que yo creía, el chico de enero tiene una liga aparte.

Jorge vive en una casa preciosa con un jardín lleno de árboles, en su mayoría árboles de granada, y con una fuente que podría salir en cualquier capítulo de *Juego de Tronos*... tal vez la serie no está tan mal ahora que lo pienso. Aparca el coche y me acompaña hasta la entrada explicándome que compró la finca solo tras obtener el visto bueno de sus padres. Pasamos al salón; es tan bonito que tengo miedo de sentarme. Es la primera vez que me doy cuenta de la cantidad de dinero que debió de ganar Jorge en su época de jugador de fútbol. Él no intimida a nadie y, si a alguien le impresiona su presencia, se debe al carácter de Jorge y no al contenido de su cuenta corriente. Cassandra será guapísima, pero es una completa imbécil si ha dejado a este hombre por dinero.

Busco con la mirada una silla o una butaca que no parezca sacada del número de *Vogue* dedicado al sur de España y mis ojos se detienen en un juego de ajedrez. Es precioso y ocupa la mesa baja que hay en el centro de la estancia; es como si toda esa habitación girase alrededor de ese tablero para convertirlo en la pieza central. Es innegable que, en cuanto lo ves, no puedes dejar de mirarlo.

—¿Es de María?

—Sí, y por tu bien te aconsejo que no digas nada.

Sonrío; me basta con esa amenaza para relajarme y sentarme en un sofá que ni susurra cuando mi trasero se posa en él. Suena un timbre y Jorge contesta desde el teléfono fijo que hay en otra mesa. Es Salvador; está en la puerta. Jorge va a su encuentro y yo espero allí sentada. Sabía que este momento llegaría. Habíamos quedado y sé que esto no tiene nada que ver con lo que ha sucedido hace unas horas en mi apartamento; aun así, me cuesta respirar.

—Ya estamos aquí, Cande.

Jorge es el primero en hablar, aunque Salvador ha entrado antes y se ha detenido junto a la puerta. Me pongo en pie y dudo un instante, porque no sé cómo se supone que debo saludarlo. Me siento como una estúpida, yo no soy así, tengo que reaccionar.

—Hola, ¿has llegado bien, Salvador?

Jorge sabe que lo vi ayer, o como mínimo sabe que hablé con él. Evidentemente no le he contado que Salvador ha pasado la noche en mi piso y que esta mañana me ha besado cuando yo apenas iba envuelta en una toalla.

—Hola, Candela. Sí, perfectamente, gracias.

Jorge nos observa y el muy cretino me sonríe cuando lo miro. Está disfrutando con esto, pero mi venganza será terrible. Salvador y yo hemos decidido que seremos amigos, en cambio él y María no tienen esta clase de ilógica y cruel restricción. Cruel e ilógica al menos para mí; para Salvador deduzco que tiene sentido.

—¿Quieres sentarte, Barver? ¿Puedo ofrecerte algo de beber?

—No, gracias, estoy bien —contesta Salvador dirigiéndose al sofá que queda justo delante del que yo ocupo.

Busco algo en Salvador que me demuestre que nuestro encuentro de antes se ha quedado grabado en su memoria, que no le han bastado un par de horas para dejarlo atrás. Va vestido con un traje negro, camisa blanca y corbata negra. Está perfectamente afeitado; podría ser la portada de la revista *Times* o hacer un *striptease* en plan oficinista o banquero, pero entonces lo veo, encuentro ese detalle que estaba buscando. Tiene dos cortes en la cara de cuando se ha afeitado, creo... no, estoy segura de que es la primera vez que descubro que se ha cortado afeitándose. Los dos cortes están en la mejilla que he acariciado cuando esta mañana le he tocado el rostro antes de besarlo; un corte está en el pómulo y otro cerca de la comisura del labio.

Me entra calor al recordarlo, me sonrojo, no puedo evitarlo. Es el «efecto Salvador», un jodido virus que solo parece afectarme a mí. Mierda, yo lo que quiero es que a él le entre «Candelitis». Vale, ahora me pierdo de verdad. Intento apartar la mirada y al hacerlo me tropiezo con la suya, y veo que tiene las pupilas dilatadas y que lo está pasando tan mal como yo. Sonrío otra vez y él me devuelve la sonrisa.

«Todo va a salir bien, Candela».

La voz de Salvador se cuela de nuevo dentro de mí y circula como un barquito de papel por un río, que se derrite y pasa a formar parte del agua para siempre.

—¿Empezamos? —La voz de Jorge me sobresalta un poco; él se ha sentado a mi lado y me pone una mano en la rodilla. ¿Qué está haciendo? Veo que Salvador entrecierra los ojos y oigo que Jorge sofoca una risa. El muy cretino se está vengando de mí por el beso y mis interrogatorios. Vale. Genial. Saldré de esta, y después iré a ver a María.

—Por mí, perfecto.

Le aparto la mano sin ningún disimulo y me pongo en pie, más cerca de Salvador que de él. Salvador no se relaja, pero sus hombros pierden un poco de tensión.

—El señor Abengoechea, propietario de las joyerías Abe junto con su familia, se ha puesto en contacto con la revista *Gea* para exigir que *Los chicos del calendario* hagan publicidad de sus productos. Los argumentos con los que ha justificado dicha exigencia han sido que usted, señor Agreste, está comprometido con la señorita Cassandra, no recuerdo su apellido, y que ella tendría que aparecer en las fotografías y en el artículo del mes de febrero que realizará Candela. ¿Está usted de acuerdo con eso?

¿Desde cuándo me parecen sexys los ejecutivos? Desde nunca. Pero ahora mismo besaría a Salvador hasta despeinarlo y arrancarle esa dichosa corbata.

—En absoluto y trátame de tú, por favor. Cassandra, quien por cierto se apellida Smith y odia su apellido porque es demasiado común y vulgar, no es mi prometida. Ella tomó unilateralmente la decisión de plantarme en el altar y yo, con cada día que pasa, más tentado estoy de darle las gracias. Yo no quiero que las joyerías

Abe tengan nada que ver con mi participación en *Los chicos del calendario*. Accedí a formar parte de este proyecto porque, si resulto ganador, algo que a fecha de hoy considero más que improbable —señala mirándome a mí—, donaré el premio a una fundación para niños sin hogar y sin recursos. Si mis chicos no hubiesen mandado la propuesta, yo jamás me habría apuntado, pero lo hicieron y no quiero decepcionarlos. La aparición de Cassandra en *Los chicos del calendario* los decepcionaría, así que ya ves, Barver, no hacía falta que vinieras hasta aquí. No dejaré que Cassandra o las joyas se entrometan en esto, pero no lo haré por ti ni por Cande, ni siquiera por mí, lo haré por ellos.

—No se me ocurre mejor motivo, Agreste, y yo de ti no descartaría tan rápido lo de ganar el premio.

—Dado que tú no compites, tal vez no lo haga.

Salvador me mira unos segundos algo perplejo, pero recupera la compostura.

—Según tengo entendido, la señorita Cassandra llegará a Granada esta tarde.

—Cierto —le confirma Jorge.

—Y es lógico pensar que querrá hablar contigo y convencerte de retomar vuestra relación.

—Suena lógico, pero te aseguro que es completamente imposible que lo consiga.

—A pesar de lo que acabas de decir, quiero que quede claro que ni Candela, ni *Gea* ni yo podemos prohibirte que te reconcilies con ella si así lo deseas.

—Eso no va a ocurrir. Con todo el respeto, Barver, Cande, ahora mismo *Los chicos del calendario* y *Gea* son lo último que me preocupa. No pienso reconciliarme con Cassandra por ningún motivo.

—Solo quería dejarlo claro, Agreste.

—Pues ya lo está.

—Si tan decidido estás a no reconciliarte con la señorita Cassandra, ¿por qué le has dicho que viniera? —Salvador le pregunta lo que yo estoy pensando desde hace días.

—Es obvio que ninguno de los dos conoce a Cassandra. —Jorge se sienta; se había levantado y puesto a caminar—. Aunque hubiera querido, no habría podido detenerla. Cassandra es así, hace lo que quiere cuando quiere.

—No entiendo qué veías en ella —digo yo pensativa.

—Mi vida era otra y Cassandra encajaba en ella.

Entonces señal de que no era amor, pienso; si es amor encuentras la manera de encajar, como en el *tangram*.

—¿Qué quieres hacer, Agreste? Como chico del calendario cuentas con nuestro apoyo y el de la revista *Gea*, pero tienes que decirnos qué pretendes y darnos tiempo para reaccionar. Te apoyamos, pero no queremos que uno de nuestros mayores anunciantes se enfade sin motivo.

—Lo entiendo, en el fútbol sucedía lo mismo con los patrocinadores. Haré lo que pueda para no perjudicaros.

—¿Qué vas a hacer, Jorge?

—Iré a buscar a Cassandra al aeropuerto y la llevaré a su hotel, hablaremos y le diré que, aunque agradezco su disculpa, si es que de verdad quiere disculparse, no quiero volver con ella.

—¿Y crees que lo entenderá sin más? —Me siento al lado de Jorge. Cassandra no parece ser de la clase de mujer que renuncia a lo que quiere o a lo que cree que tiene derecho así por las buenas.

—Lo dudo mucho. —Jorge confirma mi teoría—. Lo más probable es que se quede unos cuantos días para tantear el terreno y medir si de verdad tiene o no posibilidades de conseguir su objetivo. Cuando vea que no, se irá, no antes.

—Pues te ayudaremos a que lo entienda lo más rápido posible —interviene Salvador—. Me quedaré unos días en Granada, Abengoechea se presentará y no quiero que os coja ni a ti ni a Candela de improviso. En cuanto se resuelva este asunto volveré a Barcelona, pero mientras estaré aquí para ayudaros en lo que sea.

—Te lo agradezco. Bueno... —Jorge se pone en pie y se frota las manos—. No sé a vosotros, pero a mí hablar de mi ex y de su ambición me da hambre, ¿os apetece comer aquí? Es temprano, pero a las cuatro tengo que estar en el campo y, además, no soy mal cocinero.

—Cada vez entiendo menos a esa chica. ¿Además cocinas? ¿Cómo es posible que te dejase escapar?

—Es por la colección de gatos. —Jorge me guiña el ojo y yo veo por el rabillo del mío que Salvador deja de mirarnos bruscamente.

—Ah, será eso, claro. Por mí genial lo de quedarnos a comer, yo hago lo que puedo en la cocina, si me das un par de directrices básicas, seguro que puedo ayudarte.

—¿Y tú, Barver, te apetece quedarte?

Casi doy por sentado que voy a escuchar un «no», cuando Salvador, como siempre, me sorprende y acepta.

En la cocina, que es preciosa, Salvador y Jorge se relajan, o al menos los dos saben simularlo a la perfección, e intercalan anécdotas de fútbol y escalada. En realidad Salvador no cuenta gran cosa y adivino que no está acostumbrado a compartir esta clase de momentos con nadie. Se me rompe el corazón y tengo que hacer un esfuerzo para convencerme de que solo somos amigos.

Nos lo pasamos bien comiendo (no volvemos a hablar de Cassandra ni de las joyerías), y Jorge se dedica a tocarme el hombro, la mano e incluso el pelo en una ocasión, mientras recogemos la mesa. En los días que hace que lo conozco, nunca ha sido tan táctil y sé que lo está haciendo porque cada vez que se acerca a mí Salvador entrecierra los ojos y se tensa; en este sentido es pésimo disimulando. Ya verá Jorge la próxima vez que María venga al campo.

—¡Vaya! Se me ha hecho tarde, tengo que irme volando al campo. Cande, ¿te importa si hoy voy solo? Necesito prepararme para tener que soportar a Cassandra. Vosotros podéis quedaros, estáis en vuestra casa.

—¿No eres demasiado confiado, Agreste?

—No es que sea confiado, es que sabría cómo vengarme, Barver.

La mirada y la sonrisa de Jorge van de mí a Salvador.

—Nosotros también nos vamos —intervengo con algo de torpeza—. Voy a llamar a un taxi.

—No hace falta, he alquilado un coche.

—¿Ah, sí? —Miro atónita a Salvador.

—Sí, pensé que quizás aprovecharía un día para ir a la Sierra y escalar.

—Vaya, pues mejor. —¿Se presenta casi de improviso en Granada y quiere ir a escalar? ¿Qué le pasa con las montañas a este chico?—. Entonces podemos irnos ya.

Jorge se saca una especie de cajita del bolsillo, la lanza hacia nosotros y Salvador la atrapa en el aire.

—Es para abrir y cerrar la verja. Devuélvemela mañana por la tarde en el campo.

—¿En el campo? —Salvador se guarda el mando a distancia.

—Sí, os espero a ti y a Cande con una bolsa de deporte.

—¿No hablarás en serio? ¿Para qué? Jorge... —Lo señalo con un dedo que pretende ser amenazador—. Olvida lo que dije el otro día; como me hagas dar veinte vueltas al campo, ¡te descalifico! ¡Por Dios, la última vez que hice ejercicio en unas instalaciones deportivas fue en el instituto!

—¡Jajajaja! Pues vaya, recordarás viejos tiempos. Lo de las veinte vueltas me lo reservo para otro día; de momento tú, yo y Barver vamos a jugar al fútbol mañana.

Salvador introduce la dirección de mi apartamento en el navegador del coche y lo pone en marcha. Espero a que hable él, es la primera vez que estamos solos desde esta mañana y reconozco que no puedo dejar de pensar en ese beso.

Es comprensible, ha sido un gran beso.

—Agreste me cae bien.

—Suenas sorprendido.

—Lo estoy.

—¿Crees que Cassandra o Abengoechea nos darán problemas?

—Me aseguraré de que no nos los den, tranquila. ¿Tú crees posible que Agreste la perdone, que se reconcilie con ella?

—No, no creo. Lo ha dejado bien claro. Además, cuando habla de ella no le brillan los ojos como cuando habla de María. Aun así, no puedo asegurártelo, estoy segura de que Cassandra será lo más persuasiva que pueda y que Jorge le permita.

—¿Y crees que a los hombres basta con que una mujer guapa quiera seducirnos para que caigamos en sus redes y cambiemos de opinión o dejemos de sentir lo que sentimos?

—Creo que es posible.

—Realmente has conocido a los hombres equivocados.

Sonrío con algo de tristeza.

—Lo sé, grabé un vídeo sobre ello.

—Y creo que yo no estoy ayudando. —Alarga la mano y coge la mía—. Aunque prometo hacerlo mejor a partir de ahora, seré el mejor amigo del mundo, ya lo verás.

—Ya nos veo a los dos pintándonos las uñas en pijama —bromeo, porque al oírle decir que será mi mejor amigo, «el mejor amigo del mundo», me han entrado ganas de llorar.

—Eh, no te pases. —Me aprieta la mano y después me la suelta para maniobrar.— ¿Puedo quedarme en tu apartamento un rato? Tendríamos que trabajar un poco —añade enseguida, probablemente porque ha visto que mis cejas subían a lo más alto de mi frente.

—Ah, claro, el chico de marzo, ¿no? Por cierto, ¿cómo va la compra de Napbuf?

—Va. El tema con el banco está resuelto, pero han surgido algunos problemas que tengo que solucionar. Martín está bien, te manda saludos. Ayer me olvidé de decírtelo. —Llegamos a la zona donde se encuentra mi residencia temporal—. No me has dicho si puedo subir a tu apartamento.

—¿Crees que es lo mejor?

Salvador estaciona.

—Creo que no quiero irme solo a mi hotel y que quiero pasar más rato contigo. Te he echado mucho de menos estos días, Candela.

—Yo dudo que sea buena idea.

—Es una pésima idea —sonríe y sin saberlo me convence—. ¿Sabes que no puedo trabajar en mi despacho de Barcelona? Veo tu mesa, de la que te llevaste el gato, por cierto, y no puedo dejar de pensar que faltáis el dichoso gato y tú. Cuando vuelva voy a tener que trabajar en la sala de reuniones o en el despacho de Sergio; creo que allí no estuviste. Si no quieres que suba, no subo. Podemos ir a dar un paseo por la ciudad.

Me quedo pensándolo, no quiero pasear por Granada con Salvador, no es la ciudad que le corresponde y no quiero mezclar este recuerdo con el de Jorge.

—Está bien, sube. A trabajar.

Salvador sonríe una vez más y baja del vehículo.

Arriba Salvador se instala en la mesa que hay en el comedor y yo me acomodo en el sofá con mi ordenador en el regazo. Durante un rato repaso algunas de las propuestas nuevas que me ha mandado Vanesa para el chico de marzo, pero lo dejo rápido y me pongo a escribir. Escribo mucho, escribo más de lo que he escrito en todos estos días... desde la última vez que escribí con él cerca. Él también está muy concentrado, aunque de vez en cuando levanta la vista y me mira y me guiña un ojo. ¿Habrá encontrado a un candidato interesante?

—¿Qué estás escribiendo?

—Nada.

—¿Vas a dejar leerme ese *nada*?

—No.

Se ríe y sigue trabajando hasta que un poco más tarde baja la pantalla del ordenador.

—Creo que ya basta por hoy; si leo una candidatura más me quedarán los ojos cuadrados.

—¿Siempre quisiste trabajar de esto? Dirigir Olimpo, quiero decir —le pregunto sin apartar la mirada del texto que estoy escribiendo; quiero acabar esta página.

—No.

—¿Y por qué lo haces? Podrías trabajar de lo que quisieras.

—Hombre, gracias por darme permiso —sonríe y esquiva la pregunta.

—No hagas lo que haces siempre y contesta, Salvador, no es tan difícil.

—Está bien —finge estar exasperado conmigo—. Dirigir Olimpo no es lo que he querido hacer siempre, pero es lo que quiero hacer ahora.

—Eso no es una respuesta entera y lo sabes.

—¿Hay respuestas enteras y respuestas a trozos?

—En lo que a ti respecta, sí. Es agotador.

—¿Siempre eres tan sincera con tus amigos, Candela?

—Solo contigo.

—Me alegro de ser especial. —Camina hasta donde estoy yo e intenta leer desde de mi espalda—. ¿Qué estás escribiendo?

—Ya te lo he dicho: nada. Déjame en paz. Si te aburres juega un rato, yo quiero escribir un poco más.

—¿Juega? ¿Me has dicho que juegue un rato?

—Sí, juega un rato, Salvador. Estoy escribiendo.

Se ríe, podría acostumbrarme a su risa, y le veo entrar en mi dormitorio.

—¿Adónde vas?

—A jugar.

No puedo evitar sonreír y tras un minuto, o un poco menos, guardo el archivo y voy tras él.

—¿Qué estás haciendo?

Está sentado en la cama terminando el *tangram* que yo he dejado a medias esta mañana cuando he pensado que si conseguía solucionarlo dejaría de pensar en el beso de Salvador.

—Es precioso, ¿de dónde ha salido?

—Lo ha hecho María.

—¿La chica de la que, según tú, está enamorado Agreste?

—Sí. Es un *tangram*, tienes que encajar las piezas dentro de la caja.

—Lo sé. —Coge la última pieza que quedaba encima de la cama y gira el juego hacia mí—. Ya está.

Lo ha terminado. Salvador ha terminado el juego que he empezado yo.

—¿Has vaciado la caja? ¿Has quitado las piezas que ya estaban colocadas?

—No, solo he colocado las que faltaban. ¿Por qué lo preguntas?

No puedo dejar de pensar en Jorge y María haciendo juntos el *tangram* y en que Salvador, en apenas un minuto, ha terminado el mío.

—Por nada.

Salvador me mira a los ojos y sabe que eso no es verdad y que no voy a decirle el motivo de mi pregunta ni por qué, de repente, soy incapaz de detener mis ojos en él. Lo de ser amigos puede funcionar en la casa de Jorge o incluso en el comedor, pero en este dormitorio, tan cerca el uno del otro y con la presencia del beso de esta mañana, no. A Salvador se le oscurece la mirada y cierra la caja del *tangram* con más fuerza de la necesaria antes de ponerse en pie.

—Creo que será mejor que me vaya.

—Sí, será lo mejor.

—¿Quedamos mañana para ir al campo de fútbol? Imagino que Agreste estará ocupado con su exprometida durante el día. Tú tendrás cosas que hacer por la mañana, ¿no? ¿Me mandarás tus candidatos a chico de marzo?

Salvador ha pasado por mi lado, he cerrado los ojos para no ceder a la tentación de cogerle el brazo y tirar de él, y exigirle que dejase de hacer y decir tonterías y me besase. Él está detrás de mí, lo imagino cerca de la puerta dándome también la espalda.

Sabemos que, si nos miramos, aunque sea solo un segundo, acabaremos en la cama, o contra la pared, o en... Sacudo la cabeza. Tengo que dejar de pensar en él de esta manera.

—Llámame mañana cuando estés cerca y bajaré a la calle.

No me muevo, no puedo moverme. Planto los pies en el suelo y cierro los puños.

Noto los labios de Salvador en la mejilla, un beso suave que se deposita solo durante un breve segundo.

—Buenas noches, Candela.

10

Cuando llegamos al campo de fútbol, Jorge ya nos está esperando y tiene mala cara. Lleva el pelo rubio disparado hacia todos lados y va mal afeitado. Durante el trayecto, a Salvador y a mí nos ha costado un poco alejarnos de la típica conversación de ascensor, aunque al final lo hemos conseguido y tengo que reconocer que me gusta ir descubriendo estos pequeños secretos de Salvador. Hoy me ha dicho que aprendió a conducir con Luis, el marido de su madre, y que el primer día que lo hizo solo casi se llevó por delante una señal de tráfico. Iba despacio, pero giró por donde no tocaba porque en la radio sonaba una canción que le gustaba. Me siento como cuando era pequeña y mis padres me llevaban a la playa y yo buscaba piedras de colores por entre la arena; normalmente eran trozos de botellas de vidrio que las olas y el tiempo habían erosionado, pero de vez en cuando, muy de vez en cuando, encontraba una piedra de verdad de color rosa con motas grises o verde esmeralda.

Hay momentos con Salvador que son eso, piedras de colores perdidas en la arena, y cuando los encuentro sé que los atesoraré siempre.

Quizás él tuviera razón y lo que sucedió entre nosotros en enero fue demasiado rápido. Quizás lo que necesitamos para que lo nuestro tenga sentido, si es que algún día llega a tenerlo, es ser primero amigos. Buenos amigos.

—Buenas tardes, Jorge.

—Buenas tardes.

—Tienes mal aspecto, Agreste.

—Tú hoy también estás muy guapo, Barver. —Se frota el rostro con ambas manos—. Anoche apenas dormí. Cassandra me retuvo hasta las tantas hablando en la habitación de su hotel. Y esta mañana, más de lo mismo.

—¿Toda la noche y toda la mañana *hablando*?

—Cande, no estoy para bromas.

—Venga, cuenta, ¿qué ha pasado? ¿Ya se ha largado?

—No, por desgracia no. Barver tenía razón, Abengoechea llega mañana, quiere cenar conmigo y con Cassandra.

—Pues si eso es así, mucho me temo que Candela va a venir a cenar con vosotros, y yo también.

—Por mí mejor, a ver si así solucionamos esto cuanto antes. Gracias.

—De nada.

Observando el intercambio tengo la sensación de que Salvador es sincero con Jorge y de verdad quiere ayudarlo. Es lo mismo que pensé esa mañana de enero en su despacho cuando me habló de la revista *Gea* y me dijo que, si no encontraba una solución, iba a tener que despedir a la mitad de la plantilla. Salvador se preocupa, bajo esas capas casi impenetrables hay un chico que se desvive por cuidar y ayudar a la gente que es importante para él. A Jorge acaba de conocerlo y no sé si lo ayuda porque es el chico de febrero o porque hay algo en su historia que le hace conectar con él, quizás incluso identificarse.

—¿Por qué nos has hecho traer ropa de deporte? —Dejo la bolsa en el suelo y miro hacia el campo—. Tienes jugadores de sobras y yo voy a parecer un pato mareado paseando por el césped.

—Los chicos están entrenando, yo voy a enseñaros a jugar al fútbol. Id a cambi...

Jorge cae al suelo. Ha recibido un puñetazo en la mandíbula y, cuando busco a quién pertenece el brazo que se ha colado entre nosotros mientras hablábamos, me quedo sin habla.

—Lucas...

—¡Eres un cerdo, Agreste!

Salvador se acerca a Lucas sin saber quién es, con intención de sujetarle si intenta volver a golpear a Jorge, que se está frotando la mandíbula en el suelo.

—¡Lucas González! —María aparece horrorizada—. ¿Qué has hecho?

—Le he dado un puñetazo. —Y solo hace falta mirarle para saber que se siente muy orgulloso de ello—. He visto las fotos. Vuelve a estar con ella, con esa zorra que le dejó hecho una mierda y tú...

—¡Cállate, Lucas! —Se acerca a su hermano y le coge por el antebrazo—. Yo nada. No tenías por qué pegar a Jorge.

—Oh, sí tenía.

—¡Lucas! Pídele perdón.

—No pienso hacerlo. No puedo soportar verte otra vez...

María abraza de repente a su hermano pequeño, que en realidad es mucho más alto y fuerte que ella, y le deja sin habla.

—Vamos, te vienes conmigo al taller.

—Ni hablar, vosotros dos no os vais a ninguna parte. —Jorge se ha levantado del suelo y mira fijamente a Lucas. Ya no se frota la mandíbula, pero tiene un poco de sangre en la comisura del labio y seguro que le saldrá un buen moratón—. Tú, Lucas, vas a cambiarte y vas a entrenar con tus compañeros.

Lucas mira a su hermana y ella asiente y le suelta el brazo.

—Ve, yo intentaré arreglármelas para venir a buscarte más tarde o tal vez Cande y Jorge pueden acompañarte a casa.

—Oh, no, no hará falta. Tú no vas a irte de aquí.

—¿Ah, no? ¿Y qué piensas hacer para retenerme? ¿Vas a castigarme? Yo no soy uno de tus jugadores, Jorge. Y además tengo que irme al taller.

María ha contenido la ira mientras su hermano estaba aquí. Ahora que el chico se ha ido, le ha dado rienda suelta.

—Tú no vas a ningún lado. Los viernes por la tarde Ana está sola en la tienda; sé de sobras que no trabajas. Vas a cambiarte, seguro que tu hermano tiene un uniforme de sobra, y vas a ayudarme a enseñar a Cande y a Barver a jugar al fútbol.

—¿Yo? Te has vuelto loco.

—Tu hermano acaba de tumbarme en el suelo, María, podría expulsarle del equipo o tenerle toda la temporada sin jugar.

—¡Oh, eres, eres...!

—Un cerdo, tu hermano me lo ha dicho. Ve a cambiarte.

María entrecierra los ojos y empieza a caminar hacia el vestidor.

—¡María, espérame, voy contigo! —Cojo la bolsa del suelo y corro tras ella.

—Espero que sepas lo que haces —oigo que le dice Salvador a Jorge antes de dirigirse también a los vestuarios.

Minutos más tarde, los cuatro estamos en un campo de césped algo apartado del resto; diría que es de dimensiones más reducidas. Jorge lleva la ropa deportiva con la que ya lo he visto estos días. María parece haber sido engullida por la camiseta y los pantalones del equipo de repuesto de su hermano y lleva las mismas zapatillas que llevaba antes. Yo me he puesto el único pantalón de hacer deporte que tengo; es rojo y lo compré hace un año de rebajas para ver si así me obligaba a salir a correr. No funcionó; lo utilizo para estar por casa y por eso lo metí en la maleta. Salvador lleva unos pantalones cortos y una camiseta negros.

—Creo que había echado de menos tu ropa negra, Salvador.

—Y a mí me suena esta camiseta.

Es una camiseta con un conejito con gafas; es de mis preferidas y creo que me trae suerte.

—Trabajaremos por parejas, Cande y Barver, y María y yo. —María se coloca reticente a su lado—. Uno de vosotros tiene que colocarse el balón entre los pies e intentar llegar a la portería —la señala—; el objetivo del otro es impedírselo y quitarle el balón, sin utilizar las manos. Parece fácil, pero no lo es tanto. Tenéis que pensar que el fútbol no solo está en los pies; también es cuestión de táctica, de concentración, de anticipar los movimientos de tu contrincante.

—Es imposible que yo pueda quitarte el balón, Jorge.

—El balón vas a tenerlo tú, María. Soy yo el que va a intentar quitártelo —se lo dice de tal forma que me entran ganas de abanicarme y no puedo dejar de mirarlos.

—¿Siempre son así? —me susurra Salvador al oído—. Parece que estén hablando de sexo y no de fútbol.

—Siempre.

Salvador se ríe en voz muy baja y me hace cosquillas en la oreja.

—¿Quieres empezar tú? —me pregunta al apartarse.

—Vale.

Intento mantener el balón entre mis pies e ir dándole empujones —intentos de chute— para avanzar. Salvador se coloca delante y me mira concentrado, y yo me pregunto si en un Barça-Madrid, por poner un ejemplo, los jugadores también tienen ganas de tirar del contrincante que tienen delante y darle un beso. Nadie debería de estar tan sexy como Salvador lo está ahora, ¡y el muy cretino aprovecha mi más que justificado despiste para robarme el balón! Oh, pero esto es un juego de dos, al menos de momento, y me coloco frente a él y hago lo que él me ha hecho antes; le miro fijamente y aprovecho para humedecerme el labio.

—Eso es trampa, Candela —se queja cuando le quito el balón.

—Lo sé.

Se ríe y vuelve a colocarse junto a mí. Él carraspea y se pasa una mano por el pelo.

¡Me ha despistado!

—Eres un ser despreciable, Salvador.

Suelta una carcajada y seguimos avanzando; creo que nos pasamos más rato buscando la manera de despistar al otro que pensando en el balón y casi se me olvida que Jorge y María también están allí. Hasta que oigo un ruido y me detengo.

María está en el suelo con Jorge encima y él retiene el balón con una mano a un lado de la cabeza de ella.

Salvador se detiene a mi lado y los dos los observamos. No los oímos, pero María se quita a Jorge de encima y abandona el campo hecha una furia.

—¿Cuánto hace que están así?

—Por lo que he podido deducir, más de un año. Aunque la cosa parece que viene de lejos —le explico.

—¿Más de un año? A mí unas semanas ya me parecen insoportables.

Me giro para mirarle y preguntarle qué quiere decir con eso, pero él me quita el balón y corre hacia la portería.

—Barver acaba de marcarte un gol, Cande —señala Jorge.

Cuando voy al vestuario, María no está por ningún lado y tampoco la veo lo que queda de tarde. Salvador nos deja a Jorge y a mí solos, nos ha dicho que tiene que hacer unas llamadas y que quiere empezar a preparar el encuentro con Abengoechea. Supongo que ya no lo veré hasta mañana.

Jorge me lleva a casa y quiero preguntarle por María, pero al final no lo hago; se le ve todavía más cansado que hace unas horas y parece estar echando humo por las orejas, no quiero hacerle estallar.

Decidimos que, como mañana no hay partido, pasará el día descansando, tiene que estar tranquilo para cenar con su ex.

Hemos quedado que Jorge pasará a recogerme a mí y que Salvador se ocupará de Cassandra y del señor joyero; quizás así la modelo capte antes el mensaje de que Jorge no está interesado en reconciliarse con ella.

Tenemos un salón reservado en uno de los restaurantes clásicos de Granada; lo ha elegido Abengoechea y no ha hecho falta que nadie me lo confirmase, ni Salvador ni Jorge habrían elegido esa clase de establecimiento para cenar. Es muy agradable y la comida seguro que es excelente, pero es de esa clase de sitio al que vas a ser visto más que a comer o a pasar un rato en compañía de tus amigos.

Cassandra es guapísima, la había visto en revistas infinidad de veces, aun antes de saber su nombre, pero en directo es una mujer espectacular y también espectacularmente fría. No sé qué pudo ver Jorge en ella y no logro casar la imagen de esta chica tan tan de revista, con la del chico que he estado conociendo estos días.

La guapísima y manos largas Cassandra ha llegado al restaurante colgada del brazo de Salvador y, cuando nos han presentado, su mirada me ha dejado muy claro que creía que yo era un insecto insignificante, cual mariposa de la selva tropical saludando a una hormiga normal y corriente.

Abengoechea ha resultado ser más joven y menos repulsivo de lo que me esperaba. En mi mente prácticamente lo había dibujado con joroba, verrugas y sin pelo, y el hombre que tengo delante no debe de llegar a los cuarenta, tiene el porte atlético, la piel bronceada y una melena negra engominada hacia atrás. No es mi tipo, pero los chicos así también tienen su público a juzgar por las miradas que le regalan varias clientas del restaurante.

—Nos gustaría mucho que Cassandra apareciese en las fotos de Instagram de *Los chicos del calendario* y también en tu artículo final, Cande. —Le he dado permiso para tutearme y para llamarme Cande, y ahora me produce escalofríos.

—Cassandra no forma parte de la vida del chico del calendario, Juanjo —él me había correspondido—; me temo que no tiene sentido que aparezca.

—Esa situación está a punto de cambiar, ¿no es así? —Juanjo mira a Jorge.

—No, no es así. Ya le he dejado claro a Cassandra que nuestra relación ha terminado. La terminó ella, lo reconozco y, aunque agradezco sus disculpas, no quiero ninguna reconciliación.

—Oh, Jorge, sé que aún estás enfadado, pero podemos arreglarlo. —Cassandra está sentada, muy a mi pesar, entre Jorge y Salvador, y aparta la mano con la que iba rozando el brazo de Salvador para tocar el de Jorge. Podría ser manca, seguro que así llamaría más la atención en su trabajo—. Sé que podemos intentarlo, *baby*.

Salvador deja los ojos en blanco y cuando me mira tengo que contener la risa.

¿Baby? ¿En serio? ¿A Jorge, que mide casi dos metros?

—No podemos, Cassandra. —Le aparta el brazo y tengo ganas de aplaudir a Jorge—. No quiero.

—¿Estás seguro de ello, Jorge? Si juegas bien tus cartas podrías llegar a ser entrenador de un equipo de primera división, aquí en España o en el extranjero —sugiere Abengoechea.

—Estoy seguro, gracias por tu interés.

—Entiendo que todavía estés enfadado, Jorge...

—No estoy enfadado, Cassandra. No quiero estar contigo. Eso es todo.

—Creo que Jorge ha dejado clara su postura —interviene entonces Salvador—. Será mejor que dejemos el tema por zanjado y tomemos los postres.

—Es una pena que no quieras replantearte tu postura, Jorge. —Abengoechea parece una alimaña (así me imagino que hablan las alimañas, sí)—. Tengo unas fotos muy interesantes; una en la que un chico te da un puñetazo y te tumba en el suelo, y otra en la que tú estás encima de una chica con el uniforme del equipo.

Miro a Jorge y comprendo perfectamente cómo fue capaz de pelearse con un paparazi hace años y romperle la cámara. Ahora mismo parece listo para golpear a Abengoechea.

—¿Qué has dicho? —Desvía la mirada hacia Cassandra—. ¡¿Me has hecho seguir por un jodido paparazi?!

—Si la otra noche hubieras cedido y...

—Ni te imaginas lo feliz que estoy de no haberte ni rozado estos tres últimos días. Solo con pensar en ponerte un dedo encima siento repugnancia, Cassandra. —Vuelve a mirar a Abengoechea—. ¿Qué tengo que hacer para recuperar esas jodidas fotos?

Yo sé qué ha pasado y entendidas en su contexto las fotos no son nada incriminatorias, pero si alguien alterase ese contexto o lo ocultara, podría llevarse una imagen muy equivocada de Jorge y de su trabajo como entrenador.

A mí también me están entrando ganas de pegar a Abengoechea y de tirarle los pelos a Cassandra. Ella sabe que Jorge estaría dispuesto a hacer cualquier cosa para proteger a los jugadores de su equipo.

—Tú no tienes que hacer nada, Jorge. —Salvador apoya las manos en la mesa y mira a Abengoechea a los ojos. Durante un segundo siento lástima del pobre individuo—. Olimpo organizará un baile en Granada dentro de dos semanas; en el baile anunciaremos que *Gea* patrocinará el club de Agreste durante esta temporada y la siguiente, aunque él no resulte vencedor de *Los chicos del calendario*. Cassandra puede asistir al baile —sin Jorge— y llevar tantas joyas como quiera. En el baile también habrá tantos logos promocionales de Abe como sea posible y la noticia aparecerá en todos los medios. Te lo garantizo. Es mucha más publicidad de la que conseguirás con la «reconciliación» y mucha más de la que estás dispuesto a pagar, Juanjo, y lo sabes.

—Tienes razón. Trato hecho. Dile a tu gente que se pongan en contacto con mi equipo para el baile.

—Lo haré en cuanto Jorge tenga el original de esas fotografías. —Un *pendrive* aparece encima de la mesa—. Y si algún día veo aparecer alguna en alguna parte, me aseguraré de que ninguna revista ni periódico del país publique un anuncio vuestro.

—Tranquilo, Barver, con esto me considero satisfecho.

—Yo ya no tengo hambre. —Salvador se pone en pie—. Disfrutad del resto de la cena, me voy al hotel.

—Yo también me voy; tengo algo mucho más importante que hacer. —Jorge se guarda el *pendrive* en el bolsillo de la americana y también se levanta—. ¿Vienes, Cande?

—Por supuesto.

Salvador ya ha empezado a andar; no ha esperado a ver qué hacíamos Jorge y yo, quizás porque quiere dar a entender que él actúa como director de Olimpo y que nosotros podemos tomar nuestra propia decisión, o porque sencillamente quiere estar solo.

Yo quiero estar con él. Presiento que, a pesar de la apariencia, él me necesita. Es como si estuviéramos unidos con una cuerda invisible y cada paso que da Salvador alejándose de mí me duele y me transmite su dolor.

Me levanto con Jorge, pero me despido de él.

—¿Estás segura de que no quieres que te lleve? No veo a Barver por ninguna parte. Puedo dejarte en casa.

—Estoy segura. —Estamos fuera del restaurante y mi instinto me dice que Salvador sigue cerca, que no se ha ido sin mí—. Si no le encuentro llamaré a un taxi, no te preocupes. Ve a ver a María.

No me niega que ese sea su destino y se va tras arrancarme la promesa de que lo llamaré si necesito algo.

Camino un poco, cualquiera que me vea pensará que estoy loca, y tal vez es eso, una locura, lo que siento por Salvador. De repente veo el coche, aparcado unos metros más abajo como si hubiera decidido irse y al final algo le hubiese detenido. Salvador está de pie fuera del coche, con las manos apoyadas en el techo y la cabeza levemente agachada. Corro, ha sido una reacción inmediata, y él se da media vuelta cuando estoy a punto de alcanzarlo.

—Candela.

—No digas nada, Salvador. Sé que tenemos que ser amigos. No lo entiendo, pero lo sé. Igual que sé que ahora mismo necesito besarte y tú necesitas que te bese.

Creo que yo me pongo de puntillas en el mismo instante en que él tira de mí. Le rodeo el cuello y lo beso. Salvador me consume. Separa los labios y busca aliento en los míos, esto que ninguno de los dos logra entender y que tanto nos asusta. Le sujeto, no quiero que se aparte, pego mi cuerpo al suyo y Salvador convierte este beso que era un «quizá» en un «ahora mismo», un «no puedo esperar más», un «no me había pasado nunca con nadie lo que me pasa estando contigo».

«Amigos, somos amigos».

Lo suelto cuando en realidad quiero seguir besándole y me obligo a buscar una sonrisa dentro de mí. Salvador coloca las manos en mi cintura y no se aparta, aunque también pone punto final al beso.

—Candela. —Agacha la cabeza y vuelve a besarme, me pierdo tanto en sus labios que no me doy cuenta de que Salvador nos mueve a los dos hasta que soy yo la que queda atrapada entre el coche y él. Presiona la mitad inferior de su cuerpo hacia mí y los dos nos estremecemos, el beso es ahora lento, sensual, noto cada una de las caricias de la lengua extendiéndose por la piel—. Ahora mismo daría lo que fuera por estar dentro de ti.

Le beso con más fuerza y le muerdo el labio inferior.

—No hagas eso —me pide encerrándome entre sus brazos—; no voy a poder dejarte ir.

—Pues no me dejes ir.

—¡Ahhh! —exclama exasperado y frustrado apartándose de repente—, mierda, tengo que hacerlo.

Durante unos segundos tengo frío, muchísimo frío, y al abrir los ojos veo que se debe a que Salvador no está frente a mí. Tiene el pelo hecho un desastre y camina despacio, sopesando cada movimiento como si no se fiase de sí mismo.

—No pasa nada, Salvador. —Le acaricio el rostro y él gira la palma para besarla—. Esta vez he empezado yo, no he podido contenerme, pero eso no cambia lo que hemos hablado esta mañana —añado tras engullir un par de veces.

—Mañana cojo el primer vuelo que sale para Barcelona. No quiero que volvamos a precipitarnos, Candela. Cuando volvamos a estar juntos no quiero desaparecer al día siguiente.

—De acuerdo.

Agacho la cabeza y él la levanta con dos dedos bajo el mentón.

—Tengo que ocuparme del baile que le he prometido a Abengoechea y...

—Y tú y yo somos amigos.

—Sí. —Suelta el aliento y da un paso hacia atrás—. Antes, cuando has llegado has dicho que necesitabas besarme y que sabías que yo necesitaba besarte a ti.

Me sonrojo, en ese momento me ha salido así, pero ahora, con él recordándome que somos amigos y que mañana se va, me suena ridículo.

—Sí, bueno...

—Tenías razón, lo necesitaba. Mucho... —carraspea—, pero ahora voy a meterme en el coche, porque si no lo hago, dentro de cinco segundos te arrastraré a la parte trasera y te haré todo lo que llevo horas pensando hacerte.

—¿Horas?

—Días.

—Ah, días.

—Sí. Voy a pedir un taxi. —Saca el móvil del bolsillo—. Y si Dios alguna vez ha decidido apiadarse de mí, tardará tres segundos en aparecer.

—Porque tú dentro de cinco...

—Exacto.

—La parte trasera de tu coche parece muy cómoda.

—Candela... ya veo las luces del taxi.

Un vehículo se detiene y Salvador me abre la puerta.

—Buenas noches, Candela.

—Un segundo, Salvador, un segundo más y yo también te habría hecho todo lo que llevo días pensando.

Salvador se apoya en lo alto del taxi con la puerta abierta, yo ya estoy sentada dentro y no puedo contener una sonrisa. Es evidente que él lo está pasando mal, que está excitado, pero también sonríe. Así los dos estamos en igualdad de condiciones.

—¿Días?

—Semanas.

—¿Semanas? —Le cuesta tragar—. Recuérdame por qué ahora mismo no estamos desnudos en una cama.

—Porque somos amigos.

—Eso, amigos. —Coge y suelta el aire—. Buenas noches, Candela.

—Buenas noches, Salvador.

Le acaricio la mano, que ahora tiene a mi altura, y él cierra la puerta y se aleja prácticamente tirándose del pelo.

Yo, aunque tengo muchísimo calor y no puedo quitarme de la mente la última imagen que él ha sugerido, desnudos en una cama, sonrío y le doy la dirección al conductor, que evita mirarme a los ojos. El pobre hombre debe de habernos oído y yo de repente me muero de la vergüenza. Pero lo hecho, hecho está, y no me arrepiento de lo que ha pasado con Salvador.

11

Cassandra, la glacial exprometida de Jorge, no se tomó nada bien su derrota y desde la noche de la cena ha estado viniendo al campo de fútbol y a los partidos tanto como le ha sido posible. Yo no me he acercado a ella porque Jorge tampoco lo ha hecho, algo de lo que me alegro profundamente.

Durante estos días, los chicos más discretos la han fulminado con la mirada y los no tan discretos no se han callado sus comentarios cuando la han visto acercarse.

Jorge ha intentado mantener la paz tanto como ha podido y yo le he ayudado tanto como me ha dejado. ¿Se puede saber por qué a los tíos les cuesta tanto aceptar la ayuda de los demás? Espero encontrar algún chico del calendario al que no, de verdad.

María tampoco lo ha puesto fácil, he intentado hablar con ella, pero no lo he conseguido. Nos está evitando, a mí y a Jorge, a juzgar por el creciente mal humor del chico de febrero.

Mientras, yo he seguido conociéndolo a él, su historia, sus costumbres, sus manías, su familia y los pocos amigos que tiene de cuando venía a pasar las vacaciones en Granada. He seguido compartiendo fotos y momentos con los seguidores de *Los chicos del calendario*; fotos de los entrenamientos, de los partidos, de la preciosa ciudad de Granada y de sus alrededores. Una de mis preferidas es la que nos hice a Jorge y a mí el día que por fin visité la Alhambra. Es un poco de guiris (vale, tal vez mucho), pero me encanta. Esa mañana Jorge se olvidó durante un rato de la aparición de Cassandra y del baile, y estuvimos hablando de lo mucho que significa para él ser entrenador de fútbol de esos chicos.

«#ElMejorEntrenadorDelMundo #GuapoYBuenTio #Corazon-DeOro #TorpeConLasMujeres (en serio, muy torpe) #ChicoDeFebrero #LosChicosDelCalendario #LaAlhambra #GOT #LlamadmeKhaleesi sí, al final yo también he caído en las redes de Juego de Tronos #PrayForCandela».

Salvador y yo hemos hablado por teléfono casi todos los días, es raro y complicado, probablemente más complicado que raro. Hay momentos en los que claramente nos tiramos los tejos el uno al otro, otros en los que incluso nos decimos frases bonitas, de esas que hacen que te falle la respiración y te suden las palmas de las manos, y otros días en que él me repite la frase «ahora que somos amigos» más veces de las necesarias. También hay días en los que hablamos de *Gea* o de *Los chicos del calendario*, o que yo le pregunto por Pablo y él me pregunta por Jorge, en los que creo que de verdad empezamos a ser amigos. ¡Hasta hemos confeccionado juntos una lista de candidatos para el próximo mes! No voy a decir que haya sido fácil, pero sí muy distinto a lo que sucedió en enero. La verdad es que, cuando hablamos de *los chicos*, fingimos que no pasa nada, al menos es lo que hago yo.

Igual que he hecho estos días con Jorge, pero esto se acaba ahora mismo:

—¿Puede saberse qué te pasa hoy?

Jorge ha estado a punto de castigar a un chico a dar cincuenta vueltas al campo después del entrenamiento solo porque le ha dicho que su madre le había pedido que le dedicase un ejemplar de la revista *Hola*.

—Estoy harto de todo esto. Harto.

—Ya falta poco. —Estamos en el coche, él me está acompañando a casa—. Esta noche es el baile de Olimpo y me voy dentro de nada. Febrero ya está en la recta final.

—No me refería a ti, lo siento, Cande. Discúlpame. Supongo que también tendré que pedirle disculpas a Ginés; al pobre casi le arranco la cabeza cuando me ha dicho que le firmase el *Hola* para su madre.

—No te preocupes, el chico está bien. Todos lo están, llevan días acostumbrados a tu mal humor, aunque hoy te has superado.

—Es que no puedo más con Cassandra, cada vez que aparece por el campo y me acuerdo de que intentó chantajearme con esa foto de María, me hierve la sangre.

—Mañana ya no tendrás que volver a verla. Tengo el presentimiento de que por fin se ha dado por aludida y va a largarse. No descarto que se lleve consigo alguna víctima, aunque sería fantástico que el elegido fuese el propio Abengoechea, ¿no te parece?

—Sus hijos serían venenosos.

—Pero tan *cuquis*...

Jorge me mira como si me hubiese vuelto loca y suelta una carcajada.

—Gracias, Cande.

—¿Has conseguido hablar con María?

—No. Si voy a su casa, no está; si la llamo, no contesta. Al campo no ha vuelto, tú misma lo habrás visto. No he querido perseguirla, no estoy del todo convencido de que los paparazi de Cassandra se hayan largado. La última vez que la vi discutimos.

—El día que acabaste «accidentalmente» tumbado encima de ella en la hierba, lo recuerdo.

—Me tropecé.

—Lo que tú digas.

—Ese día se fue furiosa, no creyó nada de lo que dije. Y después de la cena con Cassandra, tampoco quiso escucharme. ¿Por qué no escucháis nunca las mujeres?

—¿Qué? ¿Qué dices?

—No me estás ayudando, Cande.

—Llevas meses ignorando a esa chica. Haciéndote el mártir en plan «soy demasiado mayor para ella», «ella se merece a alguien mejor» y distintos estereotipos absurdos que lo único que demuestran es que no confías en que ella es lo bastante lista para saber lo que quiere. Has decidido por ella durante todo este tiempo y, en mi opinión, María tiene todo el derecho del mundo a torturarte tanto como quiera. ¿Ves?

Ese es tu fallo, Jorge, estás convencido de que lo sabes todo y te niegas a confiar de verdad en los demás. Dices que la vida es como el fútbol, pero tú no estás jugando, tú estás haciendo de árbitro.

—Joder, Cande. Dame un minuto y encontraré un fallo en tu razonamiento.

—Todos los que quieras. —Me giro hacia él, estamos a punto de llegar a mi apartamento. Le he cogido cariño, cuando dentro de poco me vaya, me dará lástima—. Mira, tal vez María venga al baile; le pedí a Salvador que le mandase una invitación de mi parte.

Aprieta el volante y cuando detiene el vehículo apoya la frente en él.

—¿Crees que vendrá?

Le froto la espalda, con Jorge sí que siento claramente que solo somos amigos; con Salvador eso lo sé imposible.

—No lo sé, Jorge, pero sé que sobreviviremos al baile y que conseguirás que María te escuche, ya lo verás.

—Gracias. Siento haber estado tan irascible todos estos días.

—No pasa nada. Solo es otro punto negativo en tu expediente de chico del calendario. —Sonrío—. Será mejor que me baje y empiece a arreglarme, necesito tiempo para reconstruirme.

—Estás loca, Cande. Te echaré de menos, vas a tener que llamarme y hacer eso de la amistad a distancia.

—No te atrevas a emocionarme, Jorge Agreste, he decidido no llorar hasta el último día.

—Vale. Baja de una vez.

Salvador también estará en el baile, pero unos asuntos (no sé cuáles) le han retenido en Barcelona y no llegará hasta más tarde. Hemos quedado que Jorge y yo entraremos juntos; él es el chico de febrero y la fiesta es para comunicar que *Gea* patrocinará el equipo de fútbol lo que queda de esta temporada y la siguiente con independencia de lo que suceda con *Los chicos del calendario*. Llevo un vestido negro que me ha mandado Abril para la ocasión; ella también llegará para el baile, o al menos me ha prometido que lo intentará (tiene que hacer las fotos para el artículo de Jorge como chico del calendario). El vestido me llegó hace unos días por mensajero con una nota que decía textualmente: «Porque no me fío de ti».

Jorge llega puntual como siempre, aunque esta vez sube a buscarme al piso y cuando me ve imita los silbidos de un lobo.

—Yo y mi colección de gatos disecados nos arrepentimos de no habernos acostado contigo, Cande.

—Tú y tus gatos podéis iros a tomar viento. No digas tonterías.

—La frase será una tontería, pero tú estás guapísima. Barver va a perder la compostura seguro. ¿Cuando se pone tan serio no te entran ganas de hacerle cosquillas o de despeinarle? Yo he tenido que contenerme un par de veces, aunque el tío me cae bien, muy bien.

—Salvador y yo solo somos amigos.

—María y yo también.

—Es distinto.

—Explícamelo.

—Ahora no tenemos tiempo. Nos están esperando en el baile, eres la reina de la fiesta, no lo olvides. Y tú sí que estás guapísimo. Casi me arrepiento de no haberme ido contigo y con tus gatos disecados.

Le guiño el ojo y él sonríe.

El baile se celebra en el mirador de San Nicolás, en pleno barrio del Albaicín. No sé qué habrá hecho Vanesa para conseguirlo, pero lo ha logrado; han levantado una carpa blanca preciosa en ese lugar emblemático y la magia es casi palpable al acercarnos. Tal como era de esperar, hay muchos fotógrafos y, cuando Jorge detiene el vehículo para entregarle las llaves a un chico del servicio de aparcacoches, se acercan a nosotros y lo bombardean a preguntas.

Él contesta con educación, da las gracias a *Gea* y al grupo Olimpo por el patrocinio y habla con mucho cariño de *Los chicos del calendario*:

—Está siendo una experiencia única, lamento que termine tan pronto y le deseo a Candela Ríos toda la suerte del mundo en su búsqueda. Estoy convencido de que en España existen hombres que valen la pena y que vamos a dejar que ella *nos* encuentre. —Me dedica una sonrisa llena de complicidad.

Cuando le preguntan por Cassandra pierde la sonrisa, pero aun así responde con amabilidad y deja claro que no están juntos y que no lo han estado desde que *ella* le abandonó en el altar.

Hay una pequeña orquesta tocando en un rincón y un camarero nos da una copa de champán a cada uno. Es una escena de revista, un poco demasiado postiza, y el motivo que nos ha llevado aquí no puede sino ensombrecer la belleza del lugar. Salvador hizo lo que tenía que hacer: encontró una solución rápida y eficaz a un problema que podría habernos hecho daño a Jorge, a María, a Lucas, a mí y a los chicos, y ha hecho un buen favor al equipo con su patrocinio, pero ninguno de nosotros puede olvidar que el motivo de esta fiesta es que la ex de Jorge y Abengoechea intentaron chantajearnos y aprovecharse de nuestro proyecto. Aun así vamos a seguirles el juego para echarlos para siempre de nuestra vida.

La gente que no suma, que solo utiliza y resta, más vale tenerla bien lejos.

Jorge baila con distintas señoras y charla animadamente con varios caballeros. A mí se acercan muchas madres y hermanas de los chicos que he conocido a lo largo de estas semanas; todas me dicen que su hijo estaba seguro de que Jorge saldría elegido como chico del calendario de algún mes y que confían plenamente en que ganará.

Jorge y yo estamos bailando nuestra primera pieza juntos, una canción de Henry Mancini, cuando Cassandra y Abengoechea, a los que hemos logrado evitar hasta ahora, nos interceptan.

—¿Me permites que baile con tu pareja, Jorge?

Abengoechea sabe que no podemos negarnos, prácticamente todo el mundo nos está mirando, y con un sonrisa procedemos a hacer el intercambio de parejas. Jorge y Cassandra bailan hacia la derecha y mi compañero se encarga de dirigirnos hacia la izquierda.

Voy a quejarme, pero desde mi posición actual veo la puerta y decido no hacerlo. El baile solo durará unos minutos más y Abengoechea se dedica a hablarme de lo buen hombre de negocios que es y de lo vital que es ser agresivo en su entorno. No sé si es un intento de disculpa por las fotos y por el chantaje; si lo es, es la peor disculpa que he visto nunca y eso que yo salí con Rubén durante más de un año y recibí unas cuantas disculpas pésimas.

De pronto llega Salvador con... ¡con María! Creo que ahora mismo podría besarle. Podría besarle siempre, de acuerdo, pero cuando hace estas cosas pensando en los demás, aún más.

Nuestras miradas se encuentran y me sonríe.

Está increíble, tengo miedo de que de un momento a otro entren las cámaras y empiecen a filmar un anuncio de perfume o una película de espías de lo guapo que está. Y él no parece darse cuenta. Intento indicarle con la mirada que Jorge está hacia el otro lado bailando con la hermanastra malvada de la Cenicienta (gracias a mis sobrinas sé que una de las hermanastras al final es buena). Él me guiña un ojo y coge de la mano a María para ponerse a bailar con ella.

Sí, definitivamente tengo ganas de besarle y no *amigablemente,* sino *desnudablemente.* Abril aparece tras unos segundos; habrá «oído» que me estaba inventando una palabra y ese es su territorio. Llega con Manuel de la mano, el camarero que me sirvió los *gintonics* el día del vídeo. Deduzco que aquí hay más de lo que me ha contado; me siento culpable por no haberla llamado más a menudo y me prometo que, en cuanto este fantasma me suelte, iré a darle un abrazo y a exigirle que me ponga al día.

La música se detiene (¡gracias a Dios!), Abengoechea se despide y yo me alejo de él hecha unas castañuelas. Primero hablaré con Abril y después iré a buscar a Salvador, pero no tengo que hacerlo; apenas llego al lado de Abril, y en mitad de nuestro escandaloso abrazo, oigo la voz de Salvador detrás de mí.

—Buenas noches, Candela.

—¿Y los demás somos muebles, Barver?

—Buenas noches, Abril; estás guapísima como siempre. Buenas noches, Manuel.

No sabía que Salvador conocía a Manuel; da igual, se lo preguntaré después de tocarle. Siento cosquillas en las yemas de las ganas que tengo.

Me doy media vuelta y justo cuando voy a abrazarlo (ya me inventaré una excusa más tarde para justificar ese abrazo) veo a Jorge unos metros más allá. Se está acercando y se detiene prácticamente en medio de la zona de baile al vernos. Al ver a María, deduzco por el lugar del que sus pupilas parecen ser incapaces de apartarse.

Entonces da media vuelta y... ¡¿adónde va?! Se detiene junto a los músicos y habla con ellos; los seis lo miran alucinados y al final asienten. Se oyen las notas de una canción de ¡¿One Direction?! ¿En serio? ¿En serio este también va a ser un rasgo compartido por los chicos del calendario? ¿Pero qué les pasa con este grupo?

Sonrío, qué remedio, la música de *What makes you beautiful* tocada con violines me produce este efecto y Salvador y María, que están de espaldas, se dan media vuelta para ver qué pasa.

Voy a ponerme a aplaudir o a llorar, o las dos cosas al mismo tiempo. Jorge se detiene frente a nosotros y asiento, es como ver a un cachorro dar sus primeros pasos y me siento orgullosa de mi pequeño, mi pequeño de casi dos metros.

—Hola a todos. María, quiero hablar contigo.

—Jorge, yo...

Da un paso hacia delante, la sujeta por la cintura con una mano y por la nuca con la otra y... la besa. ¡¡¡¡La besa!!!!! Es tan bonito, tan romántico, tan perfecto.

—Joder, Cande, se me han vuelto a caer las bragas —susurra Abril a mi derecha—. ¿Va a convertirse esto en una costumbre?

—No lo sé, es tan... estoy tan contenta por ellos.

Jorge y María siguen besándose y la música de One Direction suena de fondo y encaja a la perfección, aunque no sé el motivo.

—Lo que es sexy, muy sexy, y Manuel y yo vamos a tener que quedarnos aquí unas horas. Te odio por hacerme esto, Cande.

—Yo no he hecho nada, son ellos. —Los señalo y realmente es sexy verlos besándose. Aparto la mirada, me digo que tengo que centrarla en Abril y no en Salvador, y pensar en... Abril, eso es, Abril—: Eres una exagerada.

—Lo que tú digas, pero menos mal que la canción ha acabado. Tienes que contarme la historia de estos dos.

—Lo haré.

Jorge y María dejan de besarse, pero siguen el uno muy cerca del otro. Uno de los periodistas invitados al baile intenta ir hacia ellos, pero Salvador lo detiene con la mirada.

—Creo que será mejor que les recordemos que no están solos —me dice y me coge de la mano para caminar hacia donde está Jorge. Al llegar junto a él, le da una palmada en la espalda y Jorge realmente le mira como si se hubiese olvidado de dónde estaba. Él no suelta a María, que está sonrojada de la cabeza a los pies.

—¿Puedo preguntar a qué viene lo de One Direction? Tiene que haber una explicación —le pregunto—. Y no es que desapruebe tu elección. Bien hecho, por cierto.

—Gracias. —Jorge carraspea, es innegable que ahora mismo preferiría estar en cualquier otro lugar a solas con María—. ¿Has oído alguna vez la expresión «predicar con el ejemplo», Cande?

—No, nunca —miento como una bellaca porque Salvador me está observando—. Lo de One Direction, explícate y os ayudaré a escabulliros de aquí.

—Es la canción que sonaba el día que me di cuenta que quería a María.

—¿En serio? Pero si esa canción es de...

—Del verano de 2011, cuando tenías dieciséis. Antes de conocer a Cassandra. Me has hecho pasar un infierno, María.

La aludida sonríe, aunque intenta contenerse y, como no sabe qué decir (yo estaría derretida si me hubiese pasado esto), se pone de puntillas y le da a Jorge un beso en los labios.

—Tú a mí también con Cassandra. —Le mira fijamente a los ojos—. Estuviste a punto de casarte con ella.

—Y habría sido el peor error de mi vida. Pero en mi defensa diré que cuando conocí a Cassandra —pone cara de dolor al recordarlo—

estaba convencido de que lo que sentía por ti era completamente unilateral. Y cuando vine a Granada de visita y vi cómo me mirabas me atreví a pensar que tal vez estaba equivocado y tú también sentías algo por mí.

—¡Pues claro que sentía algo por ti! Pero... si te diste cuenta, ¿por qué no hiciste nada?

—Porque soy un estúpido y porque pensé que lo tuyo era solo un encaprichamiento infantil... y ¿qué iba a hacer?

—Ibas a casarte con otra, idiota, eso es lo que ibas a hacer —le recuerda ella. Me gusta ver así a María.

—No me lo recuerdes. Por favor. ¿Sabes una cosa? —Se agacha para darle un beso antes de continuar—. Si te hubiese visto antes de la boda, no habría seguido adelante con ella. Estoy seguro. Y si no me falla la memoria, tú entonces me evitabas.

—¿Y qué querías que hiciera?

—Cualquier cosa.

—¿Cómo esto?

María se pone de puntillas y vuelve a besar a Jorge, que le devuelve el beso con muchísimas ganas. Me imagino que esto es lo que pasa cuando llevas años enamorado en secreto de alguien.

—Oh, es tan bonito que necesito una copa. Barver, saca de aquí a estos dos. Nosotros cuatro —Abril nos señala a mí, a Salvador, a Manuel y a ella misma—, podemos lidiar con la fiesta.

—Por supuesto. Nosotros —Salvador me coge de la mano y me besa el interior de la muñeca— podemos lidiar con todo. Enseguida vuelvo, voy a acompañar a Jorge y a María fuera.

—Gracias, Barver. Nos vemos mañana, Cande.

—O no. —Le guiño el ojo y sonrío—. Enséñale los gatos disecados a María.

—¿Qué gatos?

—Ni caso, princesa, Cande está loca.

—¡La ha llamado «princesa»! —Abril sí que está loca. Manuel tira de ella hacia la zona de baile y la sujeta por la cintura al ritmo de la música.

—Once meses no son nada, Candela —me susurra Salvador al soltarme la mano y alejarse.

¿De verdad no son nada?

A él lo conocí en un mes y empecé a enamorarme de él.

En un mes Jorge ha reunido el valor para acercarse a María a pesar de que los dos llevaban años enamorados el uno del otro.

En un mes Salvador y yo nos hemos dado dos besos increíbles y hemos decidido ser amigos.

En onces meses, diez, si ya no contamos febrero, pueden pasar muchas cosas.

¿Demasiadas?

Eso jamás.

He descubierto que Cruyff decía: «Si nosotros tenemos la pelota, los otros no pueden marcar» y ahora la pelota la tengo yo.

Marzo, prepárate.

MARZO

12

Abril tenía razón, nosotros cuatro fuimos más que capaces de conseguir que el baile de *Gea* en Granada fuese todo un éxito. Y, además, ¡lo pasé en grande! Bailé con Manuel, quien (y no me sorprende) es un gran bailarín; me reí a carcajadas con Abril, es increíble lo mucho que la echo de menos cuando no la veo y lo fácil que nos resulta reconectar (¡es lo que sucede con las amigas de verdad!), y también bailé con Salvador, lo que perjudicó seriamente mi ritmo cardíaco.

¿Quién fue el idiota que decidió cargarse lo de bailar lento de las discotecas?

No sé si Salvador baila rápido, me cuesta muchísimo imaginármelo en una discoteca, pero lo de bailar lento ha llegado a convertirlo en arte...o en técnica de tortura.

La orquesta se desmelenó después de lo de One Direction, es comprensible, y se animaron a tocar más canciones actuales. Sonaban de maravilla y, cuando eligieron una de Ed Sheeran y se me puso la piel de gallina, apareció Salvador.

—¿Bailamos? —me dijo con una sonrisa y tirándome de la mano.

Esa mano sujetó la mía y no sé cómo consiguió que esa caricia corriera por el brazo hasta llegarme al rostro y sonrojarme. La otra mano la colocó en mi cintura y me sujetó de esa manera que sientes que la piel traspasa la ropa. Había oído a gente decir que bailar podía ser muy sensual, una seducción, y a mí nunca me lo había parecido, básicamente porque para mí bailar consistía en desplazarme de la derecha a la izquierda intentando no pisar a nadie. Ahora lo entiendo. La mano de la cintura se movió un poco hacia mi espalda.

—¿Puedo decirte que estás guapísima?

—Puedes.

Se rió y sé que me vio temblar.

—¿Y puedo decirte que si pudiera te sacaría de aquí ahora mismo y buscaría un lugar donde estar solos y poder bajarte esta cremallera —la tocó con los dedos— y besarte la espalda hasta que…

—No —carraspeé y tragué saliva—… no puedes decírmelo.

Si seguía así, iba a derretirme en medio de la pista de baile y la gente de Granada ya había tenido un espectáculo con el beso de Jorge. Además, si Salvador seguía diciéndome estas cosas, el mío no sería para todos los públicos.

—Es culpa tuya —dijo acercándome más a él, tanto que mi mirada se clavó en la barba que empezaba a salirle en el cuello. ¿Por qué es el único hombre del que cualquier pequeño detalle me produce una explosión de ovarios?—. Creo que en enero te dije que *esto* —deduje que el «esto» era la presión que noté en sus pantalones— era lo que me pasaba siempre que estabas cerca de mí.

—Dijiste que somos amigos.

—Lo sé —farfulló—. Joder. ¿Por qué me diste la razón? Nunca haces lo que creo que vas a hacer, Candela.

¿Él quería que yo me opusiese? ¿Que le convenciese de no ser amigos? ¿Por qué? ¿Para ser amantes o para romper cualquier lazo entre nosotros? Da igual, pensé al oír el estribillo de la canción que hablaba de lo inevitable que es el amor de verdad, la cuestión es que esto es lo que yo quiero hacer. Yo quiero seguir adelante con *Los chicos del calendario* y con mi vida; no volveré a quedarme con un chico porque sea cómodo ni sacrificaré mis sueños por alguien que no está dispuesto a hacer lo mismo por mí. Por alguien que ni siquiera está dispuesto a contarme la verdad.

—Tú tampoco haces lo que yo creo que vas a hacer, Salvador, ¿pero sabes una cosa?

Me besó el pelo.

—¿Qué?

—Creo que entre los dos haremos justo lo que necesitamos.

Terminó la canción y me besó en la mejilla, aunque yo ese beso lo sentí después corriendo por todo el cuerpo como el Correcaminos cuando se escapa de Coyote.

Los cuatro nos quedamos hasta el final, hicimos compañía a Salvador en su calidad de anfitrión y despedimos a los invitados dándoles las gracias por su presencia. El genio de Salvador hasta consiguió convencer a alguno de ellos de que donara dinero al club de fútbol, que a ese ritmo iba a recibir ayuda durante mucho tiempo. Abengoechea se fue con Cassandra, me di una palmadita en la espalda por mis dotes de Celestina, y Abril me dijo por lo bajo que esperaba que el bueno de Juanjo tuviese un buen acuerdo prematrimonial preparado. Ella y Manuel se marcharon juntos.

Me alegro tanto por mi amiga... Hacen una pareja increíble y Manuel es un encanto. Sé que Abril tiene miedo, la diferencia de edad le preocupa; le preocupa porque por primera vez ella es mayor que él y creo que está enamorada.

Yo me fui con Salvador. Esta vez él solo iba a quedarse una noche y no había alquilado ningún coche.

—¿Te apetece caminar o quieres que pida un taxi?

Le dije que quería caminar, los pies me estaban matando y tenía frío, pero sabía que en cuanto llegásemos a mi apartamento él se iría y aún no estaba lista para despedirme.

Lo de ser amigos es mucho más complicado de lo que anticipaba y sigo queriendo desnudarlo y besarlo —y tocarlo— cada vez que le veo (en lo que a él se refiere me temo que soy así de lanzada), pero creo que de verdad necesitamos ser amigos.

—Me apetece caminar.

Las calles de Granada no están hechas para ir con tacones. Las de Barcelona tampoco, que conste. Pero las dos son muy románticas.

Uno de los chicos de prensa de Olimpo que había asistido al baile nos ofreció compartir taxi con él, pero Salvador le dio las gracias y nos fuimos andando. Al parecer él tampoco estaba listo para despedirse. Habíamos caminado cinco minutos cuando una ráfaga de viento me sorprendió y me cogí de los brazos para abrigarme. Cinco segundos más tarde, la americana negra de Salvador me cubría los hombros y me envolvía con su perfume.

—Tú y tu manía de no abrigarte —me dijo con una sonrisa. Esa frase me la había dicho una noche en Barcelona y la interpreté como que él también recordaba esos días y los echaba en cierto modo de menos.

—Tú y tu manía de ser misterioso.

Me dio la mano y caminamos así por la ciudad, en silencio, mirándonos y sonriendo, con él acariciándome la piel de la muñeca con el pulgar. Cuando llegamos al portal, Salvador tiró de las solapas de la americana que yo aún llevaba y me dio un beso.

—Dime que me vaya.

—Quédate.

Sonrió y volvió a besarme.

—Tengo que irme. Vendré mañana, ¿de acuerdo?

—De acuerdo.

Le acaricié la mejilla mientras hablaba; él parecía fascinado con mis labios y los recorría con el pulgar.

—No creo que Jorge se presente.

—Yo tampoco.

—Yo cojo el vuelo a Barcelona mañana por la tarde, pero Abril se quedará para hacer las fotos.

—Vale.

—Creo que estoy buscando excusas para seguir aquí de pie mirándote.

Sonreí, me puse de puntillas y le besé en la mejilla; me había gustado que él lo hiciera y, a juzgar por el temblor que le sacudió los hombros, a Salvador le afectó del mismo modo. Después me di la vuelta y abrí la puerta.

—Buenas noches, Salvador.

—Buenas noches, Candela.

Al día siguiente Jorge me mandó un mensaje diciéndome que no pensaba dejar a María (añadió que los gatos disecados le habían encantado). Le dije que no esperaba menos de él y acordamos que ya nos veríamos la mañana después. Salvador sí se presentó, estuvimos pocas horas juntos porque él tuvo que volver a Barcelona, pero conseguimos trabajar un rato. Vanesa, Jan y Sofía, y prácticamente la plantilla entera de *Gea*, estaban impacientes porque eligiéramos al próximo chico del calendario; teníamos una lista relativamente reducida, que habían confeccionado desde la revista basándose en las propuestas que recibía la web de *los chicos* diariamente, pero aun así Salvador y yo queríamos repasarla personalmente.

Creamos nuestra propia lista, solo aprovechamos un nombre de la lista que nos mandaron los de *marketing* y la redujimos a tres. Esta vez, a diferencia de lo que pasó en enero (días que fueron muy difíciles para mí y que ahora empiezo a descubrir que también para Salvador), lo hicimos juntos y me gustó. Me gustó muchísimo. Creo que jamás lograré descifrar cómo funciona el cerebro de Salvador; a veces hace unas deducciones de lo más extrañas, como por ejemplo que si un chico tiene como avatar de Twitter el huevo que te sale por defecto no es de fiar porque eso demuestra que solo está allí para curiosear qué hacen los demás. Es muy divertido trabajar con él, tiene unos tics muy característicos, como el de subirse las gafas cuando algo no le gusta o limpiárselas cuando ya están perfectas solo porque así piensa mejor.

Me dijo que no le acompañase al aeropuerto, que no hacía falta, pero lo hice de todos modos.

—Tengo que romper mi maldición con los chicos y el aeropuerto —le puse de excusa.

—¿Qué maldición?

—Ya sabes, Rubén y su Instabye, tú y tu tendencia a subirte a un avión después de ciertas noches... —Desvié la mirada y disimulé recogiendo los papeles que había dejado en la mesa.

—No creo en las maldiciones, pero está bien.

Volví a mirarlo.

—No hace falta que te sacrifiques, ya encontraré otro voluntario.

Levantó una ceja, cogió mi bolso y se dirigió a la puerta del apartamento en el que nos habíamos pasado toda la mañana.

—Si alguien va a romper aquí alguna maldición voy a ser yo. Además, quería que me acompañases al aeropuerto.

—¡Pero si hace unos minutos me has dicho que no hacía falta!

Y dicen que las mujeres somos complicadas.

—Y falta no hace, pero quiero que me acompañes.

Íbamos a vernos en dos días. Y yo tenía que quedarme en Granada para las fotos del artículo del mes y quería despedirme de Jorge, los chicos del equipo de fútbol y María. Después me iría hacia la siguiente ciudad y conocería al próximo chico del calendario.

—Tengo que ir a embarcar.

—Vale, nos vemos en Barcelona.

Pensé de repente en la americana que me había prestado la noche anterior, no se la había devuelto, estaba en el apartamento, encima de mi cama. Salvador cada vez dejaba más recuerdos en mi vida. Me sentí torpe, que no insegura, jamás había tenido una relación como la que tengo con Salvador. Intuía que ninguna había sido tan importante.

No oí que él dejaba la bolsa en el suelo. Fue culpa de sus manos, que aparecieron de la nada en mi rostro, y de sus labios, que se plantaron en los míos para besarlos como si fuésemos una pareja que se despide porque uno de los dos se va a la guerra. Fue mi momento *Armagedon, Pearl Harbour, El diario de Noah,* todo junto y multiplicado. Rodeé a Salvador por el cuello y le devolví el beso en la medida que pude porque su boca no dejaba de robarme el aliento y arrancarme latidos del corazón.

Cuando me dejó en el suelo, porque la fuerza del beso me había puesto de puntillas, me apartó un mechón y me acarició la mejilla.

—La maldición está rota.

¿Solo la maldición? Mi todo estaba roto tras ese beso.

En ese momento sonó el último aviso para los pasajeros del vuelo con destino Barcelona y Salvador cogió la bolsa y se fue.

Yo me quedé allí hasta que la puerta se cerró. Tardé todo ese tiempo en poder reaccionar y en que mi corazón volviese a su sitio.

Al día siguiente, Abril hizo las fotografías para el artículo del chico de febrero y yo escribí el texto tanto para la revista como para el vídeo. No me resultó tan difícil como el del chico de enero, quizá porque con Jorge mi vida no se había puesto patas arriba o quizá porque con Jorge siempre he tenido claro lo que siento por él. Me siento muy afortunada de haberlo conocido, de contarle entre mis amigos. Es una persona increíble y tiene un corazón tan grande que es un milagro que solo se lo hayan roto una vez, aunque a mí me gusta creer que la zorra de Cassandra no llegó a meterse en él y que Jorge solo se lo ha entregado a María, soy así de romántica.

La historia de Jorge y María es una prueba más de que o tengo muy mala suerte con los hombres o soy pésima eligiéndolos. O lo era hasta el diciembre pasado. Sé que en el día que Rubén me dejó con esa dichosa foto en Instagram dije que los hombres son el problema de este país y, aunque en mi caso sí han demostrado ser un verdadero problema, habría elegido otras palabras si hubiera sabido que Abril me estaba grabando. No cambiaría por nada lo que sucedió después, pero debo confesar que me duele un poco que la gente crea que odio a todos los hombres por igual, porque no es así. Sé que hay hombres geniales, igual que sé que hay mujeres que no valen la pena. Jorge es un chico estupendo, me ha ofrecido su amistad y sé que es sincero. *Los chicos del calendario*, el concurso, nació con el objetivo de salvar la plantilla de *Gea* y yo acepté porque me di cuenta de que me había resignado, que me estaba conformando con Rubén, con mi trabajo, con mis sueños. Reaccioné, aparqué mis miedos e hice mío este reto. Sé que hay hombres que valen la pena, aunque la gran mayoría se olvidan de demostrárnoslo a diario y quizás en esto consisten *los chicos*, en recordarnos a todos, hombres y mujeres, que querer a alguien, como amigo, como pareja, como lo que sea, tiene que hacerse bien porque querer mal acaba haciendo daño.

Las fotos de Abril son preciosas; fotografió a Jorge con los chicos y las chicas de los equipos de fútbol, a él solo y a él con María (aunque esas fotos no son para el artículo), y también nos sacó unas cuantas fotos juntos; incluso me convenció para que volviese a vestirme con ropa de deporte y volviese a jugar al fútbol.

Primero íbamos a grabar el vídeo allí mismo, en el campo de fútbol, pero estaba lleno de niños y Abril señaló acertadamente que el departamento legal de Olimpo se nos echaría al cuello y exigiría autorizaciones firmadas de toda clase. Después pensamos que quizás estaría bien grabarlo en mi mesa, en Barcelona, pero luego decidimos que si me había pasado todo el mes en Granada, lo bonito y lo propio era que me despidiese de la ciudad y del chico de ese mes desde allí, así que al final optamos por grabarlo en el vestuario. Era un lugar que encajaba a la perfección con Jorge, yo era la única que salía y ningún abogado sufriría ningún infarto.

Me convencieron para que lo grabase tal cual, con la ropa de deporte y una mancha de césped en la camiseta. Bastó con que Jorge me dijera que se alegraba muchísimo de haber accedido a ser un chico del calendario y que me consideraba su amiga, una de las mejores, y que tanto él como María no tenían intención de desaparecer de mi vida para que accediera.

Así que me planté frente a la cámara que sujetaba Abril y empecé a hablar:

—Hola, soy yo otra vez, Candela, y esto es febrero. Bueno, esto no —señalé detrás de mí—; esto es el vestuario del equipo de fútbol donde el chico de febrero ejerce de entrenador, amigo, consejero e incluso profesor de lo que haga falta de los chicos y chicas que vienen aquí con la excusa de aprender a jugar al fútbol y pasar un rato. ¿Creéis que febrero ha conseguido hacerme cambiar de opinión respecto a los hombres? No, no lo ha conseguido. Pero ha conseguido que cambie de opinión sobre el fútbol, al menos el fútbol que se juega en la vida real y no en la tele, donde once señores que ganan mucho dinero esquivan a otros once. Son once, ¿no? Da igual.

»Jorge Agreste es un chico increíble y, aunque ya he dicho que no me ha hecho cambiar mi opinión sobre los hombres, me ha enseñado algo muy importante sobre mí misma: ¡tengo que dejar de juzgar a las personas por su apariencia o por su trabajo! Jorge me ha demostrado que corro el riesgo de perderme muchas aventuras si no me atrevo a dar una oportunidad a lo que no conozco y que, sin duda, es un error hacer caso de lo que dicen los demás sin averiguarlo por uno mismo. De él también he aprendido que tienes que seguir adelante aunque te hagan daño y que siempre hay algún motivo por el que luchar. Jorge es un luchador y me ha hecho un regalo muy importante: me ha enseñado que realmente un chico y una chica pueden ser grandes amigos. En mi caso, y aunque suene patético, voy a confesároslo: mis *amigos* siempre han acabado convirtiéndose en mis novios y ya sabéis lo bien que hasta el momento se me ha dado a mí eso. Jorge es el primer amigo que tengo y esto de la amistad es más difícil de lo que parece, como el fútbol.

»El fútbol no es el deporte de mi vida, pero si un balón es capaz de reunir a tanta gente en un mismo lugar y hacer que estas personas compartan emociones, algo tiene que tener. Jorge me ha enseñado que un equipo es tan fuerte como su miembro más débil y que los buenos jugadores, como las personas, son las que anteponen el bien de los demás al suyo propio.

Ya sé lo que estáis pensando; estáis pensando que si he aprendido tantas cosas de Jorge, si el chico de febrero me parece tan genial, por qué no estoy diciendo que he cambiado de opinión sobre los hombres. Pues porque Jorge es solo un chico y si he tenido que conocer a cientos, no vayáis a poneros quisquillosos con el número, para llegar a la conclusión de que ellos y yo somos incompatibles, no bastará uno solo para demostrarme lo contrario. Además, aún me faltan diez chicos más, diez meses más, y todos van a tener su oportunidad. Si ahora llegase a la conclusión de que Jorge Agreste es el mejor chico de España, el chico del calendario, ¿tendría sentido conocer al resto? No, no demasiado. Los chicos del calendario van a seguir, yo voy a seguir viajando y conociendo gente increíble, y si al final Jorge es el mejor, seré la primera en reconocerlo. ¿Vosotros qué opináis? Yo creo que no podemos dar por perdido o ganado un partido antes de jugarlo y voy a hacerle caso a Jorge; voy a seguir arriesgándome y confiando en mi equipo, las chicas y chicos que me acompañáis en esta gran experiencia con vuestros comentarios de ánimo, vuestras preguntas, vuestros consejos y sí, también vuestras críticas. Estoy segura de que el próximo mes será increíble.

»Me despido. Quiero dar un último paseo por la preciosa ciudad de Granada antes de volver a Barcelona y asegurarme de que Jorge y María saben que, aunque me vaya, una parte de mí se queda aquí y que los perseguiré durante el resto de mi vida. Porque, si algo aprendí tras el Instabye de Rubén, es que los amigos de verdad son difíciles de encontrar y que cuando lo haces tienes que aferrarte a ellos.

»Adiós... Ah, una cosa más —levanté el balón que había en el suelo junto a mis pies y lo sujeté en la cintura—: seguid pendientes del canal y de las redes de *Los chicos del calendario* si queréis saber quién será el chico de marzo y qué ciudad visitaré el próximo mes. Grabaré otro vídeo desde mi mesa con mi gato de la suerte; la verdad es que lo he echado de menos estos días. Gracias por estar aquí conmigo; *Los chicos del calendario* están cambiando mi vida y espero que, aunque sea solo un poquito, también la vuestra.

Me di media vuelta y Abril dio por concluida la grabación. Mi amiga se fue al cabo de pocas horas junto con Manuel y yo me quedé a hacer el equipaje.

Cuando cerré la cremallera de la maleta sonó el timbre. María y Jorge subieron a ayudarme.

—No te olvides el *tangram.*

—Está guardado en la maleta, no me lo olvidaría jamás. Es un regalo precioso, gracias otra vez, María.

—De nada. Me gusta que lo tengas tú. Hay piezas de las que me cuesta despedirme y este *tangram* es especial. Iba a quedármelo para mí, está hecho con trozos de madera de un antiguo mueble de mi abuela. Sé que contigo estará bien.

—¿Aunque no lo acabe nunca yo sola?

—Lo acabarás, ya verás.

—¿Cuándo vas a volver a Granada? —Jorge rodeó a María por la espalda y le dio un beso en el cuello—. Porque vas a volver pronto, lo sabes, ¿no?

—¡Sois tan monos! —Me acerqué a ellos y los abracé, o lo intenté porque Jorge es tan enorme que no me llegaban los brazos—. Me siento como si fuera vuestra hada madrina.

—Una hada madrina que está como una cabra —se burló Jorge, pero cuando los solté se apartó de María y me abrazó de verdad—. Gracias por todo, Cande.

—De nada. Suéltame o me pondré a llorar aquí y me he guardado las lágrimas para el aeropuerto.

Saqué una foto de mi último paseo por la ciudad; en ella salíamos Jorge, María y yo: «Sigo pensando que los hombres son un problema, pero hay chicos que son increíbles #AdiosGranada #HastaPronto #GraciasDeCorazón 🖤 #LosChicosDelCalendario #ElChicoDeFebrero ⚽ No le tiréis los tejos porque está cogido, muy cogido y muy enamorado y se merece toda la felicidad del mundo mundial #SoySuHadaMadrina ✨».

13

Llego a Barcelona de noche. Vanesa tenía los detalles de mi vuelo, pero aun así casi me desmayo de la impresión cuando he visto a Salvador esperándome.

—¿Qué estás haciendo aquí?

—He venido a buscarte. —Se agacha y me da un beso en la mejilla—. ¿Este es todo tu equipaje?

—Sí, pero… ¿por qué?

—¿Por qué qué?

—¿Por qué has venido a buscarme?

—Es lo que hacen los amigos.

Siento cosquillas en la mejilla y cuando me guiña un ojo me coge tan desprevenida que dejo que me arrebate el asa de la maleta y tire de ella. Hacía dos días que no le veía y creía tenerlo todo bajo control, pero mis hormonas se están encargando de demostrarme lo contrario. Ha aparcado en el parking de la terminal y al ver el coche me detengo.

—¿Qué pasa?

—Nada —le sonrío—, es que durante un instante he echado de menos tu moto.

También sonríe y guarda la maleta en la parte de atrás mientras yo me siento delante. Durante el trayecto hablamos de Jorge y del vídeo que Abril ya ha mandado a la revista.

—Ha quedado genial; me gusta mucho que lo hayáis rodado en el vestuario del campo de fútbol. Si lo piensas bien —carraspea—, el vídeo de enero también lo grabaste en el lugar de trabajo del chico de ese mes.

—¿El chico de ese mes? ¿De verdad vas a referirte a ti mismo de esa manera, como si no te conocieras?

—Tal vez sea lo mejor.

—Salvador —suspiro, estoy demasiado cansada para mantener esta conversación, pero aun así voy a hacerlo—, hace unos minutos has dicho que éramos amigos, creo que al menos podrías reconocer eso y decir claramente que tú no eres un chico del calendario más.

—Está bien, tienes razón. —Gira la cabeza hacia mí durante un segundo, el máximo que le permite el tráfico—. No soy un chico del calendario más.

—¿Ves como no es tan difícil?

Por el modo en que se concentra de nuevo en la conducción cualquiera diría que acaba de hacer la mayor confesión de su vida.

—Sofía y Jan están desesperados, hasta me han llamado durante el fin de semana. Necesitan tener el nombre del próximo chico del calendario ya, pero saben que todavía no lo hemos decidido y que tenemos que hacerlo juntos.

Sigue haciéndoseme raro hablar de este tema con él, aunque después de Jorge, de este increíble febrero, empiezo a enfocarlo de otra manera.

—¿Tenemos que decidirlo ahora mismo o puede esperar a mañana?

—Mañana por la mañana está bien. No sabía si ibas a pasarte por *Gea* o si preferirías quedarte en casa.

En ningún momento insinúa cuál es su preferencia. Tengo la sensación de que en Granada estaba distinto, aunque quizá son cosas mías fruto del cansancio y del exceso de despedidas aeroportuarias.

—Iré a *Gea* mañana por la mañana. Si me quedo en casa no haré nada y la verdad es que Jan y Sofía tienen razón; tenemos que elegir al chico de marzo y ponernos en contacto con él a primera hora, por si no está de acuerdo en participar y tenemos que pasar al segundo candidato.

—¿Quieres que pase a recogerte?

Es un ofrecimiento sencillo pero que implica un mundo. Implica que no va a quedarse a pasar la noche conmigo, implica que ha creído necesario decírmelo ahora —porque no me creo que Salvador, ¡Salvador!, haya elegido esta frase al azar— e implica que está liándome la cabeza y el corazón otra vez. Viene a buscarme. Me besa en la mejilla. Habla de otros chicos con los que se supone que voy a pasar un mes entero. Se ofrece a recogerme por la mañana cuando mi casa no está de camino de la suya. Un momento, ¿dónde está la suya?

—No, no hace falta. Gracias. He echado de menos Barcelona, me apetece ir andando. Estaré allí temprano y podemos elegir al chico de marzo.

—De acuerdo.

Ninguno de los dos dice nada, el semáforo en el que nos habíamos detenido cambia de color y en pocos minutos llegamos al barrio de Gracia y al portal de mi casa. Abro la puerta y prácticamente salto del vehículo y voy en busca de la maleta antes de que Salvador se haya desabrochado el cinturón. No quiero que baje; una despedida extraña en mi portal acabaría conmigo y lo más seguro sería que discutiéramos. Yo perdería la calma y le preguntaría qué diablos le está pasando y él me diría que nada y...

—¿Estás bien, Candela?

«Sí, solo que te me has metido en la cabeza».

—Sí, estoy bien. Gracias por venir a buscarme. —Le hablo desde la acera. La puerta del acompañante aún está abierta y él sigue sentado tras el volante—. Nos vemos mañana. Buenas noches, Salvador.

No es que quisiera que Salvador subiera a casa, no quería, estoy cansada de verdad y visto está que necesito pensar muy bien en lo que está sucediendo. Lo que me molesta, lo que me duele, es que Salvador pase del frío al calor con solo parpadear y saltándose la temperatura templada. Y sin decirme nunca la verdad sobre los motivos que le impulsan a tomar esas decisiones. Cada vez que creo saber a qué atenerme con él, sucede algo que me descoloca, a veces para bien, como cuando aparece en el aeropuerto, otras para mal, como cuando se comporta como un monaguillo asustado y me deja claro que no le invite a casa porque se negará.

Un monaguillo asustado.

La imagen me produce risa.

Dejo la maleta por deshacer, no se irá a ninguna parte, y voy directa a mi dormitorio. A mi cama también la he echado mucho de menos y ella seguro que no tendrá ningún problema por recibirme con los brazos abiertos.

Llego a *Gea* temprano, antes de lo habitual, me he despertado pronto y tras la ducha y un café me he vestido y he salido de casa. No es un día especialmente frío y a esta hora algunos rayos de sol se cuelan por entre los árboles que hay en las aceras de Gracia y me hacen compañía mientras bajo andando. En Granada me pararon unas cuantas veces por la calle, no demasiadas, y en los cafés y restaurantes siempre se acercaba alguien a hablar con nosotros, aunque en ese caso evidentemente se debía a Jorge. Aquí tengo la sensación de estar en casa y quizá por eso me olvido de los efectos que han tenido el Instabye de Rubén y el vídeo de Youtube en mi vida, y me sorprende que unas chicas a las que no conozco me den los buenos días y me deseen suerte en mi búsqueda del chico perfecto, búsqueda que me aseguran, antes de subirse a un autobús, que están siguiendo por las redes.

No estoy buscando al chico perfecto, tendré que especificarlo de algún modo en mi próximo vídeo y artículo, eso sería absurdo. No existe el chico perfecto, igual que no existe la chica perfecta o los dulces que no engordan. Además, ¿quién define la perfección? Para muchos Cassandra, la exprometida de Jorge, es perfecta, sin duda tiene el cuerpo perfecto, y en cambio es una persona horrible, aunque quizás algún día encontrará a un señor horrible y juntos serán felices para siempre. María es perfecta para Jorge y él lo es para ella, cualquiera puede verlo. ¿Es eso lo que define la perfección, la mirada de otro? Si otra persona te considera perfecta, ¿lo eres? ¿Lo perfecto para uno tiene que ser perfecto para otro? Si mi hermana Marta y yo somos incapaces de llegar a un acuerdo sobre el color de la bata de mamá, ¿cómo podemos definir cómo es «el hombre perfecto» y coincidir? Mi madre tiene una bata azul, pero Marta insiste que es verde.

En la recepción de *Gea* no está Paco, hay un chico al que recuerdo haber visto un par o tres de veces y me da los buenos días sin prestarme demasiada atención. Ojalá coincida después con Paco, y también tengo ganas de ver a Sergio y a Vanesa. Salgo del ascensor en la sexta planta, casi he subido sola, he coincidido con una chica pero llevaba los cascos puestos y me ha ignorado. Un pie en el pasillo, después otro, se me acelera el corazón. ¿Qué le pasa a la gente que es capaz de ordenar la vida en cajas perfectamente enumeradas y cerradas? Esta caja es el trabajo, esta mis amigas, esta mi padre con el que discuto de vez en cuando, este el chico del que creo que he empezado a enamorarme y que ahora insiste en que seamos amigos y viene a buscarme al aeropuerto y me besa como si no pudiera respirar sin mí (esta caja tiene el nombre muy largo).

Entro en el despacho, suspiro aliviada al descubrirlo vacío, solo me habría faltado que Salvador hubiese estado ya aquí. Con gafas. Menos mal que el destino se ha apiadado de mí. Cierro la puerta y camino primero hasta la ventana, no importa la cantidad de veces que vea esta vista, siempre logrará dejarme sin aliento.

—Buenos días, Barcelona.

—Buenos días, Candela.

Eres malo, destino, muy malo.

Me doy media vuelta y Salvador está de pie a escasos metros de mí (sin gafas) y con dos vasos humeantes en las manos.

—Buenos días, Salvador.

—Te he traído un café, no sabía a qué hora llegarías, pero he pensado que tal vez te apetecería y... —deja los dos sobre mi mesa—... bueno, quizá ya has desayunado.

—Puedo tomarme otro café. Gracias.

Nunca me acostumbraré a esas vistas de Barcelona y aún menos a ver a Salvador incómodo porque acaba de tener un detalle conmigo. Sonríe, deja el abrigo en el sofá —sofá al que de momento no puedo mirar, porque si lo hago recordaré lo que sucedió allí y empezaré a tener calor o a temblar, o a mirar a Salvador a los labios y preguntarme si está muy mal que me lo imagine desnudo— y después, cuando yo sigo riñéndome porque efectivamente está muy mal que me lo imagine desnudo, coge su café.

—De nada. Deberíamos empezar cuanto antes y elegir un candidato para marzo antes de que a Sofía y a Jan les de un infarto.

—Sí, tienes razón. —Doy un sorbo a mi bebida—. Lo cierto es que yo ya he elegido, volví a repasar la lista que confeccionamos tú y yo en el vuelo de vuelta y ya tengo a mi candidato.

—Pues entonces ya está decidido, le diré a Sofía que ya tenemos chico del mes. —Se dirige a su mesa para sentarse frente al ordenador.

—¿No quieres saber quién es?

Tanta normalidad con este tema me escama. No, no es la normalidad lo que me da mala espina, es que Salvador me esquiva la mirada. Quizá si no estuviera tan ¿sintonizada? con él no lo notaría; él no está siendo desagradable ni maleducado, pero sus ojos me evitan. No sé explicarlo, mira hacia mí pero es como si intentase no verme. Hay personas con las que sintonizas y no solo en plan místico sino también físico, yo sé si mi hermana está enfadada conmigo solo por el modo en que coloca los hombros y sé si mi padre tiene ganas de hablar por cómo se sienta. Hasta conocer a Salvador creía que esta clase de conexión era el resultado de años de roce o de la genética. Apenas hace dos meses que nos conocemos, pero desde el primer día hay algo y ese algo ahora mismo me está poniendo nerviosa.

Ese *algo* ahora mismo está poniendo en marcha su ordenador y abriendo la funda de las gafas. Está jugando sucio, sabe lo que me pasa cuando se las pone.

—Sí, por supuesto que quiero saberlo. ¿A cuál has elegido?

—Al chico de Haro, La Rioja. Me gusta su historia.

—Genial. —Está apretando el lápiz que tiene en una mano—. ¿Te has puesto en contacto con él?

—No, antes quería hablar contigo.

—¿Por?

Sí, cada vez aprieta el lápiz más fuerte.

—Tú y yo tenemos derecho de veto, ¿recuerdas? No iba a *elegir* un chico sin antes hablarlo contigo.

Lo cierto es que no lo he hecho solo por eso. Salvador insiste en mantener una postura estrictamente profesional y no acabo de tragármelo.

—Creo que deberías llamarle, a Víctor, y preguntarle si acepta. —Se sube las gafas por el puente de la nariz y fija la mirada en el ordenador.

—¿Te acuerdas de su nombre?

—Por supuesto. —Tengo que morderme el labio inferior para no sonreír cuando Salvador se pone en pie—. Tengo que ir a comentar unos asuntos con Sergio, te dejo sola por si quieres hacer ahora esa llamada. Así después podemos comunicárselo a Sofía y a Jan, y mi vida será mucho más fácil, ¿de acuerdo?

—De acuerdo. —Él camina hacia la puerta y cuando ya está a punto de salir añado—: Todo sea por facilitarte la vida.

—¿Qué has dicho?

Se da media vuelta.

—Nada, he dicho que todo sea por facilitarte la vida. —Él enarca una ceja confuso—. Hace unos segundos has dicho que, cuando le comuniquemos a los de *marketing* y prensa que ya hemos elegido al chico del próximo mes, tu vida será más mucho más fácil.

—Sí, he dicho eso.

—Lo sé.

—¿Te estás burlando de mí, Candela?

—¿Yo? No. —Sacudo la cabeza enérgicamente con una sonrisa incontrolable (tampoco lo he intentado demasiado) en los labios.

—Vuelvo enseguida. —De espaldas y con la mano en el pomo—: Había echado de menos tus torturas, increíble.

Le oigo reír y busco en mi cuaderno los datos del que espero sea el chico de marzo. Después de lo increíble que ha sido febrero tengo que contener mis expectativas, sé que es imposible que marzo salga tan bien, pero quizá tenga suerte.

Es la primera vez que llamo sola al posible chico del calendario. El mes anterior, cuando llamamos a Jorge, estaba con Sofía y Jan y en enero, enero fue distinto. Cojo aire y marco el número de teléfono; Víctor no tarda en contestar. Le sorprende mi llamada, de hecho durante unos segundos temo que vaya a colgarme.

—Creía que mi hermana había escrito retirando su, mi —se corrige— candidatura—. Es muy formal.

—No, no hemos recibido ningún correo solicitando tal cosa —en realidad no tengo ni idea de si lo hemos recibido o no—, pero puedes negarte a ser el chico del calendario.

—Creo que eso sería lo mejor para todos. No soy un buen candidato.

—Me temo que en esto voy a tener que llevarte la contraria, Víctor. Eres muy buen candidato, por eso te hemos elegido.

—Cuando mi hermana me contó qué había hecho investigué un poco.

—¿Investigaste?

—Visité la página durante días, vi los vídeos, observé las fotografías y analicé los comentarios de los seguidores.

—¿Analizaste?

—Soy muy bueno analizando datos. No soy un buen candidato. Se me da mal interactuar con la gente y no me importa. No me importa lo más mínimo.

—¿Y qué te importa?

—¿Qué?

—Algo tiene que importarte. —Busco las anotaciones que hice en el cuaderno sobre la carta de Tori, la hermana de Víctor. Podría colgar, sé que podría hacerlo y pasar al siguiente nombre de la lista, pero hay algo en la voz de Víctor que me lo impide… me recuerda a mí—. Tu hermana cree que puedes convencerme de que los hombres de este país valen la pena.

—Eso es una estupidez.

—¿No te parece que te has precipitado al hacer tal afirmación?

—Es una estupidez creer que yo, o un único individuo, sea quien sea, pueda hacer cambiar de opinión a otro sobre la totalidad del grupo al que pertenece. La afirmación de que todo un grupo no es viable, o que no vale la pena, citando tus palabras y las de mi hermana, también es una estupidez.

Tengo ganas de reírme. Es muy antipático, tanto que consigue caerme bien. Tengo que convencerlo de que acepte.

—Mira, Víctor, deduzco que tu hermana es muy importante para ti, de lo contrario ya me habrías colgado. —Hago una pequeña apuesta aunque se me da muy mal jugar a las cartas—. Es solo un mes y no tienes que hacer nada en especial, solo dejar que forme parte de tu vida, que vea dónde y cómo trabajas, y cómo te relacionas con los demás.

—No le veo el interés, será una experiencia muy aburrida tanto para ti como para los seguidores de tu proyecto.

—*Los chicos del calendario.*

—Eso. Si me conocieras, Cande —al presentarnos le he pedido que me llamase así porque él ha empezado con el «señorita Ríos»—, sabrías que solo la posibilidad de relacionar mi nombre con el sintagma «Los chicos del calendario» es ridícula.

—Tal vez tengas razón, pero tú mismo has dicho antes que no puede juzgarse a un grupo por la opinión de un solo individuo —al menos creo que ha dicho algo así— y tú estás prejuzgando a *Los chicos del calendario*, su objetivo, sin formar parte de él y sin tener toda la información.

—Te escucho.

¡Ajá, por fin tengo su atención!

—Has visto mis vídeos, sabes lo que me pasó y no me refiero solo a Rubén o a su Instabye. Llevo años juzgando a la gente sin conocerla antes, perdiéndome cosas, personas y experiencias por miedo y por cuestiones estúpidas como el qué dirán o mis propias inseguridades. Tu historia, la carta de tu hermana Tori, me ha emocionado, Víctor. Creo que puedo aprender mucho de ti... —voy a lanzarme—... y que tú puedes aprender de mí.

—Mi hermana se llama Victoria. Somos mellizos, mis padres fueron así de originales.

—Acepta ser el chico de marzo, Víctor. No pierdes nada y puedes ganar mucho.

—No estás hablando del premio.

—No.

—Si hubieras mencionado el premio te habría colgado.

—¿Vas a aceptar?

Pasan unos segundos, no demasiados. Tras esta mera conversación tengo la sensación de que el cerebro de Víctor trabaja más rápido que el de los demás y que a la mayoría nos costaría seguir su razonamiento.

—Acepto. Tendrás que vivir en mi casa, está un poco apartada del pueblo y es donde trabajo. Y no puedo pasarme el día arriba y abajo en coche.

—Está bien. —Acepto porque si me niego él se echará para atrás—. Hablaré con Vanesa, ella se encarga de estos detalles, me imagino que te escribirá y te pedirá más información dentro de un rato.

—Se la daré. Espero tu llegada para dentro de un par de días, ¿es aceptable? Me temo que mañana tengo que estar pendiente de unos resultados y no podría recibirte.

—Dentro de dos días es perfecto, Víctor—. «Estaremos a dos de febrero, así el día uno podré descansar y organizarme un poco, y dado que acaba de subirse a bordo de esta locura no voy a ponerme quisquillosa», pienso—. Gracias por aceptar ser el chico de marzo.

—No voy a darte las gracias por llamar. Nunca miento, me parece una pérdida de tiempo. Pero te daré las gracias por debatir conmigo, ha sido estimulante.

14

En la sala de reuniones intento repetir más o menos la conversación que he mantenido con Víctor. Sofía, Vanesa y Jan parecen encantados con lo que están escuchando, Salvador no tanto. O quizá sencillamente está aburrido.

—Es genial, Cande. —Sofía está entusiasmada—. Víctor parece el contrapunto perfecto para Jorge. Te felicito por tu elección. Suena misterioso; donde Jorge era un libro abierto, este es antipático rollo científico chiflado.

—O psicópata —interviene Salvador que parecía no estar prestando atención.

—¿Psicópata? Pero si estaba en la lista que hicimos juntos —le recuerdo.

—Hicimos la lista sin hablar con él. —Entrecruza las manos—. Quizá deberíamos incorporar una entrevista cara a cara antes de elegir a los chicos de cada mes.

—Quizá —dice Jan mirando a Salvador con la confusión que todos sentimos—, si Cande y tú no tuvierais la última palabra en este tema, tal vez nosotros podríamos...

—Eso es innegociable. —Salvador le corta de raíz.

—Víctor no es un psicópata. Y si lo fuera, que no lo es —añado enseguida al ver cómo me mira Salvador—, no soy idiota. Me largo de allí y punto.

Sofía, Vanesa y Jan pasan la mirada de mí a Salvador sin disimulo. Salvador suelta las manos y echa un poco la silla hacia atrás. ¿Va a irse?

—Sofía quería hablarte de algo más —dice mirándome—. El otro día, cuando tú aún estabas en Granada, hablamos de este tema y debo decirte que yo no coincido con su teoría. Sin embargo, dado que ella es la experta en estos temas, y que tú estás al mando de *Los chicos del calendario,* creo que debes estar al corriente y tomar tú misma una decisión al respecto.

Me sorprende un poco, y se me forma un nudo en el estómago, ver a Salvador hablándome como el primer día, ese en que entré en su despacho por primera vez y me dijo que había visto el vídeo de Youtube y que creía que yo y mis chicos podíamos salvar *Gea.*

—No sé de qué estás hablando, Salvador.

Ha notado que estoy algo más que confusa, que el distanciamiento que existe entre los dos desde esta mañana ahora mismo es un trozo de hielo deslizándose por entre mis dientes.

—Escucha a Sofía.

—Sabemos que *Los chicos del calendario* es un viaje, tuyo y de nuestros lectores, que tu búsqueda del chico perfecto no es ni un concurso de míster España ni una cita a ciegas mensual.

—El chico perfecto no existe y no lo estoy buscando. Se trata de buscar a uno que valga la pena. En cuanto a lo demás, gracias, me alegra ver que todos tenemos el mismo concepto de este proyecto, ¿pero por qué tengo la sensación de que lo que estás a punto de decirme no va a gustarme?

No miro a Salvador, mantengo la mirada fija en Sofía. Vanesa está escribiendo algo en su agenda y Jan sigue repartiendo su atención entre Salvador y yo.

—Hemos analizado la incidencia de los *posts* y leído con mucha atención todos los comentarios que nuestros lectores han dejado tanto en Instagram como en la web de *Los chicos* como en Youtube; las horas en que se han producido, la incidencia que ha tenido después en nuestros anunciantes. Todo.

—¿Y?

—Es un éxito.

Suspiro aliviada durante un segundo. Eso es bueno, ¿no?

—Y la gente está convencida de que a lo largo de este año vas a enamorarte, a encontrar pareja.

—¡¿Qué?!

—El amor engancha, Cande. La gente se ha enamorado de ti y ahora quieren que seas feliz.

—Genial. Yo también quiero ser feliz, pero para eso no necesito ningún hombre —afirmo rotunda—. Si algún día un chico me hace más feliz, perfecto, espero que cuando eso ocurra yo también le haga más feliz a él. Creo que desde lo de Rubén he aprendido que hay gente que quita felicidad y gente que te la aumenta. De ti depende el punto de partida.

Giro el rostro hacia Salvador y le veo sonreír. No puedo evitar devolverle la sonrisa y siento que, si coincidimos en esto, las cosas están mejor.

—No vamos a pedirte que busques novio o que establezcas ninguna clase de relación con uno de los chicos con la que no te sientas cómoda.

—Me alegro, porque si lo hicieras, dejaría *Los chicos del calendario*. Un chico no tiene por qué conquistar a una chica ni intentar seducirla para demostrar que vale la pena. Yo no busco eso y, a pesar de lo que digan tus estadísticas, me niego a creerme que esto sea lo que quieren nuestros lectores.

—Es lo que quieren, es lo que quiere siempre todo el mundo. Dime una serie de televisión en la que no haya una historia de amor.

—Sabes que no puedo. Todas las series de televisión, todas las canciones, todas las películas, todos los libros giran en mayor o en menor medida en torno al amor. La vida gira en torno al amor. Pero *Los chicos del calendario* no son ni una película, ni un libro ni una serie de televisión.

«Son mi vida».

—*Los chicos del calendario* no se parecen a nada que haya existido antes —Salvador vuelve a hablar— y Candela está al mando. Este proyecto nació de una reacción espontánea y no vamos a convertirlo en un *reality* ni en una serie. En lo que a mí respecta el tema está zanjado.

—Ya te dije que nuestro objetivo no ha sido en ningún momento manipular *Los chicos del calendario.* —Sofía mantiene el tono profesional. No está enfadada, o no la conozco lo suficiente para saberlo, pero sí que quiere defender su postura—. Solo creemos que es importante que Cande esté al corriente de la situación para que, si se da el caso, pueda reaccionar de la manera más acertada para todos, para ella misma y para *Gea.*

«¡¿Si se da el caso?!».

—Bien. Candela ya está al corriente y finalmente ya tenemos el nombre del chico de marzo; será mejor que todos nos pongamos a trabajar.

Salvador se levanta y Sergio, que debía de estar esperándolo fuera, lo atrapa en la salida y se alejan de allí gesticulando. Vanesa viene a hablar conmigo para ultimar un par de detalles y Sofía, tras darme dos besos y recordarme que me ponga en contacto con ella si me surge alguna duda o si necesito alguna clase de ayuda para gestionar mi implicación en la web y las redes de *Los chicos,* se va haciendo una llamada.

—Personalmente creo que tienes razón —me dice Vanesa.

—¿En qué?

—*Los chicos del calendario* no son «en busca de novio por España».

—Gracias.

—Aunque después de lo que ha sucedido en enero y en febrero es normal que la gente esté interesada en esta faceta de tu vida. Las fotos, la actitud de los dos chicos, su pasado... entiendo que nuestros lectores, y el departamento de *marketing,* quieran sacarle provecho. Has pasado un mes con uno de los solteros de oro de Barcelona, uno de los chicos más misteriosos de España, nuestro jefe, y después has estado con un exjugador de fútbol profesional, uno que no solo es guapo sino al que su exprometida plantó en el altar. Es normal que la gente especule, Cande. Tienes que entenderlo.

—Tal vez, pero no hay nada de lo que especular. —Deduzco que, en la charla que mantuvieron Sofía y Salvador, él se encargó de afirmar que entre él y yo no hay nada. Es lógico, es la verdad, pero me escuece.

—Ya, eso lo sabes tú que estabas allí y yo te creo, pero una imagen vale más que mil palabras. —Toca el móvil que tiene apoyado en el cuaderno que sujeta en las manos y me enseña una de las fotos de enero, la que nos hizo el hermano de Salvador en Puigcerdà—. Míralo por ti misma.

Se me cierra la garganta al ver las estrellas.

—Es una foto normal. Estamos de lado viendo el cielo.

—Si tú lo dices.

—Mira, ahora, con el chico de marzo, será distinto. Será una experiencia única, ya lo verás, tengo el presentimiento de que Víctor será un chico del calendario increíble y nada romántico. La gente no sabe quién es, ¡es un completo desconocido! Salvador y Jorge han sido especiales, cierto, pero en *Los chicos del calendario* va a haber de todo y no tengo intención de enamorarme de ninguno.

—Por lo que yo sé, Cande, la intención tiene poco que ver con el amor. Igual que no puedes proponerte enamorarte de alguien, tampoco puedes hacer nada para evitarlo—. No puedo decirle nada—. Mira, será mejor que nos pongamos a trabajar. Tú tienes que grabar el vídeo con el nombre del chico de marzo y yo tengo que ponerme en contacto con el Ayuntamiento de Haro y nuestros anunciantes.

—Claro, tienes razón. —Caminamos por el pasillo—. Tal como he dicho en la reunión, Víctor me ha dicho que me espera dentro de dos días. Sé que hay un AVE a Haro, lo he consultado antes, pero he estado pensando que quizá podría ir en coche. Me apetece conducir y creo que será divertido, colgaré fotos del trayecto en las redes y así será distinto al mes anterior. Puede ser original, ¿no crees?

—Sí, suena genial, además así, si no tienes que estar en la estación a una hora concreta, tenemos más margen de maniobra. —Ella está tomando notas—. No sé si estoy equivocada, tengo que mirármelo mejor, pero creo que tengo el contacto de una empresa de chóferes. Lo comprobaré y te digo algo, tal vez uno podría acompañarte hasta allí y después volver en tren. Sería menos cansado y más seguro. ¿O de verdad te apetece ir sola?

—Me apetece ir sola. —Me da un poco de miedo perderme (aunque suene a tópico los mapas no son lo mío), pero voy a atreverme a hacerlo—. Pero si en Olimpo no lo ven bien y quieren que vaya en AVE o que me acompañe alguien, no pasa nada. Tú dime qué opción es la mejor para todos y yo me adapto.

—Genial. Nos vemos luego, Cande.

Vanesa desaparece dentro del ascensor; tengo la sensación de estar sola en la sexta planta. No oigo a nadie, no sé adónde se han ido Salvador y Sergio, y deduzco que Sofía ha bajado a su despacho. Suelto el aire despacio, he hecho bien defendiendo *Los chicos*, no soy la versión humana de Meetic. ¿Es este el motivo por el que Salvador parecía tan enfadado, porque los de *marketing* han intentado llevar nuestro proyecto hacia otra dirección? ¿O hay algo más?

¿Hay algo más dentro de mí? He defendido *Los chicos* porque de verdad lo siento así, ¿pero puedo negar que me ha molestado que Sofía (quien por otro lado desconoce la verdad) insinuase la posibilidad de que yo establezca una relación sentimental con alguien que no sea Salvador?

¿Por qué no podemos decir, él o yo, que estamos intentando averiguar qué hay entre nosotros y que por eso es extremadamente difícil, rozando lo imposible, que exista algo entre un chico del calendario y yo por mucho que se empeñe el departamento de *marketing* o el de prensa de *Gea*?

Apoyo la frente en la pared del pasillo.

—¿Por qué es todo tan complicado?

—¿Hablas sola con frecuencia?

Me aparto de la pared y me encuentro a Sergio sonriéndome.

—Ahora más que antes.

—Me alegro de verte, Cande. Antes no he podido saludarte como te mereces.

—¿Y cómo me merezco?

—Con un abrazo.

Sergio me abraza y quiero preguntarle si él sabe qué pasó en enero entre Salvador y yo; de repente me parece muy importante saber si alguien más excepto él, yo y Abril sabe lo que sucedió. Bueno, Jorge también sabe algo, pero a él se lo medio expliqué yo.

—Yo también me alegro de verte, Sergio.

Nos soltamos sin que me haya atrevido a hacer ninguna pregunta.

—Te he echado de menos estos días, en especial la primera semana.

—¿Qué pasó?

—Digamos que cierta persona estaba insoportable por teléfono. Menos mal que había un océano de por medio. —Cambia de tema antes de que yo pueda reaccionar—. He visto el vídeo de febrero, me ha gustado mucho. ¿De verdad has cambiado de opinión sobre el fútbol?

—Bueno, un poco. No me veo en el Camp Nou, pero si algún día organizamos algún partido en Olimpo tal vez me apunte.

—Te tomo la palabra.

En ese momento me suena el teléfono, es Abril que está buscándome para grabar el vídeo en el que comunicaremos el nombre del chico de marzo. Sofía ya se ha puesto en contacto con ella y el departamento de prensa de *Gea* y el de Olimpo lo esperan con ansia. Tardamos poco en grabarlo, lo hacemos en el lugar de siempre, mi escritorio; además, esta mañana he atinado a meter mi gato en el bolso, así que él también está presente. Es un vídeo corto, no tiene nada de especial, digo el nombre de Víctor y la ciudad a la que voy a dirigirme mañana. Explico poco sobre él, solo menciono que fue su hermana la que le presentó como candidato a chico del calendario y leo el párrafo que en realidad ha hecho que lo eligiera como chico de marzo:

—«Mi hermano no es el mejor chico de España, no es ni simpático, ni especialmente guapo, ni tiene un gran trabajo, pero es la persona más sincera que conozco. Es incapaz de mentir —esto también me lo confesó él cuando hablamos—. Víctor tiene principios, es honrado y nunca deja de luchar por lo que quiere. Es tozudo como una mula, vamos, pero a pesar de sus defectos sé que si le conoces descubrirás que existen hombres que siempre anteponen los demás a sí mismos sin importarles las consecuencias. Y creo que si él te conoce a ti, a una chica que ha sido capaz de superar que la dejen por Instagram y que todo el país la vea abatida y furiosa en un bar soltando ese discurso, aprenderá que el mundo no se reduce solo a lo que él cree que está bien o mal. En resumen, quiero que mi hermano sea *chico del calendario* no tanto porque crea que él puede hacerte cambiar a ti de opinión, sino porque estoy convencida de que tú puedes hacerle cambiar de opinión a él».

—Ha quedado muy bien —me dice Abril al terminar—. No me extrañaría que después de esto te ofrecieran trabajo en televisión.

—Estás loca, Abril.

—En serio, yo te veo presentando un programa de esos de la tarde, ¿tú no?

—Ni loca.

—No vas a decirme que piensas que tu vida seguirá igual después de diciembre.

—No, sé que no.

—La tele es una muy buena opción, Cande.

—Lo sé, pero no es lo mío. Los vídeos puedo hacerlos, me gusta hacerlos —corrijo—, porque son parte de esta historia. Pero no me veo presentando un concurso de tarjetitas o preguntándole a una señora cómo se enamoró de su marido hace veinte años.

Abril se ríe.

—Bueno, en eso te doy la razón. ¿Cuándo te vas a La Rioja?

—En principio, pasado mañana, aún no lo tenemos del todo organizado.

—¿Comemos luego?

—Claro.

En el despacho me dedico a contestar tantos comentarios como puedo, han colgado el vídeo de Jorge hace un rato y la gente no para de dejar preguntas sobre él y sobre su mes. Mañana colgarán el de Víctor, así una noticia no tapa la otra. No soy tonta ni estoy ciega, entiendo de dónde ha salido la teoría de Sofía (y del resto del departamento) sobre que los lectores están interesados en mi vida romántica, y la de los chicos del calendario, pero con mis respuestas intento quitar hierro al asunto y dirigir su atención hacia otros temas.

«Quizás haya un mes en que no puedas hacerlo».

Sacudo la cabeza, esa reunión me ha metido ideas absurdas dentro, y sigo contestando. Voy a comer con Abril sin que Salvador haya dado señales de vida y mi amiga es justo lo que necesito para dejar de hacer teorías absurdas y olvidarme de esto durante un rato frente a un delicioso plato de espaguetis.

Hablamos de Manuel, de Jorge, omitimos adrede a Salvador, y nos reímos. Estoy convencida de que Abril tiene un sexto sentido para detectar qué clase de conversación necesito mantener en cada momento, o al menos hoy, porque cuando volvemos al trabajo no dejo de sonreír y no me siento como si fuese el personaje de un culebrón (sensación que sí he tenido al abandonar la reunión).

De nuevo en mi ordenador, repaso las notas que tengo sobre Víctor y el correo que acabo de recibir de Vanesa ultimando los detalles del viaje. Han alquilado un coche a mi nombre y me recuerda que si quiero un conductor me llevará hasta Haro y después devolverá el vehículo a Barcelona. Aunque le he dicho que quiero ir sola, vuelve a insistir. Empiezo a deducir que a Vanesa se le da muy bien preocuparse por los demás, probablemente por eso es tan buena en su trabajo. En el correo me confirma que ya ha hablado con el Ayuntamiento y que las autoridades están encantadas con nuestra visita y dispuestas a colaborar en lo que haga falta. También me asegura que van a tener que decir que no a varios anunciantes porque, aunque aún no hemos anunciado que el chico de marzo es de La Rioja, ya han recibido más propuestas de bodegas de la zona de las que pueden asimilar; ha sucedido lo mismo con muchos productos de distintas regiones de España. Todas las comunidades quieren aparecer en *Los chicos del calendario*... ojalá sea así todo el año.

Me alegro de que aparecer en *Gea* esté tan codiciado; espero que la plantilla de la revista ya no corra ningún peligro, aunque lo cierto es que si este éxito solo dura unos meses, nada de esto habrá servido de nada.

Llega la tarde, Salvador no ha aparecido, tengo que irme a casa y organizarme un poco, hacer el equipaje y la verdad es que quiero sentarme un rato en el sofá, lo he echado de menos. La lavadora, la plancha, la maleta, todo puede esperar, como no tengo que estar en Haro hasta dentro de dos días, mañana tengo el día libre, así que hoy me sentaré en el sofá y me pondré una película. Estoy a punto de dejarle una nota a Salvador, un *post-it* pegado en el escritorio, pero tampoco sé si pasará por aquí, así que me voy sin más.

He echado de menos estar en casa, mi sofá, mi manta, mi espacio. No me había dado cuenta de lo mucho que me define este apartamento hasta que me he ido, y me gusta comprobar que no hay ni rastro de Rubén. Tampoco es que él se instalase demasiado, quizá dentro de su pequeño cerebro él siempre había sabido que era una situación temporal, pero lo poco que había de mi ex ya ha desaparecido. Se ha esfumado con tanta eficacia que me cuesta recordarle sentado en el sofá o de pie en la cocina. Ni siquiera ha quedado un recuerdo.

Suena el timbre.

Casi me da un infarto. Estaba aquí de pie en plan intenso felicitándome por haber echado a Rubén de todas partes, de mi vida y de mi memoria, y el timbre me ha sacudido.

—¿Sí?

—Soy yo, Salvador, ¿puedo subir?

15

Salvador entra en casa con el casco de la moto en la mano y ese detalle, el casco, hace que se me seque un poco la garganta. Es una tontería, es solo un casco, y tengo que serenarme y dejar de reaccionar como una adolescente (por muy justificada que sea mi reacción, lo de Salvador en casco y en esa moto no es normal).

—Hola.

—Hola —responde él intentando no sonreír. Se ha dado cuenta de que su visita me ha descolocado, de que estoy flipando, y se está aguantando la sonrisa.

—¿Qué haces aquí? ¿Ha sucedido algo?

No sé por qué digo eso, ¿por qué digo eso?, ¿qué clase de emergencia puede pasar en una revista? Ninguna, la respuesta es ninguna.

—No ha sucedido nada. ¿Puedo pasar?

—Claro.

Estaba sujetando la puerta como si mi vida dependiera de ello. «Cálmate, Candela, y sigue con tu plan. Habla con Salvador y cuando se vaya ves la tele un rato y después haces la maleta».

—Lamento haber estado fuera todo el día; unos asuntos se han complicado y... —Se pone las manos en los bolsillos.

—No pasa nada.

Me gusta creer que los dos estamos nerviosos, aunque tal vez solo lo estoy yo.

—Quería estar contigo. Sé que pasado mañana tienes que irte a Haro.

—Sí, me iré en coche. Vanesa se ha encargado de todo.

—Lo sé, ¿estás segura de que quieres ir en coche?

—Sí, estoy segura. ¿Es por eso por lo que has venido? ¿Habéis decidido que tengo que ir en tren por algún motivo?

—¡No! Por supuesto que no. He venido —suelta el aliento y se acerca a mí para cogerme una mano—, he venido porque quiero estar contigo. Si no te importa.

Tardo unos segundos en recuperar el habla.

—No... no me importa.

—Genial. —Me suelta la mano y vuelvo a respirar—. ¿Qué estabas haciendo? No quiero molestarte.

Vale, puedo hacer esto, estoy preparada. Llevo años de práctica con Abril, Marta, incluso con Rubén; mi ex y yo fuimos amigos, o eso creía yo, antes de salir juntos. Puedo ser la amiga de Salvador porque esto es lo que está haciendo, ¿no? Se está comportando como un amigo.

—Iba a ver una película.

—¿Cuál?

Se quita la cazadora y me complica la vida.

—No sé, no lo había decidido, iba a cambiar de canal hasta encontrar alguna que me gustase.

—¿Puedo quedarme? —Ya está sentado en el sofá; sofá que por cierto voy a tener que tirar si Salvador me destroza el corazón y me gusta mucho mi sofá. Hace unos minutos he llegado a la conclusión de que lo he echado de menos y no quiero desprenderme de mi sofá.

—Sí, claro.

Camino hasta allí y me siento a su lado; es mi sitio y me niego a comportarme como una niña y no sentarme allí. Cambio de canal; él va haciendo comentarios sobre las imágenes que van apareciendo.

—Tienes que decidirte, escoge algo, vas a provocarme dolor de cabeza.

—Ah, lo siento, ¿has vuelto a tener una migraña como la de ese día?

—No, la verdad es que no, solo te estaba tomando el pelo. Gracias por preguntar.

—No sé qué película quedarme; todas me parecen igual de malas y la mitad las he visto cientos de veces.

—Me parece que eres un poco exagerada, Candela. Dame el mando a distancia.

Se lo doy, porque en serio esa sonrisa es casi imposible de resistir y en realidad solo me ha pedido el mando de la tele. Tampoco me importa que elija él la película; dudo que pueda prestarle atención.

—Está bien, toma.

—Gracias. —Cambia de canal y se detiene en una imagen de Morgan Freeman—. ¿Qué te parece esta? Diría que acaba de empezar.

—Vale.

No sé si la he visto, puede ser, a veces confundo las películas de Morgan Freeman; me pasa con él y con Harrison Ford, excepto con *La Guerra de las Galaxias.*

—Genial.

Salvador estira las piernas y presta atención a lo que está pasando en la tele y a mí la escena me parece tan extraña que tengo que decirlo.

—¿A ti esto no te parece muy raro, Salvador?

—¿El qué?

—Tú... —se gira a mirarme—, la última vez que estuviste aquí.... —me sonrojo— ...la última vez no miraste la tele. —No voy a decirle que la última vez hicimos el amor de pie en la entrada y después nos fuimos a la cama (varias veces)—. Y ahora, ahora estás...

—¿Viendo la tele?

—¿Te estás riendo de mí?

—No, la verdad es que no, Candela. Mira —contradictoriamente cierra los ojos un segundo antes de fijarlos en mí—, yo... Me está costando mucho trabajo no pensar en lo que sucedió la última vez que estuve aquí contigo. Créeme. Pero pasado mañana vuelves a irte y tengo ganas de estar contigo, así que, ¿por qué no fingimos que ninguno de los dos está pensando en quitarle la ropa al otro y vemos la película, vale?

Por el modo en que aprieta los dientes deduzco que se trata de una pregunta retórica.

—Vale.

Sonrío, lo cierto es que saber que a él también le resulta extraño estar así conmigo hace que a mí me sea un poco más fácil. No le presto demasiada atención a la película, ni siquiera estoy segura de si Morgan Freeman hace de bueno o de malo, y al principio estoy muy tensa. Sin embargo, poco a poco voy relajándome. He echado mucho de menos mi sofá y el perfume de Salvador, sea lo que sea lo que se echa en la piel. No soy la única que no sabe cómo reaccionar ante este cambio entre nosotros, pero en medio del silencio que se establece con excusa de la película vamos encontrando el camino. Una pierna hacia aquí, un cojín hacia allí, un brazo por encima, otro hacia el lado y estoy recostada en el torso más impresionante del mundo y el único que me hace perder el sentido común.

La película avanza; soy incapaz de entender una sola frase porque la mano de Salvador sube y baja por mi antebrazo, y se detiene de vez en cuando en la cintura, en la piel, porque él lleva la mano debajo de la camiseta. No decimos nada, ¿qué podemos decirnos? ¿Que aunque somos dos personas adultas que nos deseamos, estamos intentando...? ¿qué estamos intentado? Ser amigos.

¿Se supone que no eres amiga del chico con el que te acuestas, al que deseas tanto que tienes ganas de morderte las uñas —algo que dejaste de hacer hace años— para ver si así contienes las ganas de tocarlo? Me contengo y cierro los ojos; quizá si no le veo será más fácil. Cuando vuelvo a abrirlos mi apartamento está a oscuras, parpadeo un par de veces con el objetivo de centrar un poco la vista y veo en el televisor un anuncio de una fregona mágica.

Estoy medio dormida o medio despierta y Salvador sigue a mi lado o casi debajo de mí. Nos hemos enredado, esta vez físicamente; mi brazo derecho está aplastado (no me importa) bajo su espalda y su brazo izquierdo está detrás de la mía, su mano sigue en mi cintura, por debajo de la cinturilla del pantalón. Debería despertarlo, sería lo correcto, vuelvo a cerrar los ojos y respiro profundamente. No tardaré en volver a dormirme y entonces por la mañana puedo decirle que nos hemos quedado dormidos; estos segundos de vigilia no contarán para nada.

Salvador se mueve, coge aire y lo suelta despacio, pero sé que está despierto. O medio. El otro brazo de Salvador aparece también en mi cintura, coloca los dedos con una firmeza y precisión que contradicen mi teoría de hace unos segundos y me levanta de donde estoy. Creo que va a apartarme, tal vez él cree que sigo dormida y quiere colocarme en el sofá para irse.

Me coloca encima de él.

Nunca había creído que me importase, que me excitase, pero al parecer me pone que un chico sea mucho más fuerte que yo y pueda moverme a su antojo. Será culpa de las películas y de las novelas románticas. O de Salvador.

Quizá solo me pasa con Salvador.

Estoy en su regazo, una pierna a cada lado de la suya, y una de las manos de Salvador sube por mi espalda hasta detenerse en la nuca. Tira de mí hacia él al mismo tiempo que aleja la cabeza del sofá para ir a mi encuentro.

Los dos tenemos los ojos abiertos, no vamos a fingir que nos besamos dormidos ni que ha sido culpa de un sueño o «sin querer». Siempre beso a Salvador queriendo.

Me sujeta la cabeza mientras nos besamos; sus labios no se deciden si quieren ser cariñosos o salvajes, o la mezcla perfecta de ambos; a los míos les pasa igual. Sin embargo, en medio de los latidos, de las preguntas, de este deseo que corre a toda velocidad por mi cuerpo, saben acompasarse a los de él y responderle de la manera que necesitan. Tengo que creerlo así porque noto cómo late el corazón de Salvador bajo la mano que tengo en su pecho y él no para de besarme.

—Joder, Candela —se interrumpe de repente—, ¿qué estamos haciendo?

—Besándonos.

Vuelvo a acercarme a él y atrapo el labio inferior entre los dientes. Él flexiona los dedos que tiene en mi cintura y vuelve a besarme con más intensidad aún que antes. La mano de Salvador está bajo mi camiseta y me sube por la espalda acariciándome despacio las vértebras; esa lentitud es tan discordante con la fuerza de su boca y su lengua que me eriza la piel y consigue que quiera arrancármela. Empezaré por la ropa. Lo de la piel, en cuanto entre en contacto con la de Salvador, seguro que se me pasa. O empeora. Yo también aparto la mano del torso de él y le acaricio el cuello y el rostro antes de tocarle el pelo. Me encanta su pelo.

—Tenemos que parar, Candela. Tenemos que... Joder. —Tira de mí hacia él y vuelve a besarme, la mano que tiene en mi nuca me empuja hacia abajo, encima de él, y la otra, la que está en mi pelo, sujeta mi rostro en busca de este beso que, sin duda, contiene mucho más.

Bajo los dedos por entre nuestros cuerpos, apenas hay espacio, pero consigo llegar al final de su camiseta negra; el jersey se lo ha quitado antes, y tiro de la prenda hacia arriba para desnudarlo.

Él hace lo mismo conmigo y en cuanto nuestros torsos están desnudos, aunque yo sigo llevando el sujetador, vuelve a besarme de la misma manera. Le acaricio el estómago, las abdominales, paso un dedo por lo que parece una cicatriz reciente.

Me muerde el cuello, aprieta suavemente con los dientes hasta que todo mi cuerpo es un manojo de «por favor», «bésame» y «no sé cómo he podido estar tanto tiempo sin ti».

—Salvador.

—Joder, Candela.

Mis labios dibujan una sonrisa en su mejilla, cerca del oído, y después le doy un beso y le acaricio los hombros. A la espalda no tengo acceso porque vuelve a estar recostado en el sofá. Bajo las palmas por sus brazos, después paso a tocarle las costillas y no me detengo hasta llegar al pantalón. Me tiemblan los dedos y me sonrojo, es una tontería que esté tan nerviosa, pero lo estoy. Es Salvador.

—Mierda. Candela. Para.

Es imposible que le haya oído bien.

—¿Qué?

Le beso en el pecho.

Él suspira y me sujeta por los brazos con suavidad para apartarme.

—Para —repite con los ojos fijos en mí y tan oscuros que casi brillan. Descansa en la frente en la mía, como si por sí solo no pudiese soportar el peso de esa decisión—. Para.

Tiemblo de un modo distinto al de antes, levanto una mano, él me retiene el brazo un instante pero enseguida afloja los dedos. Le acaricio el pelo.

—¿Qué pasa, Salvador?

—Es culpa mía. Lo siento.

—No, no lo sientas. Yo quería besarte. Quiero besarte y... quiero besarte y desnudarte y tocarte y sentirte dentro de mí y hacer todas las cosas que nunca he hecho con nadie porque ni siquiera se me habían pasado por la cabeza antes de conocerte.

Las palabras salen más rápido que los latidos de mi corazón. En enero él me enseñó que para obtener lo que quiero tengo que reconocérmelo a mí misma e ir a por ello. Pues esta soy yo yendo a por ello.

—Joder, Candela, no me digas eso.

—¿Por qué? —Él me acaricia el pelo—. ¿Por qué no?

—Porque somos amigos.

Se me pone la piel de gallina y tengo un frío horrible, no se me quitará apartándome de él y poniéndome la camiseta. No se me quitará en mucho tiempo. Pero es lo que hago, me levanto. Él —mierda—, él no intenta detenerme, y me pongo la camiseta.

Él se pone la suya y se pone en pie. Busca el jersey, lo coge sin ponérselo, y se abriga únicamente con la cazadora, solo le falta coger el casco para desaparecer.

—¿De verdad vas a irte tras decirme esa... esa mentira?

Se pasa las manos por el pelo y veo que le están temblando. No me consuela.

—Tenemos que ser amigos, la otra opción no funcionaría, Candela. —Sonríe sin ningún rastro de humor—. Sería un jodido desastre y no quiero tener un desastre contigo.

—¿Pero tú te das cuenta de lo que estás diciendo? —Me acerco a él, hace unos segundos quería besarle y ahora tengo que contenerme para no sacudirle—. No dejas de soltarme frases sin sentido, parecen sacadas de una jodida postal, Salvador. Tú me enseñaste que para ser feliz tenía que decir la verdad sobre lo que siento, ¿por qué no haces lo mismo?

—Lo estoy haciendo.

—No, no lo estás haciendo.

—Candela, por favor, créeme. Lo estoy haciendo. Te estoy diciendo la verdad.

—No toda.

Esto no lo niega.

—Estos días —empieza con la voz más baja— nos hemos estado haciendo amigos, ¿no crees? Sigamos así.

—No, Salvador, no nos hemos estado haciendo amigos. No sé tú, pero yo no beso a mis amigos como a ti. —Veo que entrecierra los ojos—. Y ahora no me hagas el numerito de ponerte celoso.

—¡Estoy celoso! Claro que estoy celoso, joder, y voy a volverme loco. ¿Acaso no lo ves?

—Pues deja de estar celoso y aclárate de una vez. Dime qué pasa, por qué desapareces y cuando vuelves me dices que solo podemos ser amigos, pero después me besas y me vienes a buscar y me coges de la mano y... —me froto la cara para no tirarme de los pelos o tirárselos a él—... vienes aquí y me abrazas y me besas de esta manera. Eso no se hace a los amigos, Salvador.

—Tienes razón. Lo...

Tiene el buen criterio de no terminar la frase.

—¿Qué pasa, Salvador?

—Te deseo, Candela, eso no... puedo y no quiero negarlo. No sería justo para ninguno de los dos. En enero no sabía que se complicarían las cosas; si lo hubiera sabido... —suspira—. Si lo hubiera sabido no habría dejado que...

—¿Que llegasen tan lejos? —Me siento en el sofá, estoy demasiado aturdida—. Te arrepientes de lo que pasó. Te arrepientes y por eso quieres que seamos amigos, es tu premio de consolación.

—No, no es eso, Candela, por Dios.

Su tono de voz, que siga manteniendo las distancias y que siga sin explicarme la verdad, o toda la verdad, me pone furiosa. No estoy dispuesta a tolerar esto. Con Rubén aguanté muchas tonterías pero él jamás estuvo tan cerca de mi alma como lo está Salvador. A él no puedo tolerárselo, me perderé a mí si lo hago. Me pongo en pie y voy en busca del casco, está encima de la mesa de la cocina, cuando lo tengo se lo paso a Salvador golpeándole en el estómago.

—Vete.

—No te pongas así, Candela. Por favor. No es eso, de verdad, quiero que seamos amigos.

—Pues yo no.

Camino hacia la puerta y la abro, me da igual si pasa alguien por la escalera y nos ve.

—En Granada dijiste que sí; creía que estabas de acuerdo conmigo y que entendías que esto es lo mejor.

—Esto no es nada, Salvador, nada. Tienes razón, en Granada te dije que podíamos ser amigos, que creía que era lo mejor, pero lo dije porque ilusa de mí pensé que lo decías en serio.

—¡Lo digo en serio!

—¡Ja! Tú no lo dices en serio, me ofreces tu amistad porque al mismo tiempo me niegas todo lo demás, lo que sea que pudiera llegar a existir entre nosotros. Y no solo eso, en realidad ni siquiera te interesa ser amigo mío.

—Joder, Candela, te estoy diciendo que sí, quiero ser tu amigo. Quiero ser tu jodido mejor amigo. Dios, jamás le había pedido nada así a nadie.

—Vete de aquí.

—¿Qué? Acabo de decirte que nunca le he pedido nada parecido a nadie ¿y me echas de tu piso?

—Sí, exacto. Te echo porque me estás mintiendo. —Aprieto la puerta con fuerza—. Tal vez no tendrías que haber insistido tanto en que la verdad importa, Salvador, porque gracias a ti sé oler a un mentiroso a la legua. El día que estés dispuesto a decirme la verdad, podemos intentar ser amigos, pero hasta entonces...

—¿Hasta entonces qué? Tenemos que trabajar juntos.

—Pues trabajaremos juntos, yo no veo el problema.

Le cojo de la mano, ignoro el cosquilleo que me sube por el brazo, y le arrastro hasta la puerta.

—Un momento.

—¿Qué?

—Si pudiera, te diría toda la verdad, Candela.

—Bueno, al menos has dejado de mentirme.

—Joder, Candela, quiero besarte.

—Salvador...

—Y quiero ser tu amigo. Déjame ser tu amigo.

—Pasado mañana voy a irme a Haro, te llamaré cuando llegue. Es lo máximo que puedo decirte ahora, ¿de acuerdo?

Él suelta el aire.

—De acuerdo. —Levanta una mano y cuando está a punto de acariciarme el rostro la aparta—. Te echaré de menos, Candela.

Se da media vuelta y empieza a bajar la escalera. Se detiene en el segundo escalón.

—No digas nada más, Salvador. Vete.

—No me arrepiento de lo que sucedió en enero y siempre supe que estarías impresionante cuando decidieras luchar por lo que crees. Lo estás. Llámame, por favor.

Mierda, tengo ganas de llorar.

—Y un día pásame tu dirección de correo personal —añade al reanudar la partida—. Me gustaría escribirte.

Cierro la puerta y no paro de repetirme que es mejor así. Si hubiera seguido besando a Salvador las cosas, básicamente mi corazón, ahora estarían mucho peor. Si Salvador fuese Jorge podríamos ser amigos, probablemente podríamos ser amigos si Salvador fuese cualquiera menos él. O si yo no fuera yo.

Cuando me acuesto pienso en lo que sucedió a finales de enero, cuando él me besó cerca de Santa María del Mar y se fue del país sin más. Eso me dolió, quizá menos que ahora porque entonces no sabía que Salvador me estaba mintiendo, creía que era un cobarde y que se largaba porque lo que había sucedido no entraba en sus planes. Podría haber seguido creyendo eso, de haber sido así habría llegado el día en que, efectivamente, solo habríamos mantenido una relación cordial en el trabajo.

Recuerdo también lo que sucedió en diciembre cuando Rubén me dejó por Instagram y yo me desahogué con Abril y dije que no hay ningún hombre que valga la pena.

Entonces yo no sabía lo que quería y ahora quizá tampoco lo sé del todo, pero acabo de arriesgarme y me ha salido el tiro por la culata. En diciembre, entre *gin-tonic* y *gin-tonic*, dije también que tal vez una buena opción sería comportarme como un tío.

De repente oigo la voz de Víctor, el chico de marzo, en mi cabeza. Él diría que esa afirmación es absurda y una falsedad; no se puede juzgar a un grupo compuesto por múltiples individuos por el comportamiento de uno. Tengo ganas de conocerlo, de dejarme sorprender de nuevo y de seguir descubriendo a Candela.

Candela me gusta.

Me gusta mucho más que Salvador, por eso he sido capaz de cerrarle la puerta en las narices (o en la espalda).

Aunque confieso que durante un segundo me habría gustado olvidarme de todo y perderme en sus brazos.

16

Según Google Maps se tardan cuatro horas y cuarenta y ocho minutos de mi casa a Haro, La Rioja. Sé que tardaré más, por precisas que sean las instrucciones de la señora Google (tengo que cambiarle el nombre, estoy dudando entre Estíbaliz y Maite, no sé por qué, pero estos nombres le pegan). Por muy precisa que sea Estíbaliz me perderé y acabaré dando alguna vuelta.

Salgo de casa a las ocho de la mañana, arrastro la maleta hasta la parte trasera de un taxi y le pido que me lleve a la empresa de alquiler de coches. Tras unos cuantos trámites tengo las llaves de un Fiat 500 blanco. Me gusta, no entiendo nada de coches, pero es un coche muy Candela. Me saqué el carnet de conducir a los diecinueve, trabajé de camarera durante todo el verano para pagármelo y aprobé a la tercera. No tengo coche porque en Barcelona no me hace falta, aunque cada dos años se me pasa por la cabeza la posibilidad de comprármelo. Se me pasa enseguida en cuanto veo que, además del coche, tendría que alquilar un garaje, pagar el seguro, y se pasaría los días aparcado porque al final decidiría ir a pie o en transporte público a todas partes.

Aun así la idea de tener este coche para mí durante unas semanas me gusta.

Me paro en Zaragoza a tomar un café, me irá bien estirar las piernas y comer un poco, es a mitad de camino y aprovecho para mandarle un mensaje a Vanesa y decirle que todo va estupendamente. Ella me contesta enseguida, me cuenta que el vídeo de febrero y la revista están siendo un verdadero éxito; han tenido que ampliar la tirada otra vez.

Hace tiempo leí en alguna parte, quizás en alguno de esos artículos extranjeros que a Marisa tanto le gustaba darme para que me «inspirase» (en realidad quería que escribiese algo muy parecido para *Gea*), que conducir es ideal para pensar; conducir y ducharse si no recuerdo mal. A mí conducir no sé si me está ayudando a pensar; lo que es innegable es que, con cada quilómetro que me alejo de Barcelona, más decidida estoy a seguir adelante.

Vuelvo a detenerme cuando, según Estíbaliz, me faltan veinte quilómetros para llegar a Haro. La casa de Víctor no está en la ciudad y, dado que él insistió en que me instalase allí, decido que ese será mi destino. Compruebo la dirección y sigo adelante; la casa de Víctor tiene nombre, se llama «Villa Victoria», deduzco que es un nombre familiar. Al igual que hice con Jorge, he investigado un poco sobre Víctor, aunque en este caso he encontrado muy poca información. Víctor no tiene Facebook, ni Twitter, ni Instagram, ni nada de nada. La única información que he encontrado sobre él ha sido en la universidad donde estudió o en los periódicos locales. Víctor y Victoria Pastor son los herederos de bodegas Pastor, una de las más antiguas de La Rioja; él es químico y ella es enóloga. El departamento legal de *Gea* ha hecho las indagaciones pertinentes, es decir, saben que no es un delincuente, pero en cuanto al resto, poco más. Me estoy guiando por mi instinto y, aunque mi instinto es más que cuestionable (al fin y al cabo eligió a Rubén en su momento), tengo un buen presentimiento.

Y siempre puedo irme con mi coche burbuja. Por influencia de Abril, que se me ha acentuado desde que empezaron *Los chicos del calendario*, le pongo nombre a casi todo.

La carretera es preciosa, hay viñas a ambos lados y el sol de marzo brilla en el cielo. Sé que hace frío, el azul es muy intenso y casi no hay nubes, y me han adelantado tres o cuatro camiones con nombres de bodegas, lo que puede parecer absurdo, pero he decidido interpretar como una buena señal.

Giro la última curva y veo el cartel de Villa Victoria. La casa está en mal estado y las viñas también; no soy ninguna experta, pero son muy distintas a las que he pasado hace apenas unos quilómetros.

Intuyo que, no hace mucho tiempo, la casa que ahora tengo delante en mal estado captó la atención de los paseantes. Detengo el coche en la entrada y llamo a la puerta. No contesta nadie, quizás he anotado mal la dirección, sería mucha casualidad, aunque es posible. Hay muchas fincas parecidas, tal vez en la última rotonda tenía que girar a la izquierda y no hacia la derecha.

Llamo otra vez por si las moscas. Si no contesta nadie, llamaré a Vanesa y le pediré que me ayude a comprobar los datos.

—¡Adelante! ¡Está abierto! ¡Pasa! —Una voz de hombre suena desde el interior, creo que es la de Víctor, pero no estoy segura.

Abro la puerta y paso. No cierro detrás de mí, si tengo que salir corriendo no quiero perder el tiempo peleándome con un picaporte.

—¿Hola?

El interior está en buen estado, hay muy pocos muebles, solo los necesarios, y la ausencia de decoración choca con la imagen que me había formado en la mente. En este caso es culpa de mamá y de su manía por ver todas las series donde sale Paula Echevarría o «esa chica tan mona», siempre la llama así. Por mamá vi *Gran reserva* y confieso que me esperaba que la casa de Víctor fuese igual a la de Emilio Gutiérrez Cava. La tele y su tendencia a crearnos falsas expectativas. Ni Emilio ni Paula están por ninguna parte.

—¿Hola? —vuelvo a gritar, mi imaginación ha pasado de *Gran reserva* a *El resplandor* y, si veo aparecer un triciclo, me pondré a chillar como una histérica.

—Al fondo. Sigue caminando.

Es la voz de Víctor, la he reconocido a la perfección y he descubierto que es un maleducado, pues ni siquiera sale a recibirme. No me esperaba una comitiva con banda y un ramo de bienvenida, pero me habría gustado que hubiese venido a abrirme la puerta.

Veo una luz blanca y lo que parece ser un laboratorio. Voy a salir corriendo.

—Pasa, no tengas miedo. —Resulta que también es adivino—. Perdona que no haya venido a abrirte la puerta. Has llegado justo a tiempo, Cande, ven.

—¿A tiempo para qué? ¿Y cómo sabes que soy yo?

—No espero a nadie más. —Tiene la cabeza agachada, los ojos pegados a un microscopio. Lo único que puedo ver es que tiene el pelo castaño más largo que en la foto que nos mandó su hermana y que lleva una camisa a cuadros, vaqueros y botas de montaña. Si no fuera porque estamos en un laboratorio rodeados de tubos y probetas, diría que Víctor tiene más aspecto de leñador que de científico. Y ni loca encaja con la imagen que tenemos de un vinicultor—. Vamos, acércate. —Alarga una mano hacia mí sin levantar la cabeza.

¿Tengo que cogerle la mano? Él debe de cansarse de esperar o quizá necesita las dos manos para enfocar las lentes y colocar mejor la placa de Petri.

—¿Qué estás haciendo?

—Si te acercas te lo enseño. Te aseguro que no es peligroso. No te vas a convertir ni en Spiderman ni en el increíble Hulk.

Sonrío, efectivamente parece que me lea la mente y me hace gracia que un científico con aspecto de leñador y modales cuestionables hable de personajes de cómics.

—¿Qué es? —Me coloco a su lado.

Él echa la silla hacia atrás. No describiría a Víctor como guapo, pero sí como magnético. Es como Mark Ruffalo; no se le parece (Víctor es castaño, grandote, tiene algo de barba— aunque intuyo que no es una decisión estética sino práctica—, los ojos marrones claros y el pelo algo rizado y tirando a largo), pero Abril y yo utilizamos esta comparación para describir a los chicos que sin tener nada tienen mucho; esos con los que si tienes el día tonto enseguida te imaginas montada en un tiovivo compartiendo una nube de azúcar o paseando por la playa con un perro labrador corriendo detrás de ti.

Mark Ruffalo.

—Es una vid nueva y diría que viable.

Las ciencias no son lo mío, recuerdo las nociones básicas que aprendí en el instituto y lo que se me ha quedado de algunos artículos que he escrito para *Gea*. No sé qué estoy viendo exactamente, qué parte del proceso vinícola me está enseñando o ni siquiera si tiene alguna relación, pero es precioso.

—Es precioso —repito en voz alta.

—Sí, lo es.

Tira del microscopio y tras mirar de nuevo por las lentes hace unas cuantas anotaciones. Le observo, ni mi llegada ni el que esté relativamente cerca de él cuando somos a todos los efectos unos desconocidos le molesta. No, no es que no le moleste, es que aunque me ha visto y hemos intercambiado unas frases ni sabe que sigo aquí. Está muy concentrado en lo que está haciendo y siento envidia; envidia de tener tanta pasión por el trabajo.

—He dejado la puerta de la entrada abierta —le digo cuando ya no sé qué hacer ni donde ponerme. Realmente no le importa que esté aquí—. Será mejor que vaya a cerrarla.

—No te preocupes, apenas se acerca nadie por aquí. Solo Tori, y ella no vendrá hasta más tarde. —Todo esto lo dice sin apartarse del microscopio y sin dejar de escribir. ¿Se ha cambiado el bolígrafo de mano? Creo que sí—. ¿Tienes el equipaje?

—¿Eh? No, aún está en el coche.

Detiene la escritura y echa el taburete en el que está sentado hacia atrás. Me mira.

—Te dije que si querías ver mi trabajo e investigar mi vida tenías que instalarte aquí, ¿o se me pasó? —Ladea la cabeza intentando recordar.

—Sí, me lo dijiste, es que cuando he bajado no sabía si estarías en casa —improviso.

—Siempre estoy en casa—. Se frota la barba—. ¿Has cambiado de opinión? Si es así, tranquila, lo entiendo perfectamente. Si quieres puedes descansar aquí un rato y después volver a Barcelona.

Está a punto de volver a ponerse a trabajar.

—¡No! —Le toco el brazo—. No he cambiado de opinión. Iré a por la maleta y cerraré la puerta de la casa. Enseguida vuelvo.

Creo que intenta sonreírme, pero no estoy segura.

—Entonces será mejor que nos presentemos como es debido. —Se pone en pie, se alisa la camisa de leñador y extiende la mano—. Soy Víctor, encantado de conocerte.

Acepto la mano y la estrecho.

—Hola, Víctor. Yo soy Candela Ríos, pero llámame Cande; todo el mundo lo hace.

—Sí, me lo dijiste por teléfono. Hola, Cande, bienvenida a mi vida.

Esta vez sí me ha sonreído de verdad.

Vuelvo al coche a por la maleta, el camino de vuelta al laboratorio de Víctor ya no resulta tan extraño y no tengo miedo de morir asesinada o de sufrir un infarto por culpa de algún espectro. Recorro el pasillo más tranquila; igual que el vestíbulo las paredes están desnudas pero no en mal estado. Es una casa muy grande y, por lo que sé, Tori, la hermana de Víctor, no vive allí con él. Tal vez por eso ha habilitado una parte como laboratorio de trabajo.

—Ya estoy aquí —anuncio mi llegada porque él vuelve a estar concentrado.

Me ignora durante más de media hora.

—Perfecto. Esto ya está. —Hace unas últimas anotaciones y se levanta del taburete—. Vamos, te enseñaré la casa y tu dormitorio. No está tan mal como parece.

—No te preocupes.

Víctor me coge la maleta como si apenas pesase nada, no llevo ningún muerto aunque sí una cantidad considerable de ropa y utensilios personales. Con Jorge establecí con pasmosa rapidez un vínculo; fue como si hubiéramos sido amigos de pequeños y nos hubiésemos reencontrado. Jorge es un persona abierta, lo que sin duda facilita las cosas, y además tuvimos una amistad a primera vista, algo así como amor a primera vista, pero como amigos. Había oído a hablar de su existencia, quizá no con estos términos, pero todos hemos escuchado historias o incluso presenciado amistades que nacen en la cola de la secretaría de la Universidad o en un metro por casualidad. Eso fue lo que me pasó con Jorge, amistad a primera vista. Con Víctor la situación es más profesional, sí, creo que esta es la palabra que mejor lo define. Aunque tengo el presentimiento de que Víctor es así con todo el mundo, un profesional de la vida.

—La casa tiene calefacción y aire acondicionado, alarma, wifi... Luego te doy la clave, la tengo apuntada en alguna parte. Evidentemente también tenemos agua corriente, fría y caliente, electricidad, un baño en cada planta, dos en la de arriba, cocina, que puedes usar libremente, y dos salones. Hay uno que está cerrado, pero si quieres también puedes entrar, sencillamente yo no lo hago nunca.

—Me siento como en un hotel, no hace falta que me hables como un guía turístico o como un agente inmobiliario —bromeo para ver si así cambia un poco el tono. El silencio de antes y la postura arisca de él consiguen que me sienta muy incómoda y con ganas de irme de allí e ir a comprarme una tableta de chocolate. Pero no voy a hacerlo, encontraré la manera de cambiar el ambiente y aligerar la tensión.

—No me estoy comportando como un agente inmobiliario o como un guía turístico. Vas a vivir aquí, es lógico que te explique dónde están las cosas.

—Claro. Por supuesto. La lógica tiene mucha importancia para ti, ¿no?

Subimos por la escalera hacia el piso superior, donde se encuentra mi habitación y dos baños.

—Ser ilógico por definición no tiene sentido.

—Si tú lo dices.

Víctor se detiene en medio del pasillo.

—¿Has venido aquí a reírte de mí? Porque si es así te sugiero que te largues y no pierdas el tiempo ni me hagas perder el mío. Creía que...

—Eh, espera un momento. —Yo también planto los pies firmemente en el suelo—. No te precipites. —Levanto una mano—. Sé que te he interrumpido, pero creo que es lo mínimo que puedo hacer después de que prácticamente me hayas ignorado desde que he llegado y no hayas tenido ni la delicadeza de dejar de trabajar durante un minuto para decirme hola o preguntarme si tenía que ir al baño.

—¿Tienes que ir al baño?

—No, esa no es la cuestión. Y me estás provocando adrede. Mira, entiendo que estás muy ocupado y que eres el Rey de la antisociabilidad. Sheldon Cooper es un amor a tu lado y Sherlock Holmes, la alegría de la huerta, lo pillo. Pero has aceptado ser el chico del calendario del mes de marzo y solo intentaba mantener una conversación agradable contigo, conocerte un poco mejor para ver si así dejaba de tener la sensación de estar hablando con una máquina.

—¿Una máquina?

—Tal vez después de febrero tenía las expectativas demasiado altas; Jorge fue un encanto desde el primer momento, incluso estuve a punto de decir que tal vez estaba equivocada y ya había encontrado a un chico que valía la pena. Pero gracias a ti veo que no, los chicos al parecer tenéis la capacidad innata e ilimitada de pensar solo en vosotros. Tu hermana habla muy bien de ti, me imagino que es comprensible, yo también defiendo a la bruta de mi hermana. Tú, sin embargo, eres un caso aparte.

—¿Ya has acabado?

Me mira con los brazos cruzados y una mueca extraña en los ojos. Oh, el muy cretino tiene ganas de reírse.

—Sí, he acabado.

—Genial. Te pido perdón por no haber ido a recibirte, eso ha sido de mala educación. Mi hermana me matará si se entera. Pero en mi defensa diré que no sabía exactamente a qué hora ibas a llegar y la bacteria que tenía en la placa ha reaccionado justo entonces. Mis investigaciones son importantes.

De repente me siento como una niña malcriada. Sé que me he excedido, lo sé. Lo único que puedo decir en mi defensa es que después de conducir sola hasta aquí —porque yo he querido—, de los nervios que he pasado por si me perdía, por todo, no me he tomado nada bien que me ignorase.

—Lo entiendo. Y yo también te pido disculpas, estoy cansada del viaje y tú...

—¿Yo?

—No dejas de hablarme como si te molestase o como si estuvieses cumpliendo una obligación.

—Estoy cumpliendo una obligación, pero creo que sé a qué te refieres. Lo siento. Me cuesta un poco hablar con la gente.

—¿No me digas?

—Y por lo visto a ti te cuesta un poco contener el sarcasmo. Creo que nos llevaremos muy bien.

—¿Quieres que me quede? —No disimulo lo sorprendida que estoy—. Creía que después de esto ibas a echarme.

—Por supuesto que quiero que te quedes. Quiero que te quedes desde que has mencionado a Sherlock.

Víctor me enseña mi dormitorio; es una habitación muy amplia con la que parece ser una cama muy cómoda en la pared. Hay una ventana enorme con vistas al patio y una mesilla de noche. También tengo un baño para mí, uno de los dos que ha mencionado antes mi recalcitrante anfitrión. Él me deja sola, quedamos en que nos reuniremos dentro de una hora, Víctor es así de preciso, y me enseñará un poco los alrededores antes de que anochezca. Después llegará Victoria e iremos a la ciudad a comer algo. Me ha preguntado si tengo hambre, se ha ofrecido incluso a prepararme un bocadillo o un café, tendría que haberle dicho que sí solo para ver cómo reaccionaba. Le he dicho que no; en Zaragoza me he comprado y zampado dos paquetes de galletas de chocolate, así que puedo esperar hasta la cena.

Cuando me quedo a solas abro la maleta y cuelgo la ropa en el armario; no he traído nada delicado ni que se arrugue, lo que pasa es que no quiero ir a por el móvil y llamar a Salvador. Le prometí que lo haría y, aunque sé que puedo romper esa promesa, no quiero. No quiero quedar como una idiota sentimental, que es precisamente como me siento ahora (ni el entorno ni el nuevo chico del calendario ayudan demasiado a que no sea así) y tampoco quiero que Salvador se haga una idea equivocada de lo que está pasando.

No sé exactamente qué está pasando; si lo supiera, otro gallo cantaría. Pero no quiero que piense que estoy llorando por los rincones por lo de anteayer, no lo estoy. Sigo enfadada, eso no voy a negarlo, y también dolida (es increíble que me vuelva valiente, decida ir a por algo y ni siquiera pueda llegar a intentarlo de verdad). No voy a darle más vueltas y no voy a convertir esta historia con Salvador en algo imposible. Ya he cubierto el cupo de autoengaños. Tendremos una relación profesional, quizá con el tiempo podremos ser incluso «casi amigos». Amigos del todo lo veo difícil mientras él siga comportándose como un engreído sabelotodo que se niega a compartir la verdad.

Me estoy enfadando sola, él ni siquiera está aquí. Es ridículo, lo mejor será que le llame y acabe con todo esto.

—Hola, Candela —contesta a la primera.

—Hola, ¿te pillo en mal momento?

—No, pero si fuera así me encargaría de solucionarlo y hablar contigo. Gracias por llamarme.

«No escuches la primera frase. Él dice estas cosas para encandilarte, pero luego se enfría como un témpano de hielo, recuérdalo».

—Te dije que lo haría. He llegado sana y salva a Haro. La casa está bien, ya estoy instalada, y el chico del calendario es muy interesante.

—¿Sucede algo, Candela?

—No, nada.

—Pareces un robot.

Sonrío, si hubiera hablado alguna vez con Víctor se daría cuenta de lo poco robotizada que estoy.

—Estoy bien. Antes le he escrito a Vanesa y creo que lo tenemos todo controlado, pero si sucede algo os aviso.

—¿Solo piensas hablarme de trabajo?

—Sí, Salvador, solo pienso hablarte de trabajo. A no ser que tú tengas algo que contarme.

Silencio.

—No.

—Exacto. Voy a descansar un rato, me imagino que después podré colgar alguna foto.

—Claro, tranquila —carraspea—. Tanto el vídeo como el artículo de febrero están teniendo mucho éxito.

—Ya, bueno, hablamos dentro de unos días. Aún no sé qué horarios voy a llevar con el chico de marzo.

—No te preocupes. Gracias por llamarme, Candela.

—Yo... bueno, ya hablaremos. Adiós, Salvador.

—Espera un momento, por favor.

—¿Sí?

—En febrero te pedí tu correo personal y no me lo diste, y sé que probablemente ahora también vas a negarte, pero tengo que intentarlo. ¿Me das tu correo, Candela, por favor?

—¿Por qué lo quieres? Además, cualquier cosa que quieras escribirme puedes mandarla al correo del trabajo y estoy casi segura de que mi dirección personal debe de constar en alguna parte; podrías decirle a alguno de tus *minions* que la buscase.

—*¿Minions?* Yo no tengo *minions* y lo sabes, Candela. Tú me conoces y no lo niegues, por favor —me detiene—, por eso sabes que no estoy siendo sincero contigo. Sí, lo más probable es que pudiera encontrar tu correo en algún documento de Olimpo, pero si tú no me lo das no voy a utilizarlo. No quiero imponerte nada.

Casi tengo ganas de reír o de colgarle el teléfono, o de gritarle. ¿Por qué se empeña en mantenernos unidos y separados al mismo tiempo?

—No le veo el sentido, Salvador.

—Sé que no se me dan bien las palabras, Candela, y cuando te veo, cuando nos vemos, es aún peor.

—¡¿A ti no se te dan bien las palabras, Salvador?! ¿Me estás tomando el pelo? Si te he visto dirigirte a una sala con más de doscientas personas y te has reunido con periodistas, políticos y gente famosa de todo el mundo. Hace unas semanas hiciste callar a ese joyero del infierno delante de mí. Se te dan bien las palabras, créeme.

—Esa clase de palabras, sí.

—¿Hay varias clases de palabras?

—No te hagas la graciosa ahora, Candela, por favor. Si no quieres darme el correo no me lo des, pero me gustaría que me lo dieras. Tú tienes que seguir al chico de marzo en su día a día y yo —me lo imagino pasándose una mano por el pelo o apretándose el puente de la nariz— ...yo tengo que ocuparme de Olimpo, Napbuf, y tal vez tenga que volver a irme. No sé cuándo podremos hablar y hay momentos en los que de verdad necesito saber que estás aquí. Eso es todo.

Aprieto el teléfono con fuerza, me sudan las palmas de las manos y me digo que es del cansancio, del clima de La Rioja, de lo que sea menos de las palabras de Salvador.

—Está bien.

Le recito mi dirección de correo, tal vez el subconsciente me traicione y cometa un error. No, se la digo bien, eso sería de cobardes. Si quiere escribirme que me escriba, luego yo soy muy libre de seguir ignorándole y continuar avanzando con mi vida.

—Gracias.

—Tengo que colgar, aún tengo mucho que hacer y he quedado con Víctor dentro de un rato.

—Por supuesto, no te entretengo más. Te llamaré dentro de unos días, Candela, y... —suelta el aliento— aunque tal vez no lo creas, si necesitas algo, lo que sea, aquí estoy.

17

Tori es la versión simpática y humana de Víctor. Son mellizos y no se parecen en nada: él es un leñador de los bosques y ella podría ser un hada o un duende si existieran; es bajita, tiene el pelo rubio tirando a pelirrojo, pecas y está embarazadísima.

—¿Cuándo sales de cuentas? —le pregunto tras las presentaciones iniciales.

—Dentro de dos meses. —Mi cara de sorpresa es evidente y ella añade—: Es culpa de que sea tan bajita y de que Carlos sea tan alto y me haya hecho un bebé enorme.

—No te lo ha hecho solo, Victoria. —Víctor se agacha y le da un beso en la mejilla. En cuanto ha aparecido su hermana él se ha transformado. Ha sido todo un espectáculo digno de presenciar—. No tendrías que haber venido, estás a punto de dar a luz.

—Faltan dos meses y he venido en taxi. Ni tú ni Carlos me dejáis acercarme al coche.

—En tu estado no puedes conducir.

—Eres un exagerado, Víctor.

—Y tú una temeraria, Victoria.

—No lo soy, lo sabes perfectamente. Además, si no paso por aquí acabarás convirtiéndote en un huraño y quería conocer a Cande antes de que la asustases y se fuese de aquí corriendo.

—Si confías tan poco en mí, no tendrías que haberme presentado a ese dichoso concurso.

—Podrías haberte negado —le dice ella y a mí casi se me escapa una carcajada. Me planteo aplaudir a Tori, eso puedo hacerlo.

—Lo sé, pero Cande despertó mi curiosidad.

—Quieres decir que no se asustó cuando te pusiste en plan científico chiflado y te llevó la contraria.

—Me rindo, tengo que aplaudirte, Tori. Tu hermano está a punto de pedirme perdón y de comportarse como un niño al que le está riñendo su maestra. Soy tu mayor fan.

Tori se ríe y Víctor arruga todavía más las cejas.

—Gracias por elegir al bruto de mi hermano y por venir hasta aquí. —Me abraza y baja la voz—: Esto tiene que funcionar.

No puedo preguntarle a qué se refiere porque se aleja y Víctor cambia el tema de la conversación.

—Le he enseñado a Cande parte de los alrededores, mañana le enseñaré el resto. No puedo estar pendiente de ella las veinticuatro horas y no quiero que se pierda.

—Tú siempre tan atento, hermanito.

—¿Va a venir o no tu marido? Tenemos reserva dentro de veinte minutos.

El ruido de un motor nos interrumpe y Tori sonríe.

—Ya está. Vamos fuera y así nos metemos en el coche.

—Yo voy con Cande. —Víctor me sorprende y me coge de la mano—. Así le enseño el camino a la ciudad.

Victoria desvía la mirada de su hermano hacia mí.

—¿Te parece bien, Cande? Si no te apetece conducir, podemos ir los cuatro juntos. No lo parece, pero te aseguro que Víctor es un caballero.

Víctor aprieta los dedos levemente.

—Sí, claro, me parece perfecto. Así empiezo a situarme.

—Vale, pues ya podemos irnos. —Coge el abrigo y el bolso, y yo hago lo mismo—. Le diré a Carlos que vaya despacio.

—Más le vale ir siempre despacio.

—Por supuesto, Víctor. —Tori se coloca frente a su hermano y le acaricia la mejilla un instante—. No sé en qué estaba pensando.

Salimos de la casa. Víctor cierra con mucha parsimonia, después se abrocha los botones del abrigo y camina hasta mi coche, que parece ridículo a su lado.

—No sé si vas a caber.

Él enarca una ceja.

—Cabré, no te preocupes.

Los hombres tercos realmente son una raza aparte. Abro la puerta del conductor y me siento tras el volante. Víctor tarda un poco en encajar sus largas piernas entre la consola y el asiento, pero al final lo consigue. Está ridículo y tan tenso que no puedo evitar sonreírle y colocarle el bolso encima de las rodillas.

Pongo el coche en marcha y sigo el de Tori.

—Sé que acabamos de conocernos, pero ¿te importaría decirme por qué no quieres ir en el coche de tu hermana?

Víctor se queda en silencio unos segundos.

—Carlos es buen tío. Demasiado buen tío.

—Ah, vale, ya lo entiendo. Es de lo más normal no querer estar en compañía de un buen tío.

—¿Te importaría mucho apagar el modo sarcasmo durante un rato?

—Dime por qué estoy conduciendo de noche por unas carreteras infernales y me lo pensaré.

—Mi cuñado siempre me pregunta cómo estoy. —Suspira exasperado después de que yo levante una ceja—. Vale. De acuerdo. No me gusta que me pregunte cómo estoy porque a él nunca le satisface mi respuesta y entonces se pone a recitar frases de esas que aparecen en postales o tazas con dibujos horribles y me entran ganas de estrangularlo. Y como no puedo estrangularlo, porque entonces Victoria se pondría muy triste y se enfadaría conmigo, y no quiero que mi hermana se enfade conmigo, me quedo callado. Y entonces Carlos me sugiere que me apunte a un gimnasio o que me dé de alta en Meetic o Tinder o no sé qué más, y yo quiero irme y me pregunto por qué he salido de casa. ¿Contenta?

—Bueno, contenta lo que se dice contenta no estoy, pero aún no puedo creerme que me hayas dicho más de cinco palabras seguidas. Gracias por la confianza. No me lo esperaba.

—Yo tampoco y ahora, ¿te importaría conducir en silencio? Necesito pensar.

—No, claro, no me importa. Piensa tranquilo. Yo haré lo mismo. —Me mira incrédulo—. ¿Qué? Yo también pienso.

—Eso espero, Cande, eso espero.

El restaurante está en el corazón de Haro, en la plaza de la Paz. Víctor no ha vuelto a hablarme durante el trayecto y yo no he dejado de pensar en lo que me ha dicho. ¿Por qué su cuñado se preocupa por cómo está? En la información que reunimos sobre Víctor no aparece nada sobre una enfermedad ni sobre ningún incidente extraño; lo único que encontramos fue la esquela de su padre, pero era un señor mayor y no nos llamó la atención. Aunque algo tiene que haberle sucedido; su hermana pasa a verle a diario cuando es más que evidente que él sabe cuidarse solo y que claramente prefiere la soledad. En el correo que Tori mandó a los chicos del calendario decía que creía que Víctor necesitaba una experiencia así para reaccionar y hacer un cambio en su vida. Sin embargo, él no parecía dispuesto a hacer nada parecido.

Caminamos por la calle hasta el restaurante. Carlos, que es encantador, va explicándome cosas de la ciudad mientras su esposa y el chico de marzo andan detrás de nosotros. Yo no le hago demasiado caso, sigo intentando descifrar a Víctor y me pregunto si tal vez he cometido un error al elegirlo.

No puedo evitar comparar esa cena con la primera que compartí con Jorge en Granada y mis dudas empeoran. Mentalmente me preparo para hablar con Víctor en cuanto volvamos a casa y decirle que, sintiéndolo mucho, creo que deberíamos replantearnos la situación y elegir a otro candidato como chico de marzo: es obvio que él no tiene tiempo para participar en este proyecto. No es culpa suya, él no se presentó como candidato a chico del calendario, fue su hermana y lo elegí yo. Lo mejor será que me vaya, le devuelva su libertad y me ponga en contacto con el siguiente chico que apuntamos en la lista. Estamos a tiempo de arreglarlo.

El camarero está hablando, no le he escuchado, simplemente asiento.

—El vino que nos ha recomendado no tiene nada especial —dice Víctor—, deben ir a comisión con la bodega.

—No empieces, seguro que está bien. Aquí todos están bien, más que bien.

—No tendría que haberlo hecho, tendría que habernos recomendado otro, el Mentiras Azules, por ejemplo. Lo he visto en la carta y está en su mejor momento —insiste Víctor.

—Pues tendrías que habérselo dicho, Víctor.

—Eh, no pasa nada —interviene Carlos cogiendo a su esposa de la mano—. El vino estará bien. Lo importante es que estamos aquí juntos.

Víctor me mira y deja los ojos en blanco. Yo quiero sonreírle. No voy a irme, he sido una cobarde y una vaga al planteármelo. Todo esto empezó porque dije que los hombres son el problema de este país, que no hay ninguno que valga la pena. No tiene ningún sentido que me largue con el rabo entre las piernas porque he encontrado uno que es más difícil de lo que creía. Si todos los hombres fuesen como Jorge, lo más probable es que Abril jamás me hubiese grabado diciendo esas cosas.

Hay hombres que verdaderamente no valen nada, que solo son capaces de pensar en ellos mismos y de utilizar a los demás como Rubén.

Hay hombres para los que no estás preparada y que te ponen del revés, que te descubren partes de ti misma y que te hacen cometer locuras como Salvador.

Hay hombres encantadores, fáciles, que son como el hermano mayor que nunca has tenido y con los que puedes ser amiga, como Jorge, pero con los que nunca puedes llegar más allá.

Y hay hombres como Víctor, hombres difíciles, ariscos por fuera y quizá también por dentro, pero que prácticamente se confiesan en tu coche y que no puedes dejar tirados solo porque no te ponen las cosas fáciles a la primera.

—Pues a mí me apetece probar el Mentiras Azules —digo y Víctor levanta las cejas—. Señor, disculpe —le hago señas al camarero—. ¿Podría cambiarnos el vino y traernos, por favor, un Mentiras Azules? Muchas gracias.

El camarero se va ajeno a lo que acaba de suceder y Víctor sigue mirándome.

—Eso ha estado muy bien, Cande.

—Lo sé —afirmo.

A partir de allí la cena se convierte en un encuentro distendido. Víctor sigue siendo parco en sus respuestas, pero bromea con su hermana varias veces y también le toma el pelo a su cuñado. En los postres, Carlos le aprieta cariñosamente la mano a Tori y ella le mira emocionada después de ver cómo Víctor está explicándome las importantísimas diferencias entre una barrica de roble y un tanque de acero.

Mi teoría de Mark Ruffalo adquiere un matiz muy importante durante la disertación de Víctor. Él va vestido con otra camisa de cuadros y vaqueros, no se ha afeitado y cuando mueve las manos le sale de debajo de la manga un reloj con una correa de cuero marrón muy gastada. Víctor no es Jorge y tampoco Salvador, ni mi cuerpo ni nada de mi interior reaccionan del mismo modo al verlo o al estar a su lado, pero cuando Víctor habla apasionadamente de algo se transforma y Mark Ruffalo pasa a ser el tío más sexy del mundo.

No sabía que la palabra «roble» pudiera sonar tan bien o que un listado de las distintas maderas con las que puede fabricarse un tonel pudiera dar tanto calor.

Por suerte para mí, ni Víctor ni su familia se dan cuenta y yo cruzo los dedos para no tener que responder a ninguna pregunta técnica sobre este tema, porque llegado el caso haré el ridículo o tendré que pedir el comodín del público.

Consigo sobreponerme al cambio de Víctor; hay personas que cuando sonríen están más atractivas, en su caso es la pasión por su trabajo lo que le hace pasar de leñador rudo a Dios de las montañas. El resto de la cena transcurre de manera muy agradable y al terminar Víctor se ofrece a conducir de regreso.

—No cabrás detrás del volante.

—Puedo arreglármelas.

Acepto, en parte porque estoy cansada y he bebido más de una copa, y en parte porque quiero ver cómo lo consigue.

Está ridículo, el volante casi parece de juguete en sus manos, pero tal como ha dicho él antes, lo consigue y llegamos a casa. Nos hemos despedido de Tori y de Carlos en el restaurante, ella volverá a pasar por casa de Víctor mañana y con él también coincidiré de nuevo pronto. No le hago ninguna pregunta más a Víctor, él parece estar contento y a mí la cabeza me da vueltas, prefiero irme a la cama sin ningún sobresalto más. Dudo mucho que él esté con ánimo de hacerme ninguna otra confesión, lo de antes ha sido extraño y probablemente la suma de muchas cosas, y lo cierto es que después del día que he tenido no me veo con ánimo de resolver ningún misterio a estas horas.

Víctor no parece sentirse muy cómodo con el tema de las redes sociales. Lo deduzco porque no tiene ninguna. Sé que Vanesa le mandó los documentos legales para que yo, *Gea* y el grupo Olimpo pudiéramos fotografiarle y utilizar esas imágenes, y sé que él los ha devuelto firmados. Tengo autorización para hacerlo, pero no lo haré hasta que nuestra relación sea más fluida, a falta de mejor palabra. Lo que sí que he hecho, pidiéndole permiso porque no quería alterar de nuevo el ambiente en la cena después del tema del vino, ha sido sacarle una foto de las manos cerca de la copa de Rioja.

«#ChicoDeMarzo #HaroLaRioja #ElPlacerDeUnBuenVino 🍷 #HeLlegadoSanaYSalva #LosChicosDelCalendario 📅 🏃».

Es el texto que he escrito bajo la fotografía y, aunque ya tendría que estar acostumbrada, los derroteros por los que se van algunos comentarios no dejan de sorprenderme. ¿Tantas teorías pueden desarrollarse alrededor de unas manos? Las de Víctor son bonitas, sí, incluso sexys, son grandes y el modo en que sujeta la copa... Será mejor que apague la luz y me ponga a dormir.

18

Víctor y yo establecemos una especie de rutina desde el primer día. Él se levanta muy temprano —empiezo a temer que apenas duerme y confieso que alguna que otra imagen de Edward de *Crepúsculo* se me ha pasado por la cabeza—, sale a correr y después de desayunar se va al laboratorio del doctor chiflado (él sabe que lo llamo así). No pasa por mi habitación, ni siquiera golpea la puerta para despertarme o preguntarme si necesito algo, pero cuando bajo a la cocina la cafetera está lista y hay una bandeja con pan y cruasanes del día.

Lo definiría como un detallista antipático. Después de desayunar y de escribir un rato voy al laboratorio y él, tras un escueto «buenos días», empieza a contarme qué está haciendo y me pide que le ayude.

Soy ayudante de laboratorio y me encanta.

La poca paciencia que demuestra Víctor en su vida diaria se convierte en inagotable cuando está trabajando. Me lo explica todo, busca ejemplos y no descansa hasta asegurarse de que he comprendido qué estoy haciendo y por qué. Le he dicho que no importa, que le ayudaré de todos modos aunque no tenga ni idea.

—Pero entonces no servirá de nada.

—Servirá para ayudarte.

—Pero *a ti* no te servirá de nada.

Víctor también es un generoso egoísta.

Salvador es complicado.

Jorge es fácil.

Víctor es contradictorio.

Una lista en apariencia corta y, sin embargo, podría pasarme la vida entera, o como mínimo el resto del año, intentando explicarla.

Cuando está en el laboratorio, Víctor se vuelve más hablador, siempre dentro de sus posibilidades, por supuesto. En los días que llevo en Haro he aprendido a medir sus reacciones e incluso anticiparlas. Él no es el único al que se le da bien esto de observar y extraer conclusiones. El método empírico es mi mejor aliado con un hombre como él y he descubierto que, si lo utilizo en nuestras conversaciones, le desarmo y acaba contándome más cosas.

Almorzamos juntos cada día, no nos complicamos la vida. Sin discutirlo establecimos que cocinábamos cada uno a días alternos y cuando es mi turno Víctor no se queja. Yo tampoco me quejo cuando le toca a él, aunque lo cierto es que Víctor es un gran cocinero. Él dice que es porque se le da bien medir las cantidades y los tiempos de cocción. Yo digo que en secreto le encanta cocinar y no quiere reconocerlo. Después él vuelve al laboratorio, pero no se dedica a sus probetas ni a sus mezclas; se pasa horas repasando libros de cuentas, balances y facturas de proveedores mientras yo aprovecho y contesto los comentarios que están recibiendo las distintas fotos que he ido colgando; también he empezado a esbozar el artículo del mes de marzo y he retomado la escritura del libro.

Salvador no ha vuelto a ponerse en contacto conmigo y yo tampoco le he llamado.

En principio todo parece estar yendo a las mil maravillas: el chico del mes de marzo es interesante, lo bastante excéntrico como para ser un enigma y no lo suficiente como para ser un psicópata. Estoy descubriendo Haro y La Rioja. Por la tarde, cuando Víctor decide que ha concluido su jornada de trabajo, me ofrece un té o un café y después me lleva de excursión por los alrededores; conoce las historias de todas las bodegas de la zona y también más de una leyenda. Es una enciclopedia con piernas, dos piernas larguísimas y muy fuertes.

Hoy el sol ha salido con más ánimo que los días anteriores y Víctor me ha sorprendido. He aprendido a disimular la reacción que me producen estas sugerencias tan imprevistas, porque de lo contrario nos ensalzamos en un debate inacabable.

—¿Te apetece comer fuera? Hacer un pícnic, quiero decir.

—Claro.

—Pues ve a tu dormitorio, creo que en el armario hay una vieja cesta con una manta y utensilios para esta clase de excursiones.

—¡Sí, señor! —le saludo como un militar.

—Esta broma dejó de tener gracia el segundo día, Cande. Llevas aquí una semana y media.

—A ti te dejó de hacer gracia, a mí aún no. —Dejo el cuaderno y salto del taburete en el que estoy sentada—. Voy a por esa cesta.

—Yo estaré en la cocina preparando la comida. Tenemos pan del que trajo ayer Victoria, pollo frío, embutidos... Improvisaré algo.

—¿Vas a improvisar? Eso tengo que verlo, ya iré a por la cesta más tarde.

—Recuérdame por qué me caes bien y he dejado que te quedaras.

—Porque te gusta que no te tome en serio.

—¿Sabes? Empiezo a pensar que tal vez tengas razón. Ve a por la cesta. ¡Y nada de ponerse firmes!

—Vale.

Salgo corriendo y por el pasillo pienso en lo mucho que han cambiado las cosas estos últimos días. Víctor es difícil, pero con él he aprendido que muchas veces vale la pena hacer un esfuerzo para conocer a alguien. No todo el mundo es tan fácil como Jorge y, aunque no existe la chispa (o la traca) de la atracción como en el caso de Salvador, es innegable que estoy muy contenta de pasar estos días con él. Estoy aprendiendo a tener paciencia, a escuchar a una persona con intereses y opiniones completamente opuestos a los míos y, a cambio, estoy segura de que cuando me vaya de aquí lo haré con un nuevo amigo. Y la amistad de Víctor tendrá valor.

Esta amistad que creo está naciendo entre nosotros me da alas para preguntarle algo que no puedo quitarme de la cabeza desde la primera mañana en su laboratorio:

—¿Por qué no eres profesor o investigador o científico chiflado a tiempo completo?

—¿Ahora soy científico chiflado a tiempo parcial?

Estamos sentados sobre una manta de cuadros que él ha colocado a la perfección, sin una sola arruga, en una ladera que hay a unos doscientos metros de la casa. En cuanto hemos llegado he hecho una foto y la he colgado con el siguiente texto: «#MiOficina #NiTanMal #ChicoDeMarzo #LaRioja #LosChicosDelCalendario #FrenchKissALaEspañola 🍷». Dejo el móvil a un lado y no sigo con la broma; la mirada de Víctor, siempre tan cauta, se ha alterado un poco y me animo a seguir adelante.

—Lo digo en serio, Víctor. ¿Por qué no estás en alguna Universidad americana modificando genes o algo así? ¿Por qué estás aquí, en Haro, encerrado en un laboratorio casero buscando una cepa mágica?

—No es una cepa mágica, Cande. Te lo he explicado cuarenta veces, cuarenta y dos para ser exactos.

—Lo sé, es una cepa invencible, o lo será cuando termines. Quieres lograr una mutación que sobreviva a los cambios bruscos de temperatura y que pueda crecer en prácticamente cualquier lado, sea cual sea la composición del suelo orgánico. Te escucho cuando hablas.

Le caen un poco los hombros y me mira.

—Empiezo a darme cuenta. Gracias.

—De nada. Sueles decir cosas interesantes. Pero no te he preguntado esto, te he preguntado por qué lo haces. ¿Por qué estás aquí cuando es más que evidente que podrías estar en cualquier laboratorio del mundo?

Suelta el aliento, coge su copa de vino (el cesto que he buscado antes es un auténtico cesto de pícnic de esos que sujetan copas y platos con cinturones) y bebe un poco. Estamos bebiendo un vino de la bodega familiar de Víctor y es buenísimo. No entiendo por qué España entera no está llena de botellas como la que ahora tengo delante.

—Iba a hacerlo —dice Víctor cuando yo creía que ya no iba a decir nada—. Iba a irme a uno de esos laboratorios. Me licencié en Química en la Universidad de La Rioja; creo que la titulación ahora ya está extinguida. Después estuve en Barcelona —levanto las cejas—, ¿no lo sabías? Estuve en un centro de investigación en Bellaterra, el CRAG; existía un acuerdo entre las universidades.

—No, no lo sabía. Debió de pasarme por alto, y en realidad cuando te investigué para ver si te elegía como chico del calendario me preocupaba más saber si eras un asesino en serie.

—No soy un asesino en serie.

—Lo sé, mi sistema de documentación tal vez es defectuoso, vale, lo es, pero es efectivo. ¿Qué sucedió en el centro de investigación?

—Nada malo. A los pocos meses recibí varias ofertas de distintos laboratorios privados del país, de varias farmacéuticas y de un laboratorio de Estados Unidos.

—Por el cambio en tu voz deduzco que este último era tu opción preferida.

—Lo era, pero eso ya no importa. Rechacé su oferta y me quedé, fin de la historia. Me apasiona lo que hago, el vino es mi vida y estoy muy cerca de encontrar la cepa que estoy buscando. Cuando la tenga, sembraré los campos y en cuestión de meses las vides volverán a crecer.

—Suenas como un anuncio.

—¿Qué estás insinuando?

Vuelve a tensar los hombros, deja la copa y se pone en pie. Mira hacia los campos sin cultivar que nos rodean.

—No estoy insinuando nada. —Me termino el vino—. Estoy diciendo que, aunque apenas hace una semana y media que te conozco, tengo la sensación de que a ti lo que te apasiona es la investigación, no el vino.

Se gira hacia mí y sus ojos se clavan en los míos. Si llevase un hacha podrían sacarle una foto y sería el poster perfecto para la asociación de leñadores, si es que existe tal asociación.

—Me gusta lo que hago.

La frase y la intensidad con que la pronuncia me sacuden un poco. Recuerdo un día, semanas atrás, en enero, que Salvador me explicó la diferencia que había para él entre *gustar* y lo que sentía por mí. Mierda. ¿Por qué se ha metido ahora en mi cabeza? Me cuesta tragar, ya no me queda vino ni tengo agua cerca, pero lo consigo.

—Sí, te gusta, pero no te apasiona.

Si los ojos de los humanos pudieran lanzar chispas como los de los dibujos animados, ahora mismo los de Víctor serían una falla. Se agacha y mete los platos, las servilletas, la botella vacía, todo en la cesta de pícnic. Tira de la manta hasta sacarme de encima sin decirme nada y la dobla.

—Tú misma acabas de decir que hace diez días que nos conocemos. No creas que porque te he dejado entrar en mi laboratorio y jugar con las probetas me conoces. No me conoces. Y no tienes ningún derecho, ninguno, a juzgarme.

—Yo...

—Tú puedes hacer lo que te dé la gana. Quizá lo mejor para todos sería que nos replanteásemos esta chorrada de *Los chicos del calendario* y volvieses a Barcelona. Este proyecto que tanto te gusta no es más que un intento patético de resarcir tu ego y encontrar novio. A las mujeres de verdad no les hace falta ningún hombre para saber lo que quieren y a los hombres de verdad, tampoco. Se bastan ellos solos.

La frase causa el efecto deseado y se me llenan los ojos de lágrimas.

—¿Por qué estás haciendo esto, Víctor?

Suelta una carcajada tan amarga que se atraganta.

—No estoy haciendo nada, te estoy diciendo lo que pienso igual que has hecho tú tan alegremente hace unos segundos. Voy al laboratorio. —Sujeta la cesta bajo el brazo—. Tú haz lo que quieras.

«Pero lejos de mí». No lo dice pero lo oigo alto y claro.

Víctor se aleja y yo, que me había levantado, vuelvo a sentarme en el suelo, esta vez sin la manta, pero no me importa. Las palabras de Víctor me han hecho daño y lo peor es que no puedo quitármelas de la cabeza.

«A las mujeres de verdad no les hace falta ningún hombre para saber lo que quieren». «*Los chicos del calendario* no es más que un intento patético de resarcir tu ego y encontrar novio». ¿Tan patética cree que soy? ¿Tan poco ha intentado conocerme en estos días? ¿Y si sí me conoce? Quizá soy más egoísta de lo que estoy dispuesta a reconocer y debería pensar más en los demás y menos en mí misma. Rubén, mi ex, no me conoció y estuvimos casi un año juntos, pero en su caso esa falta de interés podría achacarse a su estupidez y desarrollado sentido de la comodidad y de la vagancia. Y a que yo se lo permití. En el caso de Víctor, si no me conoce ni un poco es porque no le ha dado la gana, porque su inteligencia está más que demostrada. El muy cretino no me ha dado ni la menor oportunidad. Ni una sola. Todos estos días ha estado siguiéndome la corriente y en ningún momento ha mostrado genuino interés por conocerme o por mostrarme lo que piensa; se ha limitado a hacerme un recorrido turístico por su vida. Y ahora que lo pienso, con estos mínimos ha cumplido las normas de *Los chicos del calendario.* No establecimos que el chico del mes tenía que interesarse por mí o que debía ofrecerme su amistad, eso es lo que quiero yo. Víctor ha dado en el clavo, soy una egoísta, pero no estoy aquí buscando novio y *Los chicos del calendario* no son ningún intento patético de nada.

Me seco una única lágrima que al final he derramado de lo enfadada que estoy y me pongo en pie.

Víctor podría haberse negado a ser el chico de marzo y nosotros habríamos elegido el siguiente de la lista. Tal vez yo me he metido donde no debía; es evidente que a Víctor no le gusta hablar de esa época de su vida, pero eso no justifica su crueldad. Comportándose así lo único que ha conseguido, además de hacerme daño y de hacerme sentir como una inepta, ha sido demostrarme que en diciembre yo tenía razón y los hombres son unos egoístas que solo piensan en ellos mismos y no se preocupan por los demás.

Oigo el motor de un coche y al levantar la vista veo que el Seat de Tori se está acercando a la casa. No sé qué pasó después del día del taxi, pero Tori debió de plantarse con su marido y con el exagerado de su hermano y al día siguiente apareció conduciendo. Genial, así podré despedirme de ella antes de irme. No pienso quedarme aquí ni un día más. Quizá me estoy precipitando, no lo sé, pero es mi vida y *Los chicos del calendario* son mi proyecto, una prueba, un riesgo, el mayor que he corrido jamás, y una oportunidad para descubrir de qué estoy hecha y si los hombres de este país son capaces de dejarse conocer de verdad y demostrar que pueden tener cabeza y corazón al mismo tiempo. Está visto que Víctor, el chico de marzo, y yo no congeniamos y que si tiene corazón hace tanto tiempo que no lo usa que se le ha parado del todo. Pues bien, ningún problema, está claro que él solo aceptó ser el chico del calendario por su hermana y que no va a ganar el concurso, volveré a Barcelona, aprovecharé los días que quedan para investigar mejor a los candidatos del mes de abril y asunto resuelto. En las normas no dice que, aun en el caso de que el chico del calendario sea pésimo, tenga que quedarme con él hasta el final y si lo dijera, es mi jodida vida y no un patético no sé qué. Mierda, creo que me gusta estar cabreada. Pero cuando estoy así tiendo a meter la pata; en realidad ahora mismo podría hacer una lista larguísima de errores que he cometido por obcecarme. Me detengo en medio del camino y me obligo a pensar en lo que ha sucedido, en lo que nos hemos dicho. Veo los ojos de Víctor, lo enfadado que estaba cuando me ha dicho que yo solo quería hacerle una entrevista, y se me anuda el estómago al recordar lo fría que me he mostrado yo al hablar de su trabajo, de su vida. ¿Qué diablos me pasa? ¿Cuándo me he convertido en una malcriada que solo piensa en ella? Yo no soy así y está visto que estar con Víctor está sacando lo peor de mí y probablemente también de él. Lo mejor será que busque la manera de solucionar todo esto sin perjudicar a Víctor ni a nadie más. Sí, lo mejor es que me vaya.

Abro la puerta de la casa decidida a no perder ni un minuto más del necesario.

—Hola, Cande, ¿qué tal... eh, qué te ha pasado?

—Hola, Tori. Me voy.

—¿Te vas? —Me mira perpleja—. ¿Adónde? ¿A Haro? Si quieres puedo acompañarte.

—No. Me voy. Vuelvo a Barcelona. —Se le desencaja el rostro y me siento como una energúmena por no haber tenido más tacto. Que Víctor sea un bruto no me da derecho a serlo con su hermana.

—¿Te vas a Barcelona? No —añade antes de que yo pueda contestarle—, no puedes irte. Aún no.

—Lo siento, Tori, de verdad. Pero no puedo quedarme. Esto no va a ninguna parte y tanto tu hermano como yo tenemos cosas mejores que hacer con nuestro tiempo.

—Ven. —Me coge de la mano—. Vamos a la cocina. —Estamos en el vestíbulo—. Cuéntame qué ha hecho el idiota de Víctor, seguro que puedo arreglarlo.

—No tienes que arreglar nada —le aseguro mientras ella tira de mí con la fuerza de una locomotora. Es impresionante con lo pequeña que es.

—Cuéntame qué ha pasado, por favor. —Casi me sienta en una silla. Sonrío al pensar en lo que le espera al bebé que está a punto de nacer—. Te prometo que si el comportamiento de Víctor es de verdad injustificable, yo misma te haré la maleta y te llevaré a Barcelona si hace falta.

—¿Por qué te importa tanto que me quede?

Se sienta en una de las sillas de la mesa de la cocina y extiende las manos encima.

—Tengo los dedos tan hinchados que apenas los reconozco —suspira—. Mira, te propongo algo, contesta tú a mi pregunta y yo después responderé la tuya. No puedes negarle eso a una embarazada, si me das un disgusto a lo mejor me pongo de parto.

—Estás jugando sucio y lo sabes. Está bien. De acuerdo —acepto resignada y algo divertida. ¿Por qué la genética ha repartido tan mal la simpatía entre estos dos hermanos? Se la ha quedado toda Tori. Para Víctor las sonrisas son un bien escaso y limitado que solo ofrece en contadas ocasiones, en cambio su hermana las reparte a diestro y siniestro.

—Gracias.

—Creía que tu hermano y yo empezábamos a llevarnos bien. No puedo decir que nos hayamos hecho grandes amigos, pero en los días que llevo aquí me he pasado las mañanas ayudándole en el laboratorio y...

—¿Deja que le ayudes en el laboratorio?

—Sí, ¿te parece raro?

—Mucho, a mí no me deja ni acercarme. Sigue, por favor.

Me imagino que no se lo permite porque está embarazada y el chico de marzo es un neurótico en lo que se refiere a la seguridad de su hermana.

—Por las mañanas le ayudo en su laboratorio y él me explica en qué consiste lo que estamos haciendo. Cierra la boca, pareces un pez. Comemos juntos, más o menos, y después él sigue con sus cosas y yo trabajo, preparo el próximo artículo, contesto los comentarios de las redes, escribo. Y por la noche o estamos contigo y con Carlos o damos un paseo y charlamos un rato. Creía de verdad que estábamos haciéndonos amigos, que Víctor le estaba dando una oportunidad a *Los chicos del calendario* y a mí.

—Y lo ha hecho, créeme. Todo esto que me cuentas es impresionante. No tenía ni idea de que Víctor de verdad se había abierto tanto. —Alarga las manos y coge las mías—. No puedes irte, Cande.

—Creo que lo estás malinterpretando todo, Tori. —Le doy un cariñoso apretón antes de apartarme—. Tu hermano no se ha abierto, me ha seguido la corriente o nos la ha seguido a las dos.

—¿Qué?

—Tu hermano cree que *Los chicos del calendario* son «un patético intento para resarcir mi ego y encontrar novio».

—¡¿Qué?!

—Literalmente, se me ha quedado grabada cada palabra.

—Oh, es horrible. —Se queda pensativa—. Entiendo que estés enfadada, pero ¿qué ha sucedido para que mi hermano te dijera eso? No estoy ciega, sé que Víctor es difícil y que tiene la delicadeza de un jugador de sumo, pero él nunca es deliberadamente cruel y eso que te ha dicho lo es, algo tiene que haber pasado.

—Estábamos hablando.

—¿Sobre qué?

Tori insiste, sé que podría levantarme y decirle que ya está decidido, que me voy y no se hable más, pero esta chica ha sido amable conmigo desde el principio y si me comporto como una engreída, ¿acaso no estaré haciendo lo mismo que me han hecho a mí todos esos hombres de los que me quejé en el vídeo?

—Hoy tu hermano me ha preguntado si me apetecía comer fuera, en el campo, hacer un pícnic. Le he dicho que sí y hemos salido. Todo ha ido muy bien, él parecía estar incluso relajado, hasta que le he preguntado por qué está aquí encerrado en vez de estar trabajando en un laboratorio o en una Universidad.

—Oh, eso lo explica todo.

—¿Crees que el comportamiento de tu hermano está justificado?

—No, por supuesto que no. Lo único que digo es que si le has preguntado eso, entiendo por qué se ha puesto a la defensiva y te ha atacado.

—Pues yo no.

—Lo sé y tal vez es culpa mía. Tendría que haberte avisado.

—¿Avisarme de qué?

—De lo que sucedió hace más o menos un año, cuando murió mi padre y Víctor se hundió.

«Mierda».

19

—Creía que te habrías ido.

—No, no me he ido.

Estamos en el salón donde hay estanterías llenas de libros, dos sofás y una chimenea que no está encendida. En los días anteriores apenas había estado aquí, cuando Víctor y yo volvíamos de cenar entrábamos en la cocina a beber un vaso de agua o quizá leche con chocolate y después íbamos cada uno a su dormitorio. Hoy yo he cenado con Tori, quien se ha ido hace una media hora, y a pesar de que estoy cansada, en cuanto he cerrado la puerta me he dado cuenta de que si iba a la cama solo conseguiría dar vueltas sin parar. He pensado que sería una buena opción venir aquí y curiosear un poco por la biblioteca, no contaba con que Víctor hubiese tenido la misma idea.

—Me alegro de que te hayas quedado. —Se acerca a donde estoy yo—. Antes me he excedido, no tendría que haber dicho eso sobre ti y sobre *Los chicos del calendario*.

Doy media vuelta y le miro.

—¿Sabes qué he aprendido de ti estos días? Que nunca eliges las palabras al azar.

Víctor suelta el aliento y se pone las manos en los bolsillos. Es obvio que está muy incómodo.

—No tendría que haber dicho eso sobre ti y sobre *Los chicos del calendario* porque no lo pienso. Lo he dicho para hacerte daño.

—¿Y por qué lo has hecho? Mira, si fueras distinto, si creyera que esa frase ha salido de tu boca sin pensar, quizá no me habría dolido tanto, pero tú… tú no haces nada sin pensar.

—Lo siento. Si te sirve de consuelo, me he sentido como una mierda desde el mediodía.

—No, no me consuela —le digo sinceramente—. No me hace sentirme mejor saber que tú también has estado mal. ¿Por qué lo has hecho? Yo solo intentaba hablar contigo, conocerte un poco mejor. Entenderte. Creía que estos días habíamos empezado a ser amigos y que te hayas reído de mí de esta manera, que hayas sido capaz de atacarme, me ha demostrado que no. Y me he sentido como una estúpida. Después de lo de Rubén me prometí a mí misma que jamás volvería a sentirme así.

Da otro paso y queda justo delante de mí. Me mira a los ojos y me coge la mano.

—Lo siento. Lo siento mucho. Yo también creía, creo, que nos estamos haciendo amigos. —Me suelta la mano—. No voy a engañarte, acepté ser el chico de marzo porque no quería darle un disgusto a mi hermana y porque cuando hablamos por teléfono despertaste mi curiosidad. No me tomaba muy en serio nada de todo esto.

—Vaya, gracias.

—Pero estos días he cambiado de opinión. Tú me gustas, Cande, y lamento de verdad haberte hecho daño.

—Tienes una manera muy rara de demostrarlo, pero acepto tus disculpas. Yo también siento haberte molestado.

—¿Molestado?

—Es obvio que no te sientes cómodo hablando de ciertos temas y yo insistí, tendría que haberme mordido la lengua. Perdona.

Suelta el aliento resignado y se pasa una mano por la barba.

—Has hablado con mi hermana.

—Sí.

—¿Te lo ha contado todo?

—No lo sé, creo que no.

—Mi hermana se cree con derecho a dirigirme la vida.

—Mi hermana también.

—Pero la mía acaba de pasarse tres pueblos. Mierda. Y no es cierta, la teoría de Victoria no es cierta. Ella estudió Enología, no Psicología, no debería meterse en estas cosas.

—¿Por qué no me cuentas tu versión y me explicas qué parte de la teoría de tu hermana crees que no es cierta? Confieso que ahora mismo no sé exactamente de qué estás hablando.

—Está bien, de acuerdo. Tampoco me queda otra opción. No voy a permitir que te quedes porque sientes lástima de mí o porque mi hermana te haya convencido de que necesito tu ayuda.

Se me escapa un poco la risa, es una mezcla de tensión y de que esa última suposición me parece ridícula.

—Te aseguro que tu hermana no me ha dicho nada de eso. Vamos, cuéntamelo, Víctor. Tú sabes muchas cosas de mí, hay vídeos en Youtube sobre ello, y si te preocupa que lo cuente en alguna parte, puedes estar tranquilo. No contaré nada que tú no quieras en el artículo o en el vídeo o en ningún lado. Puedes confiar en mí. —Él parece estar sopesando la posibilidad de ponerse a hablar o de salir corriendo de aquí—. Hace unas semanas conocí a Jorge Agreste, el chico de febrero, y él me enseñó que para ser amigo de alguien hay que contarle cosas. Ninguna relación puede ser solo unilateral, eso solo pasa quizás en una probeta; en el mundo real, el de los humanos, tenemos que interactuar si queremos llegar a conocernos y respetarnos. Vamos, inténtalo, de verdad creo que podemos llegar a ser amigos. —Le miro—. A tu hermana le ha sorprendido mucho que me dejes trabajar contigo en el laboratorio, dice que a ella no la dejas ni acercarse.

—Es que Victoria es un jodido peligro y además ahora está embarazada y no quiero que le pase nada a mi sobrina.

—Es eso lo que te preocupa, ¿no? Que le suceda algo a Victoria o al bebé.

—Si vas a tener que escuchar todo el drama, será mejor que te sientes.

Él se aparta y camina hasta la chimenea vacía. Yo opto por sentarme en uno de los sofás, elijo un cojín y lo abrazo en el regazo.

—Vale, ya me he sentado.

—Me imagino que Victoria te ha contado que prácticamente nos crió nuestro padre. Nuestra madre murió cuando teníamos siete años y entre los dos apenas sumamos unas docenas de recuerdos. Mi padre era un gran hombre, uno de esos que hacen cierta la frase «un hombre como Dios manda» o un «tipo estupendo». No había nadie a quien no le cayese bien; si le hubieras conocido, Cande, no habrías podido soltar ese discurso.

Es tan evidente el gran cariño y admiración que siente Víctor por su padre que se me cierra la garganta.

—Tu hermana ha dicho lo mismo.

Víctor sonríe un segundo antes de continuar.

—Era un gran hombre, siempre me apoyó en todo, incluso cuando él no estaba de acuerdo con la decisión que yo tomaba.

—Como lo de ir a Barcelona —sugiero porque gracias a la charla que he mantenido antes con Tori, la que me ha impulsado a quedarme, sé por dónde va a seguir la historia.

—Exacto. Mi padre nos quería y respetaba por igual, pero tenía una visión un poco anticuada sobre cómo gestionar las viñas y la bodega familiar. Quería que yo volviese y me hiciese cargo, y que Victoria me ayudase cuando en realidad mi hermana está mucho mejor preparada que yo, siempre lo ha estado.

—Y tú le dijiste que no.

—Él sabía que yo quería seguir trabajando en el centro de investigación y lo respetaba, pero siempre había dado por hecho que volvería aquí, a Haro, y me haría cargo de la bodega. Victoria se casaría con Carlos y tendría niños y correrían por la finca como un jodido anuncio de Freixenet.

—¿Y qué opinaba Victoria?

—A mi hermana siempre le ha gustado más la bodega que a mí, a ella se le dan mucho mejor los negocios, sabe tratar con las personas.

Me abstengo de burlarme de sus dotes con la gente.

—Si tu padre respetaba tu decisión de no querer llevar el negocio familiar, ¿qué pasó?

—Tuvo un infarto, el cuarto en menos de diez años, y cuando se recuperó empezó a decirme que tenía que volver, que tenía que tomar las riendas. Yo no dejaba de insistir en que se las pasase a Victoria y él me decía que el mundo de los vinos era cosa de hombres, que mi hermana no podía hacerse cargo sola porque nadie, ni los proveedores, ni los clientes, ni nuestros competidores se la tomarían en serio. Decía que yo tenía que estar aquí. Él era así, nos quería muchísimo a los dos y adoraba a Victoria, pero era de otra época. Normalmente nuestras discusiones no llegaban a más, pero cuando recibí la oferta de Nueva York y llamé por teléfono diciéndole que iba a aceptarla... —Se frota de nuevo la barba—. Discutimos, le dije que no pensaba volver jamás, que no quería tener nada que ver con la bodega. Murió un mes más tarde. No habíamos estado ese mes sin hablarnos ni nada por el estilo, mi padre no era de esos, no podía estar enfadado con nosotros, pero no estábamos bien.

—Lo siento mucho, Víctor.

—Y yo.

—¿Por eso estás aquí, porque te sientes culpable?

—No. La bodega me necesita. Victoria no puede hacerse cargo de todo, está a punto de dar a luz y yo tengo que estar aquí, es mi obligación.

—¡Oh, vamos! Tu hermana podría dirigir el mundo si se lo propusiera. Estar embarazada no te elimina neuronas; un hombre listo y de ciencias como tú debería saberlo.

Él no lo niega, sigue dándome excusas.

—La muerte de nuestro padre nos sacudió muy fuerte, ni Victoria ni yo estábamos preparados para eso. Heló, hubo tormentas, perdimos toda la cosecha de ese año y el vino que teníamos almacenado en botas se estropeó.

—No me digas que crees que eso es una señal del destino o una especie de castigo por lo que hiciste.

—No, no creo nada de eso. Sé que no fue una maldición ni un castigo, fue el resultado de una mala previsión por nuestra parte. Fue culpa de nuestra ignorancia y prepotencia. No estábamos preparados, no sabíamos qué demonios teníamos entre manos. Tal vez la cosecha se habría perdido aunque mi padre hubiese estado vivo, no lo sé, pero la cuestión es que él ya no estaba y que casi lo perdemos todo.

—Y ahora sí. Ahora te has encargado de controlarlo todo, incluso estás buscando una cepa a prueba de bomba cuando estoy segura de que sabes perfectamente que no existe. No hay nada a prueba de heladas, tormentas, imprevistos. No hay nada, nadie, a prueba de la vida. Y tú, que te dedicas a hacer vino, deberías saberlo.

—¿Ah, sí? ¿Por qué?

—El vino es el resultado de la vida, de cómo la vida afecta a un pedazo de tierra, tú me lo has enseñado. Creo que no te das cuenta, pero hablas bastante más cuando estás trabajando en el laboratorio.

—Como teoría suena bien… ¿Así que hablo más cuando estoy en el laboratorio? No me había dado cuenta hasta ahora.

—Lamento haber insistido con esto del trabajo, Víctor.

—Y yo lamento haberme puesto tan a la defensiva y haberte atacado.

—Gracias por disculparte.

—Es lo correcto.

—¿Y tú siempre haces lo correcto?

—No. Siempre no.

—*Los chicos del calendario* no son una excusa patética para resarcir mi ego ni para encontrar novio, aunque sí, lo reconozco, mi ego está mucho mejor desde que existe este proyecto. El día que Rubén me dejó por Instagram me sentí como una imbécil; él llevaba meses viviendo en mi casa sin involucrarse en mi vida, sin compartir nada, utilizándome. —Me sincero porque él ha hecho lo mismo—. En el bar no sabía que Abril me estaba grabando, jamás se me pasó por la cabeza que lo que estaba diciendo pudiese verlo todo el mundo. Ese día me sentía abandonada, ninguneada, utilizada; me sentía poca cosa y estaba furiosa conmigo misma por haber permitido que Rubén, que todos los Rubenes de mi vida me hubiesen utilizado a su conveniencia. —Víctor se sienta a mi lado—. La idea de *Los chicos*, del concurso, se le ocurrió a Salvador; él es el director del grupo Olimpo y fue el chico de enero.

—Vi su vídeo y he leído el artículo, y creo que es algo más que eso.

—Bueno, eso da igual. La cuestión es que *Los chicos* fueron idea suya y yo... —suspiro y los nervios se apoderan de mis manos—. Yo acepté por motivos un poco egoístas, cierto, porque pensé que era justo lo que necesitaba para despertarme, para volver a ser yo, para recuperar mi sentido de la aventura, para averiguar quién quiero ser a partir de ahora. Tú, Víctor, me has obligado a preguntarme por qué acepté de verdad participar en *Los chicos del calendario* y sí, en parte fue por lo que podía aportarme. Pero nunca me he planteado que esté buscando novio ni a un chico ideal. Eso es absurdo. ¿Y quién soy yo para juzgar qué chico es o no ideal? El chico ideal para mí puede que no lo sea para otra persona

—¿Por qué no me lo habías dicho antes?

—¿Cuándo? ¿En una de nuestras casi inexistentes charlas? Solo hablas en el laboratorio y apenas me preguntas nada.

—Tienes razón. Lo siento.

—La cuestión es que las mujeres nos hemos pasado años participando, tanto si lo queremos como si no, en concursos y listas absurdas. «Las mejores vestidas del país», «las más guapas», «las más feas», «las que ganan más»... Y, bueno, *Los chicos del calendario* no van a crear ninguna lista en realidad, al final elegiremos a un chico, *uno*, porque su historia será la que más nos ha convencido, porque mi mes con él habrá sido el que más impacto habrá tenido en mi vida. Y el dinero que ganará será destinado a una ONG. En eso consisten *Los chicos*, en un viaje, una evolución. Las chicas de este país estamos cansadas de ser las que estamos bajo el microscopio; ahora llevamos la bata.

—Me alegro de que te quedes, Cande. —Se pone en pie—. Y me alegro de haber aceptado ser el chico de marzo. Gracias por elegirme. Y esta vez lo digo en serio.

—¿Esta vez? ¿Estás insinuando que cuando hablamos por teléfono me seguiste la corriente?

—Claro.

Sonrío, después de esta conversación creo que lo haré con más frecuencia en presencia de Víctor.

—Tu hermana cree que deberías escribir o llamar a ese laboratorio de Nueva York y decirles que sigues interesado en trabajar para ellos.

—Mi hermana ha heredado de mi padre el gen de querer dirigir la vida de los demás.

—Conozco poco a Tori, pero sí, tiene mucho carácter. Yo había decidido irme a Barcelona y ya ves, aquí estoy.

—Me alegro de que estés aquí.

—Gracias. ¿Crees que a partir de ahora podemos intentar ser amigos? Realmente me gusta ayudarte en el laboratorio y estoy convencida de que los dos podemos sacar algo positivo de los días que nos quedan.

Él levanta una ceja.

—¿En serio? ¿Cómo qué? Yo de momento solo he perdido días de trabajo y horas de sueño.

—Sí, pero mira lo mucho que has practicado el sarcasmo y el sentido del humor. Déjalo ya, Víctor, has reconocido que te gusta que esté aquí.

—Está bien. —Se dirige a la puerta—. Voy a llamar a mi hermana, seguro que no se acostará hasta que sepa qué ha pasado.

—Claro.

—Buenas noches, Cande. No sé si te gusta hacer deporte, pero ¿te apetece salir a correr conmigo mañana por la mañana?

—Odio hacer deporte, pero acepto encantada.

Tori y yo hemos estado hablando durante horas; ella está convencida de que Víctor se está castigando al quedarse en Haro y que siente que debe compensar a su padre por haberle fallado. Ella no cree que le haya fallado, pero la última vez que le sacó el tema a su hermano acabaron discutiendo y Víctor se encerró aún más en sí mismo y en el laboratorio.

Por eso le presentó como candidato a *Los chicos del calendario*, porque le pareció una locura y creyó que tal vez eso era exactamente lo que necesitaba, algo, en este caso *yo*, que le cogiese desprevenido y le hiciese reaccionar.

No sé si la decisión de Tori es la acertada, en realidad me parece un disparate; sin embargo, tengo que reconocer que Víctor está siendo un chico del calendario de lo más interesante. Con él estoy aprendiendo el verdadero significado de la palabra «paciencia» y también el del sacrificio, porque después de hoy estoy convencida de que eso es lo que está haciendo él, sacrificarse, aunque nadie se lo ha pedido y probablemente no haga falta.

Voy al dormitorio, antes de acostarme reviso el correo y suerte que tengo la cama cerca, porque me fallan las rodillas al ver el título del que me ha mandado Salvador:

De: salvador_barver_@mail.com
Tema: la noche de Puigcerdà

«No puedo empezar con "Hola, Candela", porque entonces me sentiré ridículo por estar escribiéndote este correo, así que voy a fingir que hablamos ayer o hace un rato.

Entiendo que me echaras de tu casa. No me gusta, pero lo entiendo. Echo de menos hablar contigo, echo de menos verte y no puedo soportar ver tu vida a través de las fotos que cuelgas en las redes. No me gusta ser solo un espectador y no poder estar contigo. Ya, puedo imaginarme tu cara, estás abriendo los ojos y tus cejas trepan por la frente. Siempre que haces eso tengo ganas de besarte.

Me pasa otras veces. Siempre.

No puedo estar contigo por mi culpa y ahora mismo tendría que borrar este correo y no mandártelo, meterme en la cama o quizá bajar al bar del hotel en el que estoy alojado y buscar algo, alguien, que me ayudase a dormir.

Los dos sabemos que no voy a bajar, no es propio de mí actuar así, y que voy a mandarte este correo tal cual; quizás incluso dentro de dos líneas me atreva a decirte el verdadero motivo por el que te escribo. Lo que no sé es si vas a leerlo y no me atrevo a preguntarme si vas a contestarme.

Otra vez estoy de viaje. Sofía y Sergio me mandan informes en los que tu nombre aparece demasiadas veces. Tenía razón contigo, la gente cree en ti y en tus chicos del calendario.

La noche que estuvimos juntos en Puigcerdà me salvaste de perderme, de cometer una estupidez mayor a la que cometí la mañana siguiente cuando salí a escalar sin protección. Aún recuerdo lo que sentí al verte dormida en mis brazos, al estar dentro de ti».

No sé qué hacer con los latidos desbocados, con las ganas de llorar, con las ganas de llamarlo, las de preguntarle a gritos por qué me hace esto, las de besarlo. No hago nada, él ha puesto demasiadas barreras entre nosotros y yo ahora no quiero saltarlas. Me haré daño.

20

Vamos a correr por el campo a una hora en la que tendría que estar prohibido salir de la cama. Víctor apenas suda y yo estoy con la lengua fuera y suplicándole a los dioses de los corredores torpes que me protejan. Cuando por fin volvemos a casa, Víctor está sonriendo.

—Voy a morir. Dile a mis padres que los quiero y a mi hermana que la echaré de menos, por favor.

—No seas exagerada.

—Estoy al borde de la muerte.

—Pero si apenas has corrido ocho quilómetros.

—¡Ocho quilómetros!

—Si salimos a correr cada día, cuando te vayas harás diez sin pestañear.

—¡¿Cada día?! Creo que voy a hacer las maletas y largarme de aquí. Estás loco.

Víctor se ríe y decido que puedo aguantar esto de correr unos cuantos días más. Es agradable ver que se siente un poco mejor; no sé qué ha provocado este cambio, es imposible que sea yo, aunque tal vez hablar de su padre y de lo que pasó cuando murió le haya ayudado un poco. Tengo la sensación de que Víctor insiste en cargar sobre sus hombros el peso del mundo, o al menos de su familia.

—Voy a ducharme. Te veo en la cocina dentro de un rato.

Mientras corría no he pensado en el correo de Salvador; he logrado mantenerlo alejado de mi mente porque tenía miedo de caerme de bruces si lo recordaba, ahora en la ducha me resulta imposible no hacerlo. Está claro que, por mucho que lo intente, no lograré entender por qué me ha escrito. No sé qué pretende con ello. Tengo la sensación de que incluso le da igual si le contesto o no; es como si necesitara desahogarse. No voy a contestarle. No es que no sepa qué decirle, aunque tampoco lo tengo muy claro, es que no puedo volver a enredar mis emociones con lo que sea que le está pasando a Salvador si él no es sincero conmigo. Ni siquiera sé si leeré otro correo suyo en el caso de que lo reciba.

Bajo a la cocina media hora más tarde. Víctor me está esperando —por primera vez— con una taza de café en la mano y la bandeja llena de cruasanes.

—¿Quién trae los cruasanes?

—Una chica del pueblo, los reparte por distintas fincas de por aquí, ¿por?

—He querido preguntártelo desde el primer día. Están buenísimos.

Los días siguientes incorporamos los ocho quilómetros a nuestra rutina —y no, no consigo llegar a diez ni sentir que no voy a morir cuando llegamos a casa— y, después de la ducha, vamos al laboratorio, donde sigo con mi tarea de ayudante. En el laboratorio Víctor trabaja como siempre y de vez en cuando aprovecha para recordarme que, por culpa de nuestra discusión de hace días, aún va retrasado, aunque me explica la cantidad de cosas que ha descubierto sobre la reproducción de las cepas desde que empezó en esto.

—La investigación agrogenómica podría acabar con el hambre en el mundo.

—Por eso deberías estar en un laboratorio de verdad, Víctor.

—Este no es de juguete, Cande.

—Sé que no te gusta hablar del tema y no quiero volver a discutir contigo, pero si algún día te apetece contarme lo que te pasa, aquí me tienes.

—Hasta la última semana de marzo —señala—. Es decir, solo unos cuantos días más.

—Sí, así es.

Nos ponemos a trabajar. Me quedan algunos días en Haro, después volveré a Barcelona, donde me quedaré dos días para organizarme un poco, igual que hice a finales de febrero, y luego me iré a la siguiente ciudad a conocer al próximo chico del calendario. Con Jorge fue fácil, quizá porque con él conecté enseguida y su vida no tenía ningún problema exceptuando una exprometida salida del infierno, pero en el caso de Víctor, con el que las cosas no han sido tan fáciles, me falta tiempo para conocerle. El caso de Salvador he decidido obviarlo.

He estado intercambiando correos con Vanesa en los que Salvador siempre está en copia; él no interviene en ninguno, pero tengo el presentimiento de que los lee y está al corriente de todo lo que sucede con *Los chicos del calendario*. Él siempre ha sido muy meticuloso y exigente en su trabajo y, esté donde esté, por el motivo que esté, estoy segura de que no lo descuida. En estos correos Vanesa y yo, junto con Sofía de vez en cuando, aparte de mantenernos al día de la situación de la web, también hemos estado valorando distintos candidatos para el mes de abril. Tanto en febrero como en marzo he elegido yo al chico y ha sido muy a última hora (lo que pasó con Salvador fue distinto). De momento nos ha salido bien, hemos tenido suerte y no podemos seguir tentándola; tenemos que ser más previsores o a Vanesa le dará un infarto y empieza a caerme muy bien.

—He estado pensando… —Víctor y yo estamos comiendo en la cocina; él ha cocinado un pescado al horno que ha traído la misteriosa chica que también trae los cruasanes—. Hoy es viernes, ¿no?

—Sí, todo el día, ¿por qué?

—¿Qué te parece si salimos a cenar tú y yo solos, seguro que Victoria y Carlos estarán encantados de no hacer de canguros, y después vamos a tomar algo?

—Me parece muy buena idea.

Hemos cenado solos varias veces, pero esta invitación ha sonado distinta. Por la tarde, Víctor cambia el trabajo más científico por el administrativo y yo estoy con el portátil estudiando los perfiles de los candidatos a chico de abril que me ha mandado Vanesa.

—Tienes mala cara —me dice Víctor.

—Estoy intentando decidir quién será el chico de abril.

—Concéntrate, no vaya a ser que te salga tan rana como yo.

—¿Estás buscando que te halague?

—No, nada de eso. Estoy convencido de que te arrepientes de haberme elegido.

—¿Pues sabes una cosa? La verdad es que no, creo que eres el primer chico del calendario de verdad, el primero que supone un reto.

—Explícate mejor porque no lo entiendo.

—Enero fue un mes complicado, fue el primero y Salvador —me cuesta tragar—, Barver, lo elegí porque creía que él me diría que no y que entonces echaría para atrás el proyecto.

—¿No querías hacer *Los chicos del calendario*?

—Me daba miedo. En fin, Salvador dijo que sí, eso es más que evidente, pero su mes fue muy extraño; él es el director de Olimpo y...

—Y sucedieron cosas que no quieres explicarme. Lo pillo.

—No, no es eso. —Víctor enarca una ceja—. Vale, sí es eso, pero es mucho más. Después vino febrero y Jorge fue tan fácil, lo nuestro fue amistad a primera vista. ¿Te ha sucedido alguna vez?

—No y no estoy seguro de que exista.

—Yo tampoco lo creía hasta que conocí a Jorge. Nos hicimos amigos, él es encantador, el mes fue genial y presencié cómo se declaraba a la chica de la que llevaba tiempo enamorado. Fue como estar dentro de *Gossip Girl*.

—Cuando comparas la realidad con series de la tele me preocupas.

—Más preocupante es que tú sepas qué es *Gossip Girl* —le guiño el ojo—, pero dejémoslo, lo que quiero decir es que todo esto empezó porque yo dije que los hombres eran el problema de este país, que no había ninguno que valiera la pena, y tú eres el primero que ha estado a punto de reafirmar mi teoría.

—¿Me estás dando las gracias o me estás insultando? Porque no estoy seguro.

—Te estoy diciendo que estás siendo un chico del calendario genial, que no me has puestos las cosas fáciles y que me gustaría que fuéramos amigos una vez haya concluido el mes.

—Creo que podemos intentarlo. No creo en eso de la amistad a primera vista, pero sí en los amigos de verdad.

Salimos a cenar. Víctor me lleva a un restaurante situado en el claustro de los Agustinos, un antiguo convento. La cena tiene aires de cita y casi me caigo por la escalera cuando él ha venido a buscarme a mi habitación recién duchado y oliendo a madera. Hoy no lleva una de sus camisas de cuadros, se ha puesto unos vaqueros oscuros y un jersey de pico color granate. En la cena apenas hablamos de *Los chicos del calendario* y no le pregunto por su trabajo o si ha reconsiderado la posibilidad de escribir o llamar a esos laboratorios americanos; no quiero ser pesada y espero que saque él el tema si en algún momento quiere contarme qué ha decidido. Me he dado cuenta de que quiero que me lo cuente; al parecer, y a pesar de nuestros choques iniciales, o quizá gracias a ellos, Víctor empieza a importarme.

—He estado leyendo los comentarios de las fotografías que cuelgas en Instagram.

—Creía que no te gustaban las redes sociales.

—Y no me gustan, pero he descubierto que son muy útiles para entender mejor a los demás.

—Los demás... Hablas como si tú no formaras parte del mundo.

—A veces me siento así. Con mi padre no me pasaba, con él siempre encajaba, y también con mi hermana.

—Y con Carlos. Sé que te burlas de él y de su positivismo, pero he visto cómo le hablas y cómo le escuchas. Le admiras, de lo contrario habrías intentando evitar que Tori se casase con él.

—A mi hermana no puedo impedirle nada, créeme, lo he intentado.

—De eso no tengo ninguna duda. Pero Carlos te gusta y con él te sientes a gusto.

—Sí, lo confieso, mi cuñado me cae bien, ¿contenta?

—Un poco.

—Y a ti estoy empezando a cogerte cariño.

—Oh, para, voy a tener un infarto si sigues diciéndome cosas tan bonitas.

—Estás como una cabra, Cande.

No puedo evitar comparar esta cena con otras; con Jorge no paraba de reírme y a él le saludaba gente constantemente; con Salvador no sabía a qué atenerme, mis propias reacciones me confundían y él buscaba restaurantes donde no llamar la atención o que le ofrecieran cierta intimidad. Con Víctor no es ni una cosa ni la otra, es distinto y empieza a gustarme.

—¿Qué harás cuando encuentres la cepa que buscas?

—¿Cuándo? Di mejor «*si*». No sé si conseguiré dar con una que sea viable.

—Está bien, quizás esa cepa invencible no exista y no la encuentres nunca, pero ¿qué harás cuando encuentres una cepa más resistente? Seguro que tanto los laboratorios privados como los universitarios se interesarán por el descubrimiento y por ti.

Se echa hacia atrás y apoya la espalda en el respaldo de la silla. Seguimos en el restaurante; el ambiente es muy agradable, me he animado a pedir un *gin-tonic* y Víctor se ha contenido y no ha hecho ningún comentario sarcástico, solo ha levantado un poco el labio.

—No me digas que no lo has pensado —insisto al ver que no contesta.

—No, no me he atrevido a pensarlo.

—Tu hermana tiene razón, te estás castigando. Por eso estás aquí, en Haro, en vez de en Nueva York.

—Creía que esta noche habíamos salido a divertirnos.

—No te pongas a la defensiva, si no quieres contestarme dilo y ya está.

—He descubierto una cosa de ti, Cande. Te encanta hacer preguntas a la gente, insistes en que es el único modo de conocer a una persona, de crear una amistad, pero tú no estás dispuesta a hacer lo mismo.

—No es verdad.

—Por supuesto que es verdad.

—No lo es.

—De acuerdo. —Se cruza de brazos—. Explícame qué pasó en enero.

—No pasó nada.

—Y una mierda. Joder, Cande, ¿lo ves? Tú solo preguntas. ¿No representa que eso no debía ser, cómo dijiste, «unilateral»? ¿Quién te crees que eres para interrogar a los demás? Tú no quieres mi amistad, tú solo quieres hacerme una entrevista para tu próximo vídeo y, ¿sabes qué?, no todos sentimos la necesidad de contar nuestra vida al primero que pasa por delante. No todos aireamos nuestras miserias en Youtube.

—Nunca había conocido a nadie a quien se le diese tan bien hacer daño. Eres realmente infalible, Víctor.

—¿Daño? Yo no te he hecho daño, lo que pasa es que no te gusta escuchar la verdad. A ti solo te interesa quedar bien en la foto, meterte en la vida de otro chico, de uno de tus chicos del calendario, y escribir otro artículo, grabar otro vídeo.

Me pongo en pie.

—Vete a la mierda, Víctor.

Salgo del antiguo convento sin que él intente seguirme, ¿por qué iba a hacerlo? Conduzco furiosa hasta la casa, no me he detenido a pensar cómo va a volver. Si tan listo es, seguro que encontrará la manera. En la cocina me sirvo un vaso de agua y camino de un lado al otro. Una parte de mí quiere subir a mi habitación, meter mis cosas en la maleta y largarme a Barcelona. Otra insiste en que debo quedarme los días que faltan y terminar este mes y con este chico del calendario.

—¡Cande! ¡Cande! —Víctor entra en la casa; oigo el motor del taxi que debe de haberle traído hasta aquí y el portazo del recién llegado—. ¡Cande! ¿Dónde estás? Ah, estás aquí.

—Sí, estoy aquí y será mejor que desaparezcas de mi vista, Víctor.

Evidentemente no me hace caso y se acerca.

—¿Te das cuenta de que siempre que las cosas se complican te largas o te planteas hacer las maletas? Porque no me digas que no es en eso en lo que estás pensando.

—Tiene gracia que me digas eso cuando tú eres un especialista en meter la cabeza bajo la arena. Tal vez tú no te largas, pero eres un auténtico especialista en huir de los problemas.

Da otro paso hacia delante.

—¡¿Que yo huyo de mis problemas?! Joder, Cande. Yo no huyo de mis problemas, pero ¡sí, dejé mi trabajo y volví aquí porque mi padre, mi padre, murió sintiéndose decepcionado conmigo! ¿Contenta?

—Pues eres un estúpido, Víctor.

—¡Y tú estás ciega!

No sé qué pasa ni cómo es posible; de repente una mano de Víctor aparece en mi cintura y otra me sujeta por la nuca y me besa. Y sorprendida y dolida le devuelvo el beso. Le beso porque Víctor me está besando con deseo, con rabia y con pasión. Me gusta, mi mente es incapaz de atrapar y entender las sensaciones que este beso está despertando en mi cuerpo.

Víctor me levanta del suelo y me sienta encima de la encimera de la cocina. Su mano sube de mi cintura hasta la nuca por debajo de la blusa. El beso sabe a esa última copa de vino, a ese remordimiento que tienes por la mañana, a algo que empieza a treparme por el esófago y me impide respirar.

Le aparto.

—Para, Víctor.

Él da un paso hacia atrás y me mira a los ojos.

—¿Por qué? —pregunta con la eficiencia de siempre—. Me has devuelto el beso y tus manos...

Baja la vista y le sigo la mirada, una de mis manos está en la cintura de los vaqueros negros acercándole a mí y la otra está en su pecho, también sujetándole.

—Esto no está bien.

Agacha la cabeza y vuelve a besarme y yo... oh, Dios mío, le beso.

—Para.

Vuelve a apartarse.

—¿Por qué?

—¿Por qué me estás besando?

Él levanta la comisura del labio antes de responderme.

—Sé que estás evitando mi pregunta, pero voy a responderte. Me gustas. —Yo enarco una ceja y él sonríe, y mueve las dos manos hasta mi cintura—. Físicamente me gustas mucho. Me gusta el sexo, sé que crees que soy una especie de científico chiflado, de ermitaño, pero no lo soy o no lo soy tanto como crees. Salgo de vez en cuando, nunca se me ha dado bien negar las necesidades de mi cuerpo, hago deporte, practico el sexo, no me preocupa solo mi mente. El sexo no tiene por qué ser complicado, para mí no lo es.

—Lo enfocas como un experimento más.

—Tal vez. Probablemente. No veo que tenga nada de malo, todo lo contario. Tú no solo me gustas físicamente, Cande, me gusta hablar contigo y puedo decir —se acerca más a mí; la mitad inferior de su cuerpo roza la mía y encaja entre mis piernas— sin temor a equivocarme que me excita discutir conmigo. Y a ti discutir conmigo.

—Yo...

Se acerca y me besa el cuello.

—Tú no sabes qué hacer con alguien como yo, Cande. Déjate llevar, no pasa nada, no me importa que tu corazón no esté presente, por mí puede quedárselo el chico de enero —adivina—, yo me quedo con el resto.

—Pero yo...

Levanta la cabeza, me mira a los ojos y me acaricia el rostro en un gesto extrañamente cariñoso.

—Tú piensas demasiado y al final siempre te dejas llevar por los sentimientos. Estos días tú me has estado observando a mí para tu artículo, para ver dónde encajo en tus *chicos del calendario,* y yo te he estado observando a ti. Tu ex te utilizó porque tú querías creer que estabas enamorada y el chico de enero te ha dejado, joder, ha dejado que te vayas a conocer once tíos más, Cande. No vuelvas a cometer el error que cometiste con Rubén. Vive. Experimenta.

—¿Es lo que haces tú? ¿Experimentar y no dejar que nada te llegue nunca al corazón?

—Mi corazón interviene cuando tiene que intervenir, no soy una máquina.

—Pero en esto —le señalo a él y después a mí—, ¿no interviene?

—¿Me creerías si te dijera que me he enamorado de ti? ¿Es eso lo que necesitas?, ¿otro tío que te mienta?

—No.

—Te respeto, Cande. Me gustas. Mucho. Me fascina discutir contigo y ahora mismo no recuerdo la última vez que una mujer me excitó tanto. Quiero acostarme contigo.

Vuelve a besarme, me acaricia el pelo y baja la mano por mi espalda.

Ojalá fuera tan fácil.

Suena un teléfono.

Suena un teléfono.

Víctor se aparta, por mucho que me sorprenda y me confunda tengo que reconocer que es él y no yo el que interrumpe el beso.

—Lo siento, tengo que contestar. Es el timbre de mi hermana.

Él saca el móvil del bolsillo de los vaqueros y le cambia el rostro al instante.

—¿Sucede algo?

—Victoria está de parto. Vamos.

Me coge de la mano, salto de la encimera y corremos hacia el coche. Tardamos media hora en llegar al hospital de Haro. Durante el trayecto Víctor ha conducido en silencio, se ha puesto él tras el volante porque yo no me he visto capaz de conducir con la velocidad necesaria y él parecía necesitar la distracción. Yo le he tocado el antebrazo de vez en cuando y le he asegurado que todo va a salir bien a pesar de que no tengo ni idea de lo que hablo.

Entramos corriendo por la puerta de urgencias y por suerte encontramos de inmediato a un enfermero que nos explica que Tori y Carlos ya están en la sala de partos.

—Todo va a salir bien —repito cogiéndole de la mano—. Ya lo verás.

Dos horas más tarde, el mismo enfermero de antes viene a buscarnos para acompañarnos a la habitación de Tori. Ella y la niña están bien.

En cuanto cruzamos la puerta, Víctor me suelta la mano y corre a abrazar a su hermana, que está en la cama con la pequeña en brazos. Me pregunto cómo es posible que me haya planteado que ese chico no tiene corazón.

Víctor llora y abraza a Tori y a la niña. Carlos lo observa también emocionado y se acerca a mí.

—Mírale, seguro que después dirá que han sido los nervios o una reacción alérgica.

—Sí, seguro —susurro.

—Mi cuñado intenta engañar a todo el mundo, incluso a sí mismo, con su pose fría y distante, pero en realidad es el hombre más sensible que conozco. —Mi sorpresa es tal que Carlos se gira hacia mí y me sonríe—. Solo es fachada, suena a tópico, pero Víctor es como un erizo: está lleno de púas para que no te acerques a él. Creía que te habías dado cuenta.

—Empiezo a hacerlo.

Víctor suelta a su hermana; ella le ha susurrado algo al oído y le ha colocado a la niña en brazos. Ver a un chico tan tosco y guapo como Víctor sujetando a un bebé recién nacido tiene un efecto demoledor para mis piernas y estoy segura de que cualquier chica con sangre en las venas que lo viera no podría evitar suspirar.

—Hola, pequeña —susurra Víctor—, tu madre me ha dado un susto de muerte. Se suponía que no ibas a llegar hasta el mes que viene.

—Es una Pastor —dice Carlos acercándose a su cuñado, al que le da una cariñosa palmada en la espalda—, es una impaciente y hace lo que le da la gana.

Víctor levanta la vista y mira a Carlos.

—Creo que algo de su padre tiene: ha conseguido hacerme llorar —se burla.

—Yo también te quiero, cuñado.

—Tu padre es un idiota y un cursi, Valeria, pero no está nada mal.

La niña se llama Valeria, ni Víctor; ni Tori quieren seguir con la tradición familiar (ellos se llaman así porque su abuela se llamaba así, su tía y su padre) y al cabo de un rato insisten en que yo también la coja en brazos.

Es preciosa y me siento muy afortunada de estar aquí.

21

Volvemos a casa a las tantas de la madrugada. Víctor vuelve a sorprenderme y me abraza en medio del pasillo que conduce a nuestros dormitorios.

—Gracias por estar hoy conmigo.

Afloja los brazos antes de que consiga reaccionar, entre la discusión de antes, el beso, la conversación y el nacimiento de su sobrina no doy abasto, y sigue el camino hasta su habitación. Yo entro en la mía y caigo rendida en la cama.

Por la mañana, no oigo nada; la casa está en silencio, en completo silencio. Me doy cuenta de que Víctor, aunque no hable demasiado, sí que hace unos ruidos característicos que hoy están ausentes. Salgo del dormitorio en pijama.

—¿Hola?

Nada.

Bajo la escalera y encuentro una nota en la cocina.

> «He ido al hospital. Todo está bien.
> Quería ver a Victoria y a Valeria. Espero verte luego.
> Víctor».

Sonrío y voy a ducharme. Recién vestida aprovecho para trabajar un rato; ayer por la noche, o por la madrugada, le saqué una foto a los piececitos de Valeria cuando estaba en brazos de Víctor y le pregunté a sus padres si podía colgarla en las redes. Aceptaron y es lo que voy a hacer ahora.

«#BienvenidaValeria 👶 #ElBebeMasBonitoDelMundo 💖 #ElChicoDeMarzo #LosChicosDelCalendario 📅 🏃 #MomentosPorLosQueTodoValeLaPena ».

Escribo a Vanesa y la pongo al corriente de lo que ha pasado, seguro que se lo preguntará cuando vea la foto de los pies de la pequeña Valeria. Podría llamarla, elijo escribirle porque aún estoy sacudida por lo de anoche, por el beso y la conversación que lo envolvió, y no me fío de mí misma. Si hablo con alguien, acabaré contándoselo. Si escribo podré contenerme.

Bajo al laboratorio, se me hace raro entrar allí sin Víctor y las palabras de él vuelven a mi cabeza. Entiendo lo que dijo y en momentos de mi vida he actuado así. El sexo sin amor existe y es o puede ser magnífico.

La propuesta de Víctor, la sensual propuesta de Víctor llena de besos increíbles (los hombres inteligentes dan los mejores besos del mundo), me descolocó porque me obligó a darme cuenta de algo que llevo días, semanas, intentando ignorar: estoy enamorada de Salvador.

Estoy enamorada de Salvador y eso, esto, es lo que me impide acostarme con Víctor. ¿Soy una estúpida? ¿Estoy cometiendo el mismo error, solo que esta vez aún peor, que cometí con Rubén?

«El chico de enero te ha dejado, joder, ha dejado que te vayas a conocer once tíos más, Cande. No vuelvas a cometer el error que cometiste con Rubén. Vive. Experimenta.»

Quizá sí, quizá es una locura que deje escapar a Víctor, que no le dé una oportunidad porque, a pesar de que él no me ha hablado de sentimientos, desde que le vi abrazar a su hermana y llorar con su sobrina no me creo que no los tenga.

Salgo del laboratorio, todo está igual que ayer. Sonrío al pensar que la pequeña Valeria ha conseguido que su tío se aleje durante una mañana de sus investigaciones. Me queda menos de una semana aquí, podría irme antes y dejar que disfrutasen de este momento tan especial en familia. Tengo todo lo que necesito para escribir el artículo y grabar el vídeo excepto las fotografías de Abril.

Miro la hora, de repente me han entrado unas ganas enormes de hablar con mi mejor amiga.

—¡Hola, Cande! ¿Qué tal estás? —me ha contestado enseguida.

—Bien, tenía ganas de hablar contigo.

—¿Cómo llevas el mes de marzo?

—Yo… ¿tú te has acostado con un chico estando enamorada de otro?

—Espera un momento, ¿qué has dicho?

—¿Te has acostado con un chico estando enamorada de otro?

—¿Qué ha pasado, Cande?

—¿Lo has hecho?

Abril suspira.

—He hecho muchas cosas en esta vida, Cande, tú lo sabes bien, pero nunca le he puesto los cuernos a nadie. Me lo han hecho a mí y es muy doloroso, y una de las pocas normas sagradas que tengo es no hacer daño a las personas que me importan. Respondiendo a tu pregunta, no, no me he acostado con un chico mientras he estado con otro.

—¿Y si no estás con él?

—¿Qué quieres decir?

—Si estás enamorada, pero no estás con ese chico, ¿le eres infiel si te acuestas con otro?

—A mi modo de verlo, Candela —solo me llama por mi nombre entero cuando se pone seria—, la pregunta es: si lo haces, ¿estarás bien contigo misma? Si estás enamorada de alguien y te acuestas con otro, ¿te sentirás bien?, ¿valdrá la pena? Quizá no tendrás que darle jamás explicaciones a ese chico, si no estáis juntos por qué vas a tener que dárselas, pero tampoco podrás fingir que no te has acostado con otro. Y ¿puedo hacerte una pregunta?

—Claro.

—¿No crees que, si te estás planteando la posibilidad de acostarte con ese otro chico, en realidad no estás tan enamorada del primero?

—No lo sé.

—Te conozco, Cande, en las pocas ocasiones que te has acostado con un chico con el que no tenías una relación has acabado teniéndola o al menos intentándolo. No estás hecha para el sexo sin más.

—Quizás he cambiado, quizá quiero cambiar. Es lo que dije en enero que haría, cuando me grabaste.

—Quizá. Dejémonos de tonterías y de eufemismos, Cande, soy tu mejor amiga. Estamos hablando de Barver y del chico de marzo, ¿no?

—Sí.

—Mierda. No me puedo creer que te hayas enamorado de Barver, te dije que no lo hicieras.

Me río, realmente echo de menos a Abril.

—Ya, bueno, tendrías que estar acostumbrada a que no te haga caso. Salvador no es lo que parece, Abril, en serio.

—¡Y ahora vas y le defiendes! El cabrón te ha dejado tirada, Cande. Tú misma me lo has dicho hace unos segundos, no estás con él.

—Pero quiere que seamos amigos y tiene...

—Lo que tiene es una jeta que se la pisa.

—Él nunca, él siempre... él es muy complicado y creo que siente algo por mí.

—¿El qué? ¿Curiosidad? ¿Amistad? ¿Deseo? Porque si sintiera algo más ahora mismo tú y yo no estaríamos teniendo esta conversación. Mándale a la mierda, Cande, en serio.

—No puedo, él forma parte de *Los chicos del calendario* y...

—No me vengas con excusas, ya sabes a qué me refiero. ¿Y qué pasa con marzo? ¿Te gusta?

—No lo sé. Al principio me caía muy mal, es un chico muy contradictorio, pero ayer las cosas cambiaron. Me besó.

—¿Y? Quiero detalles.

—Me dijo que yo le gustaba y que no le importaba que yo estuviese enamorada de otro. Víctor no quiere mi corazón, solo mi cuerpo.

«¿Por qué nadie quiere mi corazón?».

—Víctor suena sincero, Cande. Ay, Candela, ¿cuando te dijo eso fue cuando te diste cuenta de que estás enamorada del idiota de Barver?

—Sí.

—No voy a decirte que te acuestes con Víctor por despecho, ni tampoco te diré que la mejor manera de olvidar a un tío es acostándote con otro, eso tienes que decidirlo tú.

—Lo sé.

—¿Quieres que venga mañana a Haro? Iba a venir dentro de dos días, pero si quieres...

—En realidad no creo que haga falta que vengas. Creo que yo volveré antes a Barcelona. El vídeo podemos grabarlo en mi mesa, igual que los anteriores.

—¿Y las fotos del artículo?

—Hoy hago unas cuantas y te las mando, si ves que puedes salvar alguna, ya no será necesario que vengas.

—No me importa venir, Cande. Es mi trabajo.

—Lo sé, pero de verdad que creo que volveré a Barcelona antes. Acaba de nacer la sobrina de Víctor y no quiero entrometerme.

—Lo que no quieres es tener la tentación de acostarte con él, pero vale. Lo que tú digas. Mándame estas fotos y si puedo aprovechar alguna no vendré.

—Gracias, Abril.

—De nada.

Nos despedimos y con un cruasán en la mano voy hacia el coche. Víctor se ha ido con el suyo.

Tori está tan recuperada que su médico le ha dicho que le darán el alta mañana. Carlos está en la habitación con ella, mirándola embelesado y comportándose como el marido perfecto. Recuerdo que cuando nacieron mis sobrinas Pedro hizo lo mismo. Hay momentos en que de verdad pienso que los hombres no están tan mal.

Víctor no para de hacer planes para Valeria, ya ha decidido qué estudiará, dónde vivirá y que nunca saldrá con chicos. Tori lo mira con cariño y como si estuviera loco, y sé que la niña no tiene de qué preocuparse, hará con su tío lo que le dé la gana.

—¿Puedo hablar contigo un segundo, Víctor? —le pregunto cuando devuelve la pequeña a la cuna.

—Claro, vamos a fuera. —Se acerca a su hermana y le da un beso en la mejilla que ella recibe con una sonrisa.

Salimos al pasillo y caminamos hasta el ascensor. A los dos nos apetece pasear un poco, más a él que a mí supongo. Desde que nació Valeria es como si la energía lo desbordase. Llegamos a la calle y caminamos sin un rumbo que no sea el de hablar.

—Mañana volveré a Barcelona. —Él se detiene y me coge una mano—. Hoy, si no te importa, me gustaría hacer algunas fotos de los campos, del laboratorio y de ti. Se las mandaré a Abril, es mi mejor amiga y la mejor fotógrafa de Olimpo. Si ella dice que están bien, tendré todo lo que necesito para el artículo y podré dejaros en paz.

Víctor arruga las cejas.

—Todo esto es por el beso de anoche, ¿no?

—Acaba de nacer tu sobrina, es un momento muy especial para vosotros y no quiero entrometerme.

—Eres una mujer inteligente, Cande, sabes que si yo o mi hermana no te quisiéramos aquí, te habríamos pedido que te fueras. No lo hemos hecho. Te vas porque te besé anoche y te gustó. Te gustó y no sabes qué hacer con ello.

—¿Qué quieres que haga? A mí lo de analizar las cosas fríamente no se me da tan bien como a ti.

Víctor se acerca a mí, me acaricia la mejilla con la mano que tiene libre y se agacha para besarme. Es un beso apasionado, rápido. Víctor no empieza con delicadeza y no disimula la atracción que siente hacia mí ni el modo en que su cuerpo reacciona al mío.

—Esta mañana he hablado con Victoria —me sorprende con esta frase al apartarse—, voy a dejar mis investigaciones y voy a llamar a ese laboratorio norteamericano. Voy a dejar de castigarme por lo de mi padre y Victoria se ocupará de la bodega tal como tendría que haber hecho desde el principio. Confiaré en ella y dejaré de intentar protegerla de la vida, en el fondo siempre he sabido que a ella se le da mucho mejor que a mí.

—¡Oh, felicidades, Víctor! —Le rodeo el cuello con los brazos—. Me alegro mucho por ti.

—Gracias. —Él me devuelve el abrazo—. Me gustaría seguir viéndote, Cande.

—¿Qué?

Víctor se ríe y me suelta.

—Ya te he dicho que me gustas y me gustaría seguir viéndote. Esta tarde haremos todas las fotos que quieras y si mañana de verdad quieres volver a Barcelona, te ayudaré a hacer las maletas, te prepararé una bolsa con esos cruasanes que tanto te gustan y te diré adiós. Pero quiero seguir viéndote. Tú vas a seguir recorriendo España, conociendo a tus chicos del calendario, y yo no sé qué pasará con los laboratorios o si buscaré trabajo de nuevo en Barcelona, en Madrid o en la China, pero me gustas y quiero seguir viéndote. ¿Qué me dices?

—Tú también me gustas.

—Lo sabía.

Víctor sonríe y vuelve a besarme, durante unos segundos siento que estoy besando exactamente a quien quiero besar.

Volvemos al hospital, doy un beso a la pequeña y me despido de Tori y de Carlos. No les digo que me iré mañana, creo que lo haré, pero no lo tengo decidido y no creo que deba aburrirlos con mis historias. Podría quedarme los días que faltan, pero Abril tiene razón, no estoy preparada para acostarme con Víctor y quiero alejarme de la tentación. No sería justo para él que estuviéramos juntos antes de que yo supiera qué quiero y con quién. Me siento muy orgullosa de Víctor, el nacimiento de Valeria le ha hecho reaccionar; Tori creía que sería yo la que lo conseguiría, pero Valeria lo ha hecho muchísimo mejor.

Víctor va a cambiar y será increíble, lo sé y quiero verlo.

Regresamos a casa y hacemos las fotografías y pasamos el resto del día juntos. Víctor no vuelve a besarme, hablamos de sus planes, es incapaz de contenerlos y es contagioso. Habla también de su padre y veo un cambio comparado con esa noche que lo mencionó por primera vez; ahora está tranquilo, habla de él con cariño y con mucha menos culpabilidad.

Llega la hora de acostarnos; hemos cenado en la cocina con un vino de su bodega, uno de la última cosecha que hizo Víctor Pastor padre. Está buenísimo.

—Gracias por compartir este vino conmigo, Víctor.

—Eres la persona perfecta para compartirlo, Cande —sonríe—, aunque hace un par de semanas ni se me habría pasado por la cabeza.

—Lo mismo digo. —Le devuelvo la sonrisa y brindamos.

—Mañana vas a volver a Barcelona —afirma.

—Sí. Abril me ha dicho que puede utilizar las fotos.

—Creo que si lo intentase de verdad podría convencerte para que te quedaras.

—Vuelves a sonar como un engreído, Víctor.

—Vale, lo siento, pero creo que podría conseguirlo.

—Probablemente. No lo intentes, por favor.

—No lo haré.

Cambiamos de tema, nos reímos, le cuento cosas de mi hermana, de mis sobrinas, de Abril. No menciono a Salvador ni tampoco nada que esté relacionado con *Los chicos del calendario*. Un rato más tarde le doy las buenas noches y voy a acostarme.

Unas horas después, estoy con la maleta lista y cerrada en el vestíbulo donde entré sola hace unas semanas. Hoy no estoy sola; Víctor está esperándome tal como me dijo que haría, con una bolsa llena de cruasanes.

—Toma, son para el viaje.

—Gracias.

—Voy a llevar la maleta al coche.

Yo me quedo allí esperándole, hago una última foto porque, aunque suene extraño, tengo la sensación de que la casa brilla con una luz distinta desde que Víctor ha cambiado.

—Tú y yo, Cande, vamos a seguir viéndonos —afirma Víctor cogiéndome por la cintura—. Estoy seguro.

—Yo también.

—Sé que con Agreste, el chico de febrero, estás en contacto; he visto cómo sonríes cuando te manda fotografías y tú me contaste que os mandáis mensajes y que tienes intención de volver a visitarle en Granada. No estoy hablando de eso.

—Lo sé.

—Ayer por la noche estuve pensando si debía darte un consejo.

—¿Vas a contenerte? Sería la primera vez.

—No sé si contenerme —señala con otra sonrisa—, porque me temo que pueda perjudicarme.

—Ahora necesito escuchar ese consejo. Suelta.

—Ve a ver a Barver, habla con él. Arregla lo vuestro o rómpelo del todo. Hazlo por ti y por el chico que seguro está esperando conocerte de verdad y que le des una oportunidad.

Cuelgo una última foto, una de Víctor de espaldas mirando su casa.

«#AdiosHaro #Gracias #TeQuedasEnMiCorazón ♥ #ElChicoDeMarzo #YDeMuchosMesesMas #LosChicosDelCalendario 📅 🏃»

Colgaré más fotos de Haro aunque no esté aquí, gracias a estos últimos días tengo muchas y son preciosas, y explicaré que me he ido para que el chico del mes y su familia disfrutasen del nacimiento de la pequeña sin ninguna intromisión. Es más que justificable y la verdad es que no quiero que nadie crea que me he ido antes para no estar con Víctor. Al final Víctor ha resultado ser un chico del calendario increíble. Increíble de verdad.

22

Llego a Barcelona por la tarde; he pasado por el hospital para despedirme de Tori y darle un beso a la pequeña Valeria, y de camino a casa me he detenido en Zaragoza otra vez, en una gasolinera distinta a la de mi viaje de ida. Las horas me han transcurrido en un abrir y cerrar de ojos porque no he dejado de pensar en el consejo de Víctor.

Tiene razón.

Devuelvo el coche a la agencia de alquiler y con un taxi me planto en casa.

Víctor tiene razón.

Dejo la maleta encima de la cama, me siento al lado y busco el móvil. Llamo con el corazón en la garganta.

—¿Dónde estás? —le pregunto en cuanto me contesta.

—En mi casa, ¿ha sucedido algo, Candela? ¿Dónde estás tú?

No dejo que la preocupación de Salvador me afecte.

—Estoy en mi casa, he vuelto a Barcelona antes de tiempo. Aunque seguro que Vanesa ya te lo ha dicho. —Le escribí a Vanesa para comentarle que me estaba planteando adelantar mi regreso y ella, aunque era sábado, me contestó media hora más tarde diciéndome que no había ningún problema, que yo estaba al mando y que si volvía antes a Barcelona podíamos aprovechar para trabajar más otros temas de *Los chicos del calendario.*

—Sí, ayer me dijo que te lo estabas planteando. Aunque creía que *tú* me escribirías o me llamarías para decírmelo.

—Dame la dirección de tu casa, voy para allá.

—Vengo yo a la tuya, es mejor que...

—¡No! Si quieres verme, Salvador, dame la dirección de tu casa.

—Pero tú acabas de pasarte horas conduciendo y yo...

—¡Estoy harta de no saber nada de ti, Salvador! Harta. Si quieres verme, dame la dirección de tu casa, si no...

—Claro que quiero verte.

Cuelgo en cuanto tengo el nombre de la calle y el resto de detalles. Vive en el distrito de Sant Martí, en el barrio de Diagonal Mar, en un edificio con impresionantes vistas al Mediterráneo. Voy hasta allí en taxi y al bajar me quedo perpleja al encontrarme a Pablo, el hermano de Salvador, en la calle.

—Pablo, ¿qué estás haciendo aquí?

—Es domingo, siempre suelo comer con mi hermano los domingos —me contesta al mismo tiempo que me abraza—. Te está esperando.

Durante un segundo me siento mal por haberlos interrumpido; sé la clase de relación que existe entre ellos.

—No se te ocurra disculparte —adivina él—. Sube, habla con él. Tú y yo nos veremos pronto, ¿me equivoco?

Se sube el cuello del abrigo; la brisa marina que en otras calles de la ciudad no se nota, aquí la sientes muy cerca.

—No, no te equivocas. Estaré unos días en Barcelona, he vuelto antes de Haro. ¿Te llamo mañana?

—Más te vale.

Me da otro abrazo antes de ponerse a caminar. Hoy lleva vaqueros, la prótesis de su pierna no es visible y dos chicas que pasan corriendo por allí casi se tropiezan al cruzarse con él, es comprensible. Él se gira y me guiña el ojo, y yo me acerco al portal muy nerviosa, pero con una sonrisa.

Llamo al timbre y respondo con un «soy yo» a la inmediata pregunta de Salvador. En el ascensor los nervios me suben por las piernas y los brazos, se me seca la garganta y me sudan las palmas de las manos. Soy una contradicción. Quiero hablar con Salvador, Víctor tiene razón, no puedo estar en esta especie de limbo romántico, no cuando estoy atreviéndome a hacer tanto con mi vida.

Él me está esperando frente a la puerta de su apartamento; en cuanto me ve salir del ascensor se aparta del umbral y fija los ojos en los míos. No camina, soy yo la que se acerca.

—Hola, Salvador.

Él me mira, me mira y en sus ojos veo pasar un mundo. Alarga una mano, coge la mía y tira de mí hacia el interior del piso.

Oigo la puerta antes de notarla en mi espalda. Una mano de Salvador aparece junto a mi cabeza y después la otra en el lado opuesto. Se acerca. Se detiene un segundo. Un segundo más y suelta el aliento por entre los dientes.

Después sus labios sellan los míos.

Su lengua entra en mi boca, su sabor se funde con el mío, entra en mis venas y escuece porque esa reacción no la produce nadie más, ni el beso apasionado de Víctor, ni el beso dulce de Jorge. Solo el de Salvador consigue que el corazón me caiga a los pies, me suba después por la espalda y me tatúe esta emoción dentro, entre costilla y costilla, entre vértebra y vertebra, bajo los párpados, en las yemas de los dedos, en la pequeña curva del dedo meñique del pie. En mí.

—Candela —suspira él.

Le aparto.

—Salvador, tenemos que...

—Tengo que volver a besarte.

Las manos de él se alejan de la puerta, me erizan la piel de los brazos a pesar de que aún llevo el abrigo y llegan a mi cintura. Al sentirlas allí me doy cuenta de que las mías están cerradas, me estoy clavando las uñas. Si le toco, ¿querré soltarle? ¿Podré soltarle? Salvador vuelve a besarme, da un paso hacia delante, la hebilla del cinturón, el jersey negro, se pegan a mí. Su perfume. Sus labios se mueven, acarician los míos, los atormentan. Si un beso pudiera devolverte a la vida, sería este; si uno pudiera matarte, también.

—Salvador...

—Has vuelto antes —dice él besándome el cuello—. Te escribí. No me has contestado y has vuelto antes.

—Tu correo. —Había elegido no pensar en eso—. Tu correo no tiene nada que ver con esto.

—Ven.

Se aparta y vuelve a cogerme la mano. Me lleva al comedor, donde hay un sofá frente a una ventana enorme. Detrás intuyo la cocina y en el pasillo paso por delante de tres puertas. Lo único que veo es el mar en el fondo y a Salvador.

—He venido aquí porque quiero preguntarte algo.

Le suelto la mano y clavo los pies en el suelo.

—¿Leíste mi correo? —Él también se ha detenido, hace unos segundos no pasaba el aire entre nosotros y ahora estamos a unos pasos de distancia. Unos pasos y una pregunta.

Estoy a punto de mentirle.

—Sí.

—No sabía si lo harías.

—¿Preferirías que no lo hubiera leído?

—Preferiría no haberlo escrito.

Siempre se arrepiente de compartir esas partes tan íntimas de él conmigo.

—Nadie te obliga a volver a escribirme.

—Quizá será necesario que te escriba. ¿Por qué has vuelto antes de Haro? ¿Ha sucedido algo?

—La hermana del chico de marzo dio a luz el viernes por la noche. Quedan pocos días para final de mes y tengo información de sobra, pensé que era lo mejor. Son días para compartir con tu familia y no con una desconocida.

—Cierto, pero ese no es el motivo por el que te has ido.

—¿Cómo lo sabes? Tú no estabas allí.

—He visto tu última foto. —Agacha la cabeza y suelta el aire con algo que queda entre una sonrisa y un bufido de resignación—. Siempre te ha gustado torturarme con tus *hashtags*.

—Siempre das por hecho que todo gira a tu alrededor. Te equivocas.

—¿Cómo era lo que has escrito? ¿«El chico de muchos meses más»?

—Sí, creo que eso es exactamente lo que he escrito y no tiene nada que ver contigo, Salvador. En enero sucedió algo entre tú y yo, sucedió mucho, pero después, lo de después no lo entiendo.

—Candela, yo... —Da un paso hacia mí pero algo debe de ver en mi mirada que lo detiene y guarda las manos en los bolsillos de los pantalones—. Yo ya te dije que quiero que seamos amigos.

—Sí, me lo dijiste, y no lo entiendo. Quieres que seamos amigos y me besas, quieres que seamos amigos y vuelves a besarme, y me dices que me deseas, quieres que seamos amigos y tienes celos de los otros chicos, quieres que seamos amigos y me escribes un correo a las tantas de la madrugada para decirme que te he salvado de hacer algo horrible, pero sin decirme el qué. No lo entiendo, Salvador, y no puedo seguir así.

—Lo estoy intentando, Candela, no te imaginas lo difícil que me resulta a mí todo esto.

—Tienes razón, Salvador, no me lo imagino porque no lo entiendo. No tiene sentido. Y lo peor es que sé que no vas a explicármelo. En febrero me dijiste que querías ser mi amigo y al principio te dije que estaba de acuerdo contigo, que sería lo mejor para los dos.

—Y después me dijiste que no, que solo podíamos ser compañeros de trabajo.

—Lo sé, lo que no sabía entonces o no quería reconocerme es el motivo por el que no podemos ser amigos.

—¿Y ahora lo sabes?

—En febrero conocí a Jorge, es un chico increíble.

—Estoy de acuerdo, Agreste es sorprendentemente genial.

—Todo fue muy fácil —sigo hablando, me tiembla un poco la voz—; entre Jorge y yo no hay nada, ni una pizca de atracción, es como si fuéramos hermanos y nos hubieran separado al nacer. Quizá se deba a que Jorge está enamoradísimo de María y lo sabe, no lo sé. Tú viniste a Granada y lo viste, estuviste en ese baile. Tú y yo nos vimos y estuvimos juntos. Febrero fue fácil.

—¿Y marzo?

—Marzo no.

—¿Ha sucedido algo, Candela? —Salvador tiene las manos a la vista y veo que las convierte en puños—. ¿Ese chico te ha hecho daño?

—¡No, por supuesto que no! —Afloja un poco la tensión de los hombros—. Pero al principio Marzo fue un chico muy difícil. No me cayó demasiado bien, mi presencia allí parecía molestarle y solo interactuábamos cuando yo le ayudaba en el laboratorio. Un día discutimos y las cosas cambiaron a partir de entonces. Víctor, al igual que Jorge y supongo que tú, tampoco es lo que parece. El otro día me besó.

Salvador altera la respiración.

—¿Por qué me estás contando esto?

—Víctor me ha dicho que le gusto, que se siente atraído por mí y que le gustaría seguir conociéndome. Su vida es un poco incierta ahora, no sabe si va a aceptar una oferta de trabajo en Estados Unidos, no sabe si sigue existiendo esa posibilidad, ni si vivirá en Barcelona, en Madrid o en China. Pero me ha dicho que, si de él depende, quiere seguir conociéndome.

—¿Y tú qué le has dicho?

—Con Rubén fui una idiota y no quiero volver a ser esa clase de chica que se autoengaña, que ve un futuro cuando no debería ni existir un presente.

—Nunca fuiste esa clase de chica, Candela.

—Sí lo fui, Salvador. La cuestión es que no quiero y no voy a volver a serlo. Víctor me gusta, es un chico contradictorio, algo tosco pero muy valiente y... es agradable saber que le gusto, saber que está dispuesto a hacer un esfuerzo por conocerme.

—Sería un idiota si no lo hiciera, Candela.

—Quiero preguntarte algo, Salvador, y quiero, *necesito*, que me digas la verdad.

—Siempre te digo la verdad.

—Vale, eso espero. —Cojo aire y camino hasta donde está Salvador—. Necesito que me digas si estás enamorado de mí. Necesito saber si soy una idiota por haberme enamorado de ti y por rechazar la posibilidad de que pueda existir algo más que una amistad entre Víctor y yo o entre cualquier otro chico. O, aun en el caso de que no exista nadie, si quiero estar sola, necesito saberlo.

—Candela, yo no puedo decirte eso. No puedo decirte que estoy enamorado de ti. No puedo.

Es mejor así; duele, mucho, pero es mejor así.

—Entonces —bajo la cabeza un segundo y después vuelvo a mirarle a los ojos—, entonces no vuelvas a escribirme, no me pidas que te llame ni que te cuente cosas y... —Levanto un dedo y le golpeo el pecho—. Y no me beses nunca más.

—Candela...

—¡No! Basta ya, Salvador. Basta. —Señalo con el pulgar detrás de mí—. Voy a irme. Tienes un piso precioso —si bromeo tal vez no vuelva a llorar— y lamento haber interrumpido tu domingo con tu hermano.

—Candela...

—No, Salvador, voy a irme, ¿vale? Mañana estaré en el trabajo y, por favor, no menciones esta conversación. Seguiremos con *Los chicos del calendario* y yo... yo voy a irme ahora.

Doy media vuelta y camino hasta la puerta.

—No puedo decirte que estoy enamorado de ti, porque no puedo decírtelo. No puedo decírtelo. —Traga saliva—. Puedo decirte que no quiero que te vayas. Quiero que te quedes. Quédate. Y también puedo decirte que desde que te he visto, desde que he oído tu voz por el maldito teléfono lo único que he querido y que sigo queriendo es besarte y estar contigo.

—Salvador.

No me giro, no habría vuelta atrás, apoyo la cabeza en la puerta.

—No sé si con Víctor tienes la posibilidad de ser feliz, no quiero pensarlo. No quiero pensar en todas esas posibilidades con nombres que no son el mío. Y yo no puedo ser una jodida posibilidad.

—A veces una jodida posibilidad es lo único que existe.

Está detrás de mí, me aparta el pelo de la nuca y me besa en el cuello.

—Con nosotros no, Candela.

Desliza las manos hacia los botones de mi abrigo y los desabrocha, después me lo baja por los hombros y deja que la prenda caiga al suelo. Debería irme, Salvador no ha contestado a mi pregunta o el modo en que lo ha hecho solo ha conseguido confundirme más. No puedo estar a medias tintas con él, no valgo para las relaciones difuminadas, y no soy capaz de cortar de raíz porque ese hilo invisible que siento que me une con Salvador se niega a dejarse encontrar.

—Ese correo —susurro con la voz ronca porque él sigue besándome el cuello y moviendo las manos por encima de la camisa que llevo, rozando los botones con los dedos—, ¿te arrepientes de haberlo escrito? Di sí o no, Salvador.

—Candela...

—Contesta a esta pregunta o reuniré las fuerzas suficientes para irme de aquí.

Se aparta y suelta el aliento, su respiración me acaricia la piel del cuello y de la mandíbula.

—No, no me arrepiento de haber escrito ese correo. —Coloca ambas manos en mi cintura y me da media vuelta. Estamos frente a frente—. Me arrepiento de haberme ido a escalar esa mañana, de no haberme despertado a tu lado.

Agacha la cabeza despacio, tengo tiempo de girarme, recoger el abrigo y salir de aquí, pero levanto las manos para rodearle el cuello con ellas y besarlo.

Salvador suspira en mi boca, le tiembla la respiración y se pega a mí durante un segundo que se alarga sin fin, igual que nuestro beso. Las rodillas no son de fiar, fallan cuando menos te lo esperas, cuando tu piel entra en llamas y tus labios saben que están en el lugar exacto, ese que llevan echando de menos desde la última vez que besaron a Salvador. Me coge en brazos, es absurdo lo sexy que me parece el gesto, y camina decidido hacia el pasillo.

—Voy a llevarte a mi cama. Si no es lo que quieres —farfulla—, dímelo ahora.

—No. —Se detiene en seco y me mira fijamente a los ojos. No me suelta.

—Dame un minuto. Te juro que seré capaz de soltarte.

—No. —Le coloco una mano en el pecho—. No quiero que me sueltes. Quiero ir contigo a tu dormitorio.

Capturo el instante exacto en que Salvador comprende lo que acabo de decirle, los ojos se le humedecen y con dos pasos más me lleva a su habitación. No me fijo nada que no sea él, me tumba en la cama y se aparta un instante para quitarse los zapatos y el jersey. Yo apoyo los antebrazos en la cama y le miro.

—No me mires así, Candela. Te he echado demasiado de menos.

—No se puede echar de menos demasiado. Se echa de menos mucho o poco, pero no demasiado.

—Oh, créeme, sí que se puede. Deja de mirarme así.

Con los pantalones aún puestos apoya las rodillas en la cama y gatea hacia mí. No se detiene hasta quedarme encima.

—Hola, Salvador —le sonrío porque él me está sonriendo y la clase de felicidad que dibuja la mueca de sus labios es contagiosa.

—Hola, Candela.

Me besa, yo le acaricio el pelo y creo que le oigo ronronear, pero no se lo digo. Él lleva una mano entre mis piernas, la mueve despacio y cuando llega a la cadera la aparta e interrumpe el beso para mirarme a los ojos.

—¿Pasa algo, Salvador?

—Voy a desnudarte muy despacio. En realidad me gustaría arrancarte la ropa, estoy tan excitado que creo que podría dejarte sin nada en cuestión de segundos y meterme dentro de ti. Pero no voy a hacerlo.

Mis venas sufren un terremoto.

—¿Ah, no?

—No. Voy a demostrarte que sí puedes echar demasiado de menos a alguien y qué pasa cuando ese alguien está por fin en tu cama y no solo en tu mente. —Me desabrocha los botones de la camisa y me acaricia la piel que va dejando al descubierto—. Porque estás aquí conmigo, ¿no?

—Estoy aquí contigo.

Se aparta un poco y me quita los zapatos, oigo el ruido que hacen al caer al suelo.

—Te necesito tanto. —Parece decirlo para sí mismo—. Y necesito tanto de ti. No sé por dónde empezar. Elige tú.

—¿Qué?

—Yo no puedo pensar. —Me quita el pantalón, que también va a parar al suelo, y me incorpora un segundo para quitarme la camisa. Estoy en ropa interior y no puedo evitar sonrojarme—. Y soy un cerdo egoísta y quiero escuchar que tú también me has echado de menos.

Me besa el interior de los muslos.

—Eres un idiota o un sádico, he venido a tu piso para decirte que... —Me muerde con suavidad la cadera y desliza la lengua por debajo de la cinturilla de la ropa interior.

—He estado a punto de correrme cuando te he besado en la puerta —me interrumpe sin darse cuenta—. No puedo esperar más.

Enredo las manos en su pelo y tiro de él para besarlo. Él apoya las manos a ambos lados de mi cabeza y cuando nuestras bocas están juntas yo bajo las mías hasta su pantalón. Quizás esto no va a durar para siempre, lo más probable es que no dure y que lo único que tenga sea el hoy, el ahora, y quizá por eso lo deseo tanto.

—Bueno —sonrío al interrumpir el beso. Le he dicho a Salvador que estoy enamorada de él y de verdad así lo creo. Nunca había sentido nada igual por nadie. Pero ¿y si no es amor, y si es un deseo tan fuerte que se extingue tras consumirse?—. Quizá tendrás que esperar un poco más.

Él enarca una ceja.

—¿Qué estás tramando, Candela?

Le desabrocho el cinturón y el botón de los vaqueros. Coloco la mano encima de los calzoncillos y presiono hasta que él cierra los ojos y suelta el aire por entre los dientes.

—Voy a cambiar un poco las cosas. —Me incorporo, él no se lo esperaba y por eso me resulta fácil intercambiar nuestras posturas. Él está tumbado en la cama y yo estoy sentada entre sus piernas.

Le quito los vaqueros y los calzoncillos, y cuando él intenta levantarse le empujo suavemente de nuevo hacia la cama.

—No juegues conmigo, Candela. Estoy a un segundo de tumbarte en la cama y meterme dentro de ti.

—¿Es eso lo que quieres hacer?

—Es lo primero, lo único, que se me viene a la mente ahora mismo. —Levanta una mano y me acaricia la pierna que tiene más cerca—. Después se me ocurrirán otras cosas.

—Oh, estoy segura. —Le aparto la mano, agacho la cabeza y le beso justo debajo de las costillas—. A mí también se me ocurren muchas... —paso la lengua por la piel hasta llegar al ombligo—... cosas.

—Joder, Candela.

—Como por ejemplo —le separo las piernas un poco más, necesito algo más de espacio, y le acaricio la erección—, como por ejemplo esto.

Le beso la cintura y voy bajando hasta que mis labios ocupan el lugar de mi mano. Sentir cómo el cuerpo entero de Salvador se estremece es muy excitante.

—Dios, Candela. Eso es... —Me aparta el pelo y se incorpora—. Cariño, estás preciosa y... —aprieta los dientes—... tu boca...

No puedo evitar sonreír y él, con una mano nada firme, me toca el pelo. Echa la cabeza hacia atrás, tensa los músculos del cuello, levanta una rodilla.

—Candela, tienes que parar... tienes. Basta. No puedo más. —Casi ruge cuando tira de mí con ambos brazos y me coloca en su regazo—. Tienes que ayudarme. —Enreda las manos en mi pelo, se hacen un lío, y acerca el rostro al mío para besarme—. Desnúdate mientras yo intento recordar dónde tengo los preservativos.

—Quiero seguir con lo que estaba haciendo. —Le lamo el labio para dejarle claro cuáles son mis intenciones.

—Después, Candela. Mierda. Vas a hacer que me corra sin tocarme.

Sonrío y me aparto para quitarme las braguitas, cuando estoy peleándome con el broche del sujetador porque a mí también me tiemblan las manos, noto las de Salvador cogiéndome de nuevo. Me sienta de nuevo en sus muslos y entra dentro de mí.

—Oh… Salvador —suspiro, mi interior quema, se pega a él, se estremece—. Salvador…

—Quédate quieta, por favor. —Me muevo, no puedo evitarlo—. Joder, Candela. Quieta. Para. —Me sujeta con una mano en la cintura y la otra en la nuca. Me besa, tiene la frente sudada y la respiración entrecortada.

—Tengo que moverme, Salvador. Te necesito.

—Joder, cariño, vas a matarme. Yo también te necesito, pero necesito calmarme un segundo porque… —aprieta los dedos— porque si te mueves me correré y llevo demasiados días deseando estar así contigo para que acabe en dos segundos.

—No acabará.

—Candela…

—Yo también te deseo mucho, Salvador. Muévete. Quiero… —le muerdo el labio—… quiero moverme y notarte dentro de mí. Quiero notar que estás a punto de correrte y quiero sentir el instante exacto en que tu cuerpo decide que no puede más y…

—Deja de hablar, Candela.

—Pues tú empieza a moverte.

Sonríe, Salvador sonríe y me besa.

—Está bien. Tú lo has querido.

—Tú más —le provoco lamiéndole ahora el cuello e incorporándome un poco.

—Sí, yo más.

Aprisiona mis labios y levanta las caderas para penetrarme. No sé si dura unos segundos. Tampoco sé si dura unos minutos o unas horas. Solo sé que Salvador me estrecha en sus brazos, que tiembla dentro de mí y que grita mi nombre al alcanzar el orgasmo. Yo gimo el suyo, yo reclamo sus besos y él me exige más de los que yo ya estoy dispuesta a darle.

Me quedo dormida en sus brazos, desnuda con la piel de gallina y el alma mareada de tanta pasión. Si solo fuera sexo sería fácil. Si fuera amor quizá también.

23

—Sé que no debería preguntarte esto... —susurra Salvador a mi espalda.

Estamos en su cama, seguimos desnudos, su piernas están enredadas con las mías y su brazo me cae por la cintura. Creo que es de día, llega luz natural por el pasillo porque ayer no cerramos la puerta y, aunque me cuesta enfocar la vista, veo nuestra ropa esparcida por el suelo.

—¿Salvador? ¿Qué hora es?

—Cuando estás medio dormida tus preguntas son más fáciles que cuando estás despierta. —Me besa el cuello y el hombro—. Son las diez de la mañana.

Me sobresalto e intento salir de la cama, pero él me retiene.

—Tengo que ir a trabajar.

—Odio tener que hablar de trabajo contigo, cada vez más. Pero voy a hacer una excepción. Vanesa me dijo que no contaba con que hoy fueses a trabajar, al menos por la mañana. Ni ella ni Sofía van a estar, tenían algo importante no sé dónde. Si no te tuviera desnuda en los brazos podría acordarme.

—Pero...

—Pero nada. Sigue durmiendo.

No debería, pero las sábanas son tan suaves y Salvador desprende ese calor que tiene el poder de adormilarme.

—Me has despertado tú, decías algo de una pregunta.

Él me está besando la espalda y la mano que tiene en mi estómago baja acariciándome hacia la entrepierna.

—Ah, sí. —La lengua se detiene en cada vértebra—. Iba a preguntarte por Víctor, pero no quiero que en esta cama haya nadie más que nosotros.

—No lo hay.

—Joder —suspira—, cariño, gracias.

—¿Por?

—Por estar aquí y en ninguna otra parte. —Me besa la espalda y mueve despacio los dedos. Mi piel despierta, el deseo me nubla la mente y nos satura a los dos la piel. Siento su erección detrás de mí, sus labios pegados ahora a mi oído—. Por decírmelo.

—Más, Salvador.

Necesito más de él, sus palabras me confunden, creo ver en ellas sentimientos que después me confiesa con su cuerpo, pero no con su corazón. Si lo que está pasando es lujuria, deseo, una fantasía, tengo que vivirla como tal y proteger cierta parte de mí para cuando despierte del todo.

—Mierda, Candela, ¿qué me pasa contigo? Joder.

Me da media vuelta, separa mis muslos y se sienta de rodillas entre ellos. Salvador apoya la parte trasera de sus piernas en las pantorrillas y detiene una mano entre mis pechos.

—Tócame —le pido.

—Creo que moriría si te desease más, Candela. —Sujeta su erección—. Mira, mira qué me pasa cuando pienso en ti. No puedo respirar cuando estoy cerca de ti, solo puedo pensar en cómo conseguiré volver a estar dentro de ti.

Levanto una mano y con el dedo índice acaricio esa parte de él con la que parece estar furioso.

—¿Y qué sucede cuando estás dentro de mí? ¿Se te pasa? ¿Dejas de pensar en mí?

Él niega con la cabeza y se aparta. Abre el cajón de la mesilla de noche y saca un preservativo que deja encima de la sábana.

—No creo que eso ya sea posible, Candela. —Me acaricia un pecho muy despacio, observa cómo la piel cambia y se humedece el labio cuando se me escapa un gemido—. Estoy seguro de que es imposible—. Repite la caricia en el otro pecho y la otra mano la guía hacia mi sexo. Lo acaricia. Deja mis pechos, justo cuando estoy a punto de exigirle que vuelva a prestarles atención sus labios me silencian y me penetra con un dedo—. Es imposible que deje de pensar en lo excitada que estás cuando estamos juntos. Imposible. En el modo en que tu cuerpo necesita el mío y en cómo el mío... —me lame el cuello y me muerde el lóbulo de la oreja—. Joder, Candela... en cómo el mío te necesita.

—Salvador...

—Tu sabor forma parte de mí, jamás puedo deshacerme de él. Tu piel tiene que haberse fundido con la mía, porque de lo contrario nada de esto tiene sentido. Nada.

—Por favor...

—Sueño con esto, contigo, cada noche. Quiero hacer... Dios, ni te imaginas todo lo que quiero hacer contigo.

—Quizá sí, quizá sí me lo imagino.

—No lo digas, Candela.

Alargo la mano en busca del condón y, cuando lo encuentro, con la otra mano busco la cara de Salvador para besarlo.

—Dime una cosa —le exijo cuando interrumpo el beso—. Una cosa.

—¿Qué?

Abro el preservativo, es casi un milagro que lo consiga a la primera, y me incorporo para colocárselo. Él intenta detenerme, pero en cuanto le toco cierra los ojos y echa la cabeza hacia atrás y se olvida.

—Una cosa que quieras hacerme.

—Todas —confiesa aún con los ojos cerrados.

—Elije una.

Me separa un poco más las piernas, parece hipnotizado con nuestros cuerpos, mira fijamente el lugar por donde nos unimos mientras me penetra lentamente. Coloca los muslos bajo los míos consiguiendo que la mitad inferior de mi cuerpo quede ligeramente levantada. La postura consigue que mis rodillas se abran un poco más y puedo sentir que entra más profundamente. Duele un poco, él se da cuenta de que me he mordido el labio inferior y lo acaricia con el pulgar.

—Joder, Candela, lo siento mucho, cariño. Lo siento. He ido demasiado rápido.

—Bésame.

Él viene al encuentro de mis labios; la sensualidad del beso, la ternura de su lengua, el suspiro que nace dentro de Salvador y se pierde en mis pulmones consiguen que el deseo devore, en menos de un segundo, la incomodidad de antes.

—Elijo esta —dice con la voz ronca cuando se aparta y vuelve a sentarse—. Quiero que ver cómo te corres, quiero tocarte —me acaricia los pechos—, darte placer —con la otra mano me acaricia el sexo, justo por encima de su erección—, quiero sentir tu orgasmo, notar ese instante en que me aprisionas dentro de ti como si no pudieras soportar la idea de que me apartase.

—Yo elijo todo eso y algo más.

—¿El qué?

—Que después me dejes hacértelo yo a ti.

—Acabarás conmigo, Candela.

—¿Eso es un sí?

—Es un sí por favor.

Mueve el pulgar por uno de mis pechos y empuja ligeramente. No sé cuántas veces ha soñado con esto, pero no deja ni un centímetro de mi cuerpo sin tocar, acariciar, atormentar. Entra y sale despacio, cada vez que creo que va a llegar el final, que por fin voy a alcanzar el orgasmo y voy a poder recuperar el aliento, retrocede y segundos más tarde vuelve a empezar.

—No puedo más...

—Solo un poco, cariño, estás preciosa. Quiero verte así un poco más.

Empuja, me pellizca los pechos y yo gimo su nombre y echo la cabeza hacia atrás.

—Salvador, por favor, muévete... —Abro los ojos y le miro, él está completamente concentrado en mí. Verle así es demasiado. Empiezo a temblar y ese orgasmo que él me ha negado hasta ahora, torturándome con besos a medias, con caricias destinadas a enloquecerme, con susurros junto al oído se materializa al ver que él no deja de mirarme.

—Joder, Candela—. Aprieta los muslos, lo noto bajo mis piernas. Me sujeta ambas manos porque estaba acariciándole y las retiene sobre mi cabeza—. Estás dentro de mí. Dentro.

—Salvador.

—Dentro, Candela.

Me besa, se estremece, sigue besándome, perdiéndose. Yo sigo encontrándole, besándole.

Al terminar, entre gritos, suspiros, palabras que no tienen demasiado sentido, besos que se confunden con caricias y pieles que se niegan a separarse, vuelvo a quedarme dormida en sus brazos.

Horas más tarde vuelvo a despertarme y, cuando abro los ojos, veo a Salvador vistiéndose de pie a mi lado. Tiene el pelo húmedo y unas gotas de agua le bajan por el torso.

Durante un segundo se me forma un nudo en el estómago: ¿qué Salvador me encontraré ahora?, ¿el que dice que quiere que seamos amigos o el que me pide que me quede con él?

—¿Tienes hambre? —Se sienta en la cama y me aparta el pelo de la frente antes de darme un beso en los labios—. ¿Estás bien?

—Estoy perfectamente.

Él sonríe.

—¿Te apetece salir a comer algo o quieres quedarte aquí?

—Creo que de momento prefiero ducharme, si no te importa.

—¿Importarme? La verdad es que sí, mucho.

—Oh, lo...

—Me importa porque voy a tener que volver a ducharme.

—Puedo ducharme sola.

—¿Y si te caes? —bromea—. ¿Y si no encuentras el champú?

—Sabré arreglármelas, en serio.

—No, será mejor que me duche contigo. Insisto.

Sé que esto no va a durar, no sé qué pasará ni cuándo pasará, pero este Salvador bromista y seductor desaparecerá. Voy a disfrutar de él mientras esté aquí y cuando se vaya... ya veré qué hago cuando se vaya.

—Bueno, si insistes, no voy a llevarte la contraria.

—Así me gusta.

El baño, que es muy espacioso, huele a Salvador; algo obvio, pero que me pone la piel de gallina y me causa un cosquilleo en el estómago. Él está frente a mí y se quita la camisa, y comprendo algo aturdida que es la primera vez que le veo la espalda desnuda a plena luz del día.

—Tu tatuaje... —Me coloco detrás de él y recorro la cifra con el índice. En realidad no es un número, son muchos, filas de números agrupadas en parejas. Hay seis filas en total y no todas tienen la misma longitud—. ¿Qué significan?

—Ahora nada. —Se da media vuelta—. Ahora estás tú.

Me coge una mano y la lleva al botón de su pantalón. Es absurdo, justo ahora me doy cuenta de que estoy desnuda y él no. Le desabrocho mientras él me acaricia los hombros y los brazos, y me llena el rostro de besos.

No puedo bajarle el pantalón, él tiene que ayudarme, y cuando se lo quita, los dos estamos en igual de condiciones. Levanto la vista y miro el rostro de Salvador, los pómulos marcados, las mejillas un poco más oscuras que el resto por la sombra de la barba, los labios firmes, los ojos negros, brillantes, que me quitan el aliento. Quizás hoy esos ojos están más desnudos incluso que el resto del cuerpo.

Apoyo el peso en la punta de los dedos del pie para besarlo y le acaricio el pelo aún mojado.

—Salvador.

Él me empuja los hombros hasta que vuelvo a quedar con los pies en el suelo y me pasa el pulgar de una mano por la boca.

—Eres lo más bonito que he visto nunca —habla bajito—, tus ojos son... Cuando estoy dentro de ti y te miro...

Se detiene, no deja de mirarme, con la otra mano me acaricia la cintura y me acerca a él.

—¿Qué?

—Podría correrme solo mirándote.

—No ibas a decir eso. —Es muy sexy, no voy a negarlo, me tiemblan las piernas y cierta parte de mi cuerpo está derritiéndose, pero no iba a decir eso.

—Tal vez, pero es la verdad.

—¿Ah, sí? Pues demuéstramelo.

A él se le oscurecen los ojos y su erección me roza el vientre.

—Sabes que me vuelves loco cuando haces esto.

—Demuéstramelo.

«Al menos así estaremos locos los dos».

—¿Quieres que te demuestre que puedo correrme dentro de ti solo mirándote?

—Sí.

—¿Y tú?

—Oh, estoy segura de que vas a asegurarte de que yo también, ¿me equivoco?

—Joder, no. No te equivocas. Ven aquí, cariño—. Empieza a besarme, su lengua busca la mía, sus labios no se apartan, el resto de su cuerpo tampoco—. Si solo voy a poder mirarte, voy a hacerlo bien. Ven.

Con los dedos entrelazados me lleva a la pica blanca. Frente a mis ojos se encuentra el espejo y Salvador se coloca detrás de mí y me besa una vez el hombro. Baja las manos por mis brazos y al llegar a las mías las posiciona encima de la cerámica. Él después pone las suyas encima, nuestros dedos crean una telaraña y nuestras miradas se encuentran en el espejo.

No hay ni un centímetro de mi piel en mi espalda que no esté tocando a Salvador y la cadena que se crea entre nuestras pupilas parece irrompible y no deja de acercarnos y de encerrarnos el uno dentro del otro.

—Tengo que apartarme un segundo —me susurra al oído—. No te muevas.

No encuentro la voz y durante el instante que dura su ausencia cierro los ojos para recordarme que hoy igual que ayer por la noche no voy a cuestionarme qué está pasando o qué va a pasar mañana.

Salvador me besa de nuevo la espalda y con una mano me gira ligeramente el rostro para besarme en los labios.

—Abre los ojos —pide al colocar de nuevo los dedos por entre los míos.

Entra en mi cuerpo a través de mis ojos, de mi sexo, de mi piel. Entra y se queda allí, apenas se mueve y no deja de mirarme. No dice nada con palabras, sin embargo, sus ojos son incapaces de callar. Sus brazos quedan rígidos al lado de los míos, nuestros dedos no se sueltan.

—Salvador...

—Joder, Candela, cariño.

Giro la cabeza un segundo para besarle la comisura del labio porque en el espejo veo que se ha mordido. Y él aprieta la mandíbula, echa la cabeza hacia atrás y cierra los ojos.

Se estremece, su peso se apoya en mi espalda y cuando noto su aliento en mi piel, en el hueco de mi clavícula, susurrando mi nombre, me sucede lo mismo.

Después de ducharnos y de vestirnos vamos a la calle. Estoy viendo el mar, Salvador me ha pedido que le espere aquí mientras saca la moto del garaje. Hago una fotografía cuando le veo acercarse, lleva casco y está irreconocible, podría ser un motorista cualquiera pasando por la calle.

«#HolaBarcelona #TeEchabaDeMenos #LosChicosDelCalendario 📅 🏃 Tenemos unos días juntos».

—Ya estoy aquí, Candela. —Detiene la moto y se levanta la visera del casco mientras me acerca el mío (ese que utilicé en enero).

Lo acepto y me lo pongo. Hemos decidido que iremos a mi piso, yo tengo que deshacer la maleta y organizarme un poco. No iré a *Gea* hasta mañana.

—Tú has dejado de mirar primero —le digo cuando me abrocha el cierre que sigue roto y yo sigo sin pillarle el truco cuando me tiemblan las manos.

—¿Y qué esperabas? —Me besa antes de bajarme la visera—. Eres tú, Candela.

Esta semana el trabajo nos absorberá a los dos, *Los chicos del calendario* no descansan. Mañana llamaré al candidato a chico de abril, no se lo he dicho a Salvador y no sé si Vanesa se lo ha contado, pero he reducido la lista a tres, y ya tengo a mi preferido.

Se lo diré a Salvador esta noche y sé que él sonreirá y dirá que mi elección le parece bien. No volveremos a hablar de nosotros, tengo el presentimiento de que será como si esta noche y esta mañana no hubiesen existido o como si fuesen un regalo para los dos. Y estoy preparada para asumirlo. La imagen de Víctor me viene a la mente, le veo en su laboratorio observando paciente una placa a través de su microscopio.

«Sé lo que estoy buscando —me digo— y sé que si me precipito voy a perderlo».

Mañana grabaré el vídeo de Víctor y le llamaré, quiero saber cómo están Valeria y Tori, y si ha hablado con los laboratorios americanos.

Quién sabe qué pasará después, quizás el chico de abril me ayudará a entender el sentido de todo esto o me complicará aún más la vida.

ABRIL

24

—Hola, soy Candela y este es el vídeo del chico de marzo. Como podéis ver, estoy en mi mesa de Barcelona con mi gato de la suerte y no sé cómo me han convencido para hacer este vídeo en directo. Sé que estos días os hemos inundado a mensajes sobre esta emisión, así que espero que los hayáis visto y que hayáis decidido conectar vuestros ordenadores, tabletas o teléfonos móviles y hacerme compañía. He ensayado antes, para qué negarlo, y aquí me tenéis, si tartamudeo o me voy por las ramas y acabo contándoos que en un festival de fin de curso del colegio tiré medio decorado es culpa de los de *marketing* y de Abril, mi mejor amiga y compañera de trabajo, que está convencida de que puedo hacerlo. Y también de Salvador, mi jefe —carraspeo—. Bueno, allá vamos. Volví unos días antes de Haro, no sucedió nada malo, todo lo contrario, el chico de marzo fue tío y pensé que ya les había robado bastante tiempo a él y a su familia. La pequeña es preciosa, me ha recordado a cuando nacieron mis sobrinas, Raquel y Lucía, ellas ahora son tremendas, pero eran unos bebés muy bonitos.

Me suena el móvil y pongo cara de circunstancia.

—Mierda. Oh, mierda, lo siento. Lo siento mucho. Juraría que había apagado el móvil. ¿Podemos dejar de grabar? Tenemos que dejar de grabar y repetir esto —farfullo mientras busco el dichoso aparato en el cajón de mi mesa.

—No, no podemos, estás en directo —contesta Abril sonriendo y sin apartar la cámara.

—La que ha contestado es Abril, lo digo porque probablemente la mate más tarde —les explico a la gente que quizá me está viendo y que con toda seguridad dejará de hacerlo en los próximos segundos—. ¡Aquí estás! —Iba a colgar pero al ver el nombre que aparece en la pantalla contesto—. Oh, vaya, ¿me perdonáis si contesto? Tengo que contestar, será solo un segundo, os lo prometo. Os compensaré, ya veréis. ¿Víctor?

—Hola, Cande, ¿te pillo en mal momento?

—La verdad es que sí.

Él se ríe.

—Lo sé, te estoy viendo. Abril me ha avisado.

Miro a mi amiga.

—¿Tú has avisado a Victor y le has dicho que me llamase ahora? ¿Precisamente ahora? ¿Acaso tienes ganas de morir?

—Pon a Víctor en altavoz —dice Abril.

—No voy a poner a Víctor en altavoz.

—Ponme en altavoz, Cande.

—Os habéis vuelto todos locos. —Le doy al altavoz.

—Hola, Abril, gracias por llamarme. Encantado de saludarte, acuérdate de que te esperamos aquí en Haro.

—Tranquilo —contesta Abril como si estuviéramos hablando en un bar y no en pleno Youtube—, no me olvidaré.

—¿Qué os parece si dejamos esto para más tarde? Aún estamos a tiempo de solucionarlo, seguro que nadie nos está viendo.

—Las visitas se han disparado, Cande, no dejan de subir —apunta Víctor—, lo estoy viendo.

—Bueno, será mejor que acabemos con esto cuanto antes, tengo que estrangular a Abril. ¿Cómo estás, Víctor?

—Bien, muy bien. Te he echado de menos estos días —reconoce sin titubear—, tendrías que haberte quedado.

—Ya lo hablamos el otro día, Víctor. —Me arden las mejillas de repente—. Estás en altavoz.

Se ríe, ¿quién iba a decir que su risa me gustaría tanto y que acabaría oyéndola tan pronto?

—Lo sé, solo quería dejarlo claro. Llámame cuando puedas. Quiero hablar contigo. Adiós, Abril. Hablamos luego, Cande.

—Vale —balbuceo sin ninguna sofisticación—. Pues ese era Víctor y ahora mi móvil está completamente apagado. Si alguien más quiere hablar conmigo tendrá que esperar, y si alguno de vosotros quiere decirme algo, puede dejarlo en los comentarios.

Abril me sonríe, se siente muy satisfecha consigo misma y con la mano que no sujeta la cámara me anima a continuar.

—Probablemente no vais a creerme, pero cuando conocí a Víctor no era ni de lejos tan simpático como lo ha sonado ahora; estaba obsesionado con su trabajo y con castigarse por un error que él creía haber cometido con su padre. Víctor tiene defectos, muchos, pero de él he aprendido que de nada sirve esconder la cabeza en la arena y que nuestros errores hay que enfrentarlos, por dolorosos que sean. También he aprendido que la paciencia es una virtud que no poseo y que necesito cultivar, y que el buen vino, como las cosas que valen la pena de verdad, necesitan tiempo. ¿Sabéis una cosa? Estoy aprendiendo mucho de *Los chicos del calendario* porque, a pesar de lo que dicen nuestros detractores, que los hay, no estoy buscando un chico perfecto de plástico. ¿De qué nos sirve un Ken si nosotras no somos ni queremos ser Barbie? Estoy buscando chicos que valgan la pena, que me demuestren que hasta diciembre del año pasado lo que había tenido era mala suerte y también parte de culpa por no haber sabido reconocer lo que quiero y luchar por ello. Del chico de enero aprendí a ser sincera conmigo misma, del de febrero que la felicidad está donde tengamos el corazón y no en lo que los demás crean que nos conviene, y del chico de marzo he aprendido a ser paciente y a escuchar, y a confiar mis emociones a las personas a las que más quiero. Ninguno de ellos es perfecto, pero yo tampoco lo soy y no quiero serlo. Aún nos quedan muchos meses para seguir aprendiendo y conociendo a chicos increíbles, quizás alguno de ellos será imperfectamente perfecto para mí.

»El chico de abril es Bernal Nogueira y vive en Muros, un increíble pueblo de A Coruña, y le hemos elegido después de leer la candidatura que presentaron y firmaron todos los solteros del pueblo. Os juro por mi gato de la suerte que es así. Al parecer Bernal está causando estragos entre la población femenina del pueblo y por «su culpa» —hago el signo de comillas— las chicas de allí no quieren tener nada que ver con los otros hombres porque no les parecen suficiente. No me diréis que no es el candidato perfecto; un chico que ha conseguido que todas las chicas de su pueblo renieguen del resto de los hombres porque ninguno es tan tan... como él. Ya sabéis que no existen normas sobre la presentación de candidatos y, sin duda, la de este mes es de lo más inesperada. Lo único que puedo decir es que no estoy buscando un chico perfecto, ni el más guapo ni nada de eso. Contadme por qué creéis que debo conocer a ese chico, a vuestro hermano, a vuestro vecino, cómo creéis que puede afectar en mi vida, y os prometo que leeré vuestra carta o correo, con los ojos, la mente y el corazón bien abiertos. Los habitantes de Muros creen que Bernal puede enseñarme a reír y a disfrutar de los pequeños placeres de la vida sin darle mil vueltas a todo —sonrío— y dicen que les haría un favor si me lo llevase de allí unos días y les diera margen de maniobra. Por eso lo elegí.

»La verdad es que no sabía si Bernal iba a aceptar, no sabía si él estaba al corriente de lo que habían hecho sus vecinos. Por cierto, ¿sabéis que su nombre significa «noble y valiente» en gallego? Pero ha aceptado y nos espera en Muros dentro de dos días, ¿vamos?

»Nos vemos allí, os dejo, voy a llamar a Víctor y a preguntarle en qué diablos estaba pensando cuando se ha dejado convencer por Abril para llamarme en directo, él que parecía tan serio. Empiezo a pensar que el verdadero motivo por el que Abril y Vanesa, la Mujer Maravillas de *marketing*, han insistido tanto en que hiciera este vídeo en directo era esa llamada. Genial, soy tonta, voy a matarlas. Besos, gracias por ser chicos y chicas de calendario.

Abril apaga la cámara y la fulmino con la mirada, pero ella corre a abrazarme.

—¡Has estado genial, Cande! Vanesa acaba de mandarme un mensaje para decirme que hemos arrasado en Youtube. Cuando Víctor ha llamado casi superamos a las Kardashians.

—Eso es mentira.

—Sí, estoy exagerando un poco. Aunque es cierto que Vanesa me ha escrito y que el vídeo en *streaming* ha tenido muchas visitas y no dejan de aumentar.

—Podrías haberme dicho que ibas a llamar a Víctor. —Deja de abrazarme—. Eres mi mejor amiga y te quiero, Abril.

—Yo también —me interrumpe.

—Pero tienes que dejar de meterte en mi vida. Sé lo que hago, aunque a ti no te lo parezca.

—Lo intentaré. Oye, el tal Bernal suena muy sexy.

—La verdad es que cuando hablé con él por teléfono parecía muy simpático, será un buen contrapunto después de Víctor.

—Víctor también suena muy sexy. Tiene una voz increíble y cuando se ha reído casi se me caen las bragas.

—Creo que te las compras demasiado grandes, se te caen muy a menudo. ¿Lo sabe Manuel que tienes este problema con la ropa interior?

—Manuel ya no se acerca a mi ropa interior.

—¡¿Qué?! ¿Habéis discutido? ¿Cuándo? ¿Por qué?

Abril se apoya en la mesa de Salvador, estamos en el despacho, intenta mantener una postura indiferente, pero a mí no me engaña.

—No hemos discutido. Le he dejado.

—¿Cuándo? ¿Por qué?

—Hace un par de semanas, no te lo dije cuando hablamos porque sonabas muy preocupada con lo tuyo y no quería agobiarte. Además, tampoco había nada que contar.

—¿Cómo que no? Os vi en febrero y me morí de envidia; se os veía muy bien y tú, Abril, no me la metes, estás mal.

Ahora que me fijo encuentro los síntomas: ojeras, ausencia de pintalabios chillón, los zapatos planos (preciosos pero planos)... Abril no está bien, cuando rompe con uno de sus ligues, durante días parece sacada de la portada de *Vogue*, como si quisiera restregarle por las narices al hombre en cuestión lo que se está perdiendo. Pero esto... Solo he visto a Abril sin arreglar —aunque su «sin arreglar» soy yo de boda— en una ocasión: cuando rompió con Lionel porque lo encontró en la cama con otra.

—Estoy bien, Cande, cielo, gracias por preocuparte.

—No me vengas con tonterías y cuéntame la verdad. Tú llevas meses aguantando mis problemas y yo soy un asco de amiga, prometo hacerlo mejor, de verdad. Cuéntamelo.

Se aparta de la mesa y se sienta en el sofá.

—No hay nada que contar, en serio. No discutimos. Le dije que quería dejarlo y se fue.

—No me lo creo. ¿Qué pasó? —Voy a su lado y le cojo la mano, ella las mira durante unos segundos.

—Es diez años más joven que yo.

—Lo sé.

—Pues eso, Manuel es diez años más joven que yo. Punto.

—A ver si lo he entendido: ¿le dijiste a Manuel que querías dejarlo porque es diez años más joven que tú y él se largó?

—No exactamente.

—¿Qué pasó *exactamente*?

—Él me dijo que era una idiotez.

—Bien por Manuel.

Abril me mira como la estaba mirando yo hace un rato, como si tuviera ganas de matarme.

—Discutimos, me dijo que me estaba buscando excusas para no comprometerme porque estaba asustada.

—Me encanta este chico.

—También me llevo diez años contigo, Cande, o más, a veces finjo no saberlo, pero lo sé. Tú no puedes entenderlo.

—Tienes razón, no puedo entenderlo.

—Es mejor así.

—Odio esta frase.

—¿Cuál?

—«Es mejor así». La odio. ¿Mejor para quién? ¿Para qué? Mira, no voy a insistir, porque es obvio que lo estás pasando mal y estoy intentando poner en práctica lo que he aprendido de Víctor.

—¿Has aprendido a hacer vino? Porque deja que te diga que ahora precisamente me iría muy bien tomarme una copa.

—No, ojalá, he aprendido que a veces hay que tener paciencia. Estaré aquí cuando quieras contarme por qué te has asustado y has roto con un chico del que es evidente que estás enamorada y que él lo está de ti. Y también lo estaré cuando quieras ir a buscarle.

—No creo que eso suceda. Seguro que Manuel ya me ha olvidado. Pero gracias. —Se pone en pie—. Será mejor que me pase por el departamento de *marketing* para preguntar si necesitan algo más. Estos días tengo varios reportajes fuera y saltaré de un avión a otro.

—Y seguro que tu ruptura con Manuel no ha tenido nada que ver con que aceptaras esos encargos lejos de aquí.

—Cande...

—¿Qué? No he dicho nada. Llámame estés donde estés, no volveré a comportarme como la amiga plasta que solo piensa en ella, lo juro.

—Vale, plasta. ¿Tú cuándo te vas?

—Pasado mañana. Cogeré un vuelo A Coruña por la mañana, el chico de abril me recogerá en el aeropuerto; hay cien quilómetros de allí al pueblo.

—He visto fotos, parece un lugar muy «pintoresco».

—Veo que tu ironía sigue intacta y que sigues odiando los pueblos pequeños.

—Si hubieras nacido en el mío lo entenderías, Cande. ¿Qué está haciendo Bernal en ese pueblo? ¿Es de allí?

—No, es de Santiago, está allí por trabajo. No vas a creerte a qué se dedica.

—¿A qué?

—Es arqueólogo y profesor. —Levanto las cejas, quiero animar a Abril—. El año pasado un periódico del sector lo apodó el Indiana Jones español.

Funciona.

—Este mes no se te ocurra llamarme la última semana y pedirme que no venga a hacer las fotos, por nada me pierdo fotografiar a míster aventurero. ¿Lleva látigo?

—¿Quién lleva látigo? —Salvador aparece en la puerta del despacho, cruza los brazos y nos sonríe.

Estos días nos han sentado bien a los dos, es como si hubiéramos convertido el tiempo robado a marzo en casi una semana de enero.

—Bernal, el chico de marzo —le contesto—. El arqueólogo.

—Más le vale no llevarlo.

—Si no lo lleva —interviene Abril—, ¿puedo prestarle uno yo para las fotos?

—¿Tú tienes un látigo?

Salvador se ríe de mi pregunta, que iba dirigida a Abril.

—Claro, ¿tú no?

Y ahora los dos me toman el pelo. Sé que estas próximas navidades Abril se las ingeniará para regalarme uno.

Abril se va tras darme un abrazo y me quedo a solas con Salvador.

—El vídeo ha sido un éxito, te dije que lo de hacerlo en directo iba a funcionar.

—Ha sido un desastre, lo que pasa es que los humanos somos seres despreciables y nos gusta ver como otra persona lo pasa mal.

—¿Lo has pasado mal? A mí me has gustado mucho, claro que tú siempre me gustas mucho.

Estoy de pie frente a mi mesa, me he levantado antes para despedirme de Abril, y Salvador está delante de mí. Ha cerrado la puerta al acercarse y, aunque tiene las manos en los bolsillos, siento como si me estuviese acariciando el labio inferior porque no deja de mirármelo.

—¿Ah, sí? No lo sabía.

Levanta una ceja, libera una mano del pantalón y me pasa el dedo índice por encima de la que yo tengo apoyada en la mesa.

—Pues ya lo sabes. ¿Te apetece venir a cenar a mi casa esta noche? Me imagino que mañana preferirás quedarte en tu piso y terminar de hacer el equipaje, así que he pensado que, si quieres, hoy podemos cenar en mi casa.

Es lo que hemos hecho estos días robados; durante el día los dos hemos trabajado como si nada, él ha ido y venido de reuniones de las cuales hemos coincidido en algunas y en otras no, y yo he estado intentado idear con Vanesa y Sofía un sistema más eficiente para elegir a los chicos del calendario. Hay que dejar de ir a salto de mata; con la cantidad de gente que depende del éxito de este proyecto y la cantidad de lectores y anunciantes que tiene ahora la revista y la página web, no podemos correr el riesgo de ir tan al límite y meter la pata.

—Claro, ¿te va bien que venga a las ocho? Me gustaría pasar a ver a mi hermana y a mis sobrinas después del trabajo.

—Ven cuando quieras.

—¿Quieres que de camino traiga algo?

—Solo a ti.

Los dedos de Salvador han subido por la manga de la camisa que llevo y, al llegar al hombro, han apartado un mechón de pelo para poder tocarme el cuello.

—Vale. Pero no deberías decirme estas cosas aquí, en la oficina. Después no puedo pensar.

—¿Por qué no? —Lleva los dedos a mi boca y los detiene allí junto con la mirada—. Es la verdad.

Baja la cabeza despacio, a veces Salvador hace esto, me toca, me observa y me besa con lentitud, como si quisiera memorizarme o como si yo fuese algo sorprendente. Cuando está así no dice nada y siempre, cuando termina uno de estos besos, se queda en silencio un rato.

Yo no le interrumpo, yo también necesito pensar en estos instantes. Son besos que no encajan en una aventura ni tampoco en una relación de pareja «normal», aunque no sepa exactamente cómo es una de esas relaciones.

Ahora mismo me está besando así, con los labios pegados a los míos, la lengua moviéndose despacio imitando el suave vaivén de dos cuerpos al hacer el amor. Tiene los dedos índice y pulgar de la mano derecha en mi rostro y lo sujeta con ternura mientras me besa y la otra mano está en mi cintura, abrazándome, acercándome a él y apartándome de la mesa.

El aire que respira me hace cosquillas en la piel y mi aliento busca el de él porque con besos así me lo arrebata. El fuego que esconde este beso es inconmensurable y, aunque estamos aquí, en el despacho de Salvador en Olimpo, él consigue que me olvide del mundo, lo reduce a este instante, a estar en sus brazos con su sabor en los labios.

Vibra el móvil que él antes llevaba en una mano y ha dejado en la mesa. El ruido nos molesta a los dos, Salvador no se sobresalta y no altera la presión de sus labios ni la suavidad de sus caricias, pero el beso acaba y se separa. Me mira a los ojos y se aparta despacio para dirigirse a su escritorio con el aparato que nos ha interrumpido.

Yo tardo unos segundos en moverme de donde estoy; mis piernas necesitan un poco de tiempo para recuperar el movimiento sin tambalearse. Cuando creo que podré logarlo, camino hasta mi silla y me pongo a trabajar. Vanesa y Víctor tenían razón, el vídeo en directo ha sido un éxito. Víctor ha sido un éxito aún mayor a juzgar por los comentarios que estoy leyendo.

He hablado con él dos veces desde que he vuelto, tres si contamos la llamada de hoy en directo. Le dije que necesitaba más tiempo, a lo que él me contestó que tenía todo el del mundo. Me pareció tan generoso de su parte que al final le confesé que Salvador y yo ahora estábamos más o menos juntos. No quiero hacerle daño a Víctor, me importa mucho.

—Espero que el más o menos sea suficiente para ti, Cande, aunque eso no cambia en nada lo que te dije. Quiero seguir conociéndote, tanto si el chico de enero forma parte de tu vida como si no.

Yo también quiero seguir conociendo a Víctor, tengo el presentimiento de que puede llegar a ser un gran amigo y que voy a necesitarlo.

Estos días también he hablado con Jorge y María. Si no fuera porque me alegro tanto por ellos, me darían muchísima envidia. Supongo que me la dan. María me preguntó si había conseguido hacer el *tangram*; le dije que no le he intentado. Lo dejé en casa cuando me fui a Haro y desde que he vuelto no me he atrevido a acercarme a él.

Es una tontería, lo sé, pero no puedo quitarme de la cabeza la imagen de ella y Jorge colocando las piezas, y después pienso en mí y en Salvador y en que somos incapaces de preguntarnos ciertas cosas, las más importantes.

Salvador sale a comer con su padre y dos señores más, el señor Barver padre está mucho más presente estos días que hace meses, pero claro, ese es otro de los temas que consiguen que Salvador se cierre en banda. Aunque a veces, de repente, cuando menos me lo espero, me cuenta algo, como que empezó a escalar porque una mañana tuvo ganas de huir de todo o que nunca ha sido capaz de ponerle nombre al viejo velero que está restaurando, y sé por cómo me mira, por la elección de cada palabra, que nadie más lo sabe.

Yo como con Vanesa, hablamos un poco de trabajo, es inevitable, pero al llegar a los cafés, *Gea* y *Los chicos del calendario* han quedado atrás.

Es un buen día, paso un rato con Marta y con las locas de mis sobrinas. Ellas me preguntan por Salvador, quieren saber si volverán a verlo pronto. Les explico que está muy ocupado.

—Pero su barco sigue roto, tenemos que ayudarle a arreglarlo —insiste Raquel—. Él dijo que sin nosotras no podría terminarlo.

—Creo que se las apañará.

—¿Cómo va a apañárselas? Si ese día lo único que hacía era mirarte a ti —sentencia Lucía tras devorar dos galletas Príncipe—. Dile que cuando mamá nos deje vamos a ayudarle y ya está. Seguro que dice que sí.

—Se lo diré, aunque no sé cuándo va a poder ser, ¿de acuerdo?

—Vale.

Por suerte mi hermana no presencia esa conversación, a ella no la habría hecho callar tan fácilmente.

25

Llego al apartamento de Salvador, en el ascensor me asaltan los mismos nervios de siempre. Tendría que haber seguido evitándolos. No sé si son nervios o ganas de verlo. No sé qué me da más miedo, que desaparezcan un día o que no lo hagan nunca. La puerta de acero se abre y salgo al pasillo, él está esperándome y, aunque nos separan unos cuantos metros, puedo ver que ha sucedido algo.

—¿Te encuentras bien? —le pregunto al llegar a su lado, tiene las ojeras muy marcadas.

—Sí. —Cierra los ojos y apoya la mejilla en la palma de mi mano—. No es nada, no te preocupes.

—No tienes buen aspecto, Salvador.

Él sonríe, pero las arrugas en las comisuras de los ojos indican algo más.

—Vaya, gracias.

—Oh, vamos, sabes que me basta con mirarte para tener ganas de comerte entero, pero ahora mismo no estás bien. Y no pasa nada si lo reconoces.

—Está bien. Quizás he pillado la gripe o algún virus en la reunión. No es nada, en serio.

—¿Por qué no te tumbas un rato?

—¿Vas a tumbarte conmigo?

—¿Te estarás quieto?

—¿Contigo en la cama? No, jamás, pero puedes intentarlo.

Me coge la mano que tenía en la mejilla y tira de mí hacia el interior del apartamento. Cierra la puerta con un puntapié y caminamos hacia su dormitorio.

—¿Y la cena?

—He llegado hace unos minutos, aún no he preparado nada. Podemos hacerlo juntos después. No digas que no, Candela, estoy enfermo y necesito descansar un rato.

—Hace medio minuto no estabas enfermo.

—Debe de ser la fiebre, vamos, acuéstate conmigo.

—Está bien.

—Y vuelve a decirme eso de que quieres comerme entero.

Estamos frente a la cama, él me sujeta por la cintura y veo que a pesar de la sonrisa tiene la frente arrugada y cubierta por una fina capa de sudor.

—Sabía que tarde o temprano te burlarías de eso.

Se agacha y me da un beso.

—Gracias por preocuparte por mí, Candela. —Respira hondo y a mí se me para el corazón—. Pero estoy bien.

—Bueno, pues yo estoy cansada y quiero descansar media hora. Si quieres, ve a la cocina y empieza a preparar tú la cena.

—No, prefiero quedarme aquí contigo.

Nos acostamos sin zapatos, es la primera vez que me tumbo en una cama con Salvador sin precipitarme en ella o sin que estemos intentando quitarnos la ropa. Él está muy tenso y no es por mí.

—¿Quieres que me vaya? —le pregunto aun así—. Lo de antes no iba en serio.

—No—. Alarga la mano por encima de la sábana y entrelaza los dedos con los míos—. Quiero que te quedes.

—Está bien —susurro—. Descansa un poco.

Sin soltarle la mano me tumbo de lado y con la que tengo libre le acaricio el pelo y la frente hasta que los hombros de Salvador dejan de sujetar el peso de ese mundo invisible y desconocido para mí que siempre parecen llevar encima.

Despertarte con un beso es una de las sensaciones más bonitas e increíbles del universo. *La bella durmiente* no ha sido nunca mi historia de princesas preferida; la muy boba se queda dormida y espera que un príncipe y tres abuelitas con varita mágica la salven, pero tal vez Aurora no es tan tonta como yo creía. Tal vez por uno de estos besos vale la pena hacerte pasar por una cabeza hueca.

No solo por el beso, también por el sonido que sale de la garganta del propietario de los labios que me están besando. No existe nada más sexy que oír esos sonidos de entre sorpresa y placer que se le escapan a Salvador cuando nos besamos.

—¿Te encuentras mejor? —le pregunto acariciándole el pelo y la mejilla.

Él se echa un poco hacia atrás para mirarme.

—Sí, solo estaba cansado, de verdad. Han sido unos días muy intensos.

—Sí, es cierto.

«Muy intensos».

Vuelve a besarme, está tumbado a mi lado con la cabeza apoyada en una mano, la otra está en la cintura de la falda que llevo hoy y las puntas de los dedos me hacen cosquillas bajo la camisa. No pienso en que pasado mañana me iré a Galicia ni en que hoy estoy en cierto sentido más confusa que hace un mes. Beso a Salvador y también busco su piel bajo el jersey negro. En cuanto la rozo él sisea y captura la muñeca de la culpable.

—Candela, estoy…

—Quiero tocarte.

—Mierda, jamás tendría que haberte dicho el efecto que me produce oírte decir que me deseas.

Mi muñeca recupera la libertad y le acaricio los abdominales. Él lleva una mano bajo mi falda y al llegar al muslo la detiene en seco.

—Dime que no has llevado esto todo el día. Dímelo, por favor.
—Ha encontrado el liguero.

—Es que siempre me ha agobiado llevar medias —confieso— y las que se sujetan con silicona me hacen alergia si las uso demasiado.

—Vas a matarme, Candela.

Aprieta los dedos en el muslo y me muerde el labio inferior en medio de un beso.

—No es la primera vez que me lo pongo —sigo cuando se aparta y él se coloca encima de mí y vuelve a besarme.

—Dios, para.

Baja la cremallera de la falda, baja la prenda por mi cintura y se aparta para quitármela y dejarla caer al suelo. Ocupa el hueco entre mis piernas colocándose de rodillas y, sin apartar la mirada del liguero, lleva las manos a los botones de mi camisa. Se detiene un segundo, solo uno, para quitarse el jersey y lanzarlo por el aire. Con el torso desnudo y los vaqueros aún puestos continúa con lo que estaba haciendo. El modo en que respira, en que le brillan los ojos, vacíos ya de ese malestar o cansancio de antes, hace que a mí se me acelere el corazón y sienta una reacción eléctrica en la piel.

—¿No te parece anticuado? —le pregunto.

—No. Me parece lo más sexy que he visto nunca. —Llega al último botón de la camisa—. Tú eres lo más bonito y sexy que he visto nunca.

Estoy a punto de contestarle que eso es imposible, pero él se apodera de mis labios y no deja de besarme. El beso tiene tanta fuerza que me sujeto de sus hombros, le acaricio la nuca y el pelo, pero a ninguno de los dos parece calmarnos, todo lo contrario. Nuestras bocas están cada vez más desesperadas y nuestras lenguas se niegan a separarse o a reducir la intensidad de sus caricias.

—Joder, Candela, te necesito ahora.

—Yo también.

—No puedo ir despacio—. Alarga una mano hacia la mesilla de noche y pone en la mía el preservativo—. Hazlo tú, yo no voy a dejar de tocarte por nada del mundo.

Asiento cuando él me besa la frente al terminar la frase y bajo las manos hacia los botones de la bragueta de los vaqueros. Salvador me besa el cuello, aguanta su peso apoyando una mano en la cama y con la otra me acaricia una pierna y el liguero que ha provocado todo esto.

Suelto dos botones y mis ovarios estallan al descubrir que no lleva calzoncillos. De repente entiendo la reacción de antes de Salvador. Solo de pensar que ha estado a mi lado todo el día sin ropa interior hace que se me derritan las neuronas (y otras partes del cuerpo).

—¿Has ido así al trabajo? —farfullo. Me tiembla la mano mientras le coloco el condón.

—No. —Los dientes atrapan el lóbulo de una oreja y después lo besa—. Si estoy cerca de ti con gente alrededor necesito toda la ayuda y protección que pueda conseguir. Me he duchado al llegar a casa y sabía que venías. Estaba impaciente y sabía que, en cuanto te tuviera para mí solo, no podría contenerme.

—Ah.

—¿Crees que estás lista? Me gustaría tocarte, pero si acerco una mano o la boca a tu entrepierna me correré y quiero estar dentro de ti. Prometo compensarte luego.

«¿Compensarme?».

—Estoy... —«impaciente, a punto de tirarte de los pelos si no haces lo que dices»—... lista.

Suelta el aliento y vuelve a besarme mientras me quita las braguitas. Él no va a quitarse los vaqueros y yo aún llevo el sujetador, la blusa abierta y el liguero. Guía la erección hacia mi cuerpo y me penetra lentamente.

—Joder. Dios —dice entre dientes—. Sí que estás lista—. Levanto las rodillas y Salvador aprieta la mano derecha que tiene en mi muslo izquierdo—. Antes he mentido, *esto* es lo más sexy que he visto nunca, que he sentido nunca: saber que me deseas tanto como yo a ti.

Le acaricio los brazos y la espalda; llego a la nuca, que está un poco húmeda, y tiro de él hacia abajo para besarlo. Levanto las caderas tanto como me lo permite su peso y nuestros gemidos se mezclan con el aire que respiramos el uno a través del otro.

—Salvador...

—Me importa una mierda cómo suene —me acaricia la pierna con la media y al llegar a la pantorrilla la levanta de la cama y la coloca encima de la parte trasera de su rodilla. Después hace lo mismo con la otra y al terminar empuja hacia mí para unirnos aún más. Aparta un mechón de pelo de mi mejilla—... estás hecha para mí. Para mí.

No puedo contestarle porque me besa y empiezo a correrme y mi orgasmo provoca algo salvaje en él. No dejamos de besarnos, de tocarnos, de temblar, de sentir que nuestros cuerpos ya no nos pertenecen.

Dos horas más tarde nos hemos duchado y ahora estoy en la cocina vestida con una camiseta de deporte de Salvador y un par de calcetines también suyos que se me amontonan en los tobillos. Él quería que me pusiera las medias, pero le he dicho que no; lo que ha sucedido antes en la cama, cuando hemos hecho el amor, me ha desmontado por dentro. Ha sido muy sensual, muy erótico, y ahora él está sonriendo y bromeando; me besa cada vez que pasa por mi lado. Pero yo he notado algo más, algo que no puedo seguir negando ni conteniendo. He perdido por completo el corazón por este chico. No estoy teniendo una aventura ni me estoy encaprichando, ni es un enamoramiento pasajero, esto es amor. AMOR que se escribe con mayúsculas y que te provoca ataques de pánico porque sabes que él no siente lo mismo. ¡¿Pero qué he hecho?!

—¿De verdad no te apetece comer nada más?

Salvador está frente a los fogones preparándome la que, según él, es la mejor tortilla de queso del mundo.

A mí me cuesta hablar. ¿Se habrá dado cuenta? ¿Cómo voy a ser capaz de ocultar esta emoción que me sube por la garganta? ¿Por qué debo ocultarla?

—De verdad.

—No es lo que tenía pensado cenar hoy.

Él lleva los mismos vaqueros que antes y una camiseta blanca. Parpadeo. Sí, es blanca. El detalle me anuda la garganta. Conocer a Salvador me ha cambiado, pase lo que pase entre nosotros eso tengo que reconocerlo. ¿Le he cambiado yo a él? ¿Soy una idiota para pensar que una simple camiseta blanca, cuando él siempre las lleva negras, es un cambio? Quizá tiene las negras sucias. Tengo que serenarme.

—No tengo mucha hambre y la tortilla suena muy bien.

La cena improvisada y el buen humor de Salvador consiguen relajarme lo suficiente para incluso reírme de la historia que me está contando.

—Creo que será mejor que me vaya a casa —le digo cuando lavo los platos en el fregadero y él los seca.

—¿No quieres quedarte a dormir?

Claro que quiero quedarme a dormir, pero después de lo de antes no sé si puedo o si debo. En la cama él derriba todas mis barreras y necesito un poco de tiempo y de distancia para recordarme que esto en realidad no es nada. Salvador no me ha prometido nada y yo tampoco a él.

—No he traído nada y mañana tengo mucho trabajo, quiero documentarme un poco más sobre el trabajo del chico de abril y me comprometí a ayudar a Vanesa con unas cosas antes de irme a Galicia pasado mañana.

—Está bien. —Se gira hacia mí y me da un beso—. Supongo que lo entiendo. Avísame cuando quieras irte y te llevo.

—No hace falta.

—Te llevo, Candela. Mañana no sé si podré estar en Olimpo y quiero aprovechar el tiempo que me queda contigo.

—¿Nos queda poco tiempo?

—Me refería a esta noche. —Me acaricia el labio inferior—. Tendré que viajar a Londres dentro de pocos días, pero te llamaré y nos veremos cuando vuelvas a Barcelona.

—Claro.

—Y sabes que si sucede algo en Galicia iré allí igual que fui a Granada.

Oh, maldita sea, me escuecen los ojos y no quiero llorar, no quiero que Salvador se dé cuenta de que estoy hecha un jodido desastre por su culpa, no, por *mi* culpa y necesito estar sola.

—Voy a vestirme, ¿vale?—. Me pongo de puntillas y le doy un beso, le acaricio el pelo y me aparto—. Enseguida vuelvo y me llevas, si no te importa.

—Por supuesto que no, Candela. ¿De verdad estás bien, seguro que no quieres quedarte?

—Estoy bien. De verdad.

Frente al portal de mi casa, Salvador se despide con otro beso y deseándome buenas noches y que descanse. Apenas duermo; primero intento distraerme haciendo la maleta, después escribiendo y al final me doy por vencida. Me dije que si volvía a estar con Salvador no permitiría que se me metiese en la cabeza (y mucho menos en el corazón) y es exactamente lo que está pasando, cualquiera diría que no he aprendido nada desde diciembre.

Llego pronto al trabajo; Salvador no está en el despacho y lo prefiero así. La mañana me pasa en un abrir y cerrar de ojos. Por la tarde sigo sin tener noticias de Salvador, he tomado un café con Sergio y después he vuelto a mi mesa para acabar de dejarlo todo resuelto antes de irme. Solo me falta llamar a Abril.

—¿Tienes plan para esta noche? —me pregunta ella al contestar.

—No, ¿por qué?

—Porque tú y yo nos vamos a cenar.

—Vale —acepto de inmediato. El motivo de mi llamada era hablar con ella, ejercer de amiga porque últimamente he hecho un trabajo pésimo en ese sentido y averiguar cómo lleva realmente la ruptura con Manuel.

—¿Estás en Olimpo? Yo estoy a unos diez minutos, puedo pasar a recogerte.

—Sí, estoy aquí.

—Pues enseguida llego, baja a la calle y espérame allí.

—Hecho.

Apago el ordenador, reviso por última vez que no me deje nada y meto mi gato de la suerte en el bolso. Iba a dejar la miniatura del velero aquí, llevármela solo servirá para liarme aún más, pero antes de abandonar el despacho acaba también viniéndose conmigo.

Abro la puerta y me doy de bruces con Salvador.

—Lo siento —se disculpa sujetándome por los antebrazos.

—No, no te preocupes, hemos abierto al mismo tiempo.

Me suelta.

—Sí, eso parece, ¿ya te ibas? —Mira el reloj, me gusta que Salvador siga llevando reloj, hay muy pocas personas que lo llevan—. Mierda, es muy tarde. Quería llegar antes.

—Por mí no te preocupes. —Me coloco bien el bolso en el hombro—. Voy a cenar con Abril, me está esperando abajo.

No habíamos quedado en nada, no voy a sentirme culpable por esto. Me coge de la mano y da un paso hacia delante, yo doy uno hacia atrás, y él cierra la puerta.

—Siento no haber estado aquí en todo el día.

—No pasa nada. Los dos tenemos trabajo.

—¿Qué está pasando, Candela?

—Nada.

—¿Estás bien?

—Sí, perfectamente. Abril me está esperando.

—No me lo trago. —Levanta una mano para detener mi respuesta—. Sí que me creo que Abril te está esperando. No me trago que no te pase nada, Candela. Ayer por la noche ya te pasaba y no insistí cuando quizá tendría que haberlo hecho. Tendría que haberlo hecho.

—¿Y por qué no lo hiciste?

Se pasa las manos por el pelo.

—No lo sé. —Suelta el aliento—. Miento, sí que lo sé. Todo esto, tú y yo, estamos complicando las cosas y ayer por la noche quise fingir que no me daba cuenta.

—Pues yo estoy haciendo lo mismo, Salvador.

Estamos en un punto muerto, los dos sabemos que tenemos que hablar, enfrentarnos a lo que nos está pasando, pero hoy, él por sus motivos y yo por el mío, no vamos a hacerlo.

—Abril me está esperando.

—Bueno, pues supongo que no te veré esta noche. ¿A qué hora sale tu vuelo mañana?

—A las nueve, ¿y tú cuándo te vas a Londres?

—También mañana. Te llamaré, ¿de acuerdo?

—Claro.

Se agacha para besarme y yo le devuelvo el beso. Nuestra conversación puedo controlarla, sueno como un robot o como si estuviese enfadada, pero puedo mantenerla alejada de los nudos que tengo en el corazón. Nuestro beso, no.

—Hasta luego, Candela.

—Hasta luego, Salvador.

Me doy media vuelta y abro la puerta. Él se queda allí con las manos en los bolsillos, le veo pasarse la lengua por el labio y me digo que lo hace porque busca rastros de mi sabor.

—Si vuelvo a escribirte un correo —me detiene con su media pregunta—, ¿lo leerás?

—Tal vez.

Suspira y sonríe.

—¿Y crees que tal vez, si lo lees, me contestarás?

—Tal vez.

—Tú y tus maneras de torturarme, Candela.

—Me parece que en eso ya estamos empatados, Salvador.

Cierro la puerta y me voy, aunque me gustaría darme media vuelta y volver a besarlo.

La cena con Abril es genial. Mi amiga no me cuenta la verdad sobre Manuel, se niega a confesarme que está enamorada de él y que le ha dejado porque tiene miedo; lo sé porque sé qué cara tengo yo cuando me miro al espejo y Abril tiene la misma. La pregunta es si ella lo sabe; Abril no para de contarme los planes que tiene para estos días, los hombres que han flirteado con ella y lo que ha hecho al respecto. Yo no puedo ser así, no puedo fingir que no siento lo que siento, aunque no sé si la opción de Abril es mejor, la verdad es que lo parece.

26

Bernal Nogueira parece un actor de cine; de hecho, en cuanto le veo lo primero que me viene a la mente es la película *Guardianes de la galaxia* que vi con mis sobrinas antes de que se fueran a pasar las vacaciones de Navidad con sus abuelos paternos.

Chris Pratt y Bernal son hermanos gemelos y no lo saben. Bueno, rectifico al observar al chico de abril con más atención: Chris Pratt no lo sabe, pero Bernal sí y lo potencia al máximo.

Salgo por la puerta de llegadas y él no se da cuenta porque está tirándole los tejos descaradamente a dos chicas que están allí esperando a alguien.

—¿Bernal?

Dejo la maleta en el suelo y le miro. Es impresionante, creo que es la primera vez que veo a un seductor *profesional* en acción. Sonrío y recuerdo alguna de las frases que había en la candidatura que presentaron los hombres solteros, bisexuales y las lesbianas unidas de Muros. En serio estaba firmado así.

«No hay ninguna mujer a salvo. Las que no se han acostado con él quieren hacerlo y ¡él está dispuesto! A este paso tendremos que irnos del pueblo».

—¿Sí, preciosa? —Parpadea al reconocerme—. Mierda. Lo siento. Ya has llegado. Disculpadme, chicas —les sonríe—, bienvenida, Cande.

Me da dos besos, uno en cada mejilla.

—Gracias, Bernal. No te preocupes.

—Deja que te presente a Lucía y Alba —señala a las dos chicas que parecen dos perritos falderos de los que babean—: están esperando a sus padres, que llegan de su segunda luna de miel.

—De las bodas de plata —le corrige una.

—Eso, de las bodas de plata. Ha sido un placer conoceros, chicas, seguro que nos veremos algún día en A Coruña.

Nos despedimos y las risitas de las hermanas nos acompañan durante unos metros. Él se ha ofrecido a llevarme la maleta y la está arrastrando.

—Vaya, veo que los hombres de Muros no exageran, realmente tienes mucha suerte con las mujeres.

—No es cuestión de suerte, es cuestión de dedicación.

Me río, es instantáneo y espontáneo. Caminamos hasta el aparcamiento y cuando Bernal me señala su coche me detengo.

—¿Va en serio? ¿Eres de verdad?

—¿A qué te refieres?

—El rollo de Chris Pratt, llevas el mismo coche que lleva en *Jurassic Park*.

—Es *Jurassic World* —me guiña el ojo—, y es pura coincidencia. O casi.

Vuelvo a reírme, tengo el presentimiento de que Bernal y yo vamos a llevarnos muy bien, de momento su sentido del humor y su gusto por el cine son extrañamente parecidos a los míos.

—Tengo que hacer un foto, ven. Pongámonos frente al coche, empiezo a dominar el bello arte del *selfie*.

—Si no te importa —pone la palma de la mano hacia arriba—, déjame a mí. Soy más alto y sé que hay muchas cosas que desde arriba mejoran mucho.

—No puedo creerme que hayas aprovechado este momento para hacer una broma de contenido sexual. ¡Acabamos de conocernos, Bernal! —me río—. No hace ni cinco minutos.

—Es parte de mi encanto, y en mi defensa diré que el otro día hablamos por teléfono media hora y me has escrito dos correos. Es más de lo que he hecho con varias de mis ex.

—Dios mío, no sé si eres horrible o un encanto.

—Soy un encanto. Acércate. —Me rodea el hombro con un brazo y levanta el otro con el móvil—. Di patata.

Evidentemente la foto es perfecta, estamos en el mejor ángulo posible y se ve el coche, mi maleta y el cartel del aeropuerto en el fondo.

«#HolaGalicia 👋 #HolaACoruña #ElChicoDeAbril #SeráDivertido #LoVeoVenir #ElHermanoGemeloDeChrisPratt #LosChicosDelCalendario 📅 🏃»

Tras una media hora en la que Bernal me pregunta por el vuelo y me confirma que la habitación donde voy a vivir este mes está dentro de la misma finca en la que él tiene alquilado un estudio, me animo a preguntarle por lo que tiene previsto para mí. Le prometí a Vanesa que intentaría mandarle un calendario con las actividades del mes.

—¿Qué planes tienes para el mes de abril, Bernal? Ya sabes que no tienes por qué cambiar nada por mí, yo me adapto. El objetivo de *Los chicos del calendario* es intentar demostrar que los hombres de España no son un desastre y que en algún lugar hay alguno que vale la pena de verdad, en su día a día. El chico del calendario no tiene que hacer méritos ni malabares raros, solo tiene que dejarme formar parte de su rutina durante un mes.

—No hay ninguno. —Le miro atónita y él aparta la vista de la carretera un segundo—. Ni uno, ni siquiera yo, pero no se lo digas a nadie. Los tíos de este país somos un jodido desastre, Cande. Punto. No hay que darle más vueltas. Y las mujeres también. No hay ni un ser humano que valga la pena.

—¿Entonces? ¿Qué se supone que tenemos que hacer? ¿Aguantarnos? ¿Darnos por vencidos y quedarnos solos para siempre?

—Depende.

—¿De qué?

—De lo que quieras conseguir. Si eres un tío como yo, te aprovechas de la situación.

—¿En qué sentido? Y que conste que estoy flipando mucho.

—No me va mentir, Cande. Hablo demasiado y no soy lo bastante ordenado, en el terreno personal, como para poder mentir y acordarme de ello, así que no lo hago—. Sonrío, al parecer Bernal y yo compartimos la misma filosofía en relación a las mentiras. Seguro que es buena señal—. En el terreno profesional sí soy ordenado, que conste. Yo no miento nunca.

—Genial, gracias por avisarme, yo tampoco miento nunca. ¿Pero qué tiene esto que ver con lo que me estabas diciendo?

—Los tíos como yo sabemos que los hombres de este país no valemos una mierda y sabemos que las mujeres lo sabéis. Las mujeres y los otros hombres, por supuesto. Nunca he entendido a la gente que limita sus opciones, a mí me gusta todo.

—Genial, y otra vez gracias por avisarme. Yo no limito mis opciones, aunque de momento siempre me han gustado los chicos. Pero , de nuevo, ¿qué tiene que ver con lo que me estabas diciendo? ¿Siempre eres tan disperso?

—Siempre, pero al final siempre consigo llegar a donde quiero y con quien quiero.

—No flirtees conmigo, no va a servirte de nada y saldrás mal parado en una revista de tirada nacional y en un vídeo blog que ve más gente de la que creerías.

—Sé cuánta gente lo ve, te he investigado.

—Genial, otro que me investiga. Acaba con lo que me estabas contando, si es posible.

—Ah, sí, los tíos como yo sabemos que los hombres somos una mierda, así que cuando nos gusta una chica o un chico lo único que tenemos que hacer para llevárnoslo a la cama es portarnos bien, seducirle.

—Eso suena horrible y lo sabes. A ver si lo he entendido bien: ¿me estás diciendo que te aprovechas de lo malos que sois los tíos y finges ser un tío legal, uno que valga la pena, solo para conseguir que alguien se meta en la cama contigo?

—En la cama o donde sea.

—Eres horrible.

—No, soy sincero y no engaño a nadie, y si no me equivoco esta es una de las cosas que más le recriminaste a tu ex en el primer vídeo, el imbécil que te dejó por Instagram, que te hubiese engañado y no te hubiese dicho la verdad, ¿no es así? —Por desgracia tiene razón, aunque no sé cómo tomarme la sinceridad de Bernal. No sé si es auténtica o si sencillamente es un egoísta inteligente que ha averiguado cómo sacar partido de la situación—. Mira, ya estamos llegando. Muros está allí delante.

Me guardo mis dudas y las preguntas que me surgen tras su discurso para más adelante. Tanto si termino entendiendo a Bernal como si no, intuyo que las próximas semanas serán divertidas.

—Parece muy pintoresco.

—Es un pueblo «de postal».

—Suenas tan sarcástico como mi amiga Abril; ella dice que no sé entenderlo porque yo nací en la ciudad.

—¿Abril es el bellezón que grabó el primer vídeo? Después de escuchar su nombre busqué información y está tremenda. Es deformación profesional, los arqueólogos siempre escarbamos en el pasado del objeto que estamos investigando.

—Espera un momento. ¿Acabas de decir que soy un «objeto que estás investigando»? Y, en serio, ¿el bellezón? ¡¿El bellezón?! ¿Pero de qué capítulo de *Cuéntame* has salido, Bernal?

—Del de «los piropos clásicos nunca mueren». ¿Es ella?

—Es ella.

—Pues tiene razón, además de un cuerpo estupendo. Y no, no eres un objeto que estoy investigando, era solo una expresión. ¿Siempre eres tan susceptible?

—Acabo de conocerte y ya quiero pegarte.

—Eh, espera a la segunda cita.

Me río.

—¿Tú no descansas nunca? —le pregunto y, al ver que levanta la ceja, levanto una mano para detenerle—. Vale, no contestes a eso, me he metido yo sola en la boca del lobo... ¡y a eso tampoco!

—Lo ves, sabía que acabaría gustándote, Cande.

Entramos en el pueblo, las calles se estrechan y conducen al puerto. No vuelvo a mencionar que es precioso, pero lo es, y observo el paisaje mientras Bernal nos lleva a la casa de huéspedes en la que viviremos los dos temporalmente. Hay hoteles en el pueblo, por supuesto, y también podría haber alquilado un apartamento igual que hice en Granada; fue el propio Bernal el que sugirió este arreglo. Él lleva meses viviendo en la casa de huéspedes, tiene alquilado un estudio que básicamente consiste en un dormitorio, baño y un saloncito que ha convertido en su lugar de trabajo. La casa es propiedad de Manuela Loureiro y es una especie de *bed and breakfast* a la gallega. Bernal nos puso en contacto con la señora Loureiro y alquilamos una habitación para mí para el mes, creo que aquí tendré la oportunidad de conocer a más gente que si alquilara un apartamento y podré hacer preguntas sobre Bernal, aunque la verdad no creo que averigüe nada que él no esté dispuesto a contarme. Su política sobre la sinceridad parece auténtica y sin reservas.

La casa de huéspedes se encuentra en la playa del Castillo, al lado de la lonja municipal y en pleno casco urbano. Bernal estaciona en un viejo garaje unas calles antes de llegar, es el bajo de un edificio con una persiana verde de la que Bernal tiene la llave.

—Todos los que aparcamos aquí la tenemos, aunque la mitad de veces se queda abierto. Antes no te he contado qué planes tengo para este mes.

—Cierto, me has liado con tu teoría sobre cómo los hombres como tú sacáis provecho de que sois despreciables como especie.

—Yo no he dicho que seamos despreciables. En fin, tampoco lo niego. La casa de huéspedes es por allí. —Giramos y seguimos andando, a Bernal lo saludan por la calle unos cuantos hombres, le miran con afecto a decir verdad, hasta que nos cruzamos con dos chicas y ellas lo desnudan con la mirada. Él ni se inmuta, pero los chicos de antes le miran con envidia—. ¿Qué sabes de los petroglifos?

—Solo lo que encontré en la Wikipedia mientras te investigaba.

—¿Investigas a todos los candidatos o solo a unos cuantos?

—A los que me llaman la atención, supongo. No quiero sonar presuntuosa, pero no tengo tiempo de estudiar todas las propuestas que recibimos.

—Pues deberías hacerlo, seguro que te estás perdiendo a alguien interesante.

—Seguro. Vanesa, una de las chicas del equipo, tiene unas cuantas ideas que espero podamos poner en marcha muy pronto.

—Vanesa, me gusta el nombre. ¿Qué tal es?

—No pienso decírtelo. Deja de irte por las ramas y cuéntame qué vamos a hacer este mes.

—¿Aparte de descubrir que soy el hombre más deseado del país?

—Sí, aparte de eso.

—Los petroglifos son diseños grabados en rocas, el antecedente más cercano de la escritura, una de las formas de comunicación más antiguas de las que se tiene constancia, y los de Muros datan de la Prehistoria, pertenecen a la Edad de Bronce. ¿Te lo imaginas? Esas piedras llevan aquí más de diez mil años y seguirán aquí siglos después de nuestra muerte y ¿sabes qué es lo más increíble de todo?

—No.

Me sorprende la seriedad y la pasión casi inocente con la que habla de este tema, no concuerda para nada con la imagen de cínico seductor de hace unos minutos.

—Que no sabemos qué diablos significan. Esas piedras tienen un mensaje; los hay en todos los continentes excepto en la Antártida y no tenemos ni la más jodida idea de qué se decían esos humanos entre ellos. ¿Cómo ahora, no te parece? Tenemos móviles, ordenadores, traductores automáticos, correos postales, palomas mensajeras, da igual, lo tenemos todo y seguimos siendo incapaces de entender lo que otra persona nos está diciendo. Hemos desarrollado un montón de teorías, claro, creemos que hay petroglifos que hablan de animales, otros de rudimentarios sistemas de organización, chorradas varias. Pero la verdad es que no tenemos ni la más remota idea de qué se decían.

—Vaya, no lo sabía. ¿Todos los arqueólogos son tan apasionados como tú?

—Si no sientes pasión por tu jodido trabajo, déjalo. Ese es mi lema.

No voy a señalarle que es extraño que sea tan visceral con su vida profesional y tan práctico en la personal, aunque me muero de ganas.

—Y no —sigue él—, respondiendo a tu pregunta, no. No todos los arqueólogos son como yo.

—Por la cara que pones deduzco que son todo lo contrario.

—La mayoría son una panda de burócratas o de funcionarios.

—He leído que te apodaron el Indiana Jones español.

—Quise matar al periodista, pero mis abogados me recomendaron que no lo hiciera.

—¿Tienes abogados?

—Querida, un hombre como yo siempre tiene abogados.

—Ya está, ya has vuelto.

—¿A qué te refieres? ¿He vuelto de dónde? Mierda, mierda, mierda.

—¿Qué pasa? ¿Qué te he dicho, qué he hecho?

—No, nada, tú no has dicho ni hecho nada. Es ella. —Señala una chica que hay frente la casa de huéspedes.

—¿Ella?

—Manuela.

—¿Esa chica es la señora Loureiro? Por el tono de sus correos creía que era una señora mayor.

—Y lo es, bueno, en edad no, pero mentalmente es prehistórica. Prepárate.

—Buenos días. Tú debes de ser Candela, ¿no? —Me tiende la mano en cuanto llegamos—. Yo soy Manuela Loureiro, encantada de conocerte.

—Lo mismo digo, Manuela, y llámame Cande, por favor.

—Lo haré. ¿Qué tal el viaje? ¿Has llegado bien? Tú habitación ya está preparada, pasa y te enseño la casa.

—Eh, hola, yo también estoy aquí —señala Bernal, al que efectivamente Manuela ha ignorado—. Ya que no me ves, Loureiro, dejo aquí la maleta de Cande y os apañáis solas. Te espero en ese café de allí, Cande, o llámame cuando termines el *tour* con Loureiro y paso a buscarte.

—De acuerdo —acepto porque mi anfitriona me espera con la puerta abierta y el chico del calendario, que hasta ahora parecía el buen humor y la relajación en persona, está a punto de estallar—. Dejaré la maleta en mi habitación e iré a buscarte.

Levanto la maleta del suelo, durante un segundo he temido que uno de los dos, Bernal o Manuela, decidiese utilizarla como arma arrojadiza.

—Tómate tu tiempo. —Saluda a un chico con aspecto de pescador que pasa justo entonces por la calle y se alejan juntos hacia el café que me ha señalado antes.

—Lamento que hayas tenido que presenciar esto —se disculpa Manuela—. El señor Nogueira y yo no nos llevamos muy bien.

—No te preocupes, si conoces mi historia sabrás que no me sorprende que un hombre se comporte como un niño malcriado.

—Tienes razón, tú estás curada de espanto. De todos modos, lo siento. No le he saludado adrede y sabía que él se pondría furioso.

—¿Puedo preguntarte por qué lo has hecho? La casa es preciosa, por cierto.

—Gracias, la heredé de mi abuela y la he ido restaurando poco a poco, aún me faltan detalles. —Subimos por una escalera preciosa hacia mi habitación—. Después te enseño la cocina, el comedor y la biblioteca, el garaje aún no está terminado y la despensa más o menos, pero te aseguro que las habitaciones están acabadas.

—No tengo ninguna duda. Además, Bernal nos aseguró que era el mejor alojamiento de la ciudad y de la comarca.

Ella me mira sorprendida, incrédula incluso.

—No sabía que os habíais puesto en contacto conmigo a través de Bernal. Creía que había sido casualidad o que sabíais que él se hospedaba aquí y os había parecido práctico estar en el mismo lugar. No tenía ni idea de que él me había recomendado. No sé por qué lo hizo. No ha dejado de quejarse desde que volvió.

—No me has dicho por qué le has ignorado abajo —le recuerdo. Estoy intrigadísima; Manuela no parece una chica del estilo que le gustan a Bernal, aunque a decir verdad creo que le gustan todas. Me resulta demasiado inteligente como para caer en las redes de Bernal, claro que, por lo que sé de él, todas y todos al final caen en ellas. Pero el «volvió» que acaba de decir me zumba en los oídos. ¿Existirá alguna clase de historia pasada entre ellos? ¿Cuál?

—Ah, sí, por sus tres amiguitas de esta mañana —contesta. «¿Tres?». Abro los ojos como platos—. Se han presentado en la cocina medio desnudas preguntando por «Berni» y diciendo que el agua caliente no funcionaba y si podía subirles un café.

—¿Y qué has hecho?

—Les he dicho que probablemente el agua caliente no funcionaba porque *Berni* se la había acabado; cada baño tiene su propia cisterna, y que si querían tomarse un café se fuesen a su casa.

—Me habría encantado verlo. ¿Tres chicas? —bromeo—. Me cuesta imaginarme la logística.

—Y a mí. Estoy furiosa con Nogueira; él puede hacer lo que quiera en su apartamento, pero mi casa de huéspedes no es esa clase de establecimiento. Si quiere tirarse a una chica distinta cada noche, o a varias, genial, pero que les deje las cosas claras. Hace una semana tuve que prestarle dinero a una para un taxi y la otra noche consolé a una pobre que decía haberse enamorado de él.

—No me extraña que tengas ganas de estrangularlo.

Llegamos a mi habitación, que también es preciosa y tiene vistas al mar.

—No es eso, es que no entiendo por qué lo hace. En fin, da igual. Esta es tu habitación; el baño, con agua caliente —sonríe—, es esa puerta.

—Gracias.

—Cualquier cosa que necesites suelo estar abajo, en la cocina o en el comedor. Si necesitas algo en especial puedes apuntarlo en la pizarra que hay en la entrada y, si no me equivoco, creo que tienes mi número de móvil. Te lo mandé en un correo. Puedes llamarme siempre que quieras.

—Muchas gracias, Manuela, tengo el presentimiento de que aquí me sentiré como en casa.

—Eso espero. —Se dirige a la puerta—. ¿Por qué has elegido a Nogueira como chico de marzo? Cuando los chicos de la lonja me contaron lo que habían hecho me dio un ataque de risa y estaba convencida de que Bernal jamás saldría elegido. Es el peor hombre posible para demostrar que existe alguno que valga la pena.

—Tal vez. Me gustó su historia.

—¿Por qué?

Le cuento la verdad.

—Porque pensé que un hombre que pone tanto empeño en demostrar que es el peor hombre posible tiene que tener un motivo muy interesante para hacerlo.

—En un libro o en una película tal vez, o quizás exista algún hombre así con una historia genial a sus espaldas, pero en el caso de Bernal, no. Créeme, él es así de horrible por naturaleza.

27

Manuela me ha enseñado el resto de su casa de huéspedes. Es preciosa, se nota que ha puesto mucho amor y cuidado en cada detalle. Las partes que faltan por terminar son pocas y, aun así, están habitables y las utiliza en el día a día. No deshago la maleta porque ya me he entretenido mucho charlando con Manuela y no quiero dejar a Bernal esperando.

Le encuentro en el café que me ha enseñado antes y que, igual que la casa de huéspedes y las calles por las que de momento he caminado, parece una cápsula del pasado o el decorado de una preciosa película italiana. En realidad me doy cuenta de que en mi cabeza llevo rato tarareando la música de *Cinema Paradiso* y *El cartero y Pablo Neruda.*

—Hola, buenos días —saludo al entrar, y los señores que están jugando al dominó con Bernal levantan la cabeza—. Lamento haberte hecho esperar.

—¿Es ella?

—En la tele parece más alta.

—No la has visto en la tele, la has visto en el ordenador.

—Pues parece más alta igualmente.

—No les hagas caso, Cande, son el trío sacapuntas de Muros. Este —señala a un hombre muy alto con la cabeza rapada para plantar cara a la calvicie y completamente tostado por el mar; el que ha dicho que me vieron en el ordenador— es Rig, el instigador de la carta.

—Encantada de conocerte, Rig. —Le tiendo la mano.

—Igualmente; me llamo Rigoberto, te lo cuento antes de que lo haga Bernal, y me alegro de que hayas venido.

—Los otros dos son David y Mateo. —Señala Bernal y los aludidos me dan también la mano—. Ellos también firmaron mi candidatura, ni los casados se abstuvieron y eso que a ellos nunca les he hecho nada. Dicen que fue por solidaridad, pero yo creo que lo hicieron para fastidiarme.

—¿Puedo sentarme?

—Por supuesto —contesta Mateo moviendo su silla hacia un lado y acercando una de otra mesa para mí—. Siéntate aquí.

—No agobiéis a Cande, bastante habéis hecho ya.

—No me agobian —les defiendo y sonrío a Bernal—. ¿Tú sabías que el pueblo entero te había presentado como candidato a chico del calendario?

—El día que lo hicieron no, me enteré más tarde.

—¿Cómo?

—Loureiro me lo dijo; tendrías que haber visto su cara de satisfacción cuando lo hizo.

—¿Conoces ya a Manuela? —me pregunta Rig.

—Sí, estoy alojada en su casa de huéspedes.

—Lo saben —interviene Bernal—. En este pueblo todo el mundo lo sabe todo en cuestión de segundos—. Bebe el café solo que tiene delante—. Estoy seguro de que a estas horas ya circulan como mínimo tres o cuatro teorías sobre ti por el pueblo.

Me imagino que es posible. Aunque no soy de pueblo, en Barcelona, si vives en un edificio con muchos pisos, sucede lo mismo. Y si es de esos edificios en los que queda portería, ya ni te cuento.

—Pues si has conocido a Manuela —sigue Rig como si nada—, seguro que has visto lo que pasa entre ellos dos. Es ridículo. Mi consejo es que te mantengas fuera de la línea de fuego.

—Sí, ya me ha parecido notar cierta tensión entre ellos.

—¿Tensión? —se burla David—. Tensión la tienen los cables; esos dos son un toro desbocado.

—Estoy aquí, tíos, delante vuestro. Dejad de hablar de mí y de Loureiro; se me ponen los pelos de punta solo de pensar en lo que estáis insinuando.

Sí, definitivamente aquí hay algo más. Bernal no va a contarme nada delante de sus amigos, porque a pesar de las puyas está claro que son amigos.

—¿De verdad Bernal está causando tantos estragos entre las mujeres del pueblo?

—Yo estoy casado —Mateo levanta la mano—, y hay que reconocer que eso es lo único que respeta Bernal.

—Nunca voy con una mujer casada y si alguna vez lo he hecho ha sido porque yo no lo sabía.

—Pero esa es la única regla que tiene —interviene Rig—; le da igual la edad, la nacionalidad, el color, todo le va bien. Entra alguien que le gusta y ¡zas!, entra en acción. Y nunca falla.

—Lo que pasa es que los demás sois lentos de reflejos.

—Lo peor viene después.

—¿Lo peor?

—Esto tengo que oírlo —dice Bernal.

—Después, cuando él desaparece, esa chica no quiere estar con un «chico normal» porque Bernal le ha dicho que sus ojos hablan de historias del pasado o que su piel se parece al mar de Alejandría o chorradas por el estilo.

—¡Eh, eso no es culpa mía! Tenéis que trabajároslo un poco más.

—No podemos competir contigo porque las engañas; solo estás con ellas un día, dos a lo sumo. Es muy fácil ser así durante dos días, lo jodido es hacerlo durante toda la vida.

—En eso tiene razón Rig —señala Mateo—, lo que tiene mérito es ser romántico siete días a la semana, Bernal.

—Pero yo no quiero eso y nunca le digo lo contrario a la persona que está conmigo.

—¿Pero sabes qué pasa, Bernal? —Me cuesta tragar—. A veces no es lo que tú dices, es lo que le haces sentir a esa persona. —Salvador se mete inesperadamente en mi cabeza y en mi respuesta—. Si besas a una mujer como si no pudieras respirar sin ella, es lógico que crea que la necesitas para más de una noche.

Él me mira intrigado y tras unos segundos le cambia la mirada, esos ojos con una sonrisa perenne color chocolate se entristecen.

—Yo no he besado así a nadie en mucho tiempo. Nunca engaño a nadie, eso te lo aseguro.

—¿Y eso te parece justificación suficiente? No eres Dios, ni en la cama ni fuera de ella, aunque seguramente lo creas, y no puedes controlar lo que siente la otra persona.

Él deja la taza en la mesa con un golpe seco.

—Creía que habías venido aquí para ver mi trabajo y mi vida; no sabía que también habías venido a juzgarla.

—No he venido a eso.

—Eso espero, porque de lo contrario ya puedes ir buscándome un sustituto.

Los amigos de Bernal nos observan incómodos en silencio. Rig es el único que interviene.

—No te pongas así, Nogueira, no hay para tanto. Cande no ha dicho nada.

Él sacude la cabeza.

—Tienes razón, Rig. Lo siento, Cande. —Deja unas monedas encima de la mesa—. Vamos, voy a enseñarte una de las estaciones rupestres en las que trabajo.

Nos despedimos de los chicos y Bernal me lleva paseando hasta el monte Louro, donde se encuentra una parroquia en la que hay muchos petroglifos.

—¿Qué estás haciendo aquí exactamente? Estos yacimientos fueron descubiertos hace años, ¿acaso hay más?

Caminamos hasta una tienda de campaña que está montada para cubrir un trozo de montaña en el que hay unas cuerdas marcando unos rectángulos.

—Eso creo.

—¿Y qué pasará si encuentras más petroglifos?

—¿*Si*? Di mejor «cuando».

—Está bien, cuando. ¿Qué pasará cuando los encuentres?

—No lo sé, quizá lograremos averiguar qué significan de verdad, o quizá solo serán unas piedras más que vendrán a ver los turistas —dice enfadado—. Perdona, lo siento. Creo que estoy de mal humor.

—No te preocupes.

Le dejo a solas, camino por mi cuenta por la parroquia y no puedo evitar tocar fascinada los surcos que graban algunas de esas rocas desde la Prehistoria. Veo que Bernal está haciendo lo mismo, acariciando con atención una piedra que tiene en su mesa de trabajo, y le saco una fotografía.

«#ElChicoDeMarzo #EsMasIntensoDeLoQueParece #Petroglifos #Muros #LosChicosDelCalendario»

Más tarde volvemos al pueblo y cenamos algo en el mismo café de esta mañana; entre una cosa y la otra nos hemos saltado la comida del mediodía y los dos estamos cansados y hambrientos. De camino a la casa de huéspedes, Bernal parece más relajado.

—Normalmente salgo a tomar algo más tarde.

—¿Aquí? —me muerdo la lengua—. Lo siento, no quería insinuar que no hay vida en este pueblo.

—No la hay, en verano es distinto, pero ahora el pueblo se queda vacío en cuanto oscurece.

—Llevas aquí varios meses, ¿no?

—Sí.

—¿Y hasta cuándo vas a quedarte?

—No lo sé, hasta que sea necesario, supongo. ¿Qué, vienes más tarde a tomar algo conmigo? Voy al pueblo de al lado, es más animado.

—Creo que no, gracias. Estoy cansada y aún no he deshecho la maleta, así que si no te importa, prefiero quedarme.

—Tú misma. Buenas noches, Cande. —Se despide en la escalera que conduce del piso en donde se encuentra mi habitación a su estudio, que ocupa la última planta—. Nos vemos mañana. ¿Te va bien que nos reunamos aquí a las nueve? Podemos desayunar juntos y seguir a partir de allí.

—Claro, perfecto, aquí estaré. Buenas noches.

Veo que Manuela ha dejado una jarra con flores frescas en mi dormitorio y una nota recordándome su número de teléfono y que la llame si necesito algo. Busco el pijama y el neceser; no le he mentido a Bernal, estoy muy cansada, la noche que no dormí en Barcelona aún me pasa factura. Cuelgo la ropa con tendencia a arrugarse; alguno de los consejos que Abril lleva años intentando inculcarme al final se me han quedado grabados, y cuando estoy más o menos satisfecha con el resultado me tumbo en la cama y cojo el móvil para mandarle un mensaje a mi madre y otro a Marta. Insisten en saber que estoy sana y salva.

Veo que tengo una llamada perdida de Salvador y un mensaje de voz. Me ha llamado cuando estábamos en el yacimiento, minutos después de que yo colgase la fotografía, y recuerdo que en ese momento Bernal me estaba explicando para qué servían sus instrumentos de trabajo. No debo de haberlo oído.

Le doy al botón para escuchar el mensaje:

—Hola, Candela. Soy yo, Salvador; he intentado llamarte... —Se ríe un poco incómodo—. Bueno, eso es evidente, estoy hablando con tu contestador. Me imagino que no has oído el teléfono. Solo quería decirte que estoy en Londres y que te echo de menos. Sé que el último día te sucedía algo y no me lo contaste, pero —suelta el aliento— supongo que acabo de darme cuenta de que no tengo derecho a pedirte que me lo cuentes, ¿no? ¿Y si tuviera ese derecho? ¿Me lo contarías? Llámame cuando quieras, yo ahora voy a acostarme, he tenido un día muy largo, pero no me importa que me despiertes. Pienso mucho en ti. Adiós.

Miro el reloj, es muy tarde, he tardado más de lo que creía en meterme en la cama y ya pasa de media noche. Podría llamarle, él dice claramente en el mensaje que le llame, pero le he oído muy cansado y... ¿qué voy a decirle? Si le llamo insistirá en preguntarme qué pasaba el último día y eso he decidido que no voy a contárselo. Mejor será que le llame mañana, tal vez así a él se le habrá olvidado y a mí se me habrá pasado el efecto de haber escuchado su voz ronca por el teléfono. Debería borrar el mensaje, pienso al apagar la luz, aunque sé perfectamente que no voy a hacerlo.

Cuando salgo de mi habitación me tropiezo con tres personas: la primera es Manuela, que baja hecha una furia del piso superior con una cesta llena de toallas entre los brazos; la segunda es una chica despampanante, una morena altísima que va vestida con unos pantalones cortos de lentejuelas y un sujetador a juego, y el tercero es Bernal.

—Te juro que yo no sabía que ese jarrón era de tu abuela, Manuela. Si lo hubiera sabido habría tenido más cuidado.

Manuela se detiene casi frente a la puerta de mi dormitorio y entonces veo que encima de las toallas hay un jarrón roto.

—No sabía que tenía que avisarte para que no rompieras mis cosas, Bernal. Lo añadiré a tu cuenta, no te preocupes.

—Permiso, yo creo que me voy de aquí —dice la morenaza.

—No, no tengas prisa —le asegura Manuela a la desconocida—, no quería interrumpiros. Es culpa mía por haber entrado sin llamar. —Entonces mira a Bernal por encima del hombro de la chica—. La próxima vez que oiga un estruendo, no me entrometeré. Y, por cierto, no estaría mal que aprendieras a echar el pestillo.

Sí que es verdad, hace unos minutos he oído unos golpes, pero acostumbrada como estoy a los gemidos del ascensor de mi edificio en Barcelona no les he hecho caso.

Manuela baja la escalera sin decir nada más y la morena se vuelve, mira a Bernal y lo desnuda con la mirada. No le cuesta demasiado, él lleva una camisa sin abrochar y los vaqueros también con el botón suelto.

—Mira, no, lo siento —dice él reaccionando al instante—. Será mejor que te vayas.

—Pero yo...

—Preciosa, creo que ya he cabreado bastante a la dueña por hoy y que no nos queda nada por destrozar en esa habitación —añade con una sonrisa arrebatadora al ver que ella iba a insistir.

—Eres terrible, Bernal. —Le da un beso y baja las escaleras como si acabaran de prometerle el cielo. «Increíble. ¡Increíble!»

Basta con mirarle para saber que no tiene ni la menor intención de llamarla, y ella se va tan feliz como unas pascuas.

—Bueno, espero que hayas disfrutado del espectáculo —me dice Bernal al ver que no me he movido.

—¿Lo haces cada mañana? Porque si es así y no quieres tener público, te aconsejo que seas más discreto.

—Una chica discreta habría cerrado la puerta y nos habría dado intimidad.

—Menos mal, pues, que no soy discreta. Vamos, vístete y vamos a desayunar, tienes que contarme qué ha pasado.

Bernal se ríe y media hora después estamos en el café desayunando. Yo quería desayunar en la casa de huéspedes, pero Bernal me ha dicho que Manuela intentaría envenenarlo por lo del jarrón y he preferido no jugármela.

—¿Vas a contarme qué pasa de verdad entre Manuela y tú?

—No pasa nada.

—Vamos, entre ella y tú pasa algo, o pasó algo.

—No quiero hablar de ello.

—Está bien.

—Mierda, voy a tener que comprarle otro jarrón.

—Pues no sé dónde vas a encontrarlo, por lo que Manuela me contó ayer, las pertenencias de su abuela eran verdaderas antigüedades.

—Cielo, soy arqueólogo, si alguien puede encontrar otro jarrón como el de la señora Jacinta, soy yo.

—¿La señora Jacinta?

—La abuela de Manuela.

—Vaya, veo que yo tenía razón y que entre ella y tú sí pasó algo.

—No te hagas la lista y termina de desayunar. Hoy tenemos mucho trabajo.

—Vale, pero no vuelvas a llamarme cielo y, si vuelves a ligar, cosa que me parece perfectamente aceptable, intenta no convertirte en un cliché y no te acuestes con la *go-go* de la discoteca.

—Era la relaciones públicas.

—Si tú lo dices...

Hoy vamos a otro yacimiento, esta vez está en otra ladera de la montaña. Allí también hay una tienda de campaña con los utensilios necesarios para excavar y tratar con cuidado los restos en el caso de encontrarlos. Me sorprende que nadie intente robarlos de noche y cuando se lo pregunto a Bernal me mira como si estuviese loca.

—¿Quién va a querer llevárselos?

Después de equiparme para la labor y de escuchar su sermón sobre normas de seguridad —no deja de sorprenderme esta faceta más seria de Bernal—, me enseña qué pistas debo buscar en una roca para saber si puede ocultar más información de la que se ve a simple vista.

Al llegar el mediodía veo llegar por el camino a un chico con uniforme de camarero. Bernal me explica que trabaja en un pequeño restaurante del pueblo y que les ha pedido que nos trajeran algo para comer aquí.

—He pensado que te gustaría.

—¿Estás intentado ligar conmigo? Porque no va a funcionar.

—No —sonríe—, créeme, si estuviera intentando ligar contigo, lo sabrías. Y funcionaría. —Paga al chico y le da una propina—. Yo también tengo que comer y ya lo he hecho otras veces. Prefiero quedarme aquí y la propietaria del bar es amiga mía y me hace este favor.

—¿Amiga?

—En contra de la opinión popular, no me he acostado con todas las mujeres del pueblo. Olalla era amiga de mi madre.

—Espera un momento, ¿no me dijiste que no eras de aquí?

—Y no lo soy, pero veraneé aquí durante muchos años. Hasta que cumplí los diecinueve. Vamos, conociendo a Olalla nos habrá preparado un caldo y unos bocadillos que estarán de muerte.

Comemos, la comida es deliciosa, y no consigo que Bernal vuelva a hablarme de esos veranos que pasó aquí en Muros. Aprendo un montón de cosas sobre la Arqueología y la Prehistoria, y me burlo de su parecido físico con Chris Pratt.

—Estás obsesionada con ese chico.

—No, qué va, pero es que realmente te le pareces. Y estoy segura de que le sacas partido cuando te conviene.

—A veces.

—¿Te habría gustado estar allí?

—¿Dónde?

—En la Prehistoria, con los dinosaurios.

—No me digas que voy a tener que explicarte que los humanos no coincidimos nunca con los dinosaurios.

—No, eso ya lo sé. Pero dime, ¿te habría gustado?

—Me gustaría verlo, eso seguro, pero no cambiaría mi vida por nada del mundo.

—Lo que estás diciendo es que te gustaría tener una máquina del tiempo y viajar allí.

—Supongo. —Se pone en pie; hemos comido sentados en unos improvisados bancos de piedra—. Aunque si tuviera una máquina del tiempo y solo pudiera utilizarla una vez, no sería allí adonde iría.

No llega a decirme a dónde iría, ni más tarde, ni cuando cenamos en la casa de huéspedes, ni después, antes de que él vuelva a salir como la noche anterior.

28

—Hola, Salvador, soy yo... Odio hablar con estas máquinas. Espero que estés bien y que... no sé, que estés bien. Siento no haber oído el teléfono el otro día, al parecer aquí en Muros la cobertura es como mucho selectiva, según me han dicho. Intentaré llamarte más tarde... u otro día. Voy a colgar. Yo también pienso en ti.

El mismo día, unas horas más tarde.

—¿Diga?

—¿Me oyes, Candela?

—¡Sí! ¡No! ¿Salvador? ¿Dónde estás?

—En Londres...

—No oigo nada. ¿Salvador? ¿Me oyes?

Y más tarde, por la noche.

—Hola, Candela, parece que no conseguimos encontrarnos. He escuchado tu mensaje, ha servido para que te echase aún más de menos. Vuelve a llamarme, sea la hora que sea, tal vez tengamos suerte y consigamos atrapar esa cobertura tan selectiva que dices que tiene Muros. Sigo en Londres, he intentado decírtelo antes, no sé si me has oído, pero preferiría estar contigo.

Y más tarde.

—Hola, Salvador, no sabía si llamarte. Seguro que ya estás dormido y no quería... no quería despertarte. Pero eso ahora da igual, ¿no? Es obvio que te he llamado y que tú no has oído el teléfono. No sé qué diablos le pasa a esta cobertura, o tal vez es el destino que está evitando que hablemos. Cuídate, en Londres y en cualquier parte. Yo también preferiría estar contigo.

Y aún más tarde.

—Mierda, mierda. Joder, siento no haber oído el teléfono. Lo siento. El destino no está intentando que no hablemos, pobre de él o de quien sea que intente entrometerse entre tú y yo. Espero que estés durmiendo y pensando en mí.

Llevo quince días aquí y no he conseguido hablar con Salvador ni una sola vez. Al principio sí fue culpa de la cobertura de Muros y de la zona de Londres en las que estaba Salvador, pero después, cuando él volvió a Barcelona, creo que empezamos a hacerlo adrede. Se nos da mejor dejarnos mensajes que hablarnos en directo. Yo no he dejado que el teléfono sonase sin contestar, pero sí que confieso que le he llamado a horas intempestivas con la esperanza de no pillarle y poder dejarle mis palabras grabadas. Creo que él hace lo mismo, pero no lo sé.

A lo largo de estos días he aprendido muchas cosas de Bernal, y no me refiero solo a la Arqueología. Me he topado con ocho chicas distintas y dos chicos por las mañanas, y he presenciado innumerables discusiones entre él y Manuela. Cada vez estoy más convencida de que no es casual que Bernal esté hospedado en casa de Manuela y creo que el desfile de amantes es cruel e intencionado, pero no he encontrado a nadie en el pueblo dispuesto a hablarme de ello. Si les pregunto por Bernal o por sus ligues empiezan a hablar por los codos; tengo tantas anécdotas sobre la vida sexual del chico de abril que podría escribir varios libros. Hay días en los que incluso me sonrojo cuando le veo porque un vecino me ha estado contando que le pilló en un barco haciendo acrobacias con una chica o vete tú a saber qué. Pero si les pregunto por Bernal y Manuela nadie sabe nada o si lo saben se cierran en banda. Creo que es por lealtad hacia Manuela, así que llevo una semana intentando hablar con ella sin conseguirlo; está muy ocupada con las obras de la despensa y nuestros caminos se cruzan sin llegar a encontrarse. En su caso, a diferencia de con Salvador, no lo hago adrede.

—¿Qué, esta noche sales conmigo o no? —Bernal me hace la pregunta rutinaria y me quedo mirándole. Tal vez lo he estado enfocando mal, tal vez tengo que preguntárselo a él.

—Sí, esta noche me apetece salir.

Le cojo tan de sorpresa que se tropieza con el primer escalón.

—¿Lo dices en serio?

—Claro, lo único que te pido es que no me dejes tirada.

—Yo jamás haría eso.

—Lo que quiero decir, Bernal, es que si ligas y tienes intención de traerte alguien a pasar la noche contigo, me avises para que me busque un taxi.

—Repito, yo jamás haría eso. Si esta noche salimos juntos, salimos juntos.

—Lo que tú digas. ¿Nos vemos aquí dentro de media hora?

Es curioso, la sexualidad de Bernal parece tener un botón de encendido y apagado que a él le resulta muy fácil de controlar. Conmigo lo tiene siempre apagado, quizás el primer día se planteó cambiarlo de posición, no lo sé, pero después decidió apagarlo y me trata igual que a Rig o a Mateo. Tengo la impresión de que si mi actitud hacia él cambiase, se lo replantearía. No lo digo porque yo me crea la reina de los mares, ni mucho menos, pero Bernal no parece tener ningún criterio discriminatorio. Si una chica o un chico le miran con interés y a él le apetece, enciende el botón y listo.

Me maquillo un poco y me peino; quiero llamar a Salvador, pero lo dejo para más tarde, ahora quizá me contestaría. Salgo al pasillo y me cruzo con Manuela, y probablemente este sea el peor momento para cruzarme con ella.

—Buenas noches, Cande, ¿vas a salir?

—Sí. —Suelto el aliento—. Voy a salir con Bernal.

—Oh. —Le cambia el rostro—. Vaya. Veo que tú también has caído.

«Mierda, mierda, mierda».

—No, no es eso. —Alargo una mano para cogerla del brazo, al final no me atrevo—. No es eso. Solo somos amigos. Es por el concurso, *Los chicos del calendario*; he pensado que si tengo que pasar tiempo con él y conocer todos los aspectos de su vida, esto también tengo que verlo. La primera noche no salí con él porque estaba muy cansada y cuando vi lo que sucedió la mañana siguiente no me atreví, pero ya llevo aquí quince días y también tengo que conocer esa parte de su rutina —me explico.

—Si tú lo dices... —No me ha creído—. Ten cuidado.

—Manuela, te juro que no hay nada entre Bernal y yo.

—¿Por qué me dices esto? Ni tú ni Bernal me debéis ninguna explicación, solo sois huéspedes en mi casa.

—Mira, sé que me estoy metiendo donde no me llaman, pero es obvio que entre él y tú sucedió algo. No tienes por qué contármelo si no quieres, pero estos últimos meses he aprendido mucho sobre los chicos, digámoslo así, y sobre lo que nos hacen sentir. Solo quería que supieras que Bernal es el chico del mes de abril y tengo que pasar tiempo con él y que, aunque me gustaría que llegásemos a ser amigos, no sucede nada especial entre él y yo.

—¿Y crees que conmigo sí? —Se pone a la defensiva—. Pues estás muy equivocada.

—No lo sé y si me he equivocado, te pido perdón.

—¿Estás lista? —Aparece Bernal, que está guapísimo y lleva un perfume increíble. Manuela se tensa y se sonroja en contra de su voluntad, e intercambiamos una mirada que me explica todo lo que me ha ocultado durante nuestra breve conversación.

—Estoy lista. Buenas noches, Manuela, ¿qué te parecería salir conmigo una noche de estas? Estoy segura de que necesitaré una noche de chicas para recuperarme de lo que suceda hoy con Bernal y sus amigos.

Bernal se tensa y Manuela sonríe. Genial.

—Por supuesto, hablamos mañana y lo organizamos. Pasadlo bien.

El bar de copas del pueblo de al lado no llega a la categoría de antro, pero tiene su encanto y todo vale la pena solo por ver a Bernal furioso porque he cometido la osadía de invitar a Manuela a salir.

—Ella no sale nunca.

—Pues muy mal. ¿Cuántos años tiene, cien?

—Veintiocho.

—La edad perfecta para salir. Manuela me cae muy bien, casi no la conozco, lo sé, pero presiento que podemos entendernos y seguro que ligaré mucho con ella —le provoco descaradamente.

—¿Ligar? ¿Acaso has venido aquí a ligar? Se supone que estás trabajando, Cande, tómatelo en serio, por favor.

—Me lo estoy tomando muy en serio, créeme. ¿Me pides un *gin-tonic*?

—Ni un *gin-tonic* ni nada. ¿Y por qué dices que vas a ligar con Manuela?

—¿Has visto las piernas que tiene y esos ojos? Seguro que los tíos empezarán a hacer cola en cuanto la vean; yo me quedaré con el que ella no quiera.

—¡¿Pero estás oyendo lo que dices?! ¡¿Y si te ve alguien?! ¡¿Qué dirá la gente?!

El *gin-tonic* que tengo en la boca me sale disparado por la nariz.

—¡¿Qué dirá la gente?! —Tengo un ataque de risa—. ¿En serio me has preguntado eso? ¿Tú? ¿Precisamente tú?

—Sí, yo, ¿qué pasa? —Se cruza de brazos indignado.

—Espera un momento. —Me limpio con una servilleta y voy a la barra a por una botella para hacer chupitos. Nunca han sido lo mío, pero creo que la ocasión lo requiere—. Ya estoy aquí. ¿Has jugado alguna vez al «yo nunca»?

—¿Pero cuántos años tienes? Si hubiera sabido que ibas a comportarte como una adolescente les habría dicho a Rig y a Mateo que vinieran.

—Tengo veintiséis años y llevo más de dos semanas intentando averiguar qué pasa entre tú y Manuela. Me he quedado sin ideas, así que ahora te aguantas y juegas conmigo al «yo nunca».

—Está bien, acepto pero con la condición de que no utilices nada de lo que averigües esta noche para dejarme verde en tu revista y en tu próximo vídeo, los de la Universidad me matarían.

—Acepto la condición, aunque nunca he tenido intención de dejarte verde en el artículo o en el vídeo. Dime la verdad, ¿por qué aceptase ser el chico de marzo? Podrías haberte negado.

—Al principio la idea me pareció divertida y, aunque sé que no tengo ninguna posibilidad de ganar, ya sé a qué fundación donaría el premio y no, no voy a decírtela ahora, bastante me has sonsacado. No acepté por los de la Universidad, si es eso lo que estás pensando, ellos ni siquiera lo sabían al principio, al contrario, me llamaron el día en que dijiste mi nombre y me hicieron saber que no me convenía dejarlos en ridículo. En otras circunstancias no me importaría mandarlos a la mierda, en realidad me encantaría, pero no quiero que cierren el proyecto de los petroglifos. ¿Qué? —me pregunta al ver que lo miro con la botella en el aire—. A veces soy responsable.

—Sí, sé que lo eres, al menos en lo que concierne a tu trabajo. Vamos, ¿juegas o no?

Suspira resignado.

—Juego. Empieza tú.

—Vale. Yo nunca me he arrepentido de estar con alguien. —Levanto el vaso del chupito y me lo bebo. Él también bebe. Vaya. ¿De verdad se arrepiente de haberse acostado con tanta gente? ¿Se arrepiente de todos o solo de algunos en concreto? ¿O solo de uno?

Creía que Bernal no bebería y me ha sorprendido haciéndolo.

—Joder, vas en serio. ¿Qué pasa?, no me mires con esa cara, he estado con mucha gente y por supuesto que me arrepiento. Aunque eso no significa que no volvería a hacerlo. Está bien. Me toca: yo nunca olvido a la persona con la que me acuesto. —Yo no bebo y él se sirve dos vasos seguidos y los vacía. No me lo puedo creer.

—¿En serio? ¿Te olvidas de todos? No me lo creo —él asiente enérgicamente—. ¿Es una especie de norma?

—Soy así. Vamos, te toca.

—Yo nunca he fingido un orgasmo—. Vacío el vaso. Y él también vacía la copa. Está rompiendo todos mis esquemas.

—¿Qué pasa? Los hombres también los fingimos, la igualdad ha llegado para todos. Me toca. Yo nunca le he dicho a nadie que le quiero.

Pienso en Salvador, en el mensaje que hoy aún no le he dejado y que, cuando lo haga, no dirá ni la mitad de la mitad de lo que pienso, y vacío el vaso. El suyo sigue intacto.

—¿Nunca te has enamorado? Pero si debes de haberte acostado con media humanidad, estadísticamente es casi imposible que no te hayas enamorado nunca. —Se me enreda un poco la lengua.

—¿Tengo que decirte que el sexo no equivale al amor? Y gracias por el voto de confianza, pero no me he acostado con tanta gente.

—¿Y nunca te has enamorado? —insisto.

—Por supuesto que me he enamorado, Cande, no soy un monstruo. Pero no se lo dije.

—Es Manuela, tiene que ser ella. Eres encantador con todo el mundo, un seductor, pero con ella te vuelves arisco. Y estás buscando ese jarrón, te he oído haciendo esas llamadas cuando crees que estoy lejos.

—Este juego es estúpido, estás borracha, los dos lo estamos. Será mejor que volvamos a casa.

Nos ponemos en pie y tras pagar la cuenta salimos del bar. Hemos ido en taxi, Bernal ha sido previsor y ha dicho textualmente que no quería congelarse los huevos buscando aparcamiento. Llamamos a otro taxi y este nos lleva de vuelta a Muros.

—Somos una pareja muy lamentable, Bernal —le digo media hora más tarde apoyada en la puerta de mi dormitorio—. Yo estoy enamorada de un chico al que soy incapaz de llamar por teléfono o de decirle a la cara lo que siento. Y tú estás enamorado de una chica que no sé por qué motivo te odia y tú no haces más que fomentar ese odio. Vamos mal, Bernal, muy mal.

—Acuéstate, Cande. Mañana será otro día.

—Exacto. Pero tú y yo vamos mal.

—Muy mal.

Tengo la peor resaca del mundo y eso que prácticamente me bebí medio bar en Barcelona el día del Instabye, ¿qué diablos beben aquí?

¿Alcohol milenario? Oigo unos golpes en la puerta y, aunque tengo la sensación de tener un trapo sucio en la boca, consigo hablar.

—Adelante.

—Soy yo, Manuela. Bernal me ha dicho que tal vez podrías necesitar esto. —Me deja un vaso con agua y dos pastillas al lado.

—¿Le has visto?

—Hace un rato.

—¿Y cómo está? Él bebió más que yo.

—Pero probablemente está más acostumbrado.

—En eso tienes razón, ¿qué bebéis aquí? ¿Acaso los gallegos no tenéis hígado?

—Lo tenemos, tómate las aspirinas y baja. Te prepararé un café y ya verás cómo te recuperas.

—Gracias, Manuela.

—De nada.

Ella se da media vuelta para irse.

—Espera un momento, Manuela, por favor. —Salgo de la cama, hasta ahora estaba sentada, y me acerco a ella. La cabeza me va a estallar—. Quiero decirte algo.

—¿Estás segura de que no puede esperar? ¿Por qué no te duchas y hablamos más tarde?

—No. —Cometo el error de sacudir la cabeza, pero logro contener las náuseas—. No puede esperar. Tienes que hablar con Bernal, o escucharle o, no sé, hacer algo que no sea gritarle. Él te quiere.

—¿Qué? —Queda completamente pálida—. ¿Él te ha dicho eso? Es imposible que te haya dicho eso.

—No, no me lo ha dicho. —Ella suspira aliviada durante unos segundos—. No con estas palabras. Pero lo sé.

—Sea lo que sea lo que creas haber visto en Bernal, te equivocas. Él no me quiere.

—Escúchame...

—No, escúchame tú a mí. Sé que tienes buena intención, casi no te conozco, pero veo en tus ojos que crees estar haciendo lo correcto. No es así. Entre Bernal y yo sucedió algo hace muchos años; no es ningún secreto aunque aquí en el pueblo nadie hable de ello. Sucedió y ya está. Él siguió su camino y yo he seguido el mío. Deja de intentar juntarnos, Cande, no es posible. Y cuando tú te vayas de aquí dentro de unos días y él se vaya dentro de... —le falla un poco la voz—... cuando sea, yo me quedaré. Deja de jugar a la celestina o a lo que sea que estés jugando. No todas las personas tenemos un año para recomponer nuestra vida.

Vuelven a asaltarme las arcadas y esta vez van acompañadas de vergüenza. Manuela tiene razón, ¿quién me he creído que soy para entrometerme en su vida cuando yo soy incapaz de solucionar la mía?

—Lo siento —le digo—. Tienes razón, no conozco vuestra historia y no es asunto mío.

—No pasa nada.

—No, lo siento de verdad. Espero que no me lo tengas en cuenta y que aceptes salir un día conmigo. Como ves no se me da muy bien lo de tener amigas y tengo que hacer prácticas.

Sonríe y me siento un poco mejor.

—Claro, cuando te recuperes de tu salida con Bernal buscamos un día. Estaré abajo en la cocina, baja cuando estés lista.

En cuanto Manuela cierra la puerta vuelvo a sentarme en la cama y busco el móvil. Marco el número de Salvador sin pensarlo antes.

—Contesta, contesta, contesta. —Salta el contestador—. Mierda. Hola, Salvador, quería hablar contigo. Estos días no consigo encontrarte y tú a mí tampoco y... y realmente quiero hablar contigo. Cuando puedas. En persona. Te echo de menos y hay muchas cosas que quiero decirte y creo... creo que tienes que escucharlas. Llámame, es imposible que no consigamos encontrarnos.

Salvador no me devuelve la llamada y tampoco recibo ningún mensaje. Bernal y yo pasamos el día como siempre, trabajando en la recuperación de los petroglifos, comiendo con sus amigos y hablando de todo excepto de la última conversación de la noche anterior. Cenamos con Rig en el café y después jugamos al dominó. Saco la foto de rigor porque no podría perdonármelo si no lo hiciera:

«#ElChicoDeAbril #Domino #JuegosDeAbuelos #LosChicosDelCalendario 📅 🏃 #VivirAlLímite #UnMesSorprendente».

Esa noche Bernal no sale; dice que está cansado y tiene motivos para estarlo, aunque tengo el presentimiento de que esa no es la verdadera razón por la que se queda en casa. Yo compruebo el móvil antes de acostarme y veo que he recibido un correo de Salvador.

De: salvador_barber@mail.com
Asunto: 23 de abril... te echo de menos

«Odio los vuelos, odio volar y odio que no haya cobertura en los malditos aviones. Joder, Candela, necesito oír tu voz sin un teléfono de por medio y necesito... joder, necesito tocarte. Vuelvo a estar de viaje, iba a contártelo, pero cuando te llamé no pude. No quería dejarte un mensaje diciendo que me iba otra vez. Volveré pronto y pensaré en ti... en todo lo que ha sucedido desde enero. En nosotros. Joder, necesito hablar contigo y decirte lo que siento. No puedo más. Y, joder, no puedo escribirlo en un correo en el que cada vez me estoy poniendo más furioso. Lo siento.

El veintitrés de abril, el día de Sant Jordi, Olimpo celebra una fiesta en la Casa Fuster. Ven. Tienes que venir. Tenemos que vernos. He hablado con Vanesa, sí, no he tenido tiempo de consultártelo, lo siento. Ríñeme cuando nos veamos, por favor. Le he dicho que dado el éxito de *Los chicos del calendario* tú y los chicos de los meses que han pasado hasta ahora tenéis que estar en la fiesta. A Sofía le ha encantado la idea, Jan está babeando de las propuestas que ha recibido de los anunciantes.

Jorge Agreste y María ya han confirmado que estarán.

Víctor Pastor también.

A mí solo me importas tú. Ven y tráete contigo al chico de abril.

Vanesa te escribirá mañana y te contará el resto.

Te echo de menos y me gustaría despedirme con otra frase que me niego a escribir antes de decírtela mirándote a los ojos.

Salvador».

29

Faltan cinco días para el veintitrés de abril y me estoy planteando seriamente la posibilidad de tirarme al mar. El que en vez de un mar sea un océano y que la costa cercana a Muros la llamen la Costa de la Muerte me lo quita un poco de la cabeza, pero estoy tan nerviosa que es un milagro que no me haya roto un dedo con uno de los utensilios de Bernal.

—Tienes que tranquilizarte, Cande, no pasa nada —me dice él por enésima vez. Le conté lo de la fiesta y está encantado con la idea de visitar Barcelona.

—Eso lo dices tú. Tu única preocupación es con quién pasarás la noche del día de Sant Jordi.

—Eso no es verdad y lo sabes; hace días que no estoy con nadie.

Cierto y no deja de fascinarme. Bernal no ha vuelto a salir desde la noche en que lo hizo conmigo.

—Este mes me está pasando muy rápido —le digo. Dejo el pincel que tengo en la mano, al martillo hace un rato que ya no me acerco, y me siento en el suelo—. Tu trabajo es fascinante y tu vida aquí también.

—Gracias —contesta él mirándome intrigado—. ¿Te pasa algo? Aparte de lo de la fiesta, quiero decir.

—Ha pasado más de medio mes y puedo afirmar sin temor a equivocarme que tú eres el chico del calendario con el que más fácil me ha resultado todo, pero apenas sé nada de ti.

Él deja de trabajar.

—¿Qué quieres decir?

—Quiero decir que estás ocupado durante el día y durante la noche, que es genial estar contigo, es muy divertido, pero no me das tiempo de nada. En los días que llevamos juntos la conversación más trascendental que hemos tenido, exceptuando algunas frases sueltas, fue cuando jugamos al «yo nunca».

Bernal deja lo que está haciendo y se acerca a donde estoy yo, se sienta a mi lado y se quita los guantes.

—No se me da muy bien lo de la introspección, en realidad la evito siempre que puedo. Pero bueno, dime qué quieres saber. Entiendo que forma parte del concurso.

—¿Crees que solo me intereso por ti por eso? Sí, ya sé que *Los chicos del calendario* es el motivo que me ha traído hasta aquí y sí, consiste precisamente en que te conozca, pero me gusta creer que tanto contigo como con los otros chicos he establecido alguna especie de relación.

—Ese es tu mayor problema, Cande, tu necesidad de crear relaciones con las personas.

—Lo dices como si fuera algo horrible, a mí me parece bonito preocuparte por los demás.

—La vida no es una jodida telenovela, Cande. Hay gente con la que sencillamente te cruzas y os utilizáis mutuamente. No tiene nada de malo. No todo el mundo tiene que ser tu amigo, tu novio, tu pareja, tu algo, hay gente a la que le gusta ser tu nada.

—¿Y es lo que haces tú, rodearte de trabajo y de nada para no pensar?

—¿Y qué si lo hago? Se supone que *Los chicos del calendario* consiste en que tú vengas aquí, yo te enseñe mi vida, mi trabajo, mis amigos, lo que sea y luego tú decidas si soy o no un chico «que valga la pena» y ya está, no en que me juzgues.

—Ya lo sé. Lo sé, pero estoy hecha un lío y aquí eres lo más parecido que tengo a un amigo. Si no quieres hablar conmigo, me voy. Y para que conste, no te estaba juzgando.

—Está bien, tal vez me he precipitado un poco. Estoy harto de que todo este jodido pueblo me juzgue. Lo de presentarme a *Los chicos del calendario* puede parecerte una broma, pero no deja de ser otra crítica más. No les parece bien que me acueste con todo el mundo, no les parece bien que me vaya ni que me quede, jamás estarán contentos.

—Entonces ¿qué haces aquí? No soy ninguna experta en el tema, Bernal, pero no soy idiota. He estado investigando y, a pesar de esos apodos tan idiotas que insisten en ponerte y de que te encanta fomentarlos con tu aspecto, tienes muy buena reputación. Podrías trabajar en cualquier Universidad del mundo. He leído en alguna parte que hace años una casa de subastas intentó contratarte por una cantidad astronómica y les dijiste que no.

Él se queda en silencio durante un rato.

—¿De verdad te crees todo ese rollo de que podemos ser amigos? —me provoca.

—¿Tú de verdad te crees todas esas chorradas sobre no ser nada para nadie y no permitir que nadie se acerque a ti? ¿De verdad piensas que la vida solo consiste en cruzarte con personas e ir utilizándolas según convenga?

—No. A veces. No lo sé. —Se pasa las manos por el pelo—. Llevo muchos años creyéndomelo.

—¿Desde cuándo?

—Desde que cumplí los diecinueve años.

Recuerdo que ya ha mencionado antes esa fecha.

—¿Qué pasó entonces?

—Está bien, voy a contártelo, pero con dos condiciones. —Levanta dos dedos y no continúa hasta que yo asiento—: La primera, no puedes decirle a Manuela que lo sabes y no puedes empezar a tratarla de otra manera o a mirarnos distinto, ¿de acuerdo?

—¿Por qué iba a hacer eso?

—¿De acuerdo?

—Está bien, de acuerdo.

—Y la segunda condición: no volverás a hablar de la maldita fiesta del día de Sant Jordi en Barcelona. Vas a ir, iremos juntos, y hablarás de una vez por todas con el chico o los chicos que te tienen hecha un manojo de nervios. Quizá mi sistema de acostarte solo una vez con una persona sea una jodida mierda, pero el tuyo deja mucho que desear. ¿Está claro? Nada de volver a hablar de la fiesta y ese día hablas con quien tengas que hablar o nuestro mes de abril tendrá un final sangriento. Sé dónde enterrar un cuerpo sin que lo encuentren.

—Vale, está claro. Dios, no sabía que podías ser tan sanguinario, Bernal.

—Ni te lo imaginas. En realidad mi historia no tiene nada de original. Ya te he contado que veraneaba aquí, en Muros, y como seguro has deducido conocí a Manuela entonces, cuando los dos teníamos seis años. Nos conocimos, nos hicimos amigos, nos hicimos mejores amigos, veíamos las reposiciones de *David el gnomo* en casa de su abuela Juanita y me enamoré de ella. —Recoge una piedra del suelo y la desliza por entre los dedos—. Me enamoré como un imbécil, como el adolescente que era entonces, loca y perdidamente.

—Y aún lo estás —señalo en voz baja.

—El padre de Manuela murió cuando era pequeña y su madre siempre estuvo muy enferma, por eso vivía con su abuela Juanita. Ella habría podido hacer cualquier cosa, cualquier cosa —repite mirándome a los ojos— y sin embargo eligió quedarse aquí.

—Y tú te fuiste.

—Durante el primer año de Universidad lo intentamos, pero ya te he dicho que yo era un imbécil. Salió un curso en una Universidad extranjera —se ríe, se burla de sí mismo—, ahora mismo no recuerdo el nombre exacto del curso, pero entonces me pareció vital para mi futuro. Le pedí a Manuela que me acompañase y dijo que no. El amor es una jodida mierda. Fin de la historia.

—No creo que sea el fin, ahora estás aquí, ¿no? Y me imagino que no me lo has contado todo, tranquilo, no voy a pedirte que lo hagas. Sé lo difícil que resulta hablar de estos temas. Gracias por compartir tu pasado conmigo.

—De nada. Supongo que siempre pensé que volvería y que entonces iría a buscar a Manuela y ella me pediría perdón por no haberme acompañado y estaríamos juntos de nuevo.

—Pero no fue así —adivino—. Manuela no te ha pedido perdón y no piensa hacerlo y si me permites que te lo diga, no veo por qué debería hacerlo.

—Ella me dejó a mí, Cande. Ella. Yo le pedí que viniese conmigo y ella me dijo que no.

—Ah, claro, y por eso la torturas acostándote con todo lo que se menea delante de ella.

—A ella no le importa. Nada le importa. Ni las mujeres ni los hombres. Nada.

—¿Y por eso lo haces? ¿Para hacerla reaccionar?

—¡No! Ella ya no tiene nada que ver conmigo.

—Te alojas en su casa, estás buscando petroglifos cuando podrías estar buscando el Arca Perdida, pues claro que Manuela tiene que ver contigo.

—El Arca Perdida no existe.

—Eres un idiota, Bernal. Si de verdad crees que esa chica no tiene nada que ver contigo, vete de aquí y déjala en paz. Le estás haciendo daño.

—A ella no le im...

—Claro que le importa, hazme caso o no me lo hagas, pero abre los ojos. Mi historia es muy distinta a la tuya, yo y... él no tenemos un pasado como tú y Manuela, pero tenemos algo en común: también nos negamos a hablar cara a cara sobre lo que está pasando. No sé por qué me evita él, pero sí sé por qué lo hago yo.

—¿Por qué?

—Porque mientras no le haga la pregunta, no tendré que enfrentarme a su respuesta, pero esta no es manera de vivir. Lo que sucedió con Rubén cuando me dejó por Instagram me hizo daño porque me di cuenta de que llevaba mucho tiempo con él sin quererle, porque me había acomodado y no me había atrevido a ir en busca de lo que realmente quería y necesitaba.

—Y este chico, el de ahora, ¿es lo que quieres y necesitas?

—No lo sé, pero le quiero y estoy dispuesta a intentarlo.

—Tienes miedo de que él te rechace. —Me sorprende y me coge una mano—. Te entiendo. Aún siento una presión en el pecho cuando recuerdo la noche que Manuela me dijo que no quería irse conmigo.

—Pero al menos tu vida siguió adelante. Nadie puede vivir en un limbo romántico toda la vida.

—¿Sabes que te inventas palabras?

—Es culpa de Abril, pero es verdad. Cuando estás en este limbo te haces daño porque sabes que no eres feliz de verdad y también corres el riesgo de hacer daño a los demás, a las personas que son lo bastante generosas para querer acercarse a ti —añado pensando en Víctor.

—Tienes razón. Supongo. Pero tú antes has dicho que mi historia con Manuela es distinta a la tuya; tú y tu chico misterioso no tenéis tanto pasado, si él desaparece de tu vida y te rechaza te recuperarás, estoy seguro, Cande. Tienes ocho meses de *Los chicos del calendario* por delante y después podrás elegir qué quieres hacer con tu vida. Yo, si pierdo lo poco que tengo con Manuela, no sé qué será de mí. Las discusiones que tenemos, el odio que ella siente por mí y que no se esfuerza en disimular, es lo único que me queda y, si tengo que alimentarlo acostándome con una chica detrás de otra en su casa, lo haré.

—Acabarás haciéndote daño, Bernal, y no sé muy bien por qué, pero he empezado a cogerte cariño. Y le harás daño a Manuela.

—Te prometo que si llega el caso, me iré. Jamás he soportado la idea de hacerle daño a ella, pero mientras, me quedaré.

—Eres un tramposo y un cobarde, me has obligado a prometerte que si me contabas tu historia yo tendría que solucionar mis problemas en Barcelona y tú no estás dispuesto a hacer lo mismo.

—Lo que estoy haciendo, aunque no lo parezca, es la solución.

Volvemos a la casa de huéspedes más tarde y cenamos allí; me cuesta un poco no mirar a Manuela de otra forma o acercarme a ella y decirle que hable con Bernal, pero cumplo con la promesa que le he hecho al chico de marzo, nos estamos haciendo amigos.

Antes de subir a mi dormitorio saco una fotografía de Manuela en la cocina ya terminada de su abuela. Hay un espejo en la pared, uno muy antiguo, y en el reflejo se ve a Bernal mirándola. Los dos tienen razón, no tengo derecho a meterme en su vida.

«#CasasConHistoria #AmorInmortal #GaliciaMagica ✨ #ElChicoDeAbril #LosChicosDelCalendario 📅 🏃».

En la cama, antes de acostarme, llamo a Salvador. En su correo él no me ha dicho dónde está, así que no tengo ni idea de si le pillo bien o mal. La llamada va directamente al contestador.

—Hola, Salvador... he recibido tu correo. Y también el de Vanesa explicándomelo todo con más detalle. Yo... tengo muchas ganas de verte, de que llegue el veintitrés de abril. Te... te echo de menos.

Los días siguientes pasan con rapidez. Bernal sigue igual aunque noto alguna diferencia en su trato con Manuela, la evita más supongo. No se enfrenta a ella y no trae a nadie a pasar la noche con él. No hemos vuelto a hablar del tema y yo no le he preguntado a nadie del pueblo si podía contarme más detalles sobre la historia; tengo el presentimiento de que los que la vieron en su momento sienten ahora la misma pena que siento yo. ¿Cómo es posible que dos personas tan genuinas, tan buenas y con una química tan perfecta se mantengan separadas y se hagan tanto daño el uno al otro?

He hablado con Jorge. Él y María son muy felices, lo que es el contrapunto exacto para que mi ánimo no decaiga. Los chicos que valen la pena existen, las chicas geniales también y el amor a veces triunfa. Un «a veces» es lo único que pido, ya no soy una niña pequeña que cree en los «para siempre». A veces el amor triunfa y a veces es una jodida mierda, como dice Bernal. Tal vez, si de verdad no crees en el amor, el mejor modo de protegerte es teniendo normas como las que tiene él: solo sexo, solo una noche, nunca hacer excepciones. Yo, en mi discurso del Instabye insinué que haría algo así, pero visto está que no soy capaz.

También he hablado con Víctor. Ha hablado con el laboratorio de Estados Unidos y le han dicho que están dispuestos a aceptar las condiciones que él imponga, incluso están dispuestos a permitir que trabaje en España y que viaje allí de vez en cuando. Víctor está pletórico, porque así podrá seguir viendo a su sobrina Valeria, el bebé más bonito del mundo y científicamente probado según él, a su hermana y a mí. Lo dijo tal cual, sin dudarlo ni un segundo. No me ha preguntado por Salvador y yo no le he contado que el día veintitrés él también estará y que tenemos pendiente una charla muy importante. Me siento mal por omitir estos detalles cuando hablo con él, no es que se los esté ocultando, me digo, no es ningún secreto que Salvador va a estar allí, él es el director de Olimpo y fue el chico de enero. Pero sé que una parte de mí, una muy cobarde, no se lo dice porque tiene miedo de mantener la conversación que seguirá después. Bernal y yo no somos tan distintos, los dos nos protegemos a nuestra manera.

Mañana nos vamos a Barcelona, hemos vuelto hace un rato del Castro de Conxo; ese asentamiento está pegado a la carretera y hemos ido hasta allí porque el petroglifo de ese recinto está grabado en una piedra granítica muy peculiar, parecida a la que encontró Bernal en Muros hace unos días. Allí nos hemos encontrado con dos arqueólogos de la Universidad y se han quedado atónitos al ver a Bernal, como si una concursante de *La voz* se encontrase con Adele por la calle. Él nunca fanfarronea de su éxito académico o profesional, no tiene ningún problema en alardear de las personas con las que se ha ido a la cama ni de la cantidad de posturas que ha probado (estoy convencida de que muchas se las inventa), pero habla de él como si fuese un profesor del montón y es incapaz de hablar de los reconocimientos académicos que ha recibido a lo largo de los años o de las escandalosas ofertas de empleo que ha recibido de las empresas más dispares.

Estoy casi segura de que podría estar en cualquier parte y que encontraría mil y un yacimientos más interesantes que este de Muros y mucho mejor pagados.

Manuela pasa por delante de mí; ella es el motivo por el que Bernal está aquí, aunque no sé si ninguno de los dos es consciente de ello o si fingen no serlo.

—Manuela, ¿estás ocupada? —Lleva un bloc de notas en una mano y un lápiz en la otra.

—No, ¿por?

—Al final no llegamos a tener nuestra noche de chicas.

—Tienes razón, las dos hemos tenido unos días de locos. Bueno, no te preocupes, seguro que encontraremos un hueco más adelante.

—¿Has estado alguna vez en Barcelona?

—Dos, hace muchos años.

—Mañana es Sant Jordi y tanto yo como Bernal vamos a estar allí.

Se guarda el cuaderno en el delantal y me mira con una ceja en alto.

—Lo sé, volveréis pasado mañana, me lo dijiste hace dos días y Vanesa me escribió para decirme que no espera que le descuente este día de la factura. No tenía intención de hacerlo, el primer día le expliqué que cobro por meses o por semanas, si perdéis un día...

—No pasa nada, no he sacado el tema por eso.

—Entonces dime qué puedo hacer por ti. ¿Necesitas que me ocupe de algo mientras no estás?

—No, gracias. ¿Te gustaría venir a Barcelona con nosotros? —suelto sin pensarlo demasiado. Ha sido una reacción impulsiva, como si el hecho de que Jorge y María, y Bernal y Manuela estén juntos me diese más posibilidades de solucionar lo mío con Salvador. Absurdo y, a juzgar por cómo me mira Manuela, ella opina igual.

—Es una invitación muy generosa de tu parte, Cande, pero no, gracias.

Tendría que callarme, pero sigo hablando.

—¿Por qué? Estoy segura de que puedes dejar a alguien a cargo de la casa de huéspedes por una noche.

—No es eso. Yo no pinto nada en Barcelona y...

—¿Qué estás haciendo, Cande? —Nos interrumpe Bernal con cara de pocos amigos.

—Nada, solo he invitado a Manuela a visitar Barcelona con nosotros.

—Manuela no pinta nada con nosotros —sentencia mirándome a los ojos y es tan intenso que tardo unos segundos en discernir el suspiro airado de la aludida.

—Si quisiera ir a Barcelona, Bernal, ni tú ni nadie podría impedírmelo. —Bernal se gira hacia ella y, si a mí me miraba con intensidad, a Manuela podría fundirla con la mirada—. Antes de que entrases aquí en plan neandertal y metiéndote donde no te llaman ya le había dicho a Cande que no tengo ninguna intención de ir a la ciudad con vosotros.

—¿Por qué?

—¿Cómo que por qué? ¡¿A ti qué te importa?!

—Quiero saberlo.

—Da igual, hace unos segundos has decretado que yo no pinto nada en Barcelona con vosotros, así que qué mas da el motivo por el que yo le he dicho que no quiero ir.

—Quiero saberlo.

—Yo... —intento intervenir y separarlos—... solo era una idea.

Me siento como una estúpida, es obvio que he metido la pata.

—Déjalo, Cande, no te preocupes —me consuela Manuela sin dejar de mirar a Bernal—. No quiero ir a Barcelona porque no puedo dejar la casa.

Eso es mentira, no hace falta saber demasiado de expresiones faciales para saber que Manuela está mintiendo.

—Qué raro —se burla Bernal, ¿él no se ha dado cuenta? ¿Cómo es posible?—. Esta casa siempre es lo primero para ti.

—No sigas por ahí, Bernal. Hoy no.

—¿Por qué no? A ti nada parece importarte, así que qué mas da que hablemos de ello. Esta jodida casa siempre ha sido tu prioridad. La has antepuesto a todo. A mí. —Se lleva una mano al pecho y yo siento el absurdo deseo de llorar.

—No sabes de lo que hablas, Bernal. Cállate.

—Me dijiste que no querías irte conmigo, Manuela.

—Te dije que no *podía*.

—Te quedaste en esta casa con tu madre y tu abuela, y me dejaste.

—Mi madre no podía cuidarse sola y mi abuela...

—Tu abuela no te retuvo aquí, no seas una cobarde y reconócelo.

—¿Qué quieres que reconozca?

—Que me dejaste, que no luchaste ni un solo segundo por nosotros.

—¿Y tú sí? —Estalla y le empuja—. Dime cómo has luchado, dímelo. ¿Largándote al extranjero durante no sé cuántos años sin escribir ni llamar ni nada de nada? ¿O acostándote con todo lo que se te ponía por delante?

—¡Me dejaste!

—¡Te dije que te quería y te fuiste! Te largaste. Desapareciste de mi vida.

—¿Y qué querías que hiciera? Me dijiste que...

—Quería que te quedases, Bernal. Pero eso ahora da igual. Da completamente igual. —Él se queda petrificado y ella se gira hacia mí. Está completamente pálida—. Lamento que hayas tenido que presenciar esto, supongo que tarde o temprano era inevitable que sucediera. Gracias por invitarme a Barcelona, Cande, tal como te he dicho, no puedo ir.

—¿Vas a quedarte así, indiferente, después de esto? —la reta Bernal.

—No, voy a seguir adelante tal como he hecho siempre porque tú, Bernal, no vas a quedarte, ¿me equivoco? —Él no dice nada—. Eso pensaba. Espero que vaya muy bien por Barcelona, dale un abrazo de mi parte a la chica o a las chicas, o a los chicos, con los que te acuestes mañana, van a necesitarlo. Y cuando vuelvas aquí, espero que te vayas. No puedes seguir hospedado aquí.

—Me iré, no te preocupes.

Manuela asiente y muy digna camina hasta la cocina. Bernal y yo nos quedamos solos en el vestíbulo de la casa en la que, por suerte, no ha entrado nadie en todo este rato.

—¿Por qué has tenido que hacer esto? ¿Por qué? —me pregunta entre dientes.

—Yo solo quería ayudar.

—Pues ayúdate a ti misma y a mí déjame en paz. Joder, Cande, creía que éramos amigos. Me prometiste que no le dirías nada a Manuela.

—Quería ayudar —repito como una idiota.

—Te creo, o eso intento. Pero, mierda, te dije que lo nuestro no tenía remedio. Voy a salir un rato, ¿vienes?

—¿Vas a salir? —Lo miro entre confusa y horrorizada.

—¿Y qué pretendes que haga? Es lo mejor para todos.

—Odio esa frase. Cuando alguien dice que algo es mejor para todos lo que en realidad quiere decir es que es lo mejor para sí mismo. O ni eso.

—En otras circunstancias tal vez, pero, créeme, no arreglaré nada quedándome.

—Podrías intentarlo.

—Déjalo, Cande. Todavía estoy cabreado contigo por lo que acaba de suceder, ¿vienes o no?

—No.

—Genial. Nos vemos mañana por la mañana para ir al aeropuerto.

30

Bernal duerme todo el vuelo con destino a Barcelona. Esta mañana ha salido solo del dormitorio, aunque eso no garantiza que no haya tenido compañía a lo largo de la noche. Manuela no ha salido a despedirnos, no contaba que lo hiciera, y en la cocina el café aún no estaba hecho ni las tazas puestas. Me imagino que es su manera de decirnos que le importa bien poco que no estemos o nuestro viaje. No puedo culparla, por mi culpa le hice pasar un mal rato. Tendré que disculparme con ella cuando vuelva, he sido una prepotente al pensar que podría arreglar su vida cuando ni siquiera sé por dónde empezar con la mía.

Tras aterrizar y recoger nuestro equipaje estoy más animada; estar en mi ciudad me sienta bien y el ambiente que se respira el día de Sant Jordi es contagioso, incluso en el aeropuerto hay gente vendiendo rosas y los quioscos de prensa exponen sus libros fuera de las tiendas. Salvador no viene a buscarnos, no he recibido ningún otro correo suyo, pero sí que me escribió un mensaje de texto para decirme que no podríamos vernos hasta la tarde. Vanesa me llamó y me preguntó si quería que fuese ella al aeropuerto; sonaba tan agobiada con los preparativos de la fiesta de esta noche que rechacé su ofrecimiento. Jorge y María ya están en la ciudad, igual que Víctor; vamos a reunirnos todos en el hotel y entonces haré las presentaciones. Yo también tengo habitación allí para esta noche; le dije a Vanesa que no hacía falta, pero ella insistió. Dijo que la fiesta iba a durar hasta tarde y que así no tenía que preocuparme por ir a mi casa. Además, si todo va según lo previsto, mañana mismo Bernal y yo volvemos a A Coruña hasta final de mes.

Nos subimos a un taxi y le pido que nos lleve a la Casa Fuster. Bernal me cuenta que hace años que no ha estado en la ciudad y que nunca en un día como hoy. Entiendo que mire embobado las calles llenas de rosas y libros, a esta hora aún se puede circular, pero dentro de un rato habrá tanta gente paseando que será imposible. El día está claro, aunque en la radio del taxi anuncian que lloverá esta tarde.

—Lamento mucho lo que sucedió ayer —le digo a Bernal.

—Ya está olvidado, además, no quiero hablar de ello.

—De acuerdo. Solo quería volver a disculparme.

Llegamos al hotel y cuando estoy pagando el taxi oigo que alguien grita mi nombre.

—¡Cande!

Aparto la cabeza del vehículo justo a tiempo de que ese alguien me levante por los aires para abrazarme.

—¡Qué ilusión volver a verte! Te he traído un gato disecado de regalo.

—Déjame en el suelo, Jorge, me estás mareando. —La cabeza me da vueltas, aunque probablemente es debido a la alegría de verle, y los ojos me escuecen un poco. No voy a llorar, si se me escapa una lágrima y lo ven, van a tomarme el pelo durante años.

Años.

Es curioso, hace unos meses proclamé a los cuatro vientos que en este país no había ningún hombre que valiera la pena y, aunque sigo teniendo mis reservas, está claro que para mí todos los chicos del calendario que he conocido en este tiempo son muy especiales.

—Déjala en el suelo, Jorge —repite María desde algún lugar cerca de mí; aún no consigo situarme.

—Vale. —Me deja y me sujeta por los hombros para que no me caiga—. No te he traído ningún gato disecado.

—Eso espero.

—Pero sí que te he traído una camiseta del equipo con tu número y tu nombre. Cuando te fuiste no estaba lista y no quería mandártela por correo.

—Y yo te he traído una cajita de taracea.

—Sois geniales. Voy a volver a abrazaros, pero esta vez a los dos, y vais a fingir que no veis que tengo lágrimas en los ojos, ¿de acuerdo?

—Lo que tú digas, Cande —acepta Jorge rodeándonos a mí y a María con los brazos.

Pasados unos largos segundos le pido que nos suelte.

—Quiero presentaros a alguien. —Miro hacia atrás y veo a Bernal esperando, observando la gente y el ambiente de Paseo de Gracia. Le toco el antebrazo y él se gira con una sonrisa, ¿en qué estaría pensando?—. Ven, quiero que conozcas a Jorge y a María.

Hago las presentaciones; Bernal había oído hablar de Jorge, aunque no conoce los detalles de su historia, y también ha visto el vídeo que hice yo del chico de febrero. Ellos dos entablan conversación fácilmente y Bernal es encantador con María, aunque tiene el botón de ligar apagado. Mateo tenía razón, Bernal nunca flirtea conscientemente con una chica con pareja.

—Creo que deberíamos entrar en el hotel —les digo cuando veo que los cuatro estamos hablando en plena calle con las maletas a nuestros pies—. La fiesta no es hasta esta noche, así que tenemos todo el día para ponernos al día y pasear. Si os apetece, puedo enseñaros la ciudad. No soy muy buena guía turística y hoy será un infierno moverse por el centro, pero puedo intentarlo. O si lo preferís, podemos pasear por aquí.

—A mí pasear me va bien, no tengo ganas de pasarme el día atrapado en un atasco —dice Jorge.

—Yo también prefiero pasear. Lo de hacer el turista no es lo mío —señala Bernal.

—Ni lo mío —concurre María.

—Entonces está decidido.

—¿Qué has decidido sin mí?

Siento un delicado cosquilleo en la espalda al oír la voz de Víctor y cuando me doy media vuelta descubro que le he echado más de menos de lo que creía. En medio de las emociones y del drama y de la intensidad de Salvador, Víctor se ha perdido, pero ahora que solo le veo a él vuelvo a encontrarlo.

—Víctor.

—Hola, Cande. —Se agacha y me da un beso en la mejilla. Puedo notar las miradas de Jorge, Bernal y María fijas en mí—. Tenía muchas ganas de verte.

—Y yo a ti. —Le rodeo el cuello con los brazos.

Nos quedamos así unos segundos hasta que Víctor me suelta.

—¿No vas a presentarme? Hola, soy Víctor Pastor, el chico de marzo. —Veo que le tiende la mano a Jorge—. Encantado de conocerte, Jorge.

—Lo mismo digo, Víctor, lo mismo digo. —Jorge me mira intrigado y sin disimulo intenta darme su aprobación. Yo intento disimular, decirle que no existe nada de lo que él cree entre Víctor y yo, pero sé que se me da fatal lo de hacer señales con los ojos o las cejas y lo dejo para más tarde.

—Yo soy Bernal, el chico de abril. Encantado de conocerte, Víctor. Cande me ha dicho que tienes tierras en La Rioja, unas bodegas, y la verdad es que me encantaría visitarlas algún día.

—¿Te gusta el vino?

—Sí, bueno, me imagino que como a cualquiera. Pero no lo decía por eso, soy arqueólogo y en La Rioja hay muchos yacimientos aún ocultos gracias a las viñas; me encantaría pasear por allí a ver si veo algo.

—¿Lo dices en serio?

—Completamente en serio —le asegura Bernal.

—Mi hermana y mi cuñado estarán encantados de recibirte. Puedes quedarte en casa, hay sitio de sobra. Yo no sé qué haré, mi vida está en un momento algo peculiar, pero cuenta con ello.

—Gracias.

Entramos en recepción, un chico muy amable nos entrega las llaves de las habitaciones, todas están en la misma planta. La fiesta, si la lluvia no nos visita, va a celebrarse en la terraza y si llueve la trasladarán al salón que hay junto al vestíbulo.

—María, ¿puedo pedirte que nos hagas una foto a los cuatro?

—Claro, por supuesto, dame el móvil.

Jorge, Víctor y Bernal se colocan a mi alrededor, y María nos saca una foto en la preciosa entrada del hotel. He tenido que aguantar unas cuantas bromas de los chicos sobre mi estatura, pero ha valido la pena. No es culpa mía si ellos son unos gigantes.

—Gracias —le digo cuando me devuelve el teléfono.

—De nada, creo que ha quedado muy bien, ya verás.

La foto es genial, los cuatro estamos sonriendo y los chicos están radiantes.

«#LosChicosDelCalendario 📅 🏃 #ElChicoDeFebrero #ElChicoDeMarzo #ElChicoDeAbril No puedo creerme que estemos juntos #GraciasBarcelona #VaASerUnDiaIncreible #FeliçSantJordi 🌹 🐉 📕 #EneroTeEchoDeMenos»

He dudado mucho antes de escribir el último *hashtag* y al final me he decidido a dejarlo porque es la verdad y porque cualquiera puede creer que me refiero solo a que le echamos de menos en la fotografía. No es que quiera justificarme, es mi fotografía y puedo escribir lo que quiera, pero aún me siento insegura respecto a Salvador. Odio estar así, pero me digo que hoy, dentro de un rato, hablaré con él de una vez por todas y saldré de dudas.

—¿Qué es lo que habías decidido antes? —me pregunta Víctor en el ascensor. Me mira de un modo distinto a cuando me fui de Haro, como si hubiera decidido ir a por todas. Es halagador y un poco intimidante. Y cuando me aparta un mechón de pelo de la cara me sonrojo de la cabeza a los pies.

—Hemos decidido ir a pasear por Paseo de Gracia, ¿te apuntas?

—Si tú vas, por supuesto. No tengo nada que hacer excepto estar contigo —señala sin disimulo y sin importarle que no estemos solos.

—Nosotros también vamos a estar —apunta Bernal con una sonrisa—, espero que no te importe.

—En absoluto —asegura Víctor de buen humor. Recuerdo lo buen observador que es, la precisión con la que analiza cada detalle y deduzco que se ha fijado en cómo interactúa Bernal conmigo y yo con él, y sabe que ni existe ni existirá jamás nada entre los dos. Además, el famoso interruptor del chico de abril sigue apagado.

Si Salvador estuviera aquí, ¿qué pasaría? ¿Cómo reaccionaría Víctor? ¿Y Salvador? Me veo capaz de adivinar la actitud del primero, pero no la del segundo.

—Este es nuestro piso —les digo cuando el ascensor abre sus puertas—. ¿Qué os parece si descansamos un rato y nos reunimos abajo dentro de una hora?

—Genial —contesta Bernal metiendo su llave en la puerta.

—Perfecto —asienten Jorge y María—. Nos vemos dentro de una hora, pon mejor una hora y media.

Bernal se ríe y acepta el cambio. Víctor y yo nos quedamos solos en el pasillo.

—¿Estás bien? Pareces cansada —me dice—. Estás guapísima y tengo ganas de besarte, pero por tus ojos diría que has dormido poco.

Trago saliva, Víctor realmente no tiene intención de ocultarme lo que siente.

—Y dirías bien, estaba nerviosa por hoy. Me irá bien descansar un rato. ¿Nos vemos luego?

—Claro. Aquí estaré.

Dejo la bolsa de viaje en la cama; he viajado con muy poco equipaje porque he pensado que si me olvidaba algo siempre podía ir a mi casa. Mando un mensaje a Marta y a mi madre para confirmarles que estoy aquí y he llegado bien. Mañana es domingo y desayunaré con ellas, mi padre, Pedro y las niñas antes de volver a Muros.

Después llamo a Salvador. Quiero hablar con él, necesito oír su voz.

—Ahora no puedo hablar, Candela. Lo siento.

—Oh, perdona. No quería molestarte.

—No molestas —me asegura suavizando un poco la voz—. Pero ahora no puedo hablar. ¿Has llegado bien? ¿Ha sucedido algo?

—No, nada. Todo ha ido muy bien, ya estamos en el hotel.

—¿Te veré luego?

—Sí, ¿cuándo?

—Te buscaré, no te preocupes. Tengo que colgar. Adiós, Candela.

No me oye cuando le digo adiós y que tengo ganas de verlo. Sé que hay infinidad de motivos que justifican el tono y la actitud de

Salvador, pero estos se me atragantan en el cuello y me anudan el estómago. Siguen allí dos horas más tarde cuando estoy paseando por el centro de la ciudad con los tres chicos del calendario y María. Las dos recibimos tres rosas, una de cada chico, aunque me imagino que Jorge le regalará otra más tarde cuando estén a solas. Nos las han dado al encontrarnos en recepción, al parecer los tres han pensado que era el mejor momento, y las dejamos en el hotel para que no se estropeen.

—Tal vez podrías llevarle una rosa a Manuela —le sugiero a Bernal.

—No creo que sea buena idea.

—Solo para hacer las paces, nada más.

—Lo pensaré —acepta Bernal antes de adelantarse y detenerse en la carpa de libros que ha montado el museo egipcio.

—¿Qué estás tramando? —me pregunta Víctor.

—No puedo contártelo, se supone que soy una buena amiga y sé guardar un secreto—. Él enarca una ceja—. Oh, vale, si insistes, Bernal tuvo una relación con la propietaria de la casa de huéspedes en la que me hospedo, no conozco todos los detalles, pero acabaron mal y ahora no se soportan.

—Y tú quieres que hagan las paces. Creía que ya habías aprendido que el mundo real no es como en las películas, Cande.

—Lo sé, créeme. Tienes que verlos juntos, Víctor.

—No dudo de tu olfato para las parejas, visto está que con Agreste y María has acertado —los señala con el gesto—. Pero tienes que dejar que los acontecimientos se desarrollen por sí solos, hay cosas que no pueden forzarse.

—¿Como estás haciendo tú conmigo? —Le miro de reojo mientras paseamos.

—¿Te molesta?

—No, digamos que me desconcierta.

Se ríe y a mí se me contagia un poco y sonrío.

—Me alegro, Cande. Sí, cuando algo me interesa puedo tener mucha paciencia. Pregúntaselo a mi hermana.

—Lo haré. Por cierto, ¿cómo está tu sobrina?

A Víctor se le cae la baba hablando de Valeria y los cinco paseamos por la ciudad hablando de lo que hice cuando visité Granada y Haro, y también de lo que estoy haciendo ahora en Muros. Comemos en un pequeño restaurante al que fui hace tiempo con Abril y la llamo para que se acerque a saludarnos. Sé que la veré esta noche, pero Abril tiene muchos conocidos y es casi imposible hablar con ella en esta clase de eventos. Jorge y María se alegran de volver a verla y Víctor y Bernal de conocerla. Estamos en la puerta del restaurante cuando empieza a llover y a mí me suena el teléfono. Contesto al ver el nombre de Salvador en la pantalla.

—¿Candela?

—¿Salvador?

—¿Dónde estás? —Le doy la dirección del restaurante—. Espérame allí, no tardaré, estoy cerca.

—¿Quién era? —me pregunta Abril.

—Salvador, dice que está cerca, que viene hacia aquí.

Un trueno suena por encima de nuestras cabezas y la lluvia aumenta.

—Id hacia el hotel antes de que esto empeore —les digo—. Yo iré enseguida. No os preocupéis.

Bernal hace señas a un taxi que se acerca y lo detiene. Es un milagro que haya pasado uno vacío por aquí.

—¿Estás segura? —inquiere Víctor mirándome a los ojos.

—Segura —le aprieto la mano—. Nos vemos en el hotel dentro de un rato. La fiesta empieza dentro de dos horas. Nos hemos alargado mucho en la sobremesa.

—¿Quieres que me quede? —insiste.

—No, estaré bien, de verdad. Gracias.

Víctor asiente, tal vez ha comprendido qué clase de conversación voy a tener con Salvador, no lo sé, pero le sujeta la puerta a Abril para que entre en el taxi y después él se sienta al lado del conductor. Van apretados, pero en un día como hoy el conductor no les ha puesto ninguna pega.

Salvador no llega, la lluvia cae cada vez más rápida y con más intensidad. Empiezo a preocuparme; no sé si va a pie o en moto. ¿Y si ha tenido un accidente?

—¡Candela! ¡Candela!

Me giro y le veo cruzando la calle. La lluvia me da igual, salgo de debajo del toldo del restaurante y corro hacia él. Nos detenemos el uno frente al otro; me había imaginado que cuando esto sucediera él me besaría o yo lo besaría a él, pero no nos movemos. Salvador no deja de mirarme, los ojos le brillan muchísimo y no sé si es porque está empapado o si hay algo más.

—Salvador...

—Te estás mojando.

—Tú también. —Doy un paso hacia él, pero Salvador retrocede un poco y me retengo. Tengo un escalofrío, la lluvia no es lo único que me está haciendo tiritar.

—Me habría gustado verte antes, hablar contigo en otro lugar. Hay algo que necesito decirte.

El corazón me late muy rápido, la aprensión de hace unos segundos se ha transformado en ilusión y me sube por la garganta con tanta energía que mis sentimientos más profundos se me escapan por los labios.

—Te quiero, Salvador.

Cae un rayo y los ojos de Salvador se vacían.

He cometido el peor error de mi vida.

—Yo no, Candela.

—¿Qué? —No le he escuchado bien, no le he visto bien, la lluvia me está cegando—. ¿Qué has dicho?

—Esto es lo que tenía que decirte. No te quiero. Me he dado cuenta de que mis correos y mis mensajes podían malinterpretarse.

—¿Malinterpretarse?

—Sí, y asumo toda la responsabilidad.

—¿Qué está pasando, Salvador? ¡¿Qué está pasando?!

—Lo que sucedió en enero fue un error.

—Y en febrero y en marzo.

—Exacto, eso también. Asumo toda la culpa, estos días he podido meditar sobre lo que ha sucedido y entiendo que te hayas confundido.

—Yo no me he confundido. —Me aparto el pelo que se me ha pegado a la cara—. Tú eres... eres...

—Lo sé, es culpa mía. Lo único que puedo pedirte es que me disculpes por haberme dejado llevar.

—¿Que te disculpe por haberte dejado llevar? —Se me están helando los dedos y los labios, y ya no me siento la punta de la nariz, pero sí que siento cada uno de los golpes que está recibiendo mi corazón.

—Sí, espero que me perdones y que podamos mantener una relación cordial y profesional durante los meses que quedan de *Los chicos del calendario.*

—Te he dicho que te quiero —repito con mucho dolor—, tú me has llamado durante días y me has escrito un correo donde decías que tenías muchas ganas de hablar conmigo y que me echabas de menos. Y ahora estás aquí, bajo la lluvia, en pleno Paseo de Gracia diciéndome que todo ha sido un malentendido y que no me quieres, que todo ha sido un error y que esperas tener una relación profesional y cordial conmigo.

—Exacto. Sé que es culpa mía, que mi comportamiento ha sido confuso. Por eso prefiero dejar las cosas claras.

—Claras.

—Sí, Candela. No quiero seguir alargando esto. Lo que sucedió fue un error y asumo la culpa de todo. No hay nada entre los dos y no lo habrá jamás. No te quiero —me mira a los ojos—. No te quiero.

Le doy una bofetada y salgo de allí corriendo.

31

Llego al hotel completamente empapada y por primera vez en mi vida me alegro de que me haya pillado la lluvia porque así nadie se ha dado cuenta de que estoy llorando. No llamo a nadie, estoy tan helada y aturdida que en lo único que puedo pensar es en llenar la bañera y meterme dentro, y eso es exactamente lo que voy a hacer.

El agua está tan caliente que me quema, pero me va bien y sigo llorando hasta que creo que ya no me quedan lágrimas. ¿Qué ha pasado? Me duele la cabeza de las veces que he recordado las frases de Salvador en busca de algo que las explicase.

«No te quiero, Candela».

Esa frase no requiere ninguna explicación. Ni esa ni ninguna de las otras que me ha dicho. En marzo, cuando estuvimos juntos, me dije que podía asumir que lo nuestro fuese solo una aventura, una fantasía, pero sus besos y la manera en que estábamos juntos me llevaron a pensar que había algo más. Soy una idiota.

No, no soy ninguna idiota.

Él me ha escrito esos correos, aún los tengo en el ordenador, no me los he imaginado.

Él me ha llamado durante días y me ha dejado esos mensajes, no me los he inventado.

Pero ha sucedido algo que le ha llevado a ver la luz, a comprender que estaba cometiendo un error y que era posible que yo lo malinterpretase. ¡¿Que lo malinterpretase?! Hay que ser un hijo de puta muy cruel para llamar a un chica, decirle que la echas de menos, que quieres besarla y luego decirle que ella te ha malinterpretado, que en realidad querías dejarla y destrozarle el corazón.

Se ha cansado o aburrido, o las dos cosas a la vez.

Mierda.

Tendría que haberlo visto venir.

Me quedo en la bañera hasta que se enfría el agua y cuando salgo me abrigo con el albornoz y me tumbo en la cama. Sería muy fácil dejarme llevar por el dolor que tengo en el pecho y encerrarme en el dormitorio, podría vaciar el minibar y seguro que encontraría alguna película de llorar en la tele. Pero no pienso hacerlo.

Descuelgo el teléfono del hotel y pregunto si hay un servicio de peluquería. Media hora más tarde una chica con un uniforme blanco viene a mi habitación a secarme el pelo. No le pido nada raro, lo único que quiero es tener buen aspecto, sentirme fuerte por fuera aun cuando por dentro sea todo lo contrario. La chica es muy amable, me pregunta qué hago en la ciudad y, cuando me reconoce, dice que le ha costado porque llevaba la toalla como turbante, me dice que ella y sus amigas no se pierden ninguno de mis vídeos ni de mis artículos.

—Gracias —le digo emocionada.

—Es la verdad, «todas somos Candela» decimos mis amigas y yo. Los tíos creerán que estás recorriendo el país en busca de míster España o alguna tontería así, pero nosotras sabemos que no, ya era hora de que una chica les cantase las cuarenta y demostrase que nosotras solas nos valemos para todo.

—«Todas somos Candela» —repito—; me gusta mucho. Me siento honrada de ser vuestro lema.

—No somos las únicas, lo dicen muchas chicas.

—Vaya —digo abrumada—, intentaré estar a la altura.

—Tú sigue siendo tú y demuéstrales todo lo que vales.

Tiene razón. Jessica, así se llama la chica, tiene toda la razón. A todas nos han dejado, a mí más de una vez, y a todas nos han roto el corazón. Los únicos corazones que no se rompen son los que no se arriesgan y yo me he arriesgado con Salvador.

Me visto, me pongo adrede las medias con liguero que había traído para esta noche, no permitiré que Salvador me haga renunciar a ellas, y después el vestido negro. Me maquillo, los trucos de Abril sobre cómo disimular ojeras me salvan la vida, y me echo unas gotas de perfume. Justo cuando estoy poniéndome los tacones alguien llama a la puerta.

Es Víctor.

—Guau —exclama observándome con descaro—, estás preciosa.

—Gracias. Tú también estás muy guapo.

Lleva un traje oscuro y una barba de dos días, huele maravillosamente bien y me reconforta mucho saber que, pase lo que pase, está de mi parte. En ningún momento me ha preguntado qué ha sucedido esta tarde en el restaurante y sé que no lo hará si no le doy pie. Víctor y su paciencia.

Bernal sale de su habitación.

—Os he oído salir —se explica—. Estás impresionante, Cande.

—Gracias, Bernal, tú también.

—Lo sé —me guiña un ojo y oigo que Víctor se ríe por lo bajo.

—La discreción no es lo tuyo, ¿eh, Bernal?

—No, yo soy más de entrar con la directa puesta.

—Todo son estilos —dice Víctor.

—Y personas —añado yo—. Cuando vengas a Muros entenderás por qué te lo digo, tienes que ver a Bernal con Manuela.

—¿Qué estás confabulando? —me pregunta Bernal al detectar que he bajado la voz.

—Nada —le contesto.

—¿Así que voy a ir a Muros? —pregunta Víctor poniéndome una mano en la cintura.

—Si tú quieres.

—Quiero.

Antes de llegar al ascensor, Jorge y María se unen a nosotros y subimos juntos. La fiesta hace poco que ha empezado y empieza a haber gente. La lluvia ha cesado hace un rato, justo después de que Salvador me dejase en plena calle, y los del hotel se han arriesgado a montarla en la terraza. La vista de la ciudad es preciosa y el aire está fresco tras la tormenta. Se me pone la piel de gallina.

—¿Estás bien? —me pregunta Víctor.

Le miro y comprendo que aunque Salvador me ha pisoteado el corazón y que cuando lo reconstruya estará distinto, más débil e incluso una parte seguirá rota, será en cierto modo también más fuerte.

—Sí, estoy bien —le sonrío.

—Me alegro.

Nos mezclamos con la gente, presento los chicos del calendario, los tres, a Vanesa, Sofía, Jan, incluso a mi antigua jefa, Marisa, que también está por aquí. Los tres en sus distintos estilos son estupendos y no tardan en meterse a todo el mundo en el bolsillo. La comida es muy buena, intento disfrutarla a pesar del malestar que sigue fijo en mi estómago desde lo de esta tarde y la música que suena es preciosa.

Voy a salir de esta, me repito y estoy a punto de creérmelo cuando llegan Pablo y Salvador, y este me mira y se acerca a mí. Durante un segundo quiero salir corriendo, casi estaría dispuesta a esconderme detrás de un florero con tal de no verlo, pero entonces reacciono y recuerdo que yo no tengo de qué esconderme. En todo caso es él el que debería sentirse avergonzado de lo que ha hecho. Me quedo justo donde estoy y espero a que lleguen a mí.

Pablo me da un fuerte abrazo y nos mira raro cuando ve que Salvador simplemente me saluda. Yo me hago la indiferente y me llevo a Pablo de allí para presentarlo a Jorge y a los demás. Unos minutos más tarde y gracias a la compañía de los chicos del calendario y de Pablo vuelvo a estar bien. Salvador ha saludado a Jorge y a María con cariño, y después se ha presentado a Víctor y a Bernal. Todo ha sido muy correcto, muy civilizado. Durante un instante he tenido que contener una risa tonta por culpa de los nervios, pero tras respirar hondo la he controlado. Puedo con esto, lo conseguiré.

La fiesta sigue, Jorge y María son los primeros en despedirse. Les doy un abrazo y quedamos que nos veremos al día siguiente antes de que se vayan. Después, Bernal va tras una de las invitadas, una famosa periodista. Yo intento detenerlo.

—¿Crees que es lo mejor? Piensa en Manuela.

—Lo hago.

Desaparece con un whisky en la mano, no sé si se va con la periodista o si se ha encerrado en su habitación y la verdad es que no quiero saberlo.

Bailo con Víctor y también con Pablo, incluso con Jan y con un chico del departamento informático de *Gea*. Mi corazón no está aquí, sigue hecho pedazos en una acera de Paseo de Gracia, pero seguiré sin él y mañana empezaré a arreglarlo.

—Creo que yo también me retiro —dice Víctor—, ¿vienes?

Estoy a punto de decirle que sí, yo también estoy cansada, pero entonces aparece Pablo y me pide que lo acompañe, al parecer quiere presentarme a unos amigos.

—No, ve tú, enseguida iré. ¿Nos vemos mañana?

—Por supuesto, lo único que tienes que hacer es llamar a mi puerta y allí estaré. Buenas noches, Cande —se agacha para darme un beso en la mejilla.

—Buenas noches, Víctor.

Pablo me lleva con sus amigos sin preguntarme qué ha pasado con su hermano; tengo la sensación de que quiere hacerlo y se contiene, aunque quizá son cosas mías. Tengo una charla muy agradable con los amigos de Pablo, son un grupo muy ecléctico y me río de sus bromas y comentarios. Estoy a punto de irme cuando alguien me toca la espalda y al girarme descubro a Martín, el antiguo propietario de la editorial infantil Napbuf al que conocí en enero con Salvador.

—Hola, Cande, me alegro mucho de verte —me saluda con un abrazo.

—Yo también, Martín, yo también.

Hablamos un rato, hasta que él bosteza y yo también.

—Creo que soy mayor para esta clase de fiestas, será mejor que me vaya a casa.

—Yo también. ¿Te importa que bajemos juntos? Tengo una habitación en el hotel y quiero que todo el mundo sepa que me voy con el hombre más atractivo de la fiesta.

Martín sonríe.

—Por supuesto, señorita, aunque el que presumirá de acompañante soy yo.

Llegamos al ascensor y cuando las puertas se abren aparece Salvador con una mujer colgada del brazo. Ella tiene una mano en su torso y él la rodea por la cintura. Nuestras miradas se cruzan, la suya está completamente vacía y me temo que en la mía hay demasiado dolor para ocultarlo.

—Buenas noches, Barver —lo saluda Martín con frialdad.

—Buenas noches.

La mujer no dice nada, está demasiado ocupada babeando encima de la americana negra de Salvador, y Martín tira de mí hacia el interior del ascensor justo a tiempo de que no me pille la puerta.

—No sé qué diablos le pasa a ese chico. Siento mucho que te hayas cruzado así con él, Cande.

—No te preocupes —balbuceo—. No es culpa tuya. Y en realidad Salvador no ha hecho nada malo —me obligo a añadir—, entre él y yo no hay nada.

—Entonces Barver es aún más estúpido de lo que me ha parecido hace dos segundos. Lo siento, Cande.

—No, no pasa nada. De verdad. —Suena el timbre del ascensor—. Mi habitación está aquí. Gracias por todo, Martín. —Coloco la mano en el sensor para evitar que se cierren las puertas—. Me alegro de que estuvieras conmigo cuando ha sucedido.

—Olvídate de él, Cande. Quiero a ese chico como si fuera mi hijo, pero si se comporta como un estúpido no se merece ni un segundo de tu tiempo y mucho menos una de tus lágrimas, ¿entendido?

—Entendido. Buenas noches, Martín.

—Buenas noches. Llámame cuando vuelvas a Barcelona.

Le prometo que lo haré y se cierran las puertas. Martín tiene razón, Salvador no se merece que yo esté así. Él me ha dejado, si es que alguna vez estuvimos juntos, y acabo de verlo salir de un ascensor con una mujer babeándole encima.

Camino decidida hasta la puerta.

Levanto la mano con el puño cerrado y doy unos golpes. No es la puerta de mi habitación, es la puerta hacia una decisión arriesgada, hacia un tal vez.

La puerta se abre.

—¿Cande?

—Hola, Víctor, ¿puedo pasar?

Noto una presión en el pecho, pero cuando Víctor me sonríe y se aparta empieza a aflojarse. Él lleva un pantalón de pijama a cuadros —no podría ser de otra manera— y una camiseta blanca.

—Claro, pasa—. Cierra la puerta y se apoya en ella, creo que está dándome espacio y quizá también tiempo, como ha hecho hasta ahora.

—Gracias.

—¿Ha sucedido algo, Cande? ¿Estás bien?

Ha sucedido que por fin sé a qué atenerme, que he descubierto que he cometido un error, uno muy grande, tanto como el tamaño de mi corazón. Ha sucedido que Salvador me ha hecho daño y que yo, como una idiota, he dejado que me lo hiciera. Ha sucedido que he decidido no volver a permitírselo y que me arriesgaré a intentarlo de nuevo con otro hombre, con uno que es honesto conmigo y que no tiene miedo de decirme lo que quiere. Podría estar sola, sé que podría estarlo, pero la verdad es que los besos de Víctor llevan días insinuándose entre mis recuerdos y quiero estar con él. Mañana, la semana que viene, el resto de mi vida estaré sola si así lo decido y estaré bien, pero esta noche no quiero estarlo. Esta noche quiero estar con Víctor.

—Estoy bien. —«He aprendido una lección muy importante»—. Estoy bien —repito ahora para mí misma—. ¿Y tú?

Él vuelve a sonreírme y se aparta de la puerta para acercarse a mí.

—Yo también. —Levanta una mano y me acaricia una mejilla—. ¿Qué estás haciendo aquí, Cande?

No quiero contarle lo que ha sucedido con Salvador, creerá que estoy así por despecho y no es cierto. Estoy aquí porque quiero estarlo y porque estoy harta de arriesgarme con Salvador y de que me rechacen, de ofrecer mis sentimientos a alguien que no los quiere. Después de lo de esta tarde bajo la lluvia, ha habido momentos en los que he deseado que Salvador no hubiese entrado en mi vida, que todo fuera más fácil y Víctor fuese el primer chico por el que sentía algo después del Instabye de Rubén. Y por Víctor no siento lo que siento por él, eso no puedo negarlo, pero me gusta, me gusta mucho.

Salvador ya no está, él se ha encargado de dejarme claro que no quiere esa clase de papel en mi vida, así que... ¿qué estoy haciendo perdiendo el tiempo divagando conmigo misma?

—¿Puedo pedirte una cosa? —Coloco una mano en la camiseta de Víctor, mis dedos tiemblan y un calor muy agradable nace en las yemas y se extiende por mi brazo. Es una reacción completamente distinta a la que me produce Salvador (mierda, tengo que dejar de compararlos, ninguno de los dos se lo merece y yo tampoco), es una reacción distinta pero también muy potente, como comparar el chocolate negro y el chocolate con leche. Los dos pueden hacerme cometer locuras.

—Claro.

Le miro a los ojos.

—Bésame.

Detiene la mano que me está acariciando y da un paso hacia delante. El algodón del pantalón me roza las medias y el vestido negro.

—¿Estás segura?

Él y sus dotes de observación.

—Muy segura —confieso y es verdad, casi puedo sentir su aliento en mis labios; recuerdo su tacto a pesar de que está escondido bajo los últimos besos de Salvador.

—¿Por qué quieres besarme? —Me sujeta el rostro con ambas manos—. ¿De verdad estás segura de que es a mí a quien quieres besar esta noche, Cande?

Agacha la cabeza y me besa la mejilla, después arrastra la boca hacia mi oído y allí captura el lóbulo entre los dientes. Lo besa al soltarlo y los dientes me arañan el cuello.

—Víctor...

—En marzo te dije que me daba igual que tu corazón perteneciera a otro, ¿es eso lo que pasa?, ¿por eso estás aquí?, ¿porque ese otro es el mayor imbécil del mundo y no te quiere? Dime la verdad, Cande, no te soltaré ni te pediré que te vayas, pero necesito saber la verdad.

—No estoy aquí por eso. —Apoyo las manos en el torso para apartarme un poco y poder mirarle a los ojos—. ¿Te acuerdas de cuando me fui de Haro?

—Como si fuera ayer.

—Tú tenías razón. —Víctor enarca una ceja—. Me fui por el beso, porque durante unos segundos quise quedarme y nunca había hecho algo así.

—¿A qué te refieres?

—Nunca le he sido infiel a nadie y no quería serlo contigo. Tú te merecías algo más, te mereces algo más. No quería acostarme contigo para vengarme o intentar olvidarme de otro hombre.

—Deja que sea yo el que decida qué me merezco. ¿En marzo ya estabas con el chico de enero?

—Había algo o creía que lo había —le confieso la verdad a pesar de que él ya la ha deducido—. Por eso me fui.

—Y ese algo ahora ya no existe.

—No.

—No voy a ponértelo fácil, Cande —me advierte con una sonrisa distinta a las anteriores—, no voy a conformarme con trozos de ti. En marzo mentí, lo quiero todo. Iba a esperarme, a tener paciencia, estaba dispuesto a volver a Haro y a seguir con mi vida, y esperar a que tú aparecieras, pero ahora estás aquí. —Baja una mano por mi brazo y al llegar a la altura de la cintura la aparta y toca la tela del vestido—. Estás aquí y tal vez si yo fuera un santo o un chico más inocente te dejaría ir y te diría que hablaremos mañana, que esta noche estás alterada. Pero no lo soy y no voy a hacerlo. Eres una mujer muy inteligente, fue lo primero que me gustó de ti. —Se le escapa una risa al verme la cara—. Vale, lo primero que me gustó fue discutir contigo. Lo que quiero decir es que tú has llamado a mi puerta y si estás aquí es porque quieres. —Sujeta la cremallera del lateral entre dos dedos—. Aun así, y aunque me cueste una noche en vela y masturbarme pensando en ti, voy a darte una última oportunidad.

—¡Víctor!

—¿Qué? ¿Prefieres que mienta? —Con la mano que tiene libre, la que no tiene en la cremallera, me acaricia el pulso en el cuello—. Además te gusta saber que lo he hecho, no puedes ocultármelo.

—Oh, Dios mío... sabía que eras peligroso.

—Mucho más de lo que crees. —Baja la cremallera unos centímetros—. Tu última oportunidad, Cande. —Suelta la cremallera y se aparta, camina hasta la cama y se detiene—. Quítate el vestido y quédate o date la vuelta y vete. Pase lo que pase, mañana estaré contigo. Tú decides. Aún no estoy enamorado de ti, pero me importas demasiado como para estar contigo y que mañana lo achaques a un ataque de locura o al calor del momento.

—¿Quieres que me desnude?

—Joder, sí. Pero tú eliges. Puedes darte media vuelta y salir de aquí. La decisión está en tus manos, Cande.

32

Cojo aire y lo suelto despacio.

Víctor está completamente inmóvil frente a mí y, sin embargo, su cuerpo desprende la misma tensión que esa primera mañana que salimos a correr en Haro. Le miro y pienso en todo lo que sé de él, en el deseo que encuentro ardiendo sin disimulo en su mirada, en lo que me hace sentir cuando me besa y me provoca, y cuando discute conmigo.

Quiero estar aquí.

Quizá la noche no ha empezado así, esta mañana creía que el día se desarrollaría de una forma distinta, diametralmente opuesta a esta, y sin embargo ahora sé sin lugar a duda que no quiero estar en ninguna otra parte.

Le sonrío algo nerviosa, saber que lo que suceda a partir de este instante está en mis manos me hace sentir poderosa y un cosquilleo me sube por la espalda. Me quito los zapatos, las piernas me tiemblan un poco y no quiero caerme de bruces mientras me bajo la cremallera.

Los ojos de Víctor se abren al ver los tacones negros en el suelo y sus pómulos, la parte que se escapa de la barba entre castaña y rojiza, se oscurecen. Subo las manos por una pierna y me suelto el liguero, no quiero que nada de lo que suceda esta noche me recuerde a otra.

—Otro día me dejarás verlos —señala Víctor con la voz ronca.

—Otro día.

Me quito primero una media y luego otra y confieso que ver a Víctor observándome con tanta intensidad, acariciándome con los ojos y no con las manos, es muy excitante, pero cuando vuelvo a tirar de la cremallera me tiemblan las manos y se encalla.

—Soy un estúpido —farfulla él apartándose de la cama—. Deja que te ayude, por favor.

—Si insistes.

—Insisto.

Coloca una mano en mi espalda y me pega a él, al tenerlo tan cerca parte de mis nervios desaparecen y se convierten en deseo, y con la otra mano me baja la cremallera mientras me besa muy, muy, muy lentamente. Me dejo llevar, el sabor de Víctor es como el salvavidas que encuentras en medio de la tormenta. El vestido desaparece y la mano de él me acaricia la espalda.

—Víctor...

—Quítame la camiseta, Cande.

Las manos siguen temblándome, pero consigo sujetar el extremo de la tela y tirar hacia arriba. Víctor tiene un cuerpo espectacular; el torso está cubierto de vello igual que sus brazos y sus piernas, y los músculos se dibujan con firmeza debajo.

—¿Sabes qué pensé la primera vez que te vi?

—¿Que era un imbécil? —me susurra mordiéndome el cuello y guiando las manos hacia mis pechos.

—Que parecías un leñador —susurro.

Él se ríe.

—Yo pensé que me distraías demasiado. —Se agacha y baja la lengua por mi garganta hasta llegar al sujetador—. No sé por dónde empezar, voy a necesitar mucho tiempo para hacerte todo lo que quiero.

Me tiemblan las piernas y él lo ve y vuelve a reírse con la voz ronca.

—¿Tienes miedo?

—No... pero sé que puedes llegar a tener mucha paciencia y eso me asusta.

Baja la mano por la espalda y la detiene en la cinturilla de mi ropa interior.

—Sí, tengo mucha paciencia... —se arrodilla ante mí—... y ahora mismo creo que tú hablas demasiado. Déjate de llevar, Cande. Deja que esta vez yo me ocupe de todo. Confía en mí.

—De acuerdo.

Me da un beso en el ombligo y me desnuda. Yo me sonrojo, pero él sigue acariciándome la espalda (es tan alto que aunque está de rodillas puede hacerlo) y las piernas. Me besa el estómago, respira despacio como si le costase mantener la calma.

—Víctor... —Su nombre se escapa de mis labios y le acaricio el pelo.

Él deposita entonces un beso en mi sexo y me fallan las piernas. Él reacciona al instante y me coge en brazos para llevarme a la cama. La precisión con la que se mueve y habla Víctor es muy excitante, con él me siento protegida y al mismo tiempo sé que lo que más le gusta de mí, lo que más le atrae, es que soy su igual y que puede discutir conmigo.

—Voy a pedirte una cosa, Cande.

Me deja en la cama y él apoya una mano en la sábana para agacharse y besarme. Este beso es muy provocador, muy sensual, es húmedo, con dientes, con todo el cuerpo y sin ninguna clase de restricción. Él solo me está tocando con los labios hasta que una mano aparece en mis pechos y los acaricia por encima del sujetador, después baja por el esternón y se detiene entre mis piernas. No se mueve, presiona y la lengua, aún en mi boca, imita el movimiento que los dos querríamos que sucediera en otra parte del cuerpo.

Con este beso me está diciendo lo que pretende y es de todo menos cohibido o tímido, es duro y exigente, y los dos gemimos y buscamos aumentar el roce de nuestros cuerpos.

—Víctor...

—Voy a pedirte una cosa, Cande —repite al apartarse.

—¿Qué?

—Si tú y yo solo tenemos esta noche, hay algo que quiero hacerte. —Se sienta en la cama y se pasa las manos por el pelo—. Mierda, tal vez tendría que habértelo dicho antes.

Mi corazón da un vuelco al verlo tan alterado y comprendo en este instante que Víctor significa para mí mucho más de lo que me he permitido creer hasta ahora. La necesidad de tranquilizarlo es muy potente y me siento a su lado y le acaricio la espalda. Él primero se tensa, pero después respira más tranquilo.

—Tú y yo no solo tenemos esta noche, Víctor. —Le beso el omoplato—. Estoy segura.

Él se gira y me besa con tanta fuerza que acabamos cayendo en la cama.

—Quiero atarte las manos.

—¿Qué? ¿Por qué?

—¿Lo has hecho alguna vez?

—No.

Mi respuesta consigue que me dé otro de esos besos que me dejan sin respiración.

—Quiero hacer algo que no hayas hecho nunca con nadie y... no es ningún rollo sexual, o no es solo eso, y si a ti te gustan esa clase de juegos podemos poner en práctica tantos como quieras y siempre que quieras —me explica besándome el cuello y acariciándome de nuevo los pechos ahora desnudos gracias a la pericia de su mano derecha—. No quiero atarte las manos solo porque no lo hayas hecho nunca con nadie, aunque confieso que eso me excita muchísimo, ni porque me parezca muy erótico, que me lo parece.

—¿Entonces por qué? Y no, esos juegos no son lo mío. Dios... —La mano de Víctor está entre mis piernas y sus labios la persiguen—... Víctor.

—Piensas demasiado.

—¿Qué? Sí... no, no te apartes —balbuceo. La intensidad y lentitud de sus caricias está prendiendo fuego en mis venas.

—¿Lo ves?, ni siquiera ahora puedes dejar de dar órdenes —me riñe antes de pasar la lengua por un lugar que consigue que la mitad inferior de mi cuerpo se levante de la cama—. Quieta.

—Haz algo y me quedaré quieta.

Se ríe. Yo no sé si tengo ganas de abofetearlo o de besarlo.

—¿Me dejas que te ate las manos? Piensa en ello como en un experimento. —Se sienta entre mis piernas y me acaricia la mejilla—. Quiero que dejes de pensar en... todo. —Iba a decir en «él», seguro—. Quiero que en tu mente solo haya lugar para mí y para lo que te estoy haciendo sentir, ¿de acuerdo? Quiero que todo tu cuerpo esté pendiente de mí, solo de mí, y que te dejes llevar, que sientas lo que puedo hacerte. —Pasa el pulgar por mis labios y se agacha para darme un beso—. Lo que podemos hacer juntos.

Creo que está a punto de conseguir que se me apague el cerebro solo con sus palabras, apenas me acuerdo de hablar.

—De acuerdo.

Salta de la cama y recoge una de las medias que he dejado yo en el suelo.

—Dame las manos.

Extiendo los brazos frente a mí y él los anuda con cuidado y firmeza al mismo tiempo.

—Madre mía —farfulla—, creo que podría correrme ahora mismo. Túmbate, Cande, y déjate llevar.

Volvemos a besarnos, él me empuja hacia la cama y vuelve a acariciarme. No poder mover las manos es algo simbólico, puedo mover los brazos y estoy segura de que si lo intento aflojaré la media, pero no lo hago. Víctor tiene razón, pienso demasiado y esta noche, precisamente esta noche, necesito dejar de hacerlo.

—Víctor...

—¿Sí?

—¿Puedes besarme?

—Tantas veces como quieras.

Este beso deja mis manos atrapadas entre nuestros cuerpos y con los dedos sujeto torpemente la cintura del pijama de Víctor. Él se desnuda en un abrir y cerrar de ojos, y vuelve a colocarse donde estaba. Me besa, me acaricia, cada vez que intuye que mi mente se aleja de allí, de lo que está sucediendo entre los dos, aumenta la intensidad de sus besos, tira de mí y me retiene a su lado.

—Estás aquí, Cande, conmigo.

—Sí...

—Conmigo. —Se aparta y al abrir los ojos veo que se levanta y saca algo de la maleta. Vuelve a la cama y deja el preservativo en la mesilla de noche—. Voy a recorrerte el cuerpo a besos, tendré que ir muy despacio, ya sabes que soy muy concienzudo.

—¿De verdad lo crees necesario?

—Muy necesario.

—Si así lo crees —susurro sin apenas poder respirar.

Víctor se detiene en los pies de la cama y me levanta una pierna. Me besa la punta del pie, el puente, el tobillo, la rodilla... él apoya una en la cama y me besa el muslo. Después la suelta y hace lo mismo con la otra, y sigue por la cintura, el estómago, el ombligo.

No deja ni un centímetro sin besar. Ni uno. Y no deja que ni él ni yo terminemos. Y dice que no le van los juegos sexuales... Tiemblo solo de pensar cómo sería si le gustasen. Mi mente no sirve para nada, lo único que sé es que mi cuerpo está tenso como un cable eléctrico en medio de una tormenta y que Víctor es el rayo que falta para hacerlo estallar. Víctor.

Oigo el ruido del plástico y veo que acaba de ponerse el condón. Se coloca de rodillas entre mis piernas, está sudado, muy excitado y en su hombro derecho veo la marca de mis dientes. Me coge las muñecas por la media y me levanta los brazos para retenerlos por encima de mi cabeza con una de sus manos.

Entra en mi cuerpo con un único movimiento y los dos nos tensamos. Yo echo la cabeza hacia atrás, arqueo la espalda, ¿es posible sentir al mismo tiempo pena, placer y tristeza? Dios, tengo ganas de llorar. Víctor me ha llevado al límite, pero aquí, en el borde del precipicio no puedo ocultarme nada a mí misma.

—Víctor —gimo su nombre y al abrir los ojos veo que él tiene el pecho completamente tenso, los hombros inmóviles y sangre en la comisura del labio—. Te has hecho daño.

—Mierda. —Saca la lengua y se lame la sangre—. No siento nada excepto tú. Cande, nena, estoy a punto... es increíble.

—¿Nena?

Él sonríe y el corazón, ese que tengo en el precipicio y que durante un segundo ha pensando en Salvador y le ha echado mucho de menos, se acelera por Víctor.

—¿Qué puedo decir? Sacas lo peor de mí. —Se agacha y me besa al mismo tiempo que empieza a moverse—. Nena.

Sonrío y le devuelvo el beso. Él me retiene los brazos, controla por completo el ritmo de nuestro encuentro y mi cuerpo se rinde. Y quizá también mi mente y mi corazón, aunque solo sea esta noche.

—Sí, nena, sí —farfulla besándome, mordiéndome, arrancándome una reacción tras otra—, puedo sentir que estás cerca, yo no puedo más. Jamás... —levanto las caderas y él las devuelve a la cama con la mano que tiene libre—... jamás había... mierda. Cande...

Él empieza a correrse y su cuerpo se lleva al mío a ese lugar donde realmente dejas de existir y te entregas al vacío, al placer, al chico que te ha besado hasta que te has olvidado de tu nombre o de respirar, o de que esta tarde otro te ha roto el corazón.

Acabamos abrazados, él afloja la mano con la que me retiene las muñecas y quita la media. Me acaricia la piel con el pulgar casi sin darse cuenta y no deja de besarme lenta y cuidadosamente. Cuando nuestros cuerpos parecen capaces de respirar y de soltarse, Víctor sale de dentro de mí y va al baño. No tarda nada, no sé si no quiere estar lejos de mí o si tiene miedo de que ahora que el deseo sexual se está disipando yo me asuste y cambie de opinión respecto a nosotros. Noto la cautela en su mirada y me duele saber que soy la culpable de haberla puesto allí.

Él no dice nada, aparta la sábana y tirando de mí nos mete a los dos debajo. Me rodea con un brazo y con el otro apaga la única luz que ha estado encendida todo este rato.

—Buenas noches, Cande —dice en voz baja tras un último beso en los labios. El día, la fiesta y lo que acaba de suceder entre los dos nos está pasando factura.

—¿Víctor?

—¿Sí?

—Creo que me gusta que me llames *nena,* al menos en la cama.

Se ríe y yo me siento un poco mejor.

Me despierto unas horas más tarde y al mirar el despertador que hay junto a la cama le susurro a Víctor al oído:

—Tengo que irme, he quedado con mi familia. Lo siento.

—No, no te vayas —farfulla medio dormido.

—Tengo que irme—. Le beso la nariz y los labios—. Voy a vestirme. ¿Nos vemos en la cafetería del hotel antes de que me vaya?

Sé que Víctor tiene billete de vuelta para Haro y yo tengo que volver a Muros con Bernal para terminar el mes. Ojalá no tuviéramos que despedirnos tan rápido.

—Vale. —Se frota la cara en un intento de despertarse—. Te acompaño a tu habitación.

—No seas ridículo, está aquí al lado.

—¿Estás segura?

—Muy segura. —Me pongo el vestido y sujeto los zapatos y las medias en una mano junto con el bolso que recojo del suelo—. No voy a cambiar de opinión, Víctor.

—No he dicho que fueras a hacerlo, Cande —responde sorprendentemente despierto—. Confío en ti.

—Gracias.

Tengo ganas de besarlo solo por esa última frase y el que esté tan guapo despeinado y sin camiseta no hace daño.

—Vamos, ve a tu habitación antes de que decida salir de la cama y atarte a ella—. La propuesta no me intimida tanto como debería—. Nos vemos dentro de un rato, *nena.*

Sonrío como una idiota y vuelvo a acercarme a la cama. Víctor tira de mí con ambas manos antes de que yo me agache y pueda darle el beso que iba a darle. De repente estoy tumbada encima de él, mis cosas vuelven a estar por el suelo y él está tirando de la cremallera del vestido.

—¡Víctor!

—Tendrías que haber sido más rápida —sonríe y empieza a besarme—. Ahora no voy a soltarte hasta que hayamos hecho el amor otra vez.

Se me anuda la garganta. Víctor se da cuenta y me besa, y mete las manos bajo el vestido para quitármelo por la cabeza. Cuando me aparta para desnudarme, aparta también la sábana y deja encima de la mesilla de noche otro preservativo.

—Me he dado cuenta de que no puedo permitir que te vayas sin que me pases las manos por todo el cuerpo —me dice tumbándome en la cama y besándome los pechos—. Y en realidad, como buen científico que soy, ningún experimento es válido si no se realiza con distintos sujetos.

—Los dos estamos desnudos, Víctor, y me estás besando y tocando. No sé de qué me estás hablando.

—Ayer te até las manos a ti —alarga un brazo y recoge una de mis medias del suelo—, así que ahora te toca a ti.

Parpadeo y se me hace la boca agua. ¿Atarle las manos a Víctor? ¿Tener ese cuerpo que no parece acabarse nunca todo para mí?

—Veo que la idea te gusta —sonríe el muy engreído.

Tiene razón, le tiro del pelo y le beso.

—Creo que hoy no tenemos tiempo —susurro mordiéndole el mentón—, pero prometo hacerlo otro día. Ahora mismo necesito hacer otra cosa.

—¿Qué?

Le empujo, puedo tumbarle e intercambiar nuestras posiciones porque él se deja, y me siento encima de él. Cojo el condón y consigo ponérselo mientras él me observa fascinado y sin dejar de acariciarme suavemente las piernas.

—Esto.

Me incorporo un poco y desciendo hasta que Víctor queda dentro de mí. Apoyo las manos en su pecho.

—*Nena* —sisea él.

—Tienes razón —le beso el cuello y bajo la lengua hasta la clavícula—, no habría sido justo que me fuera de aquí sin tocarte.

—Haz algo más que tocarme, muévete.

Coloca las manos en la cintura para pegarme a él y después dobla las rodillas atrapándome entre ellas y su torso. Empiezo a moverme, él me besa, consume mis labios y después me aparta el pelo para besarme el cuello. Es rápido, muy intenso, estoy sentada encima de él, nuestros alientos se mezclan, nuestras miradas se pierden y el sexo parece algo más.

—Esto es lo que quería hacerte —le susurro a Víctor al terminar y dándole un último beso.

—Pues prepárate, porque la próxima vez me toca a mí.

Nos besamos y cuando veo el reloj salgo corriendo de la habitación con Víctor riéndose desde de la cama.

Al cabo de un rato nos reunimos en recepción con Bernal, que está de muy mal humor, y Jorge y María, que están resplandecientes. Las despedidas se me dan muy mal y el chico de febrero y su novia son los primeros en irse.

—Ahora te toca a ti venir a Granada —me dice Jorge al soltarme del abrazo—. Y ya sabes que puedes venir acompañada.

—Muy sutil, cariño —le riñe María—, muy sutil. Pero en serio, Cande, esperamos que vengas muy pronto.

—Lo intentaré, os lo prometo.

Bernal se despide de ellos y también de Víctor; tiene resaca y quiere sentarse en el bar del hotel con otra taza de café. Yo me quedo con Víctor, su vuelo sale antes que el mío y el de Bernal.

—Si quieres, puedo cambiarlo —se ofrece.

—No, he quedado con mi familia y ya llego tarde. Además, sé que tienes ganas de estar con tu sobrina.

—Tengo más ganas de estar contigo. —Se agacha para besarme.

—Y yo —susurro antes de aceptar el beso y devolvérselo. Víctor me besa como si tuviera todo el tiempo del mundo y estuviésemos solos de nuevo. Me aparto despacio y al hacerlo le lamo el labio inferior y él suspira y vuelve a atraerme hacia él para otro beso; este es más corto, pero no por ello menos intenso.

—Odio que tengamos que separarnos así. —Me pasa los dedos por el brazo—. ¿Cuándo volveremos a vernos?

Me fallan las piernas y tengo que coger aire un par de veces para centrarme.

—Me quedaré en Muros hasta el viernes, ya le he escrito a Vanesa para decirle que les mandaré mi lista de candidatos y podemos discutirla por e-mail. No me iré a la nueva ciudad hasta el día uno de mayo.

—Entonces eres mía del veintinueve por la noche al uno por la mañana. Tú solo dime dónde estarás y yo me encargo del resto. ¿De acuerdo?

—No quiero compli...

No me deja terminar, captura mi boca con la suya y me besa como si estuviéramos a solas y no en medio del vestíbulo del hotel.

—Tú no me complicas la vida, *nena*.

—Ahora lo has dicho para hacerme sonreír.

—¿Y ha funcionado?

—Ha funcionado. —Me pongo de puntillas y le doy un beso—. Tengo que irme, mi familia me está esperando.

—Ve, no te preocupes por mí, le haré compañía a Bernal hasta que tenga que ir al aeropuerto. Llámame cuando puedas y dime dónde podemos vernos el próximo fin de semana.

—Tú... —Me sonrojo de repente.

—¿Sí?

—Ha sido una noche increíble, Víctor.

Cuando vuelvo al hotel en busca de Bernal, Víctor ya se ha ido y no hay ni rastro de nadie relacionado con Olimpo por allí. No es que creyera que iba a haberlo y preferiría morir a tener que enfrentarme a Salvador esta mañana, pero aun así me gustaría verlo. Me gustaría tenerlo delante y poder mirarlo detenidamente, buscar esa pista que se me escapó, ese detalle que hizo que pasase por alto cualquier advertencia y me enamorase de él.

En el aeropuerto Bernal sigue inaccesible, no puedo evitar preguntarme qué le sucedió anoche. Ha tenido que sucederle algo, lo que tiene ahora no es una simple resaca. Intento preguntárselo, pero tras dos intentos en que está a punto de arrancarme la cabeza, desisto.

Estamos sentados en las sillas de plástico que hay frente a la puerta de embarque cuando me vibra el móvil al recibir un mensaje. Es de Salvador.

Quiero borrarlo, me gustaría ser capaz de hacerlo, pero no puedo.

«Espero que algún día puedas perdonarme lo de anoche. Lamento haberte hecho daño, es lo único que quería evitar».

No debería contestarle, lo sé, y lo hago de todos modos:

«No me escribas. Quién sabe, tal vez podría malinterpretarte».

No será capaz de contestarme. Lo es:

«Lo siento».

Estoy a punto de lanzar el móvil contra la pared cuando Bernal, oculto tras sus gafas de sol, me detiene con unas palabras:

—Lo mío con Manuela es un chiste al lado de lo que estás haciendo tú con Barver. Ten cuidado, Cande.

33

Llegamos a Muros y Bernal se encuentra sus maletas esperándole en el vestíbulo de la casa de huéspedes. No sé qué habría sucedido si Bernal hubiese vuelto dos días más tarde, cuando se le hubiese pasado ese extraño mal humor, o qué habría pasado si las maletas hubiesen estado esperándole dentro del estudio que tiene alquilado, pero en el preciso instante en que las ve su rostro se desmorona. Va más allá, es como ver a un actor quitándose el disfraz o a un edificio desplomándose tras una carga explosiva.

Bernal lleva toda la mañana de mal humor, ocultándose tras sus gafas de sol, pero cuando pienso en él recuerdo las facciones relajadas del primer día y ahora, frente a mí, desaparecen del todo, se endurecen, la postura alegre que llevo semanas asociando con él de repente manifiesta un cansancio casi inhumano y sus ojos cómicos, seductores, adquieren tanta tristeza y rabia que nadie creería que son los mismos.

—Basta ya —farfulla—. Basta ya.

—¿Bernal? No pasa nada, podemos irnos a un hotel. —No voy a dejarle pasar solo por todo esto—. No tiene importancia.

—No. Esto acaba hoy. De una manera u otra acaba hoy.

—¿Qué vas a hacer?

—Voy a seguir tu consejo —confiesa sorprendido—. Voy a dejar de hacer «nada» y voy a hacer algo.

—No soy muy buena dando consejos. No deberías fiarte de mí.

—Tristemente eres lo único que tengo, Cande, así que... —Se encoge de hombros—. Vete, si quieres. Yo esto lo arreglo hoy.

—¿Quieres que me vaya?

Probablemente sería lo mejor, tendrían más intimidad.

—Por extraño que te parezca, quiero que te quedes.

—Ah, ¿sí?

—Sí, y voy a pedirte un favor.

—¿Cuál?

—Si ves que me acobardo e intento salir de aquí antes de que estén arregladas las cosas o de que Manuela me eche, detenme. ¿Lo harás?

—Claro —acepto confusa—. ¿Qué te pasó anoche, Bernal?

—Nada, me fui con esa periodista y... No puedo seguir así, estoy haciendo daño a todo el mundo. Tengo que parar y solo podré hacerlo después de hablar con Manuela; por eso, si ves que me acobardo o que hago uno de mis chistes para ligar, haz algo, lo que sea para que vuelva a centrarme.

—Está bien, lo haré. O si lo prefieres voy a buscar a Rig o a Mateo —le ofrezco.

—No, quiero que seas tú. Creo que después de lo de anoche puedes entender por lo que estoy pasando.

Se me hace un nudo en el estómago.

—Ayer estuviste con Víctor. —Levanta las manos—. No te juzgo, es un tío estupendo.

—Lo es.

—Pero dime una cosa. —Me mira, tiene los ojos inyectados en sangre.

—¿Qué?

—Júrame que no te sentiste culpable ni por un segundo. —No le hace falta que le conteste—. Es horrible, ¿verdad? Ahora imagínate haciendo esto durante años, casi noche tras noche, sin importarte la persona con la que estás y pensando únicamente en el daño que le estás haciendo a la persona con la que de verdad deberías estar.

—Yo no estoy haciendo daño a nadie, Bernal.

—Eso espero, Cande. Y lo espero tanto por tu bien como por el de Víctor y el de Salvador.

—La situación es completamente distinta.

—Me alegro de estar equivocado. De todos modos quiero que te quedes y me ayudes en esto. Después de Manuela, y a ella la perdí hace tiempo, eres la única amiga que tengo.

—Gracias.

—No es ningún honor.

Le doy un golpe en la frente.

—¡Eh! ¿Por qué me has pegado?

—Porque cuando descubro que tienes corazón te pones en plan bromista y no lo soporto. Me has dicho que podía hacerlo, para eso estoy aquí, ¿no?

—Sí, pero no te pases, no quiero salir de aquí más malherido de lo necesario.

—No te preocupes, yo estoy de tu lado.

—Iba a decir que eso es lo que más me preocupa, pero no voy a hacerlo. Gracias, Candela.

—De nada, Bernal. ¿Empezamos?

—Sí. —Coge aire y grita a todo pulmón—. ¡Manuela! ¡Manuela!

Ella no responde a pesar de que es imposible que no le haya oído, seguro que los barcos que hay en la lonja saben que la está buscando.

—¡Manuela! ¡Manuela! ¡No pienso irme de aquí! —Se sienta en el rellano y sigue gritando. Yo me quedo de pie en una esquina del vestíbulo; de esta manera, si Manuela aparece, tendrán algo de intimidad—. ¡¿Me oyes?! ¡No pienso irme de aquí! ¡Si quieres que me vaya, tendrás que bajar y echarme!

—¿Cómo que no piensas irte? —Manuela se planta en lo alto de la escalera con las manos en la cintura—. ¡Coge tus cosas y vete de aquí ahora mismo! Bastante he hecho haciéndote las maletas, tendría que haberlo tirado todo al fondo del mar.

Bernal se pone en pie.

—¿Por qué no lo has hecho? Nada de lo que hay en esas maletas me importa una mierda.

—Oh, he estado tentada, créeme, pero has sido un huésped de la casa y no quería correr ningún riesgo innecesario.

—¡¿La casa?! ¿No has tirado mis cosas por la ventana porque te preocupaba la reputación de esta maldita casa?

—Esta casa es mi vida.

—No, Manuela. Estás muy equivocada.

—¡Lárgate de aquí, Bernal!

—No. —Él sube los escalones que los separan—. No.

Manuela le empuja y Bernal, que no se mueve ni un centímetro, le retiene las muñecas y las manos de ella quedan planas en el torso de él.

—Suéltame.

—Esta casa no es tu vida.

—Suéltame. Por favor.

—Esta casa no es tu vida. No puede serlo.

—¿Por qué?

—Porque tú eres mi vida, Manuela.

Ella empieza a llorar y Bernal la abraza muy fuerte contra su pecho.

—Te fuiste, Bernal. Te fuiste y no miraste atrás ni una vez. Ni una vez.

—Tú me dijiste que me fuera. Estaba convencido de que lograríamos encontrar la manera, pero tú te negaste a escucharme, solo repetías que me fuera. Lo siento. Lo siento mucho. Joder, Manuela, lo siento. Llevo años intentando volver a ti y cada vez que lo intento me echas y tengo que volver a empezar.

—Volverás a irte. Sé que cometí una estupidez hace años —dice Manuela de repente—. Aún me acuerdo de lo feliz que estabas el día que viniste a verme y me dijiste que te habían aceptado en ese curso. Yo sabía que no podía irme, ¿qué iba a hacer allí, en esa universidad contigo?

—Los dos cometimos muchas estupideces, Manuela. Yo no hice ningún esfuerzo por intentar entenderte, lo único que oía era tu negativa a acompañarme. Y después...

—Volverás a irte, Bernal.

—Esta vez no. Solo dame una oportunidad, algo, lo que sea, y te prometo que no volveré a irme nunca más. Quizá tenga que viajar, que ausentarme unos días, pero jamás volveré a irme.

—Te irás.

—¡No, joder, Manuela! No me iré. ¿No ves que no puedo?

—Claro que puedes.

—¡No, no puedo! Cuando me voy es porque ya no puedo respirar cerca de ti, porque me duele tanto no estar contigo que acabo haciendo la estupidez de estar con otra o con otro. Me estoy haciendo daño, Manuela, te lo estoy haciendo a ti y a todas las personas que se acercan a mí. Mírame. Mírame, por favor. Si de verdad crees que no existe ni la menor posibilidad de que estemos juntos, dímelo y me iré. Te juro que me iré y esta vez no volveré. —Ella agacha la cabeza y él se la levanta con un dedo bajo el mentón—. Pero si existe una posibilidad, una jodida y minúscula posibilidad de que podamos arreglar las cosas, déjame intentarlo. Es lo único que te pido.

—¿Y ya está? ¿Se supone que es tan fácil?

—¿Fácil? ¿A esto lo llamas fácil?

—¿Te perdono y volvemos a estar como cuando éramos unos niños?

—No, me perdonas y yo me dedico día y noche a demostrarte que merezco estar contigo.

—Bernal... —Ella le acaricia el rostro y él, lo veo desde donde estoy, tiembla y cierra los ojos.

—Espera un momento —le pide él con la voz ronca—, te he traído algo.

Baja la escalera sin verme y coge la bolsa negra con la que ha viajado a Barcelona; ahora que me fijo está más abultada que cuando nos fuimos.

—No he encontrado ningún jarrón como el de tu abuela. —Le entrega un paquete envuelto en papel de seda violeta—. Pero encontré a una restauradora en Barcelona que me dijo que podía intentar recomponerlo.

—Creía que lo había tirado a la basura —farfulla Manuela.

—Lo saqué de allí.

—Yo... yo no sé qué decir, Bernal.

—Di que me das esta oportunidad, solo me hace falta una, Manuela. Quizá tú y yo podemos ser como este jarrón, con grietas pero... —Le cae una lágrima y yo, que ahora me siento fatal por estar aquí, estoy a punto de llorar—... joder, no sé qué más decir, Manuela, excepto que te quiero.

—No me lo habías dicho nunca.

—Te quiero.

Ella le seca la lágrima con los labios.

—Una oportunidad, Bernal.

Él le sonríe, la coge por la cintura y le da un beso apasionado con el jarrón entre ellos.

Los días que me quedan en Muros están llenos de descubrimientos: el de Bernal y Manuela, el de un nuevo yacimiento justo donde decía Bernal que iba a estar y el de mi relación con Víctor. Me escribo con Vanesa y con Sofía, y en todos los correos Salvador está en copia, pero él no interviene en ninguna conversación. Tenemos la lista definitiva de candidatos para el mes de mayo, solo me falta elegir uno y ponerme en contacto con él.

Y confiar en que Salvador no le vete. No creo que se entrometa, probablemente ni siquiera lee los correos. Mañana me voy de Muros, esta tarde he mandado el último correo con el nombre del que quiero que sea el próximo chico del calendario. He cenado con Manuela y Bernal, me han contado cómo era el pueblo cuando eran pequeños y nos hemos reído con algunas anécdotas. Bernal tenía razón, ellos dos son como ese precioso jarrón roto, han sobrevivido a su ruptura y ahora tengo el presentimiento de que son invencibles. Manuela también tenía razón, no basta con decir «lo siento» y fingir que todo está bien, las relaciones de verdad son difíciles de mantener, pero bueno, cualquier cosa que valga la pena lo es.

Esto es lo que he aprendido de Bernal durante el mes que he pasado en Muros: el pasado existe y no podemos ignorarlo, tenemos que entenderlo si de verdad queremos seguir adelante y una vez nos decidimos tenemos que sobrevivir, que sobreponernos a las heridas, aguantar el dolor y no perder de vista el objetivo que queremos conseguir. El dolor nos hace cometer errores, incluso herimos a los demás, eso también lo he aprendido de Bernal. Eso y a hacer chistes en el peor momento; alguna ventaja tendrá su peculiar sentido del humor.

En esta ocasión, Abril tampoco ha viajado hasta aquí. En Barcelona, el día veintitrés, le hizo muchas fotos a Bernal y las de Muros las he hecho yo estos días. El artículo está prácticamente escrito en mi cabeza y aún no sé cómo enfocar el vídeo: ¿volvemos a hacerlo en directo? Se supone que estas cuestiones vamos a resolverlas mañana con Vanesa, Sofía y el resto del equipo, aunque me imagino que esta vez, dado que no hay tiempo y nadie puede llamarme por sorpresa, lo grabaremos.

Tengo el billete del AVE hacia Haro ya listo, me iré pasado mañana en el primer tren, apenas estaré un día en Barcelona y con Víctor también pasaré poco tiempo. El domingo empieza un nuevo mes, un nuevo chico del calendario. Estoy nerviosa, impaciente e ilusionada.

Cierro la maleta, mañana tengo el tiempo justo de desayunar y despedirme. Me vibra el móvil y lo cojo convencida de que será un mensaje de Víctor o tal vez de mi hermana Marta; hemos quedado para tomar un café súper rápido y ponernos al día.

Me quedo helada al ver de qué se trata, me sube el corazón a la garganta. Es de Salvador:

«¿Podemos vernos mañana, por favor? Necesito hablar contigo. Por favor».

Mierda.

¿Qué voy a hacer?

¿Por qué me importa?

LOS CHICOS DEL CALENDARIO

¿Qué ciudades visitará Candela los próximos meses? ¿Cómo serán los próximos chicos del calendario? ¿Qué sucederá con Víctor? ¿Y con Salvador? ¿Y qué será de nuestra Candela?

12 meses, 12 ciudades.

¿Cuántas veces crees que puedes enamorarte?